모든 예술은 프로파간다다
조지 오웰 평론집

조지 오웰 지음 | 조지 패커 엮음 | 하윤숙 옮김

모든 예술은 프로파간다다 — 조지 오웰 평론집

지은이 조지 오웰 | **엮은이** 조지 패커 | **옮긴이** 하윤숙 | **처음 펴낸날** 2013년 1월 17일 | **2쇄 펴낸날** 2014년 9월 12일
펴낸곳 이론과실천 | **펴낸이** 김인미 | **등록** 제10-1291호 | **주소** (121-842) 서울시 마포구 잔다리로 71 (서교동,
아내뜨빌딩) 503호 | **전화** 02-714-9800 | **팩스** 02-702-6655

ISBN 978-89-313-6048-6 03840

*값 16,000원
*잘못된 책은 바꿔 드립니다.

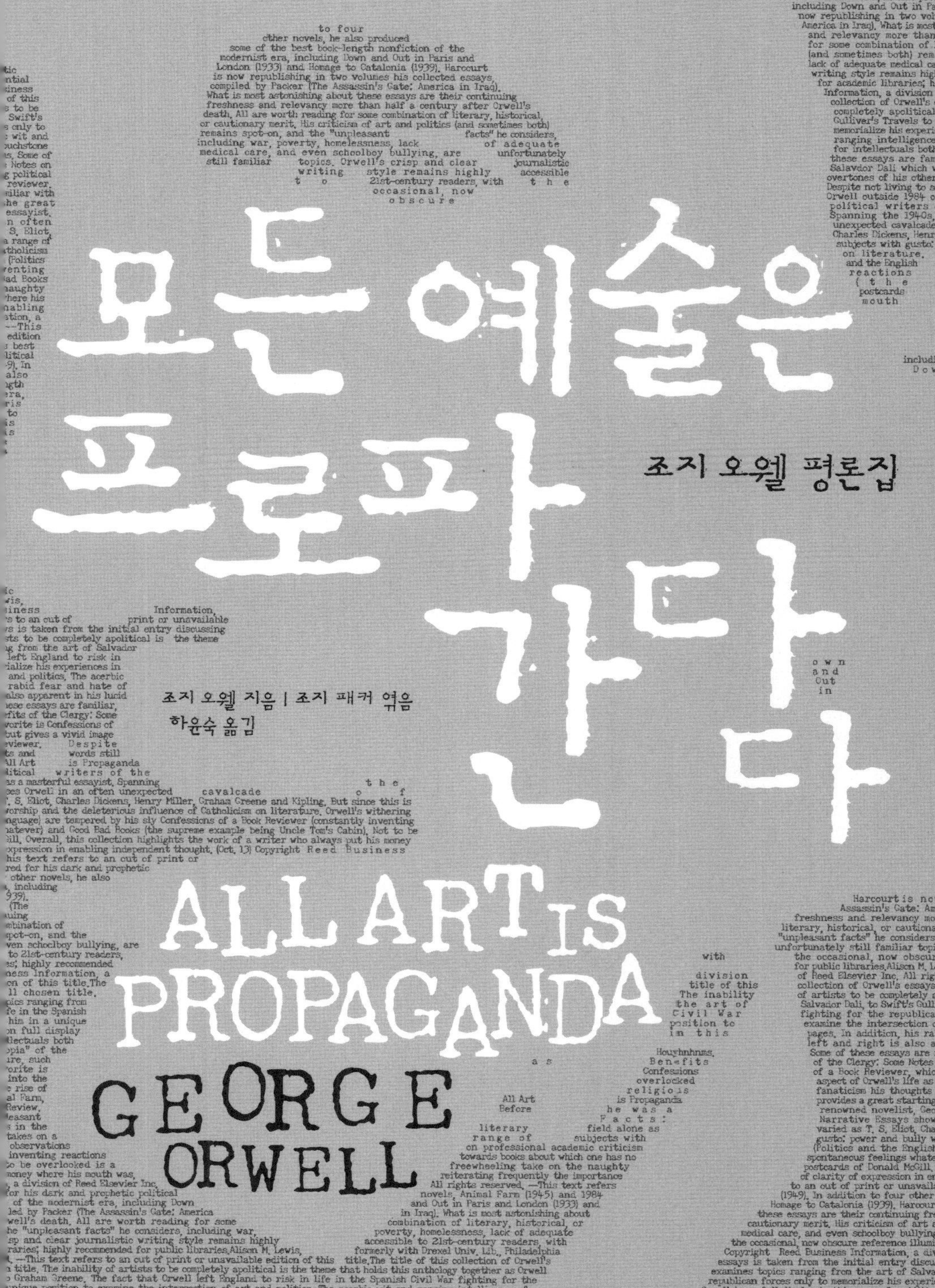
모든 예술은 프로파간다
조지 오웰 평론집
조지 오웰 지음 | 조지 패커 엮음
하윤숙 옮김
ALL ART IS PROPAGANDA
GEORGE ORWELL
이론과 실천

일 러 두 기

─주 : 오웰의 원주는 *로 표시하여 본문 옆에 두었고, 패커의 엮은이주는 *1, *2로 표시하여 각주로 두었으며, 옮긴이주는 *, **로 표시하여 역시 각주로 두었다.

─문장 부호 : 시, 논문, 단편소설은 「 」, 책과 장편소설은 『 』, 그림, 노래, 영화, 연극의 제목은 〈 〉, 잡지, 신문은 《 》로 표기하였다.

　　조지 오웰은 뛰어난 에세이스트다. 그는 활동 초기에 많은 에세이를 발표했으며 임종 무렵에도 에세이를 집필했다. 오웰은 작품 활동을 하는 동안 자기만의 독특한 육성으로 삶과 예술이라는 재료를 이용해 압축된 공간에서 생각을 분명하게 표현하는 에세이스트로서의 기본 과제를 게을리한 적이 없었다. 에세이는 오웰 특유의 재능과 완벽하게 부합되었다. 심지어 가장 널리 알려진 소설에서도 에세이가 고개를 내밀곤 했다. 예컨대 『1984년』의 긴 문단이 이어지는 동안 에세이스트로서의 관심이 비집고 나오려는 압력에 소설의 표면이 갈라지고 틈새가 벌어졌고, 1930년대 이후 쓴 잘 알려지지 않은 사회 사실주의 소설에서는 에세이스트의 설명방식이 두드러지게 나타나 일정 정도 작품의 가치를 훼손시키기까지 했다. 또한 훌륭한 비소설 저서 『파리와 런던의 밑바닥 생활』, 『위건 부두로 가는 길』, 『카탈로니아 찬가』는 개별과 일반, 구체성과 추상성, 서사와 설명 사이를 끊임없이 오가는 모습을 보이는데, 이러한 방식은 스토리텔링 순수주의자의 눈에는 매우 생경하게 보일 테지만 오웰이 작가로서 품은 핵심 목적을 분명히 드러내주고 있다. 글을 쓰기 시작하는 순간 예이츠는 자연스럽게 시를 쓰고 디킨스는 이야기를 지어낸다면, 오웰은 내용을 제시하고, 일반화하고, 조건을 달고, 논쟁하고, 판단한다. 한마디로 서술하면서 사고한다. 오웰의 가장 탁월한 작품에서는 대개 오웰 자신이 논쟁 상대가 되고 있다.

오웰에게 에세이가 적합했던 것은 에세이가 지닌 유연성 때문이다. 독자는 에세이스트가 말하고자 하는 것을 사실 그대로 전하기를, 그리고 작가의 육성이라고 느껴지는 목소리로 흥미로운 것을 말해주기를 기대한다. 이것만 충족된다면 주제, 길이, 구조, 상황은 얼마든지 바뀔 수 있다. 마흔여섯 살에 결핵으로 짧은 생애를 마감하기까지 믿기지 않을 정도로 엄청난 글을 썼던 오웰은 그야말로 저널리스트 노동자였다. 이번에 새롭게 엮은 두 권의 선집*에서 독자는 문화적 해설, 문학 평론, 정치적 주장, 자전적 단편과 그보다 조금 긴 개인적 이야기뿐만 아니라 서평, 영화평, 연극평, 신문 칼럼, 전쟁 기사를 접할 수 있을 것이다. 오웰의 손을 거치면 이 모든 것이 에세이였다. 오웰은 늘 직접적인 주제 범위를 넘어서서 더 큰 관심사까지 나아가고자 했다.

오웰은 대대로 이어져오는 전통의 혜택 속에서 18세기까지 거슬러 올라가는 영국 에세이의 혈통을 이어받아 활동했다. 이 혈통에서 사무엘 존슨, 찰스 램, 윌리엄 해즐릿이 초창기 대가로 꼽힌다면 오웰은 마지막 대표 주자였다. 이 전통에서는 작가가 자연스럽게 소설과 비소설, 저널리즘과 자전문학, 일간지, 주간지, 월간지, 계간지를 넘나들며 활동했으며 주제 면에서도 예술, 문학, 문화, 정치, 자기 자신의 문제를 넘나

---

*　조지 패커는 조지 오웰의 에세이를 『불편한 진실 직시하기Facing Unpleasant Facts: Narrative Essays』와 『모든 예술은 프로파간다다All Art Is Propaganda: Critical Essays』 (Houghton Mifflin Harcourt, 2008)라는 두 권의 책으로 엮고 서문을 썼다.

들었다. 미국에서는 이러한 전통이 꽃피우지 못했다. 미국 문학은 신세계 출세지상주의자가 지닌 불안이나 야망과 더불어 태어났으며 미국인은 언제나 소설을 문학예술의 최고 형태로 간주했다. 설령 에세이를 인정하더라도 소설가와 시인의 소품 정도로 취급했다(하지만 훌륭한 현대 에세이스트 중에 더러 미국인도 있다. 두 명을 꼽자면 제임스 볼드윈과 에드먼드 윌슨이다). 오웰이 꾸준히 내놓았던 저널리즘 글에 대해 말하자면 미국 독자에게는 저널리즘이라는 단어 자체가 문학의 반대편에 있는 무언가를 암시했다. 영국 에세이는 작가가 일하는 사람이라는 관점에서 출발한다. 이러한 관점에 설 때 작가는 당대의 역사적 시간과 사회적 공간에서 벌어지는 투쟁 속에 놓이게 되는데, 에세이스트가 살아야 할 곳은 바로 이 투쟁 속이다.

작가와 저널리스트 간에 확실한 선을 긋기 어려운 전통에서는 오웰의 에세이가 지닌 특성이 자리 잡을 여지가 많았다. 오웰은 격식을 차리지 않는 직설적인 산문 문체를 구사하며, 고급문화와 대중문화 모두를 포용하는 사회학적 비평에 관심을 보였고, 과장과 공격을 즐겼으며, 특히 저널리스트가 기사 첫 문장이라고 일컫는 글 도입부에서 깊은 인상을 남기는 문장을 구사할 줄 알았다. 예를 들면 다음과 같은 문장이다. "버마 서해안 지역 몰멘에 살 때 나는 많은 사람에게 미움을 받았다. 이제껏 살아오는 동안 이런 일을 겪을 만큼 내가 중요한 사람이었던 적은 이때뿐이었다." "성인은 결백이 입증되기 전까지 언제나 유죄로 추정되어야 한다." "엘리엇의 후기 작품에서 내가 깊은 인상을 받은 것은 거의 없다." "디킨스는 훔치고 싶은 유혹을 느낄 만큼 대단한 가치를 지닌 작품을 쓴 작가 중 하나다." 미국 평론가 어빙 하우는 자서전

『희망의 여백A Margin of Hope』에서 자신이 1940년대에 에세이 쓰는 법을 배우기 시작했을 때 오웰을 참조했다고 썼다. "어떻게 시선을 사로잡으면서 글을 시작할 것인가? 조지 오웰은 이 점에서 탁월했다. 아마도 '한낱 저널리즘' 활동을 하는 데 대해 미국 문단이 갖고 있는 속물의식이 없었기 때문일 것이다."

오웰은 흥미로운 시대를 살았고 그 시대에 대해 글을 썼다. 그 시대에는 전쟁, 이념적 극단주의, 지적 논쟁, 당파성, 격동의 시기에 사는 지식인의 역할 딜레마 등 갖가지 문제가 얽혀 있었다. 오웰은 「나는 왜 쓰는가」에서 "평화로운 시대였다면 아마도 화려하게 꾸민 글이나 단순히 묘사적인 책을 썼을 것이며 내가 정치적 충성을 보이는지는 거의 알지 못했을 것이고", "그처럼 일종의 소책자 집필가가 될 수밖에 없는 상황에 놓였다"라고 쓰고 있다. 이 말이 사실이라면 우리는 오웰이 그런 시절에 태어난 것에 감사해도 좋을 것이다. 오웰이 지닌 재능은 결코 19세기 자연주의 소설을 이어받아 발전시키는 데는 어울리지 않기 때문이다. 오웰이 소설을 쓰는 동안 생계수단으로 쓰기 시작했던 서평, 촌극, 논쟁 글, 칼럼 등에서 그의 독창성이 가장 순수하게 드러나고 있다. "소책자 집필가"라고 하면 일종의 싸구려 글쟁이라는 의미를 풍길지 모르지만 오웰의 경우에는 대의명분을 가진 에세이스트였다.

우리 시대도 비슷한 점에서 흥미롭다. 예술적 판단과 정치적 이상주의와 도덕적 품격에 대한 이해를 포기하지 않은 채 역사를 펼쳐지는 그대로 명확하게 사고할 줄 아는 작가를 위한 공간이 열린 것이다. 다시 말해서 우리 시대는 에세이스트를 요구하고 있다. 따라서 『1984년』을 잘 알고 있고 오웰의 다른 작품 한두 권을 읽은 독자조차 오웰의 정수

　　모든 예술은 프로파간다다―조지 오웰 평론집

를 가장 잘 보여주는 글을 낯설게 여긴다는 점은 자못 이상하다고 할
수 있다. 「정치와 영어」, 「코끼리를 쏘다」 같은 글은 제외하면 오웰의 에
세이 가운데 널리 읽힌 글이 없으며 가장 탁월한 에세이 중에도 거의 알
려지지 않은 채로 남아 있는 글들이 있다. 오웰의 에세이를 읽은 미국
독자라면 아마 한 권짜리 『에세이 선집』*이 유일할 것이다. 이 선집에는
겨우 14개 글이 실려 있으며 멋진 글이지만 일정한 기준 없이 임의적으
로 고른 글들이다. 이 선집은 오웰이 작가로 성장하는 과정, 관심 범위
와 그 변화과정을 엿보기에는 부족하다.

그렇다면 보다 포괄적인 오웰 에세이집은 어떻게 구상해야 할까?
엄격하게 연대기적인 기준으로 엮는다면 일종의 자서전이 될 것이며, 사
회주의, 스페인 내전, 영국 등 주제별로 나눈다면 역사적인 밑그림을 제
공할 것이다. 하지만 현대 독자의 입장에서 볼 때 오웰의 삶이나 그가
살았던 시대에 대한 개별 내용은 시대에 뒤떨어진 먼 이야기처럼 들리
는 반면 위대한 작가가 하나의 형식을 수많은 변형 형태로 다듬고 완
성시켜가는 드라마는 언제나 현재의 문제로 다가올 것이다. 이번에 새
로 엮은 선집은 에세이스트로서의 오웰을 조명하는 방식으로, 즉 오웰
이 에세이를 자기만의 독자적인 형식으로 만들어가는 과정을 보여주
도록 엮었다. 이 선집에서 독자는 오웰이 두 가지 양식을 사용하고 있
다는 것을 알게 될 것이다. 『불편한 진실 직시하기』에 실린 에세이들은
이야기를 들려주는 방식으로 의미를 구축하는 반면 『모든 예술은 프
로파간다』에서는 문제를 제시한 뒤 비평의 엄밀성을 보여준다. 앞의

---

* *A Collection of Essays* by George Orwell(Houghton Mifflin Harcourt, 1970)을 말한다.

선집이 서사구조를 바탕으로 한다면 두 번째 선집은 분석을 바탕으로 한다. 오웰은 두 가지 방식에서 똑같이 탁월한 면모를 보였다. 제국주의, 빈곤, 전쟁 등과 직접 마주했던 개인적 경험을 바탕으로 글을 썼던 활동 초창기인 1930년대에는 이야기 성격이 보다 강한 에세이를 주로 썼고, 가장 중요한 경험을 겪고 난 후인 1940년대에는 평론적인 성격이 강한 에세이를 많이 썼다. 하지만 오웰은 두 가지 양식 중 어느 쪽에서도 손을 뗀 적이 없었다. 오웰이 마지막에 썼던 에세이 중에는 자신의 학창시절을 그린 것으로, 사후에 출간된 「저렇게 즐거웠지Such, Such Were the Joys」*도 있다. 그런데 두 가지 양식의 에세이가 제기하는 문학적 문제나 요구들이 아주 큰 차이를 보이기 때문에, 오웰이 활동 시기 전반에 걸쳐 쓴 에세이 전체를 주제나 시기, 출판물을 기준으로 구분하기보다는 문학적 문제나 요구를 기준으로 구분할 때 보다 근본적으로 차이가 드러날 것이다.

이러한 구분은 에세이가 지닌 기법상의 어려움을 특히 극명하게 보여준다. 에세이는 즉흥적인 글쓰기나 실험의 여지를 무한하게 남겨놓는 것처럼 보이지만, 바로 이런 자유 때문에 문학적 결함을 더욱 용납하지 못하는 결과를 낳는다. 그리하여 에세이스트는 엉성함, 애매함, 허식, 짜임새 없는 구조, 미숙한 목소리, 편협한 소재, 전염병처럼 일반적으로 퍼져 있는 형편없는 사고 등이 가차 없이 드러나는, 스포트라이트가 비치는 무대 위에 홀로 서 있게 된다. 무대 위엔 소도구도, 세트도, 다른 배우도 없다. 에세이스트는 문학의 실존주의자이며, 평범한 재능

---

* 이 글은 『불편한 진실 직시하기』에 실려 있다.

은 두 문단도 못 가서 독자를 나가떨어지게 만든다. 오웰은 기법의 대가로, 글이 너무 명확하고 조리 정연하게 쓰였기 때문에 에세이가 어떻게 구성되어야 하는지 보여주는 지침 역할을 한다. 「코끼리를 쏘다」에서는 이야기식 에세이가 개인의 경험을 바탕으로 더 큰 진실을 향해 나아가는 각 단계에 대해 알아야 할 거의 모든 것을 배울 수 있다. 「T. S. 엘리엇」에서는 평론을 꼼꼼하게 읽는 것이 어떻게 문학 철학 평론을 가능하게 하는지에 대해 알아야 할 거의 모든 것을 배울 수 있다. 오웰의 에세이는 어떻게 해야 문장 하나하나에 흥미를 줄 수 있는지 그 방법을 알려준다. 이 두 권의 선집에서 각각 두 종류의 에세이를 구분해 제각기 강조점을 달리한 것은 오웰의 작품을 발견하거나 또는 재발견하고자 하는 독자뿐만 아니라 오웰의 작품을 통해 배우고자 하는 작가까지 겨냥하고자 한 것이다.

주간지 《트리뷴》에 실린 칼럼 「내 멋대로」나 영국 요리, 스포츠, 두꺼비, 석탄 불 등에 대한 짧은 평론 등 내 의도에 들어맞지 않는 에세이 작품도 있다. 그러나 내가 이런 작품들을 포함시킨 것은 한편으로는 잘 알려지지 않은 작품을 실어 아마추어뿐만 아니라 오웰 팬까지 만족시키면서 다른 한편으로는 이들 작품을 통해 오웰이 얼마나 삶의 많은 문제에 관심을 가졌는지 알 수 있기 때문이다. 오웰은 사소한 것까지도 음미하면서 파고들었으며 정치와 아무 관련이 없는 것에도 열의를 보였다. 오웰은 다루는 주제마다 본질적인 것을 재빨리 건드리면서 다른 어느 작가도 생각하지 못한, 그럼에도 그 후 반세기가량 공감을 불러일으킬 통찰을 보여주었다. 또한 이들 가벼운 글을 토대로 한 걸음 나간 결과 가장 널리 알려진 저서의 주제로 발전된 경우도 많았다.

예를 들어 남용되고 있는 몇 가지 정치 용어에 대해 사형선고를 내렸던 「내 멋대로」가 싹이 되어 「정치와 영어」라는 대단한 에세이를 낳았으며, 이 에세이는 다시 『1984년』의 악몽 뒤에 깔린 지적 내용의 상당 부분을 구체화시켰다. 작가의 글을 통해 그를 사로잡았던 관심사의 발전과정을 더듬어볼 수 있다는 것 또한 이 두 권의 선집을 함께 읽는 이유가 될 것이다.

한 세대의 학생들은 모든 문학이 '구성되어 있다'는 진부한 진실을 배우면서 학교에 다녔고, 그 결과 책에 적힌 단어들이 작가에 대해 본질적으로 믿을 만한 사실을 담고 있다는 견해를 비웃게 되었다. 오웰의 에세이를 집어 드는 순간 이런 태도가 지닌 효용성이 한계를 드러낼 것이다. 이 책 어디든 펼쳐 보라. 독자는 똑같은 목소리를 만날 것이다. 오웰은 오웰답게 말한다. 다른 어느 작가보다 싸울 태세를 갖추었으며, 대개는 스스로에게 상처를 입혔던 힘든 경험 속에서 오히려 단단해지고 더욱 깊어졌으며, 시든 정치가든 기억이든 본질적인 것에 초점을 맞출 줄 알고, 냉소적인 태도를 보이지 않으면서도 놀라지 않으며, 융통성 없이 꽉 막힌 모습을 보이지 않으면서도 원칙적일 수 있고, 직설적이면서도 조금은 자제할 줄 아는, 그런 오웰을 한결같이 볼 수 있다. 재치 있는 목소리도 독창적인 목소리도 아니며, 더러 도보 여행자의 목소리처럼 들리기도 한다. 문학적인 현란함으로 우리를 유혹하거나 지치게 하지도 않는다. 오히려 산문의 힘과 건전한 판단으로 우리를 설득한다. 에릭 아서 블레어*라는 이름으로 태어난 한 개인과 이 목소리

---

* 조지 오웰의 본명.

가 정확히 어떤 관계를 갖는지는 알 수 없다. 다만 이 책의 범위 안에서 그 관계의 진실성은 끝까지 일관되게 지속되고 있다.

　오늘날 오웰 같은 경력을 갖기는 어려울 것이다. 글이 매우 전문화되어 있을 뿐만 아니라 진정한 독립성을 확보하기 힘들고 주요 신문이나 잡지에는 강한 개성을 지닌 에세이를 실을 만한 공간이 많지 않기 때문이다. 오웰이 살았던 시대에도 에세이 작가로 생계를 꾸려나가기는 힘들었으며, 에세이스트로서 가장 많은 글을 남겼던 1944년에도 십만 단어에 대한 대가로 600파운드에 미치지 못하는 돈을 벌었으니 오늘날에는 더더욱 에세이스트로 살아가기가 힘들다. 하지만 한번 시도해보려는 젊은 작가가 있다면 여기 실린 에세이들이 단지 역사적 유물이나 문학 걸작으로서만 의미를 지니지는 않을 것이다. 세계에 대한 열린 태도와 자신에게 진실하고자 하는 고집을 유지하는 오웰의 에세이는 시대를 막론하고 많은 독자와 작가들에게 소명에 따라 사는 것이 어떤 의미인지 보여준다.

조지 패커

ALL ART IS PROPAGANDA
GEORGE ORWELL

: 차례

찰스 디킨스

『'고래 뱃속에서'와 다른 에세이들』,[1] 1940년 3월 11일

1.

디킨스는 훔치고 싶은 유혹을 느낄 만큼 대단한 가치를 지닌 작품을 쓴 작가 중 하나다. 그의 시신을 웨스트민스터 사원에 매장한 것도 어찌 보면 절도행위라고 할 수 있다.

체스터튼이 에브리맨 판 디킨스 작품집[*] 서문에서 중세 시대정신이라는 디킨스의 개성적인 특성을 오로지 그만의 공으로 돌린 것은 지극히 당연하다. 좀 더 최근에는 T. A. 잭슨[2]이라는 마르크스주의 작가가 디킨스를 피에 굶주린 혁명가로 채색하기 위해 심혈을 기울이기도 했다. 마르크스주의자는 디킨스가 마르크스주의자나 "거의 진배없다"고

---

[1] 『'고래 뱃속에서'와 다른 에세이들Inside the Whale and Other Essays』은 1940년 3월 11일 런던의 빅터 골란츠 사에서 출간되었다. 이 책에는 「찰스 디킨스」, 「소년 주간지」, 「고래 뱃속에서」 등 세 편의 평론이 실려 있다.

[*] 1906년부터 랜덤하우스에서 출간된 고전문학 시리즈인 에브리맨즈 라이브러리(Everyman's Library) 가운데 디킨스의 작품은 1907년에 출간되었다.

[2] 『찰스 디킨스: 어느 급진주의자의 발전과정Charles Dickins: The Progress of a Radical』(London: Lawrence and Wishart, 1937)을 쓴 Thomas Alfred Jackson을 말한다.

주장하고 가톨릭교도는 디킨스가 가톨릭교도나 "거의 진배없다"고 주장하는데, 두 진영 모두 디킨스를 프롤레타리아(체스터튼이라면 "가난한 사람"이라고 말했겠지만)의 대변자라고 주장한다. 한편 나데즈다 크룹스카야는 레닌에 대해 쓴 작은 책에서 레닌이 생애 말년에 연극으로 상연된 〈난로 위에 있는 귀뚜라미The Cricket on the Hearth〉를 보러 갔다가 디킨스의 "중산층적 감상성"을 발견하고는 도저히 참을 수 없어서 도중에 나가버렸다고 언급했다.

크룹스카야가 언급한 '중산층'이라는 말을 의미 그대로 해석할 때 이 평가는 체스터튼이나 잭슨의 평가보다 훨씬 진실에 가깝다. 하지만 이 말 속에 함축된 디킨스에 대한 반감이 흔치 않다는 점에 주목할 만하다. 디킨스의 작품을 읽을 가치가 없다고 보는 사람이 많긴 해도 그의 작품에 담긴 전반적인 정신에 적대감을 보이는 사람은 거의 없다. 몇 년 전 벡호퍼 로버츠가 소설(『이쪽 편의 우상숭배This Side Idolatry』, 1928)로써 디킨스에게 대대적인 공격을 가한 일이 있지만 이는 대체로 아내를 대하는 그의 태도와 관련된 인신공격이었다. 이 소설은 디킨스의 독자 천 명 중 한 명도 들어보지 못했을 사건을 다루고 있으며, 두 번째로 좋은 침대*가 『햄릿』의 가치를 훼손시키지 않듯이 이 사건은 디킨스 작품의 가치를 훼손시키지 않는다. 실제로 이 소설은 작가의 문학적 개성이 개인적 성격과 거의 또는 전혀 관계없다는 사실만 입증해보인 셈이다. 디킨스가 사생활에서는 실제로 벡호퍼가 보여주려고 했던 그런 둔감한 이기주의자였을지도 모른다. 하지만 발표된 작품에는

---

* 셰익스피어는 아내에게 두 번째로 좋은 침대만 유산으로 남긴다는 유언을 했다. 오웰은 이를 아내를 대하는 작가의 태도를 상징적으로 표현하는 문구로 썼다.

이와 전혀 다른 성격이 함축되어 있고 이는 그에게 적보다 친구를 더 많이 만들어주었다. 완전히 반대 상황이었을지도 모른다. 왜냐하면 디킨스는 부르주아라 하더라도 분명 체제 전복적인 작가이고 급진주의자이며 진정 반역자라고 할 수 있기 때문이다. 디킨스의 작품을 폭넓게 읽은 사람이라면 모두 이 점을 느꼈을 것이다. 예를 들어 디킨스에 대해 글을 쓴 작가 중 가장 훌륭한 기싱*은 결코 급진주의자가 아니며 디킨스에게서 발견되는 급진적 경향을 못마땅하게 여기고 그런 경향이 없다면 좋겠다고 바랐지만 디킨스의 그런 경향을 부정할 생각은 하지 않았다. 『올리버 트위스트』, 『어려운 시절』, 『황폐한 집』, 『리틀 도릿』에서 디킨스는 그 후로는 누구도 보여주지 못했을 만큼 거칠게 영국의 제도를 공격했다. 그런데도 디킨스는 미움을 사지 않았을 뿐더러 나아가 그가 공격 대상으로 삼았던 바로 그 사람들이 그를 온전하게 받아들임으로써 그 자신이 국가 제도가 되었다. 디킨스를 향한 영국 대중의 태도는 마치 지팡이로 때리는데도 기분 좋게 간질인다고 느끼는 코끼리와 닮았다. 열 살도 되기 전에 학교 선생들은 내 목구멍 안으로 디킨스를 퍼넣었고, 나는 그 나이에도 학교 선생들의 모습에서 크리클**과 강한 유사점을 발견할 수 있었다. 또한 누가 말해주지 않아도 사람들은 변호사들이 서전트 버즈퍼즈***에게서 기쁨을 얻고 내무성에서 가장 좋아하는 작품이 『리틀 도릿』이라고 생각한다. 디킨스는

---

* 　기싱(George Robert Gissing, 1857~1903). 영국 소설가이자 수필가.

** 　디킨스의 소설 『데이비드 코퍼필드』에 나오는 아이들을 학대하는 것을 즐거움으로 삼는 학교 선생.

*** 　디킨스의 소설 『픽윅 보고서』에 등장하는 학식 있는 변호사.

어느 누구에게도 반감을 사지 않으면서 모든 사람을 공격하는 데 성
공한 것처럼 보인다. 그렇기 때문에 당연히 사회를 공격하는 디킨스의
비판 속에 결국 비현실적인 뭔가가 들어 있는 게 아닌가 하는 의문이
든다. 디킨스는 사회적으로, 도덕적으로, 정치적으로 정확히 어떤 위치
에 있을까? 우선 디킨스에게 해당되지 않는 것이 무엇인지 판단하는
데서부터 시작한다면 늘 그렇듯이 좀 더 쉽게 그의 위치를 규정할 수
있을 것이다.

　　첫째, 체스터튼과 잭슨이 얼핏 암시했던 것과는 달리 디킨스는 '프
롤레타리아' 작가가 아니었다. 우선 디킨스는 프롤레타리아 이야기를
쓰지 않았다. 이 점에서 디킨스는 과거와 현재를 막론하고 압도적인 다
수를 차지하는 다른 소설가와 별반 다를 바 없다. 소설, 특히 영국 소
설에서 노동계급을 찾아보면 아마 텅 빈 구멍만 있을 것이다. 물론 여
기에는 단서가 필요하다. 너무도 쉽게 알 수 있는 이유로 농업노동자
(영국에서는 프롤레타리아)가 소설에 꽤나 등장하고 범죄자나 부랑자, 최
근에는 노동계급 지식인 이야기가 아주 많다. 하지만 보통의 도시노동
자, 즉 조직을 굴러가게 만드는 사람들은 언제나 소설가의 관심 밖이
었다. 그들은 거의 언제나 동정의 대상이나 분위기 전환용 막간 희극으
로 책에 등장한다. 디킨스가 쓴 이야기의 중심 행위는 대부분 중산계급
환경에서 일어난다. 디킨스의 소설을 꼼꼼하게 살펴보면 그의 진짜 주
제는 런던 상업 부르주아와 그 주변에 있는 변호사, 사무원, 상인, 여관
주인, 장인과 하인이었다. 디킨스는 농업노동자를 그린 적이 없고 산업
노동자는 딱 한 번(『어려운 시절』의 스티븐 블랙풀)뿐이었다. 『리틀 도릿』에
나오는 플로니시 가족이 아마도 디킨스가 가장 잘 그린 노동계급 가

족의 모습으로 꼽힐 수 있지만, 가령 페고티* 가족은 노동계급에 속한다고 보기 어렵다. 대체로 볼 때 디킨스는 이런 인물 유형을 그다지 잘 그리지 못했다. 일반 독자를 대상으로 디킨스의 작품 가운데 기억나는 프롤레타리아 인물이 누구인지 묻는다면 아마 틀림없이 빌 사이크스, 샘 웰러, 갬프 부인**이라고 대답할 것이다. 이들은 도둑, 하인, 알코올 중독 산파로 영국 노동계급을 정확히 보여주는 대표적 단면은 아니다.

둘째, '혁명적'이라는 단어의 일반적인 의미에서 볼 때 디킨스는 '혁명적' 작가가 아니다. 하지만 이와 관련된 그의 위치는 여기서 어느 정도 규정하고 지나갈 필요가 있다.

어떤 측면에서 보든 디킨스는 결코 남몰래 구원의 손길을 내미는 사람은 아니다. 즉, 선의의 바보 같은 유형처럼 몇 가지 조례만 수정하고 몇 가지 변칙만 폐지하면 완벽한 세상이 될 것이라고 믿는 그런 유형의 인물은 아니다. 디킨스를 찰스 리드***와 비교해보면 좋을 것이다. 리드는 디킨스에 비해 아는 것이 훨씬 많으며 어떤 점에서는 공공심도 있다. 리드는 자신이 이해하는 범위에서 학대를 정말 혐오했고, 온갖 말도 안 되는 내용에도 불구하고 술술 읽히는 일련의 소설에서 이런 학대 장면을 보여주었으며, 사소하지만 중요한 몇 가지 점에서 대중 여론을 바꾸는 데 도움이 되었다. 하지만 기존의 사회 형태를 그대로 둔 상태에서는 도저히 치료할 수 없는 악이 있다는 것을 리드는 이해하지 못

---

*　『데이비드 코퍼필드』에 나오는 데이비드의 어머니가 예전에 데리고 있던 가정부.

**　빌 사이크스는 『올리버 트위스트』에, 샘 웰러는 『픽윅 보고서』에, 갬프 부인은 『마틴 처즐윗』에 등장하는 인물들이다.

***　찰스 리드(Charles Reade, 1814~1884). 영국의 소설가 겸 극작가.

했다. 리드는 이런저런 사소한 학대를 포착하고, 폭로하고, 끄집어내어 공개하고, 영국 배심원단 앞에 제시하면 모든 것이 잘 될 것이라고 생각했다. 디킨스는 뾰루지를 도려낸다고 해서 치료가 될 것이라고 생각하지 않았다. 사회의 뿌리 어딘가가 잘못되어 있다는 의식이 디킨스의 작품 곳곳에 배어 있다. 그러므로 "어느 뿌리인가"라고 물을 때 비로소 디킨스의 입장이 파악되기 시작한다.

사실 디킨스는 거의 전적으로 도덕적인 차원에서 사회를 비판하고 있다. 따라서 디킨스의 작품 어디에도 건설적인 제안은 들어 있지 않다. 디킨스는 법, 내각제 정부, 교육제도 등을 공격하면서도 그 자신이 어떤 대안을 내놓을지 분명하게 암시하지 않는다. 물론 건설적인 대안을 내놓는 것이 소설가나 풍자작가가 반드시 해야 하는 일은 아니다. 하지만 중요한 것은 디킨스의 태도에 파괴적인 것조차 들어 있지 않다는 점이다. 디킨스가 기존 질서를 무너뜨리고 싶어 한다거나, 기존 질서가 무너질 경우 많은 것이 달라지리라고 믿는 뚜렷한 징후는 없다. 왜냐하면 실제로 디킨스의 비판 대상은 사회가 아니라 '인간 본성'이기 때문이다. 디킨스의 책 어디에서고 경제체제가 하나의 체제로서 잘못되었다고 암시하는 구절을 찾아내기 어렵다. 가령 민간 기업이나 사유재산을 공격하는 대목이 한 군데도 없다. 심지어는 바보 같은 유언장으로 살아 있는 사람을 협박하기 위해 시체의 힘을 이용하는 『우리 둘 다 아는 친구』에서도 개인이 이런 무책임한 힘을 가져서는 안 된다고 주장하는 의도가 보이지 않는다. 물론 독자 혼자서 이런 추론을 끌어낼 수 있고, 『어려운 시절』 끝부분에 나오는 바운더비의 유언장에 대한 언급에서 이런 추론을 끌어낼 수도 있으며, 실제로 디킨스 작품 전반에서 자유방임주의적인 자본주의의 악을 추론할 수도 있다. 하지만 디킨스는 직접 이런 추론을 이끌어내지 않았다. 매콜리*는 『어려운 시절』에 엿보이는 "침울한 사회주의"가 못마땅하다는 이유를 내세우면서 이 작품을 평가하지 않았다고 한다. 분명 여기서 매콜리가 '사회주의'라는 단어를 사용한 것은 20년 전 채식주의 식사나 큐비즘 그림을 '볼셰비즘'이라고 지칭한 것과 같은 차원이라고 할 수 있다. 『어려운 시절』에 사회주의적이라고 할 만한 구절은 하나도 없다. 엄밀하게 구분하면 오히려 친자본주의적이다. 노동자들이 저항해야 한다는 교훈을 내세우는 것이 아니라 자본가가 친절해야 한다는 내용이 작품의 전반적인 교훈이기 때문이다. 바운더비는 남을 못살게 괴롭히는 떠버리이며 그래드그라인드는 도덕적으로 눈이 먼 사람이지만 그들이 좀 더 나았다면 체제가 잘 돌아갔을 것이라는 것이 바로 작품 전체에 흐르는 함축된 의미다. 또한 사회 비판적 측면에서 볼 때 의도적으로 디킨스에게 의미를 부여하지 않는 한 그에게서 이보다 더 많은 것을 끌어낼 수 없다. 디킨스의 전체적인 '메시지'는 지극히 평범한 내용을 담고 있다. 즉, 사람들이 바르게 행동하면 세상이 바르게 돌아갈 것이라는 게 그의 메시지다.

이렇게 되려면 당연히 권위 있는 위치에서 바르게 행동하는 인물이 있어야 한다. 그래서 디킨스 작품에는 착한 부자가 주기적으로 반복 등장한다. 특히 낙관론적인 디킨스의 초기 작품에 이런 인물이 많이 등장한다. 대개 '상인'(그가 어떤 상품을 취급하는지 우리에게 꼭 알려줘야 필요는 없다)이며 언제나 초인간적일 정도로 마음씨가 따뜻한 늙은 신사

---

* 　매콜리(Thomas Babington Macaulay, 1800~1859). 영국의 시인, 역사가, 정치가.

다. 그 신사는 "분주한 발걸음으로" 여기 갔다가 저기 갔다 하면서 자기 밑에 있는 고용인들의 임금을 올려주고 어린아이의 머리를 쓰다듬어주며 채무자를 감옥에서 꺼내주는 등 대체로 절실한 도움이 필요할 때 도움의 손길을 내미는 역할을 한다. 물론 그는 순전히 꿈같은 인물이며 스퀴어스*나 미코버** 같은 인물보다도 훨씬 현실과 동떨어져 있다. 그렇게 자신의 돈을 주고 싶어서 안달이 난 사람이라면 애초에 돈을 벌지도 못했을 거라는 사실을 디킨스 자신도 가끔 생각해보았을 것이다. 예를 들어 픽윅은 "도시에서 살아"왔지만 그가 도시에서 돈을 벌었을 것이라고 상상하기는 힘들다. 그러나 이런 인물들이 초기 작품 대부분에서 관통하는 끈처럼 이어지고 있다. 픽윅, 치어리블 형제들,*** 늙은 처즐윗,**** 스크루지 등이 반복해서 등장하는 똑같은 인물들로, 이들은 돈을 나눠주는 착한 부자이다. 그 후 디킨스는 발전된 징후를 보인다. 즉, 중반기 작품으로 가면서 착한 부자가 어느 정도 자취를 감춘다. 『두 도시 이야기』에도, 『위대한 유산』에도 이런 역할을 하는 인물이 등장하지 않는다. 오히려 『위대한 유산』은 후견인에 대한 공격을 담고 있다. 또한 『어려운 시절』에서는 그래드그라인드가 달라진 이후에 매우 미심쩍으나마 이런 역할을 한다. 이 시기에 『리틀 도릿』의 미글스나 『황폐한 집』의 존 잔다이스처럼 다소 다른 유형의 인물이 등장

---

*   디킨스의 소설 『니콜라스 니클비』에 나오는 두더보이스 홀 주인으로, 부모에게 버림받은 아이들을 받아들여 학대한다.

**   『데이비드 코퍼필드』에서 한때 데이비드의 멘토 역할을 하다 사기꾼 유리아 힙의 비리를 들추는 데 도움을 주는 인물.

*** 『니콜라스 니클비』에 나오는 마음씨 좋은 사업가.

**** 『마틴 처즐윗』에 나오는 부자.

    모든 예술은 프로파간다다—조지 오웰 평론집

한다. 어쩌면 『데이비드 코퍼필드』의 벳시 트롯우드도 여기에 포함시킬 수 있을 것이다. 이 소설들에서는 착한 부자가 '상인'이 아니라 '투자자'로 바뀐다. 이것은 매우 의미심장하다. 투자자는 자산계급에 속하며 다른 사람이 자신을 위해 일하도록 하지만 모든 일이 그가 모르는 사이에 이루어지며 직접적으로 행사할 힘을 거의 가지고 있지 않다. 스크루지나 치어리블 형제들과 달리 투자자는 모든 이의 월급을 인상하여 모든 것을 바로잡는 일을 하지 못한다. 다소 실의에 빠진 1850년대의 디킨스 작품을 보면, 선의를 가진 개인이 부패한 사회에서 도울 수 있는 일이 아무것도 없다는 것을 그 무렵쯤 디킨스가 파악한 게 아닌가 하는 생각이 든다. 그러나 마지막으로 완성시킨 소설 『우리 둘 다 아는 친구』에서는 착한 부자가 완전히 영광을 도찾아 보핀이라는 인물로 화려하게 다시 돌아온다. 보핀은 프롤레타리아 태생으로 오로지 유산 상속으로 부자가 되었다. 흔히 볼 수 있는 데우스 엑스 마키나*로 사방에 돈을 뿌리고 다님으로써 모든 이의 문제를 해결해준다. 심지어 치어리블 형제들처럼 "분주하게 돌아다니는" 모습까지 보인다. 『우리 둘 다 아는 친구』는 몇 가지 점에서 초기 방식으로 돌아간 회귀 현상을 보이는데, 그마저 별로 성공적이지 못한 회귀다. 디킨스의 사상이 원점으로 돌아온 것처럼 또다시 개인의 친절이 모든 것을 해결하는 치유책이 되고 있다.

디킨스가 살던 시대에 긴급히 해결해야 할 폐해 가운데 그가 거의

---

*   deus ex machina. '신의 기계적 출현'이라는 뜻. 극의 진행 과정에서 도저히 해결될 수 없을 정도로 뒤틀어지고 비꼬인 문제가 파국 직전 무대의 꼭대기에서 기계 장치를 타고 내려온 신에 의해 일거에 해결되는 기법.

언급하지 않은 것이 바로 아동노동이다. 디킨스의 작품에는 힘들게 살아가는 아이들의 모습이 많이 나오지만 대개 공장보다는 학교생활에서 힘들어한다. 디킨스가 아동노동을 상세하게 묘사한 대목은 『데이비드 코퍼필드』에서 소년 데이비드가 머드스톤 앤 그린비 상점에서 병 닦는 일을 하는 장면이다. 물론 이는 자전적인 내용이다. 디킨스는 열 살무렵 스트랜드 가에 있는 워렌스 구두약 공장에서 『데이비드 코퍼필드』에 묘사해놓은 것과 아주 똑같이 일한 적이 있었다. 그것은 디킨스에게 매우 쓰라린 기억인데, 그 이유는 부분적으로 디킨스가 그것을 부모에게 불명예스러운 일로 여겼기 때문이다. 심지어 결혼한 지 오랜 세월이 지난 이후까지 그 일을 아내에게 숨겼다. 디킨스는 『데이비드 코퍼필드』에서 그 시절을 돌아보며 이렇게 썼다.

> ……내가 그렇게 어린 나이에 너무도 쉽게 내던져질 수 있었다는 사실이 지금까지도 내게는 놀랍기만 하다. 정말 좋은 재능을 가졌고, 관찰능력이 뛰어나며, 재빠르고, 열심이며, 섬세하고, 곧 신체적으로나 정신적으로 상처를 받게 될 아이, 이런 내게 아무도 도와주겠다는 신호를 보내지 않았다니, 나로서는 정말 이상하게 여겼다. 하지만 어떤 신호도 없었다. 그리고 나는 열 살의 나이에 노동하는 머슴이 되어 머드스톤 앤 그린비를 위해 일했다.

그리고 함께 일했던 거친 소년들을 묘사한 뒤 다시 이렇게 말한다.

> 이들과 어울리는 상황에 놓였을 때 내 영혼이 겪은 남모르는 고

 모든 예술은 프로파간다다―조지 오웰 평론집

통은 어떤 단어로도 표현할 수 없다.……이 다음에 학식 있고 뛰어난 사람이 되고 싶다던 나의 희망이 내 가슴속에서 짓뭉개지는 것을 느꼈다.

이 말을 하는 사람은 분명 데이비드가 아니라 디킨스 자신이다. 여기서 디킨스가 사용한 단어는 몇 개월 전에 쓰기 시작하다가 그만둔 자서전의 단어와 거의 똑같다. 재능 있는 아이가 하루에 10시간씩 병에 라벨을 붙이면서 일해서는 안 된다고 한 디킨스의 말은 옳다. 하지만 디킨스는 어떤 아이도 그런 운명에 놓여서는 안 된다고 말하지 않았고 그가 그런 생각을 갖고 있었다고 추정할 만한 근거도 없다. 데이비드는 상점에서 벗어나지만 믹 워커와 밀리 포테이토스를 비롯한 다른 아이들은 여전히 그곳에 남아 있다. 게다가 이런 사실이 디킨스의 마음을 특별히 아프게 했다는 징후도 보이지 않는다. 늘 그렇듯이 디킨스는 사회의 구조가 바뀔 수 있다는 의식을 보여주지 않았다. 디킨스는 정치를 혐오했고 의회에서 뭔가 좋은 일이 이루어질 수 있다고 믿지 않았다. 아마 의회에서 속기사로 일한 적이 있기 때문에 그때의 경험이 정치에 환멸을 심어주었을 것이다. 또한 디킨스는 당시에 가장 희망에 차 있던 운동인 노동조합주의에 약간 반감을 보였다.『어려운 시절』에서 노동조합주의는 그저 소동과 별반 다르지 않은 것, 고용주가 아버지답게 행동하지 못해서 생겨난 것 정도로 묘사되었다. 스티븐 블랙풀이 조합에 가입하지 않은 것이 디킨스의 눈에는 오히려 미덕으로 비쳤다. 또한 잭슨이 지적했듯이『바나비 러지』에서 심 태퍼릿이 속한 도제연합은 디킨스 시절에 비밀회합이나 암호 등으로 활동하던 불법 노조나 불법에 가까운 노조에 타격이 되었다. 분명 디킨스는 노동자들이 인간답게 제대로 대우 받기를 원했지만 노동자 스스로 자신의 운명을 개척하기 원했다는 징후는 찾아볼 수 없고 더군다나 노골적인 폭력을 통해 그런 행동에 나서기를 바란 흔적은 좀처럼 찾아볼 수 없다.

마침내 디킨스는 『바나비 러지』와 『두 도시 이야기』에서 좁은 의미의 혁명을 다루는데, 『바나비 러지』에서 묘사된 것은 혁명이라기보다 폭동에 가까웠다. 1780년 고든 폭동*은 종교적 편견을 명분으로 내세우긴 했지만 무의미한 약탈 행위 이상의 의미를 갖지 않았던 것으로 보인다. 디킨스가 이 같은 행동에 어떤 태도를 보였는가 하는 점은 그가 처음 작품을 구상할 때 수용소에서 탈출한 정신병자 세 명을 주동자로 설정했다는 사실에서 충분히 엿볼 수 있다. 디킨스는 이 구상을 접긴 했지만 결국 마을의 바보들을 사실상 작품의 주요 인물로 설정했다. 폭동을 다루는 몇 장에 걸쳐 디킨스는 군중 폭력에 아주 심각한 공포를 드러냈다. 디킨스는 "밑바닥 찌꺼기" 같은 사람들이 극악무도한 야수성을 보이는 장면을 매우 즐겨 묘사했다. 이들 장면에서 심리적 차원의 재미를 매우 강하게 느낄 수 있는데, 디킨스가 이런 주제를 얼마나 깊이 생각했는지 드러나 있기 때문이다. 디킨스는 오로지 상상력으로 이런 장면을 묘사했는데, 그의 생전에 이 같은 규모의 폭동이 한 번도 일어나지 않았기 때문이다. 디킨스가 묘사한 장면 하나를 예로 들어보자.

---

* 1778년의 가톨릭 해방령에 반대하며 1780년 영국 런던에서 고든(Lord George Gordon, 1751~1793)이 이끄는 프로테스탄트협회와 사회불만자 등이 가톨릭교도와 공공건물 등을 습격한 사건.

베들램 정신병원의 문이 활짝 열렸다고 해도 그날 밤 이루어진 광란처럼 엄청난 미친 짓을 보여주지는 못했을 것이다. 사람들은 마치 인간 적을 발로 짓뭉개기라도 하듯 화단을 짓밟으며 춤을 추었고, 인간의 목을 비트는 야만인처럼 줄기의 꽃들을 비틀어 뜯었다. 횃불을 높이 쳐들고 사람들의 머리와 얼굴에 횃불을 들이댔으며 피부 여기저기에 흉측한 화상을 깊게 남겼다. 불 가까이 뛰어들어 마치 물속에서 장난치듯 손으로 불을 가지고 노는 사람이 있는가 하면 불 속으로 뛰어드는 것은 애써 자제하면서도 타는 듯한 갈망을 만끽하는 사람도 있었다. 생김새로 보아 스무 살이 되지 않았을 술 취한 소년이 입에 술병을 문 채 바닥에 널브러져 있고 그 위 지붕에서 하얗게 불타는 납이 주르르 소년의 얼굴 위로 쏟아져 내려 소년의 해골이 밀랍처럼 녹아내렸다.……하지만 괴성을 질러대는 군중 가운데 그 장면을 역겨워하거나 자비를 깨닫는 이가 없었고, 무의미하고 정신 나간 난폭한 분노에 싫증을 보이는 단 한 명의 사람도 찾아볼 수 없었다.

독자 중에는 이 장면이 프랑코 도당이 활개 치는 '붉은' 스페인을 그려놓은 것이 아닌가 여기는 사람도 있을 것이다. 디킨스가 글을 쓰던 시절의 런던에 '군중'이 존재했다는 사실을 당연히 기억해야 할 것이다 (하지만 지금은 군중이 아니라 떼거리만 있을 뿐이다). 저임금과 발전, 인구 이동으로 인해 위험한 빈민가 프롤레타리아가 대거 생겨났지만, 19세기 초·중반에는 경찰 병력 같은 것은 거의 없었다. 벽돌 조각이 날아다니기 시작할 때 집 창문의 덧문을 닫는 일과 번지는 불을 막기 위해 병력을 투입하는 일 말고는 달리 아무런 조치도 취할 수 없었다.『두 도시 이야기』에서 디킨스는 정말 특별한 뭔가에 대한 혁명을 다루고 있고 그의 태도는 다르지만 그렇다고 완전히 다르지는 않았다. 사실『두 도시 이야기』는 잘못된 인상을 남기는 경향이 있으며 특히 시간이 흐를수록 그런 경향이 심해지고 있다.

『두 도시 이야기』를 읽은 사람이라면 누구나 기억하는 한 가지가 있는데, 그것은 바로 공포시대다. 우레 같은 소리를 내면서 이리저리 다니는 사형수 호송차, 피가 흐르는 칼, 바구니 속으로 툭 떨어지는 머리, 뜨개질을 하면서 그 장면을 지켜보는 섬뜩한 노파들, 이런 단두대 장면이 책 전체에 강한 인상을 드리우며 두드러지게 다가온다. 실제로 이런 장면은 몇 장에서만 등장하지만 끔찍하리만치 강렬하게 묘사된 반면 책의 나머지 부분은 다소 느리게 흘러간다. 하지만『두 도시 이야기』가『진홍색의 단두대』[*1]와 자매편은 아니다. 디킨스는 프랑스 혁명이 일어날 수밖에 없었고 사형당한 많은 이들이 응당 치러야 할 죗값을 받았다고 분명히 생각했다. 프랑스 귀족처럼 행동한다면 그에 따른 앙갚음이 뒤따른다고 디킨스는 여러 차례 거듭 밝힌다. 침대에 축 늘어져 있는 "주인님"에게 제복 차림의 하인 네 명이 초콜릿을 내오는 동안 밖에서는 농부들이 굶어죽어 나가고 숲속 어디에선가는 단두대의 단으로 쓰기 위해 곧 베어질 나무들이 자라고 있다는 등의 이야기를 끊임없이 우리에게 상기시키고 있다. 원인으로 볼 때 공포시대는 불가피했다는

---

*1 헝가리 태생의 오르츠지 남작 부인(몬타구 바르토우 부인, 1865~1947)이 쓴『진홍색의 단두대The Scarlet Pimpernel』(1905)는 연애소설이자 희곡이다. 프랑스 혁명기에 일어난 모험을 그린 몇몇 작품 중 첫 번째 것으로, 단두대에서 처형될 운명에 처한 사람들을 구해주는 어느 점잖은 영국 귀족 퍼시 블래크니의 이야기다.

사실이 명확한 단어로 강조되고 있다.

하늘 아래 알려진 일 가운데 씨를 뿌린 적도 없이 생겨난 일이 오로지 이 끔찍한 혁명뿐인 것처럼 말하는 것은 지나치다. 이런 결과를 낳을 만한 일을 한 적도 없고 해야 할 일을 깜박 잊고 하지 않은 적도 없는 것처럼, 그리고 프랑스의 비참한 수백단 사람들을 보고 그들을 잘 살게 하는 데 쓰였어야 할 자원이 그릇된 곳에 잘못 쓰인 것을 지켜본 목격자들이 이런 일이 필연적으로 일어날 것이라고 몇 년 전에 알지 못했으며 자신들이 목격한 것을 명확한 단어로 기록하지 않은 것처럼 말하는 것은 정말 지나치다.

그리고 다시 이렇게 쓰고 있다.

상상을 글로 남길 수 있었던 때로부터 상상해온 온갖 탐욕스럽고 만족을 모르는 괴물들이 모두 하나로 녹아들어 단두대라는 모습으로 나타났다. 하지만 기름진 토양과 기후의 온갖 풍요를 누리는 프랑스에서도 이러한 공포를 낳은 상황보다 확실한 조건하에서 풀잎이 자라고, 나뭇잎이 자라고, 뿌리가 내리고, 잔가지가 뻗고, 후추 열매가 익어간 일은 없을 것이다. 비슷한 망치로 인간성을 또다시 형체도 없이 짓뭉개버리면 인간성 자체가 비틀겨 똑같이 뒤틀린 형태로 변한다.

다시 말해서 프랑스 귀족은 스스로 자기 무덤을 판 것이다. 하지만 현재 역사적 필연성이라고 일컫는 점에 대한 인식은 여기서 찾아볼 수 없다. 디킨스는 원인으로 볼 때 불가피한 결과였다고 여기지만 그런 원인을 피할 수 있었다고 생각한다. 프랑스 대혁명은 수세기에 걸친 억압으로 프랑스 농민이 인간 이하의 삶을 살면서 일어난 일이었다. 만일 사악한 귀족이 어떻게든 스크루지처럼 새 사람이 될 수 있었다면 혁명도 농민봉기도 일어나지 않았을 것이고 단두대도 없었을 것이며 그 결과 훨씬 더 좋았을 것이다. 이는 '혁명적' 태도와는 반대된다. '혁명적' 관점에서 볼 때 계급투쟁은 진보의 주된 원천이다. 따라서 농민을 약탈하고 괴롭혀서 반란을 일으키게 만드는 귀족은 자기가 맡은 필연적인 역할을 하는 것이며, 귀족을 처단한 자코뱅 당 역시 마찬가지다. 디킨스는 이런 의미로 해석될 수 있는 말을 어디에서고 쓴 일이 없다. 디킨스가 바라보는 혁명이란 단지 압제에 의해 야기되어 언제나 그 조직을 모두 집어삼킴으로써 끝나는 괴물일 뿐이다. 단두대 아래서 바라본 시드니 카튼의 모습에서 디킨스는 드파르지와 그 밖에 다른 공포시대의 주요 인물들이 모두 같은 칼날 아래 사라져가는 모습을 예견하고 있다. 이는 실제로 일어난 일과 비슷했다.

또한 디킨스는 혁명이 괴물이라고 확신했다. 『두 도시 이야기』에 나온 혁명을 묘사한 장면을 모든 이가 기억하는 것도 이 때문이다. 그 장면에는 악몽의 색채가 강하게 들어 있고 이는 디킨스의 악몽이다. 디킨스는 대량 도살, 불평등, 첩자들의 끊임없는 테러, 군중의 섬뜩한 충동 등 혁명의 무의미한 참상을 거듭 강조하고 있다. 예를 들어 살인자 무리들이 9월 학살에서 죄수들을 도륙하기 전에 칼을 갈기 위해 숫돌 주변에서 서로 싸우는 모습 등 파리 군중을 묘사한 장면은 『바나비 러지』

의 어떤 장면보다 뛰어나다. 디킨스의 눈에 혁명은 그저 타락한 야만으로, 사실상 미친 짓으로 비쳤다. 디킨스는 강한 호기심과 상상력을 불러일으키는 강렬함으로 이러한 광란을 곱씹으며 카르마뇰[1] 춤을 추는 모습을 다음과 같이 묘사했다.

아무리 적게 잡아도 500명은 넘는 사람들이 있었고 그들은 5,000명의 악마처럼 춤을 추었다.……그들은 마치 다함께 이빨을 가는 것처럼 흉포하게 박자를 맞추면서 널리 알려진 혁명가에 맞춰 춤을 추었다.……그들은 앞으로 나갔다가 뒤로 물러났다가 했고, 서로의 손을 쳤으며, 다른 사람의 머리를 움켜잡고, 혼자 빙그르 돌다가 서로 끌어안고 짝을 이루어 둥글게 돌다가 마침내 무리 중 많은 이가 쓰러졌다. 그들은 갑자기 멈추고는 새롭게 다시 시작하는 것처럼 넓게 줄을 이루면서 고개를 떨군 채 두 손을 번쩍 쳐들고 고함을 질러대기 시작했다. 아무리 끔찍한 싸움도 이 춤의 반도 따라가지 못할 것이다. 이것은 결단코 파멸의 짓거리였다. 처음에는 순수하게 시작되었지만 점차 악마적 소행으로 빠져드는 그런 짓거리.

디킨스는 이들 비참한 사람들이 단두대로 아이 목을 자르는 취미라도 있는 것처럼 생각한다. 위에 일부분만 인용해놓은 구절 전체를

---

[1] 카르마뇰(Carmagnole)은 이탈리아의 피에몬테 지방의 카르마뇰라에서 유래된 노동자의 재킷이다. 프랑스 혁명가들 사이에서 유행했으며 이후 노래와 거친 춤을 일컫는 것으로 쓰였다. 카르마뇰 노래의 첫 소절은 루이 16세에게 권리를 행사하도록 영향력을 미쳤다고 비난 받는 '마담 베토', 즉 마리 앙투아네트 왕비를 비웃는 내용이다.

다 읽어보아야 할 것이다. 위의 구절을 비롯한 다른 구절들 모두 디킨스가 혁명의 이상흥분 증상에 얼마나 깊은 공포를 느끼고 있는지 보여준다. 예를 들어 "고개를 떨군 채 두 손을 번쩍 쳐들고" 같은 어투와 거기서 전달되는 죄악의 풍경을 눈여겨보라. 드파르지 부인은 분명 디킨스가 그리려 했던 악의적인 인물 가운데 가장 성공을 거둔 사례로 정말 무서운 인물로 묘사되어 있다. 드파르지를 비롯한 인물들은 그저 "낡은 것을 파괴하고 그 위에 올라선 새로운 억압자"일 뿐이고 혁명 법정은 "사회 밑바닥 층에 있는 가장 잔인하고 나쁜 대중"의 손에 의해 움직이는 등의 묘사가 계속 나온다. 이 작품에서 디킨스는 줄곧 혁명 시기의 악몽 같은 불안을 강조하며 그 속에 아주 많은 예견을 담고 있다. "이는 혐의자들의 법으로, 자유나 삶을 위한 모든 안전을 일거에 날려버리며, 착하고 무고한 사람들을 죄지은 사악한 사람의 손에 맡겨버린다. 감옥에는 아무 죄도 짓지 않고 심리 기회조차 갖지 못한 사람들이 빼곡하게 들어차 있다." 이는 오늘날 몇몇 국가에도 정확하게 해당되는 이야기다.

어떤 혁명이든 혁명을 옹호하는 사람이라면 일반적으로 혁명의 공포를 최소한으로 축소하려 할 것이다. 하지만 디킨스는 혁명의 공포를 과장해서 보여주려는 충동을 보이며 역사적 관점에서 보았을 때에도 디킨스는 확실히 과장하고 있다. 공포시대조차도 디킨스가 묘사한 것에 비해 훨씬 덜 심했다. 디킨스는 인물의 말을 전혀 인용하지 않으면서도 몇 년간 지속되는 광란의 대학살이라는 인상을 보여주었지만, 사망자 수로 보았을 때 공포시대는 나폴레옹이 벌인 전투 중 하나와 비교하면 그저 농담에 지나지 않았다. 하지만 피 묻은 칼과 여기저기 다니는 사형수 호송차는 디킨스의 마음속에 특별히 불길한 인상을 불러일으켰고 그는 여러 세대에 걸쳐 이 인상을 독자에게 전하는 데 성공했다. 디킨스 덕분에 '사형수 호송차'란 단어만으로도 살인이 벌어질 듯한 느낌이 들며, 그 사형수 호송차가 한낱 농장 수레 같은 것에 지나지 않는다는 사실을 사람들의 머릿속에서 완전히 지워버린다. 오늘날까지 보통의 영국 사람들에게 프랑스 혁명은 목 잘린 머리가 피라미드처럼 쌓인 이상의 의미를 지니지 않는다. 당시 대다수 영국 사람보다 훨씬 혁명의 이상에 공감했던 디킨스가 그런 인상을 자아내는 데 한몫했다는 것은 참으로 이상한 일이다.

폭력을 싫어하고 정치를 믿지 않는 사람에게 유일하게 남는 중요 치료책은 아마 교육일 것이다. 어쩌면 사회는 회복될 가망이 없을지 몰라도 개별 인간을 어릴 때 다잡을 수 있다면 희망은 남아 있다. 디킨스가 어린 시절에 유독 관심을 갖는 것도 부분적으로는 이런 믿음 때문일 것이다.

디킨스만큼 어린 시절을 잘 묘사하는 사람은, 적어도 영국 작가 중에는 없다. 이후 어린아이에 관한 많은 지식이 쌓이고 어린아이를 분별 있게 다루게 되었지만 디킨스만큼 어린아이의 관점에서 글을 쓸 수 있는 능력을 보여준 사람은 없었다. 내가 『데이비드 코퍼필드』를 처음 읽은 때가 아마 아홉 살 무렵이었을 것이다. 초반부의 심리적 분위기가 내게 곧바로 이해되어 어린이가 쓴 게 아닐까 어렴풋이 생각했다. 그렇지만 성인이 되어 책을 다시 읽으면서 머드스톤이 불길하고 거인 같은 인물이 아니라 반쯤 희극적인 인물로 보일 때에도 아무것도 달라지지 않았다. 디킨스는 어린아이의 마음속에, 그리고 어린아이가 아닌 이의 마음속에 모두 들어갈 수 있었고 이를 매우 잘 그려놓았기 때문에 같은 장면인데도 몇 살에 읽는가에 따라 익살스런 현실이 되기도 하고 불길한 현실이 되기도 한다. 가령 데이비드 코퍼필드가 양고기를 먹었다고 부당하게 의심 받는 장면을 보라. 또 『위대한 유산』에서 핍이 해비샴의 집에서 돌아와 자신이 목격한 것을 말할 수 없는 상황임을 깨닫고 터무니없는 거짓말을 늘어놓으면서 빠져나가려 할 때 그 터무니없는 거짓말을 모두 믿는 장면을 보라. 어린 시절은 바로 그 점에서 별개의 세계로 분리된다. 어린아이의 마음이 움직이는 과정, 모든 것을 시각화하는 경향, 인상적인 것을 민감하게 받아들이는 특성을 디킨스는 얼마나 정확하게 기록하고 있는가. 핍은 어린 시절에 죽은 부모의 묘비를 보면서 어떻게 그들에 대한 생각이 형성되었는지를 다음과 같이 말하고 있다.

내 아버지 묘비에 적힌 글자 모양을 보면 아버지가 딱 벌어진 어깨에 뚱뚱한 체격을 지녔고 피부가 검으며 머리카락이 곱슬곱슬하고 검었을 것이라는 묘한 생각이 든다. "위 사람의 아내, 조지애너도 함께 여기 잠들다"라는 비문 글씨체의 특성이나 구불거리는 모양으로 볼 때 나는 내 어머니가 주근깨가 있고 병약했을 것이라는 어린애 같은 결론에 이른다. 길이가 45센티미터 정도 되는 마름모꼴의 작은 돌 다섯 개가 부모님 무덤 옆에 일렬로 나란히 놓여 있는데 이 역시 내게 다섯 명의 작은 형제들이 있었다는 기억을 되새겨주었다.……나는 내 형제들 모두 바지주머니에 두 손을 넣은 채 반듯하게 누워서 태어났으며 주머니에서 손을 빼낸 적 없이 쭉 그런 상태로 있었다는 믿음을 종교처럼 받아들이게 되었다.

『데이비드 코퍼필드』에도 비슷한 구절이 있다. 머드스톤의 손을 깨문 데이비드는 학교로 쫓겨나고 등에 "조심하라, 물린다"라는 글귀를 붙이고 다녀야 했다. 데이비드는 운동장으로 들어가는 문에 아이들이 자기 이름을 새겨놓은 이름들의 모양을 보고서 그 아이가 자기 등에 적힌 글귀를 어떤 톤의 목소리로 읽을지 판단한다.

이름을 여러 곳에 깊게 새겨놓은 아이가 있었다. 분명 J. 스티어포스일 것이다. 짐작건대 그 아이는 다소 강한 어조로 내 등의 글귀를 읽은 다음 내 머리카락을 잡아당길 것이다. 또 다른 아이, 토미 트래들스는 내 등의 글귀를 보고는 장난으로 무척 겁먹은 척할 것 같다. 세 번째 조지 템플은 글귀를 갖고 노래 부를 것 같은 생각이 든다.

어린 시절에 이 구절을 읽었을 때 나는 아이들 이름 하나하나에서 떠오르는 이미지와 꼭 들어맞는 말이라고 여겼다. 물론 그 이유는 단어에서 느껴지는 소리 연상 때문이었다[템플은 '템플(temple, 신전)'을, 트래들스는 '스키대들(skedaddle, 서둘러 도망치다)'을 비슷하게 연상시킨다]. 하지만 디킨스 이전에 이런 것을 알아차린 사람이 몇 명이나 될까? 지금에 비해 디킨스가 살던 시절에는 더더구나 어린아이들과 공감하려는 태도가 훨씬 부족했다. 19세기 초는 어린아이로 살기에 좋은 시절이 아니었다. 디킨스의 어린 시절은 어린아이들이 여전히 "형사 법정에서 정식 재판을 받고 몸이 묶인 채로 법정에 등장하며" 가벼운 절도죄로 열

세 살 소년을 교수형에 처하는 때로부터 그리 오래 지난 시기가 아니었
다. "어린아이들의 기백을 꺾는" 교리가 널리 호응을 얻었고 19세기 말
까지도 『페어차일드 가』*가 어린아이들을 위한 표준 도서로 자리 잡고
있었다. 이 사악한 책은 일부 내용을 삭제하고 예쁘게 꾸며 지금도 발
행되고 있지만 원래 판본을 읽어볼 필요가 있다. 이 책을 보면 아동 훈
육이 어떻게 이루어졌는지 비교적 상세하게 알 수 있다. 예를 들어 페
어차일드 가문에서는 아이들이 싸우는 것을 보면 우선 회초리로 때리
면서 회초리를 내리치는 사이사이에 "개들이 짖고 물어뜯는 것을 즐기
게 놔두라"**로 시작하는 와츠가 지은 찬송가를 암송시킨 뒤 살인자
의 썩어가는 시체가 매달린 교수대 아래에 오후 내내 아이들을 세워두
었다. 19세기 초기에 광산이나 면직공장에서 말 그대로 죽도록 노동
한 아동은 수십만 명에 이르며 더러는 여섯 살밖에 되지 않은 어린아이
도 섞여 있었다. 또한 상류계층의 자녀가 다니는 기숙 사립학교에서도
아이들이 라틴 시구를 암송하다가 틀리면 피가 철철 흐르도록 매질을
했다. 어린아이에 대한 매질에 사디즘적인 성적 요소가 있다는 점을 깨
달은 것 역시 동시대인들 중에서는 디킨스가 유일했다. 나는 『데이비드
코퍼필드』와 『니콜라스 니클비』를 통해 이런 사실을 추측할 수 있었다.
디킨스는 어린아이에 대한 신체적 가혹행위만큼이나 정신적 가혹행위
에 대해서도 분노했으며 비록 예외가 상당히 있긴 하지만 그의 작품에

---

* 메리 셔우드(Mary Martha Sherwood, 1775~1851)가 쓴 3권의 『페어차일드 가의 역사
The History of the Fairchild Family』는 각각 1818년, 1842년, 1847년에 출간되었다.
** 시인이며 찬송가 작가인 와츠(Isaac Watts, 1674~1748) 목사가 지은 「어린아이를 위
한 신성한 노래Divine Songs for Children」의 첫 소절.

서 교사는 대체로 악당으로 나온다.

대학이나 큰 기숙 사립학교를 제외하고 그 당시 영국에 있던 모든 교육기관이 디킨스에게 혹독한 비판을 받았다. 어린 스년들이 폭발할 지경이 되도록 머릿속에 그리스어를 구겨 넣어야 했던 닥터 블림버 아카데미가 있었고, 노아 클레이폴과 유리아 힙 같은 사례를 낳았던 역겨운 자선학교들, 살렘 하우스, 두더보이스 홀, 그리고 웁슬의 왕고모가 운영하는 수치스러운 작은 교습소 등이 있었다. 디킨스가 했던 말 중 일부는 오늘날에도 여전히 적용된다. 살렘 하우스는 근대 '사립 초등학교'의 전신으로 지금도 유사한 점이 많다. 웁슬의 왕고모와 아주 똑같은 유형의 늙은 사기꾼들이 지금도 영국의 거의 모든 소읍에서 활동하고 있다. 하지만 늘 그랬듯이 디킨스의 비판은 창조적이지도 않고 그렇다고 파괴적이지도 않았다. 디킨스는 교육제도의 바보 같은 짓거리가 그리스어 단어와 끝에 왁스칠을 해놓은 회초리에 기반을 두고 있다고 보았다. 반면 1850년대와 1860년대 등장한, 있는 그대로 '사실'을 강조하는 새로운 유형의 '근대' 학교도 싫어했다. 그렇다면 디킨스가 원한 건 무엇이었을까? 늘 그렇듯 디킨스는 기존의 것을 도덕적으로 개선한 형태를 원했던 것 같다. 옛 형태를 유지하면서도 회초리를 때리지 않고, 괴롭히지 않으며, 아이들에게 영양분을 제대로 공급하고, 그리스어를 너무 많이 배우지 않는 학교를 원했다. 데이비드 코퍼필드가 머드스톤 앤 그린비 상점에서 나온 뒤 가게 된 스트롱의 학교는 살렘 하우스에서 악행을 뺀 형태로, "오래된 회색 돌"의 분위기가 상당히 많이 덧입혀져 있다.

스트롱 박사의 학교는 매우 훌륭했다. 크리클 씨의 학교와는 선과 악의 거리만큼 딴판이었다. 매우 엄숙하고 점잖은 분위기였으며 건전한 체제로 운영되었다. 모든 점에서 소년들의 명예와 착한 믿음을 존중하였고……놀라운 결과를 낳았다. 우리 모두 그곳을 이끌어가면서 그곳의 특성과 품위를 유지하는 데 참여하고 있다고 느꼈다. 우리는 곧 그곳에 따뜻한 애정을 느꼈으며 나 역시 그렇다고 확신했다. 나는 이제껏 살면서 아이가 달라질 수 있다고 생각해본 적이 없었는데, 이제 그곳의 명예를 높이고 싶다는 희망과 호의를 갖고서 배움에 임했다. 방과 후에는 모두 고상한 놀이를 하면서 자유 시간을 많이 누렸다. 하지만 내 기억에 그 당시에도 마을사람들은 우리에 대해 좋게 말했으며 우리는 외모나 예의범절에서 스트롱 박사나 그곳 학생들의 평판에 누를 끼치는 어떤 짓도 거의 하지 않았다.

이 구절의 애매한 설명을 놓고 볼 때 디킨스가 교육이론에 대해 전혀 알지 못했다는 것을 알 수 있다. 디킨스는 좋은 학교가 지닌 도덕적 분위기는 상상할 수 있었지만 거기서 더 나아가지 못했다. 소년들이 "호의를 갖고서 배움에 임했다"고 하는데 그들이 배운 것은 무엇이었을까? 아마도 블림버 박사의 교과과정을 조금 느슨하게 변형시킨 것이었을 것이다. 디킨스의 소설 전체에 들어 있는 사회에 대한 태도로 보건대 그가 장남을 이튼 학교에 보내고 자녀 모두에게 보통의 교육과정을 그대로 따르게 했다는 사실은 다소 충격으로 다가온다. 기싱은 디킨스가 교육을 제대로 받지 못한 것을 뼈아프게 생각했기 때문에 자녀를 그렇게 교육시켰을 것이라고 생각하는 것 같다. 아마 기싱 자신이 고전적

학습을 좋아했기 때문에 그런 판단을 내린 것으로 보인다. 디킨스는 정규 교육을 거의 받지 못했거나 전혀 받은 적이 없다. 그렇다고 해서 디킨스가 잃은 것은 아무것도 없었고, 전반적으로 그 역시 그런 사실을 알고 있었던 것 같다. 디킨스가 스트롱의 학교보다 더 나은 학교, 현실에서 비교하면 이튼 학교보다 더 나은 학교를 상상하지 못했다면 이는 아마도 기싱의 추측과는 달리 지적인 결함 때문이었을 것이다.

디킨스는 사회에 대해 비판할 때마다 늘 구조보다는 정신의 변화를 지적하는 것처럼 보인다. 디킨스에게 분명한 해결방안을 밝히라고 요구해봐야 별 소용이 없으며 정치적 신조는 더 말할 필요도 없다. 디킨스의 접근방식은 늘 도덕적 차원에 있으며, 스트롱의 학교가 크리클 학교와는 "선과 악의 거리만큼" 딴판이었다고 말한 대목에 그의 태도가 충분히 요약되어 있다. 두 학교는 매우 비슷하다고 할 수도 있지만 완전히 다르다. 천국과 지옥은 같은 곳에 있다. '마음의 변화'가 없는 '제도의 변화'는 소용없다. 이것이야말로 본질적으로 디킨스가 늘 말하고자 하는 바였다.

이것이 전부라면 디킨스는 고작 기분이나 띄워주는 작가, 즉 반동적인 사기꾼에 지나지 않을지 모른다. '마음의 변화'란 현 상태를 위태롭게 하고 싶지 않은 세력들이 내세우는 변명이기 때문이다. 하지만 디킨스는 사소한 몇 가지를 뺀다면 결코 사기꾼이 아니다. 디킨스의 작품을 읽은 사람들이 그의 작품에서 가장 강하게 받은 인상 한 가지를 꼽는다면 바로 폭압에 대한 증오다. 나는 디킨스가 널리 받아들여지는 의미에서 혁명적 작가가 아니라고 앞서 말했다. 하지만 사회에 대해 오로지 도덕적 비판만 했다고 해서 지금 시기에 유행하는 정치경제적 비판만큼 '혁명적'이지 않다고 단언할 수 없다. 결국 혁명이란 상황을 뒤집어엎는 것이기 때문이다. 비록 블레이크는 정치인이 아니지만 사회주의 문학의 4분의 3을 찾아보아도 "나는 특허 받은 거리를 헤매고 다녔네"* 같은 시만큼 자본주의 사회의 본질을 제대로 이해한 작품은 없다. 진보는 환영이 아니며 실제로 이루어지지만, 느리게 진행되고 언제나 실망스럽다. 늘 새로운 독재자가 낡은 것을 물려받으려고 기다리고 있다. 새로운 독재자가 대체로 아주 나쁘다고는 할 수 없지만 그래도 엄연히 독재자다. 따라서 언제나 두 가지 관점이 있을 수 있다. 하나는 체제를 바꾸기 전까지 어떻게 인간 본성을 개선할 것인가 하는 관점이고, 다른 하나는 인간 본성을 개선하지 않는 한 체제를 바꾼들 무슨 소용이 있는가 하는 관점이다. 이 두 가지 관점은 각기 다른 사람에게 호소력을 지니며, 시기에 따라 번갈아 등장한다. 도덕주의자와 혁명가는 끊임없이 서로의 근거를 공격한다. 마르크스는 도덕주의자의 밑바닥에 깔린 100톤의 다이너마이트를 폭파시켰고 우리는 지금도 그 엄청난 굉음의 메아리 속에 살고 있다. 하지만 이미 어딘가에서 또 다른 공병들이 새로운 다이너마이트로 마르크스를 달로 날려 보낼 준비를 하고 있을 것이다. 그러고 나면 마르크스나 그 비슷한 누군가가 더 많은 다이너마이트를 들고 돌아오고, 이런 과정이 계속되면서 우리가 예측하지 못하는 결말을 향해 내달릴 것이다. 권력 남용을 어떻게 막을 것인가 하는 중심 문제는 여전히 해결되지 않은 채 남아 있다. 디킨스는 사유재산을 방해물로 보는 선견지명을 보여주지 못했지만, 이 점에 관해서

---

* 블레이크(William Blake, 1757~1827)의 시 「런던」에 나오는 구절.

는 선견지명을 지니고 있었다. "사람들이 바르게 행동하면 세상이 바르게 돌아갈 것"이라는 말은 얼핏 들리는 것과는 달리 그렇게 진부한 말이 아니다.

2.

비록 디킨스의 소설을 통해 실제적인 그의 가족 내력을 추측할 수는 없지만, 디킨스만큼 사회적 태생의 관점에서 완벽하게 설명할 수 있는 작가도 별로 없다. 디킨스의 아버지는 행정 업무를 보는 사무원이었고 모계를 통해 육군과 해군에 인맥을 가지고 있었다. 하지만 아홉 살 이후 줄곧 런던의 상업적 환경에서, 대부분의 시기를 가난 속에 아등바등 살아가는 환경에서 자랐다. 의식의 측면에서는 그는 소도시 부르주아에 속하며, 모든 점에서 매우 발전된 형태를 보이는 이 계층의 아주 좋은 표본이다. 부분적으로는 이로 인해 그는 매우 흥미로운 인물이 될 수 있었다. 근대 인물 중 그와 대응되는 사람을 찾는다면 아마 H. G. 웰스가 가장 가까울 것이다. 웰스는 디킨스와 비슷한 내력을 지녔고 분명 소설가로서의 디킨스에게 빚진 것이 있다. 아놀드 베넷도 본질적으로는 같은 유형이지만 디킨스나 웰스와는 달리 중부 지방 출신이며, 영국 성공회를 믿는 상업적 배경이 아니라 국교도를 믿는 산업적 배경을 지니고 있다.

소도시 부르주아의 커다란 이점과 단점으로 인해 웰스는 제한적인 견해를 지니게 되었다. 웰스는 세계를 중산계급의 세계로 보았으며 그 범위를 벗어나는 모든 것은 우스꽝스럽거나 아니면 조금 사악한 것이었다. 웰스는 산업이나 토지와 접촉하지 못했을 뿐만 아니라 지배계급과도 접촉이 없었다. 웰스의 소설을 세세하게 연구해본 사람이라면 그가 귀족을 독처럼 여기며 미워하면서도 부호에게는 특별한 반감을 보이지 않으며 프롤레타리아를 향한 열정도 없었음을 알 수 있을 것이다. 웰스가 가장 미워한 유형, 즉 인간의 모든 악에 책임이 있다고 믿은 존재는 왕, 지주, 사제, 애국주의자, 군인, 학자, 농민이었다. 얼핏 보면 국왕에서 시작해 농민으로 끝나는 이 목록이 단지 이것저것 잡다하게 모아놓은 것처럼 다가오지만 실제로 이들에게는 공통 요소가 있다. 이들 모두 낡은 유형의 인물로 전통의 지배를 받으면서 시선이 과거로 향해 있다. 즉, 미래에 돈을 투자하고 과거를 그저 구속으로만 여기는 신흥 부르주아와는 반대된다.

사실 디킨스는 부르주아가 신흥 계급으로 부상하던 시절에 살았지만 웰스보다 계급적 특성이 강하지 않다. 디킨스는 미래를 거의 의식하지 않았고 고풍스러운 것("예스러운 낡은 교회" 등)에 다소 감상적인 애정을 보였다. 그러나 디킨스가 가장 싫어하는 유형은 웰스의 그것과 놀라울 정도로 유사하다. 디킨스는 억압받는다는 이유로 노동계급에게 보편적인 공감을 느끼며 그런 점에서 어느 정도 노동계급 편이긴 하지만 실제로 그들에 대해 많이 알지 못했다. 디킨스의 작품에서 노동계급은 주로 하인, 그것도 코믹한 하인으로 등장한다. 디킨스가 극단적으로 혐오하는 계층은 귀족으로 그 점에서는 웰스보다 한발 더 나아가 있으며, 거대 부르주아 역시 마찬가지로 혐오했다. 디킨스가 실제로 공감하는 계층은 위로는 픽윅, 아래로는 바키스*가 한계다. 하지만 디킨

---

* 『데이비드 코퍼필드』에 나오는 냉담한 마차꾼.

   모든 예술은 프로파간다다—조지 오웰 평론집

스가 미워하는 유형으로서 '귀족'이라는 용어는 애매하며 좀 더 정확하게 규정되어야 한다.

실제로 디킨스가 공격 대상으로 삼은 것은 거대 귀족이라기보다는 거기서 파생된 분파, 메이페어*의 작은 집에서 귀족에게 빌붙어 사는 귀족 미망인들, 관료, 직업군인이었다. 거대 귀족은 디킨스의 작품에 실제로 거의 등장하지도 않는다. 디킨스의 책 전반에 이런 사람들에 대한 끊임없는 적대적 묘사가 이어지며 그들 중 우호적으로 그려진 인물은 거의 없다. 특히 지주계급을 우호적으로 묘사한 대목은 전혀 없다. 레스터 데들록**을 미심쩍은 예외로 보는 사람도 있을 테지만, 박해받는 가톨릭교도라는 이유로 디킨스의 동정을 사는 『바나비 러지』의 헤어데일과 『픽윅 보고서』의 워들(상투적인 인물로 "착한 늙은 지주")이 유일한 예외일 것이다. 군인(즉, 장교) 중에서 우호적으로 묘사된 인물이 없으며 해군 중에도 전혀 없다. 디킨스가 그려내는 관료, 판사, 행정장관 등을 보면 대개 관청 안에서 아주 편안하게 지낸다. 디킨스가 조금이라도 우호적으로 다루는 관리는 의미심장하게도 경찰관이 유일하다.

영국인은 디킨스의 태도를 쉽게 이해할 수 있다. 이런 태도는 영국 청교도 전통의 일부이며 당시까지도 여전히 사라지지 않았다. 디킨스가 속한 계급, 하다못해 입양을 통해 속하게 된 계층은 베일에 싸인 두 세기를 지난 뒤 어느 날 갑자기 부유해졌다. 이 계급은 주로 대도시에서 성장했고 농업과는 무관했으며 정치적 힘이 없었다. 이 계급의 경험 속에서 정부는 방해꾼이거나 박해자였다. 따라서 그들에게는 공공 서

---

* 　런던 하이드파크 동쪽의 고급 주택지.
** 　『황폐한 집』에 등장하는 귀족.

비스의 전통이 없으며 도움이 되는 전통도 많지 않았다. 19세기 돈을 가진 신흥 계급과 관련해서 지금 우리에게 특이하게 다가오는 점은 그들에게 아무런 책임감이 없었다는 것이다. 그들은 개인의 성공이라는 관점에서 모든 것을 보았으며 공동체가 존재한다는 의식을 거의 갖고 있지 않았다. 반면에 타이트 바나클*이라면 심지어 의무를 도외시할 때조차 자신이 어떤 의무를 다하지 않는지 얼마간 희미한 개념을 가지고 있었을 것이다. 디킨스는 무책임한 태도를 취하지도, 그렇다고 악착같이 돈을 긁어모으는 스마일스 방식[*1]의 노선을 택하지도 않았다. 하지만 디킨스의 마음 이면에는 늘 모든 정부기구가 불필요하다는 절반의 믿음이 있었다. 의회는 그저 쿠들 경이나 토머스 두들 경이며, 제국은 백스톡 시장과 그의 인디언 하인, 육군은 차우저 대령과 슬램머 박사, 공무원은 범블이나 관료주의적 관청일 뿐이었다. 쿠들이나 두들, 그 밖에 18세기에서 넘어온 송장 같은 존재들이 픽윅이나 보핀 같은 사람은 신경조차 쓰지 않는 일을 하고 있다는 사실을 디킨스는 보지 못했고, 설령 보았더라도 드문드문 보았을 뿐이다.

물론 이런 협소한 시야가 어떤 점에서는 디킨스에게 매우 유리했다. 풍자작가가 너무 많은 것을 보는 것은 치명적이기 때문이다. 디킨스의 관점에서 볼 때 '좋은' 사회는 그저 바보 같은 시골 사람들이 모여 있는 곳이다. 얼마나 대단한 사람들인가? 귀부인 티핀스! 가우언 부인! 베리

---

* 『리틀 도릿』의 등장하는 관리.

*1 스마일스(Samuel Smiles, 1812~1904)는 여러 권의 자기 개발서를 썼다. 가장 많이 알려진 것은 『자활 노력: 행동과 끈기에 대한 사례Self-Help: with Illustrations of Conduct & Perseverance』(1859)다. 그 시대 나온 이런 종류의 책 중에서 단연코 가장 큰 성공을 거두었지만, 이 책과 거기에 담긴 태도는 많은 비판을 받았다.

 모든 예술은 프로파간다다—조지 오웰 평론집

소프트! 밥 스테이블스 각하! 스파싯 부인(그녀의 남편은 파울러 같은 사람이었다)! 타이트 바나클 집안사람들! 너프킨스! 실질적으로 바보짓의 사례집과도 같다. 하지만 디킨스는 지주·군인·관료계급과 동떨어져 있었기 때문에 세세한 풍자를 할 수 없었다. 디킨스는 이들 계급을 오로지 정신적 결함이 있는 사람으로 묘사할 때에만 성공을 거두었다. 디킨스 살아생전에 그를 비난하면서 "신사를 그리지 못한다"고 했던 것은 말도 안 되는 소리지만 그가 '신사'계급을 비판했던 내용이 별다른 영향력을 지니지 못한 것은 이런 점에서 맞는 말이다. 한 예로 멀베리 호크*는 사악한 준남작 유형을 그리려다 실패한 사례에 해당한다. 『어려운 시절』에 등장하는 하트하우스는 이보다 낫지만 그래봐야 트롤럽**이나 새커리***에 비하면 평범한 수준이다. 트롤럽의 사고방식은 '신사'계급의 범위를 거의 벗어나지 않지만, 새커리는 두 정신적 진영에 한 발씩 딛고 있는 큰 유리함을 지녔다. 몇 가지 점에서 새커리의 견해는 디킨스와 매우 비슷하다. 디킨스와 마찬가지로 새커리는 돈 있는 청교도 계층과 자신을 동일시한 반면 카드놀이나 하고 빚으로 사람들을 갈취하는 귀족에 반대했다. 새커리의 눈에는 19세기가 되어도 사악한 스테인**** 같은 사람 속에 여전히 18세기가 이어지고 있었다. 『허영의 시장』은 디킨스가 『리틀 도릿』의 몇 장에서 그려놓은 것을 전면적으로 확대해 구성한 작품이다. 하지만 태생이나 자라난 환경으로 볼 때 새커리

---

* 『니콜라스 니클비』에 등장하는 기생충 같은 귀족.
** 트롤럽(Anthony Trollope, 1815~1882). 영국의 소설가.
*** 새커리(William Makepeace Thackeray, 1811~1863). 영국의 소설가.
**** 새커리의 소설 『허영의 시장』에 나오는 귀족.

는 공교롭게도 자신이 풍자하는 계층에 더 근접해 있었다. 따라서 새커리는 가령 펜덴니스 시장과 로든 크롤리처럼 다소 절묘한 인물 유형을 만들 수 있었다. 펜덴니스 시장은 천박한 늙은 속물이고 로든 크롤리는 멍청한 악당인데, 오랫동안 상인들을 상대로 사기 치면서 살면서도 그것이 잘못되었다는 것을 전혀 알지 못한다. 하지만 그들의 길고 복잡한 규범에 따르면 두 사람 모두 전혀 나쁜 사람이 아니라고 새커리는 묘사한다. 펜덴니스는 가짜 수표에 서명하지 않으려 했고, 로든은 서명을 했지만 다른 한편으로 궁지에 몰린 친구를 버리지 않는다. 두 사람 모두 전쟁터에서 품위 있게 행동했지만 디킨스라면 이를 특별히 매력적으로 보지 않았을 것이다. 그리하여 새커리는 끝에 가서 펜덴니스에게는 기꺼운 아량을 보이고 로든에게는 존경 비슷한 것을 품게 만든다. 그럼에도 독자는 두 사람에게서 상류사회 언저리에 빌붙어 알랑거리며 살아가는 완전히 썩어빠진 모습을 간파해내는데, 이는 다른 어느 악당이 보여줄 수 있는 모습보다 탁월하다. 디킨스라면 이런 인물을 그릴 수 없었을 것이다. 디킨스의 손을 거쳤다면 로든도 펜덴니스도 그저 그런 인습적 인물로 축소되었을 것이다. 또한 '좋은' 사회에 대한 디킨스의 비판은 전반적으로 형식에 치우쳐 있다. 귀족과 대부르주아는 디킨스의 작품에서 주로 "먼 소음"으로, 가령 포드스냅* 집에서 열리는 만찬 파티처럼 부속건물 어딘가에서 웅웅거리며 들려오는 합창소리로 등장한다. 디킨스는 대체로 중요하지 않는 중간계층 사람을 그릴 때 존 도릿이나 해롤드 스킴폴처럼 정말 미묘하면서도 비판적인 여파

---

* 『우리 둘 다 아는 친구』에 나오는 젠 체하는 상류계층 인물.

를 불러일으키는 인물을 만들 수 있었다.

디킨스가 살던 시대를 고려할 때 정말 놀라운 점은 그가 통속적인 민족주의를 보이지 않는다는 것이다. 국가를 이룬 민족은 외국인을 경멸하는 경향이 있지만 영어 사용 인종이 가장 심했다는 의심은 그리 많지 않다. 이것은 여느 외국 인종을 완전히 알게 되는 순간 외국인을 지칭하는 모욕적인 별명을 짓는다는 사실로 미루어 알 수 있다. 워프, 데이고, 프로기, 스퀘어헤드, 카이크, 쉬니, 니거, 워그, 칭크, 그리저, 옐로우벨리* 등이 있는데 이는 그나마 일부 선별해놓은 속어들이다. 1870년 이전이라면 세계지도가 지금과는 달랐기 때문에 목록이 훨씬 적었을 것이며, 영국인의 의식에 완전히 자리 잡은 외국 인종은 서너 개에 불과했을 것이다. 하지만 이들 외국인, 특히 영국과 가장 가까운 거리에 있고 가장 미워하는 프랑스인에 대해 은인인 체하는 영국인의 태도는 정말 참을 수 없는 정도여서 영국인의 '거만'이나 '오국인 혐오증'은 여전히 하나의 전설로 남아 있다. 물론 지금도 완전히 틀린 전설은 아니다. 아주 최근까지도 거의 모든 영국 아이들은 남부 유럽 인종을 얕잡아보도록 길러졌으며 학교에서 가르치는 역사를 보면 주로 영국이 승리한 전쟁을 주르르 나열해놓는 식이다. 하지만 진짜 과시가 무엇인지 알려면 1830년대 《쿼털리 리뷰》**를 읽어보아야 한다. 당시는 영국인들 스스로 "건장한 섬사람", "불굴의 용맹심을 가진 사람"이라는 전

---

* 워프는 이탈리아인, 데이고는 스페인인, 프로기는 프랑스인, 스퀘어헤드는 독일인, 카이크와 쉬니는 유대인, 니거는 흑인, 워그는 중동인, 칭크는 중국인, 그리저는 멕시코인, 옐로우벨리는 황인종을 가리킨다.

** 《쿼털리 리뷰Quarterly Review》. 1809년에 창간된 토리당의 기관지.

설을 구축하던 시기였고, 영국인 한 명이 외국인 세 명과 맞먹는다는 것을 과학적 사실로 받아들였던 시기였다. 19세기에 걸쳐 줄곧 소설과 만화신문에는 관습적으로 그려진 '프로기'가 등장했다. '프로기'는 좁다란 턱수염에 뾰족한 실크해트를 쓰고, 언제나 몸짓을 섞어가면서 흥분한 소리로 재잘거리며, 허영심 많고. 천박하며, 전리품 자랑을 좋아하지만 진짜 위험해졌을 때에는 도망가는 작은 체구의 우스꽝스러운 사람으로 그려졌다. 그와 대조를 이루는 인물은 "건장한 영국 자작농" 존 불이나 (사립학교에서 널리 교육되는) 찰스 킹슬리. 톰 휴스 등의 "강하고 말없는 영국인"이었다.

새커리는 비록 이런 사고를 꿰뚫어보고 비웃는 때도 더러 있긴 했지만 대체로 이런 입장이 매우 강했다. 새커리의 마음속에는 영국인이 워털루 전쟁에서 이겼다는 역사적 사실이 확고하게 자리 잡고 있었다. 새커리의 작품을 읽다보면 이에 대한 언급을 매우 심심찮게 만날 수 있다. 새커리가 생각하는 영국인은 육체적 힘이 엄청나게 강해서 누구도 당해내지 못하는데, 주된 이유는 소고기를 먹기 때문이라고 보았다. 당대의 대다수 영국인과 마찬가지로 새커리는 영국인이 다른 국민보다 체격이 크다는 이상한 환상을 갖고 있었다(공교롭게도 새커리 자신이 다른 사람에 비해 체격이 컸다). 그렇게 때문에 새커리는 다음과 같은 구절을 쓸 수 있었다.

나는 당신이 프랑스인보다 낫다고 말한다. 이 글을 읽고 있는 당신의 키가 170센티미터 이상이고 몸무게는 70킬로그램 정도 나간다는 사실에 돈이라도 걸 수 있다. 반면 프랑스인은 키가 162센티

　　　모든 예술은 프로파간다다—조지 오웰 평론집

미터에 몸무게는 57킬로그램도 되지 않는다. 프랑스인은 수프를 먹은 뒤 야채 한 접시를 먹지만 당신은 고기 한 접시를 먹는다. 당신은 확연히 다른 우월한 동물, 즉 프랑스인을 이기는 동물(수백 년의 역사가 이런 사실을 보여주었다)이다.

새커리의 작품 곳곳에 이와 비슷한 구절이 나온다. 디킨스라면 결코 이런 말을 하지 않았을 것이다. 디킨스가 어느 곳에서도 외국인을 놀림감으로 삼은 일이 없다고 말한다면 과장일 것이며, 19세기의 거의 모든 영국인과 마찬가지로 그 역시 유럽 문화를 맛본 적이 없었다. 하지만 그 어디에서도 디킨스는 "섬 인종"이니 "불도그 종"이니 "올바르고 작은, 단단하고 작은 섬나라"라는 식의 전형적인 영국인 허풍에 빠지지 않았다. 『두 도시 이야기』 전체를 통틀어 "이 사악한 프랑스인들이 행동하는 것 좀 봐라!"라는 의미로 받아들여질 만한 구절이 하나도 없었다. 외국인에 대한 일반적인 미움을 드러내는 것처럼 보이는 대목이 미국인을 묘사한 『마틴 처즐윗』의 장에 한 군데 있다. 하지만 이는 위선에 반발해 너그러운 사람이 보일 만한 반응에 지나지 않는다. 오늘날 디킨스가 살아 있었다면 소비에트 러시아에 여행을 가서 지드의 『소련 기행』[*1] 같은 책 한 권을 들고 돌아왔을 것이다. 하지만 디킨스에게는 민족을 개개인으로 간주하는 어리석음이 유난히 없었다. 심지어는 민족성에 기댄 농담조차 거의 하지 않았다. 가령 코믹한 아일랜드인이나

[*1] 많은 작품을 남긴 프랑스 작가이자 편집자인 지드(André-Paul-Guillaume Gide, 1869~1951)는 소련을 방문하고 돌아오면서 그곳의 경험에 대해 다소 환멸 섞인 『소련 기행Retour de l'URSS』(1936)을 썼다.

코믹한 웨일스인을 등장시키지도 않았는데 이는 그가 상투적인 인물이나 기존의 농담에 반대하기 때문은 아니었다. 분명 디킨스는 이런 것에 반대하지 않았다. 디킨스가 유대인에게 어떤 편견도 보이지 않았다는 것은 더욱 의미심장하다. 훔친 물건을 받는 사람이 유대인일 거라고 당연하게 여긴 것(『올리버 트위스트』와 『위대한 유산』)은 사실이며 그 당시에는 아마 정당한 생각이었을 것이다. 하지만 히틀러가 등장할 때까지 영국 문학에 만연해 있던 '유대인 농담'이 그의 작품에는 나오지 않으며, 『우리 둘 다 아는 친구』에서는 유대인을 옹호하려고 시도하는데, 그다지 설득력은 없지만 경건한 시도였다.

디킨스에게 통속적인 민족주의가 보이지 않았다는 것은 부분적으로는 그가 도량이 넓었음을 의미하지만, 부분적으로는 부정적이고 다소 도움이 되지 않는 정치적 태도 때문이라고 할 수 있다. 디킨스는 매우 영국인답지만 영국인이라는 사실을 거의 의식하지 않았다. 영국인이라는 생각이 분명 그를 열광시키지는 않은 것이다. 디킨스는 제국주의자의 감정이나 이렇다 할 만한 외교·정치적 견해를 가지고 있지 않았으며 군대 전통을 맛본 적도 없었다. 기질적으로 디킨스는 '영국 군인'을 경시하고 전쟁이 사악하다고 여기는 비국교도적 소상인에 훨씬 가까웠다. 편협한 견해지만 결국 전쟁은 사악한 것이다. 디킨스가 전쟁에 대해 거의 쓰지 않았으며 심지어는 이를 비난한 일조차 없다는 것은 확실하다. 디킨스는 놀라운 묘사력을 지녔을 뿐만 아니라 한 번도 본 적 없는 것을 묘사하는 능력이 있었음에도 『두 도시 이야기』에 나오는 바스티유 습격을 제외하면 한 번도 전쟁을 묘사하지 않았다. 아마도 이 주제가 그에게는 흥미롭게 다가가지 않았고 어쨌든 전쟁터라는 곳이 뭔가 해결되어야 할 일을 해결하는 장소로 여겨지지 않았다. 이는 중하층계급, 청교도 정신에 따른 생각이었다.

3.

디킨스는 가난을 겁낼 만큼 꽤나 빈곤한 환경에서 자랐으며, 비록 도량이 넓었지만 영락한 사람이 허세를 부리는 데 대해서는 특히 편견을 가지고 있었다. 흔히 디킨스를 '대중' 작가, '억압받는 대중'의 대변자라고 말한다. 디킨스가 생각하기에 억압받는 대중이라고 판단되는 한에서는 그랬다. 하지만 그의 태도를 결정하는 두 가지 변수가 있다. 우선 디킨스는 잉글랜드 남부 사람이며, 그것도 런던내기다. 따라서 대다수 진짜 억압받는 대중, 즉 공장노동자와 농업노동자를 접촉해본 적이 없었다. 재미있는 사실은 또 다른 런던내기인 체스터튼이 정작 '가난한 사람들'이 실제로 누구인지 별로 알지도 못하면서 디킨스를 늘 '가난한 사람들'의 대변인으로 내세웠다는 점이다 체스터튼에게 "가난한 사람들"이란 소상인이나 하인을 뜻했다. 체스터튼이 샘 웰러를 가리켜 "영국 특유의 대중을 다룬 영국 문학에서 커다란 상징"이라고 칭한 적이 있는데 샘 웰러는 하인이다! 두 번째 변수는 디킨스의 어린 시절 경험이 프롤레타리아의 거친 특성에 대한 공포를 심어주었다는 점이다. 디킨스는 가난한 사람 중에서도 최하층 사람, 빈민가 사람들을 묘사할 때면 어김없이 이런 공포를 보였다. 런던 빈민가를 묘사한 장면을 보면 언제나 숨김없는 혐오감으로 가득했다.

길은 비좁고 악취가 심했다. 가게나 집은 형편없고 사람들은 반쯤 벌거벗다시피 대충 옷을 걸쳤고 술에 취해 추한 몰골이었다. 도로 위의 아치 길과 골목길은 멋대로 뻗은 거리 위에 냄새며 먼지며 삶을 마구 토해내고 있어서 마치 수많은 시궁창이 이어져 있는 것 같았다. 구역 전체가 범죄와 불결함과 불행을 뿜어내고 있었다.

디킨스의 작품에는 이와 비슷한 구절이 많이 나온다. 디킨스가 극빈계층으로 여긴 사람들이 어떤 모습인지 이 구절들을 통해 알 수 있다. 현대의 교조적인 사회주의자가 인구의 많은 부분을 '룸펜 프롤레타리아'로 보면서 무가치한 존재로 치부하는 것과 어느 정도 동일하다고 할 수 있다. 디킨스는 일반적으로 그에게 기대하는 것에 비해 범죄자를 제대로 이해하지 못하는 모습을 보인다. 비록 디킨스가 범죄의 사회적·경제적 원인을 잘 인식하고 있기는 했지만 일단 법을 어긴 사람은 인간 사회 밖으로 퇴출된다고 여기는 것 같은 모습을 자주 보인다.『데이비드 코퍼필드』끝부분에 데이비드가 리티머와 유리아 힙이 복역하는 감옥에 찾아가는 장면이 나온다. 찰스 리드가『고치기에 너무 늦은 것은 아니다It is Never too Late to Mend』에서 인상적으로 비판했던 끔찍한 '모범적'감옥을 디킨스는 너무 '인간적'이라고 여기는 듯한 모습을 실제로 보인다. 디킨스는 음식이 너무 좋다고 불평한다! 최악의 밑바닥 빈곤이나 범죄와 맞닥뜨리는 순간 디킨스는 "나는 늘 자신을 존경스러운 사람으로 지켜왔다"는 습관적인 태도의 흔적을 드러낸다.『위대한 유산』에서 매그위치를 대하는 핍의 태도(이는 분명 디킨스 자신의 태도다)는 매우 흥미롭다. 핍은 자신이 조의 은혜를 저버렸다는 의식을 줄곧 가진 반면 매그위치에 대해서는 그렇지 않았다. 오랫동안 은혜를 베풀었던 사람이 추방된 기결수였다는 것을 알고 나서 핍은 견딜 수 없는 혐오감에 빠져든다. "설령 그가 끔찍한 짐승이었더라도 내가 그 사람에게 느꼈던 혐오, 그에게 품었던 두려움, 그에게서 느끼는 은몸이 오그라드는 반감보다 더할 수는 없었을 것이다." 핍이 어린 시절 묘지에서 매그위치에게 위협을 당했기 때문에 이런 감정을 갖게 된 것이 아니다. 그것은 매그위치가 범죄자이고 기결수라는 사실에서 비롯된다. 핍이 매그위치의 돈을 가질 수 없다고 느낀 사실 속에는 응당 "나 자신을 존경스러운 사람으로 지키려는" 강한 감정이 있다. 그 돈은 범죄의 산물이 아니라 정직하게 번 것이지만 예전 기결수의 돈이며 그렇기 때문에 "불결하다." 여기에 심리적으로 잘못된 점은 없다. 심리적 차월에서 볼 때『위대한 유산』의 후반부는 디킨스가 이룩한 최고의 성취다. 독자는 그 부분을 읽는 내내 "그래, 핍이라면 그렇게 했을 거야"라고 느낀다. 하지만 중요한 것은 매그위치의 문제에서 디킨스가 자신을 핍과 동일시하고 있으며 그의 태도가 속물적이라는 사실이다. 그 결과- 매그위치는 폴스타프*나 어쩌면 돈키호테처럼 이상한 인물, 즉 작가의 의도보다 훨씬 애처로운 인물이 되었다.

가난하지만 범죄자가 아닌 사람, 즉 평범하고 온당하며 노동으로 살아가는 가난한 사람에게 당연히 디킨스는 경멸적인 태도를 취하지 않는다. 디킨스는 페고티 집안사람이나 플로니시 집안사람을 매우 진심으로 칭송한다. 하지만 그들을 진정 자기와 등등한 사람으로 여겼

---

* 셰익스피어의 희곡 『헨리 4세』와 『윈저의 즐거운 아낙네들』에 나오는 쾌활하고 재치 있는 허풍쟁이 뚱뚱보 기사.

을지는 의문이다. 디킨스가 소설보다 훨씬 인상적으로 구두약 공장을 묘사한 자전적 내용(그중 일부가 포스터의 『인생Life』*에 나와 있다)과 『데이비드 코퍼필드』 11장을 함께 읽어보면 더할 나위 없이 흥미롭다. 디킨스는 20년이 넘도록 그 당시의 기억으로 너무 마음이 아파서 공장이 있던 스트랜드 가 구역을 우회하곤 했다. 디킨스는 "장남이 말을 할 수 있는 시기가 지났는데도 그 길을 생각하면 눈물이 난다"고 말하고 있다. 다음 구절을 보면 그때나 기억을 떠올릴 때나 강제로 "낮은 계층의" 동료와 어울리게 된 사실이 디킨스에게 가장 마음 아픈 상처였다는 것을 분명하게 알 수 있다.

이런 동료들과 어울리는 처지로 떨어지고 나서 행복했던 어린 시절의 동료들과 지금 매일같이 대하는 동료들을 비교할 때 내 영혼이 남몰래 얼마나 큰 고통을 겪었는지 어떤 말로도 표현할 수 없다.……하지만 나는 구두약 창고에서도 일정한 위치를 갖게 되었다.……어쨌든 다른 어느 아이 못지않게 손이 재빠르고 능숙해졌다. 그들과 완전히 익숙해지기는 했지만 우리 사이에 일정한 거리가 생길 만큼 나의 행동과 예의는 달랐다. 그 애들과 사람들은 늘 나를 "어린 신사"라고 불렀다. 어떤 이는……내게 말을 걸 때 가끔 "찰스"라고 부르곤 했다. 하지만 대개는 둘만 있을 때 그렇게 부르곤 했다.……한번은 폴 그린이 일어나 "어린 신사"라는 호칭에 반기를 들었지만 밥 파긴이 재빨리 진정시켰다.

---

* 포스터(John Forster, 1812~1876)가 쓴 『찰스 디킨스의 인생The Life of Charles Dickens』(1872~1874)을 말한다.

　　모든 예술은 프로파간다다—조지 오웰 평론집

게다가 "우리 사이에 일정한 거리"가 있어야 했을 것이다. 디킨스는 아무리 노동계급을 칭송할지라도 그들과 닮고 싶은 마음이 없었다. 디킨스의 태생으로 보나 그가 살던 시대로 볼 때 그러지 않을 수 없었을 것이다. 19세기 초에는 계급 적대가 지금만큼 첨예하지 않았을지 몰라도 계급과 계급의 겉모습 차이는 훨씬 컸을 것이다. '신사'와 '보통 사람'은 분명 다른 동물 종처럼 여겨졌을 것이다. 디킨스는 부자에 맞서 진심으로 가난한 사람 편에 섰지만 노동계급의 겉모습을 오명이라고 생각하지 않는 것은 그에게 거의 불가능한 일이었을 것이다. 톨스토이의 우화 중에 어떤 마을의 농부들이 마을에 들어오는 모든 낯선 이의 손을 보고 그를 판단하는 이야기가 있다. 노동으로 손바닥에 단단하게 굳은살이 박혔으면 마을에 들어오게 하고 손바닥이 부드러우면 그냥 내보냈다. 디킨스는 이를 이해하지 못했을 것이다. 그가 쓴 작품의 주인공은 모두 손이 부드러웠다. 니콜라스 니클비, 마틴 처즐윗, 에드워드 체스터, 데이비드 코퍼필드, 존 하먼 등과 같은 나이 어린 주인공은 대체로 '얼굴로 한몫하는 배우' 유형이었다. 디킨스는 부르주아의 외모와 말투(귀족의 말투가 아니었다)를 좋아했다. 한 가지 이상스러운 점은 노동자처럼 말하는 사람에게 좀처럼 주인공 역할을 허락하지 않으려 했다는 점이다. 샘 웰러 같은 코믹한 주인공이나 스티븐 블랙풀처럼 불쌍한 인물은 사투리 억양을 지닐 수 있지만, 젊은 주인공은 요즘으로 말하면 늘 BBC 방송 말투로 말했다. 말이 안 되는 상황에서도 그랬다. 가령 어린 핍은 에식스 사투리를 쓰는 사람들 손에 자랐는데도 아주 어릴 때부터 상류층 영어를 썼다. 아마 실제로는 조와 같은 사투리, 아니면 적어도 가제리 부인과 같은 사투리를 썼을 것이다. 비디 웝

슬, 리지 헥샘, 시시 주프, 올리버 트위스트도 마찬가지였다. 어쩌면 여기에 리틀 도릿을 포함시키는 사람도 있을 것이다. 심지어는『어려운 시절』의 레이첼에게서도 랭커셔 악센트의 흔적을 거의 볼 수 없는데, 이는 그녀의 상황에서는 불가능한 일이었다.

계급과 성이 부딪힐 때 소설가가 보이는 태도는 그가 계급 문제에 진정으로 어떤 감정을 갖고 있는지 알려주는 단서를 종종 제공한다. 이것은 거짓말하기가 어려운 문제다. 그리하여 '나는 속물이 아니다'라는 마음가짐이 이 대목에서 무너진다.

피부색 차이가 계급 구분의 기준이 될 경우 이런 태도가 가장 분명하게 드러난다. ('원주민' 여성은 만만한 대상이고 백인 여성은 신성불가침 대상이라는 식의) 식민지 시대 태도와 흡사한 점이 모든 백인 사회에 은폐된 형태로 존재하며 이런 태도는 원주민 여성과 백인 여성 모두에게 강한 분노를 불러일으킨다. 소설가가 다른 상황에서라면 부인했겠지만 이런 문제가 발생하면 있는 그대로의 계급 감정으로 회귀하는 모습을 보인다. '계급의식이 드러나는' 반응의 좋은 사례는 조금 잊힌 소설이지만 조지 바트럼의『클롭턴네 사람들』[*1]이다. 이 작품에서 작가의 도덕규범은 의심의 여지없이 계급적 증오심과 뒤섞여 있다. 바트럼은 부자가 가난한 여성을 유혹하는 것을 극악한 행동이라고 여기는데, 이는 같은 계층에 속하는 남성이 유혹하는 것과는 전혀 다른 더럽혀지는 행위라고 느꼈다. 트롤럽은 이런 주제를 두 번(『세 명의 사무원The Three Clerks』과『앨링턴의 작은 집The Small House at Allington』) 다루었으

[*1] 바트럼(George Bartram)은 소설과 민요시를 썼다. 『클롭턴네 사람들: 부당한 연애 The People of Clopton: A Poaching Romance』는 1897년에 출간되었다.

 모든 예술은 프로파간다다—조지 오웰 평론집

며, 예상할 수 있듯이 완전히 상류계급의 시각에서 서술했다. 그가 보기에 술집 종업원 또는 술집 주인의 딸과 관계를 갖는 것은 그저 "얽혀든 일"이며 빠져나와야 하는 관계였다. 트롤럽의 도덕 기준은 엄격하며 그런 유혹이 실제로 일어나도록 허용하지 않지만 노동계급 여성의 감정은 중요하지 않다는 의미를 함축하고 있다. 『세 명의 사무원』에서는 여성에게서 "냄새가 난다"고 언급함으로써 전형적인 계급적 반응을 보이기도 했다. 메레디스[*](『로다 플레밍』)는 보다 '계급의식이 강한' 관점을 취했다. 새커리는 자주 그렇듯 우유부단한 태도를 보이는데, 『펜덴니스Pendennis』(파니 볼턴)에서는 트롤럽과 완전히 똑같은 태도를 보이는 반면, 『몰락했으면서도 허세를 부리는 사람 이야기A Shabby Genteel Story』에서는 메레디스의 태도에 훨씬 가깝다.

계급-성 주제를 다루는 방식만 보아도 트롤럽, 메레디스, 바트럼의 사회적 태생을 직감적으로 상당 부분 알 수 있다. 디킨스도 마찬가지인데, 늘 그렇듯이 그는 프롤레타리아보다는 중산계급을 자신과 더 동일시하는 경향을 보인다. 이에 어긋나는 것처럼 보이는 한 가지 경우는 바로 『두 도시 이야기』에서 의사 마네트의 원고에 등장하는 젊은 농촌 여성 이야기다. 하지만 이것은 마담 드파르지의 깊은 미움을 설명하기 위해 삽입된 시대극일 뿐이며, 디킨스가 이를 수긍하는 듯한 태도는 보이지 않는다. 19세기의 전형적인 유혹을 다루는 『데이비드 코퍼필드』에서 디킨스는 계급 문제를 대단히 중요하다고 느끼지 않는 것 같다. 성적 악행을 처벌하지 않고 묵인해서는 안 된다는 것이 빅토리아 시대 소

---

[*] 메레디스(George Meredith, 1828~1909). 영국의 시인이자 소설가. 『로다 플레밍Rhoda Fleming』은 1865년에 출간되었다.

설의 법칙이었기에 스티어포스는 야머스 해변에서 익사한다. 하지만 디킨스도, 늙은 페고티도, 심지어는 햄조차도 스티어포스가 부잣집 아들이기 때문에 그의 악행이 더 크다고 여기지 않은 듯하다. 스티어포스 집안사람들은 계급적 동기에 의해 움직이지만 페고티 집안사람들은 그렇지 않다. 심지어는 스티어포스 부인과 늙은 페고티가 나오는 장면에서도 그런 모습을 보이지 않는다. 만일 그들이 계급적 동기에 의해 움직였다면 당연히 스티어포스뿐만 아니라 데이비드에게도 등을 돌렸을 것이다.

『우리 둘 다 아는 친구』에서 디킨스는 유진 레이번과 리지 헥샘의 에피소드를 매우 사실주의적으로 계급적 편견 없이 다룬다. "손 저리 치워, 이 더러운 자식"의 전통에 따르면 리지는 유진에게 "퇴짜를 놓거나" 아니면 그에게 몸을 망치고 워털루 다리에서 뛰어내려야 하고, 유진은 매정한 배신자가 되거나 사회에 맞서기로 결심하는 영웅이 되어야 한다. 하지만 두 사람 모두 결코 그런 식으로 행동하지 않는다. 리지는 유진의 접근에 겁을 먹고 번번이 도망가지만 그의 접근이 싫은 척하지 않는다. 유진은 리지에게 끌리자 품위를 지키면서 그녀를 유혹하려 하지만 자기 집안 때문에 그녀와 결혼할 엄두를 내지 못한다. 마침내 두 사람은 결혼에 이르지만, 아마도 저녁 약속 기회를 몇 차례 잃게 될 트웸로우를 제외하고는 아무도 더 나빠진 사람이 없다. 이는 현실에서 벌어질 만한 모습과 거의 흡사하다. 하지만 '계급의식을 지닌' 소설가라면 리지를 브래들리 헤드스톤에게 보냈을 것이다.

하지만 반대 상황, 즉 가난한 남성이 자기보다 '나은' 여성에게 마음을 품은 경우 디킨스는 곧바로 중산층의 태도로 돌아간다. 디킨스는 여성(woman의 w를 대문자 W로 표현하는 여성, 즉 신분이 높은 여성)이 남성보다 '나은' 계층으로 나오는 빅토리아식 개념을 좋아했다. 핍은 에스텔라가 자신보다 '낫다'고 느끼고 에스더 서머슨은 구피보다 '나으며' 리틀 도릿이 존 치버리보다 '낫고' 루시 마네트가 시드니 카튼보다 '낫다.' 그중에는 단지 도덕적으로 나은 경우가 있는가 하면 사회계층 면에서 나은 경우도 있다. 유리아 힙이 아그네스 웍필드와 결혼하려 한다는 사실을 데이비드 코퍼필드가 알았을 때 의심의 여지없는 계급적 반응을 보인다. 혐오스러운 유리아가 아그네스와 사랑에 빠졌다고 느닷없이 알린 것이다.

"아, 코퍼필드 도련님, 저의 아그네스가 걸어 다니는 땅조차도 얼마나 순수한 마음으로 사랑하는지 모릅니다!"

나는 벌겋게 달궈진 부지깽이를 불에서 꺼내 유리아를 찌르는, 정신이 혼미한 착란증상이 일어나고 있다고 생각했다. 라이플에서 총알이 튀어나오듯이 느닷없는 충격과 함께 그런 생각이 들었다. 하지만 유리아의 비열한 영혼이 그의 몸을 움켜쥐고 있는 것처럼 온통 엉망인 채로 앉아 있는 유리아를 바라보노라니 붉은색 머리카락을 지닌 이 동물에 대한 생각으로 화가 치밀면서도 내 마음속에는 아그네스의 이미지가 남아 있었다.……"아그네스 웍필드는 당신보다 훨씬 나은 사람이라고 생각해요(데이비드는 나중에 가서 말했다). 그리고 당신의 모든 열망도 닿지 못할 저 달만큼 멀리 떨어져 있지요!"

굽실거리는 태도나 에이치 발음을 빠뜨리는 말투 등 힙이 전반적으로 열등한 존재라는 사실을 소설 여기저기에서 계속 상기시키는 것을 고려할 때 디킨스가 지닌 감정의 본질이 무엇인지는 의심의 여지가 없다. 물론 힙은 악역을 맡고 있지만 아무리 악당이라도 성적 생활은 있다. 실제로 디킨스가 반감을 느끼는 점은 '순수한' 아그네스가 에이치 발음을 빠뜨리는 사람과 한 침대에 있을 것이라는 생각 때문이다. 하지만 자기보다 '나은' 여성과 사랑에 빠진 남성을 농담처럼 취급하는 것이 디킨스의 대체적인 경향이다. 이는 말볼리오* 이후 영국 문학에서 상투적인 농담의 하나로 이어져왔다. 『황폐한 집』에 나오는 구피가 그런 사례이고 『리틀 도릿』의 존 치버리가 또 다른 사례이다. 『픽윅 보고서』에는 이런 주제를 다소 심술궂게 다루는 대목이 있다. 여기서 디킨스는 욕실 하인들이 공상생활을 즐기면서 자기네보다 '나은 사람'을 흉내 내어 만찬 파티를 열고 젊은 안주인이 자기들과 사랑에 빠지는 망상을 하는 것을 묘사한다. 분명 디킨스는 이를 매우 희극적이라고 생각한다. 일면 그렇기도 하지만, 하인들이 교리문답서의 정신에 따라 묵묵히 자기 현실을 받아들이는 것보다는 이런 식의 망상이라도 하는 것이 더 낫지 않을까 의문을 품는 사람도 있을 것이다.

하인을 다루는 태도에서 디킨스는 시대를 앞서가지 않는다. 19세기에는 집안일에 대한 저항이 막 시작되어 일 년에 500파운드 이상을 가진 모든 이들이 무척 곤혹스러웠다. 19세기 만화신문에 실린 많은 농담이 하인의 주제넘은 태도를 다루고 있다. 주간지 《펀치》** 에서는 오래전부터 「하인의 여자」라는 제목의 농담 시리즈를 연재하고 있는데,

---

*   셰익스피어 『십이야』에 등장하는 점잔 빼는 집사.
**   《펀치Punch》. 1841년에 창간된 주로 유머와 풍자의 글을 실은 영국의 주간지.

이 농담들은 모두 당시로서는 놀랍게도 하인이 인간이라는 사실을 바탕으로 하고 있다. 디킨스 자신도 더러 이런 농담을 사용한다. 디킨스의 작품에는 희극적인 하인들이 많이 등장한다. 이들은 부정직하고(『위대한 유산』), 무능하며(『데이비드 코퍼필드』), 좋은 음식을 비웃는(『픽윅 보고서』) 등의 행동을 보인다. 이런 평가는 요리와 집안일반을 맡는 하인을 한 명만 두고서 혹사시키는 편협한 주부의 태도다. 하지만 19세기 급진주의자의 관점에서 볼 때 이상한 점은 디킨스가 하인을 동정적으로 묘사하고자 할 때에는 확연하게 봉건적 인물로 창조한다는 점이다. 샘 웰러, 마크 태플리, 클라라 페고티, 이들 모두 봉건적 인물이다. 그들은 "늙은 가신"에 속하며 스스로를 주인 가문과 동일시하고 개처럼 충성스러우면서도 매우 친하다. 틀림없이 마크 태플리와 샘 웰러는 일정 정도 스몰릿*에게서 왔을 것이며, 결국 세르반테스로부터 이어진 것이다. 하지만 디킨스가 이런 유형에 끌렸다는 점이 흥미롭다. 샘 웰러의 태도는 확실히 중세적이다. 샘 웰러는 선단 안에까지 픽윅을 따라가려고 스스로 체포되었으며, 픽윅이 여전히 자신의 수발을 필요로 할 것이라고 느껴 결혼도 하지 않는다.

> "임금이 있든 없든, 통지가 있든 없든, 식사가 있든 없든, 잠잘 곳이 있든 없든, 당신이 자치구의 오래된 여관에서 데려온 샘 웰러는 무슨 일이 있어도 당신 곁을 지키지요.……"

너무 열정적으로 말해서 겸연쩍어진 웰러 씨가 다시 자리에 앉

---

* 스몰릿(Tobias Smollett, 1721~1771). 18세기 영국의 사실주의 작가.

자 픽윅 씨가 말했다. "이보게, 자네도 젊은 여자를 한번 생각해봐야 해."

"젊은 여자를 생각해요." 샘이 말했다. "그런 적도 있고요. 여자에게 말을 걸었지요. 그리고 내 상황을 이야기했어요. 여자는 내가 준비될 때까지 기다릴 각오가 되어 있었어요. 그녀가 기다릴 거라고 믿어요. 그렇지 않다면 내가 생각하는 여자가 아니고, 난 기꺼이 그녀를 포기할 거예요."

현실에서 젊은 여성이 이런 말을 듣고 뭐라고 할지 쉽게 상상할 수 있다. 하지만 봉건적 분위기에 주목해보라. 샘 웰러는 당연히 주인에게 오랜 세월을 희생할 마음의 태세가 되어 있고 주인이 옆에 있는데도 자리에 앉는다. 근대의 하인이라면 그 어느 쪽도 생각하지 않을 것이다. 하인 문제에 대한 디킨스의 견해는 주인과 하인이 서로 사랑하기를 바라는 수준 이상으로 나아가지 않는다. 『우리 둘 다 아는 친구』에서 슬로피는 비록 인물로서는 형편없는 실패작이지만 샘 웰러와 똑같은 충성을 보인다. 물론 충성은 자연스럽고 인간적이며 호감이 가는 성품이다. 하지만 봉건주의에서 그러했다.

디킨스는 대개 기존의 이상화된 모습을 추구하는 듯한 태도를 보인다. 디킨스는 집안일을 불가피한 악으로 여기던 시절에 작품을 썼다. 노동을 절약해주는 기기가 없었고 부의 불평등은 매우 심했다. 대가족을 이루어 살며 식사에 허세를 부리고 주택도 불편했던 시대였고, 노예들이 지하 부엌에서 하루 열네 시간씩 힘든 단순노동을 하는 게 지극히 정상적인 일이라 아무도 눈여겨보지 않던 시대였다. 또한 노예 상태

라는 사실을 감안한다면 유일하게 참을 수 있는 관계가 봉건적 관계
다. 샘 웰러와 마크 태플리는 이상적인 인물이며 치어블리 집안사람들
도 그에 뒤떨어지지 않는다. 주인과 하인이 있어야 한다면 주인이 픽윅
이고 하인이 샘 웰러인 게 낫지 않겠는가? 물론 더 좋은 것은 하인이 아
예 존재하지 않는 것이다. 하지만 디킨스는 그런 일을 상상할 수 없을
것이다. 기계의 발달 수준이 높지 않은 상태에서 인간의 평등은 실질적
으로 불가능하다. 디킨스는 그런 일 역시 상상할 수 없다는 것을 보여
주는 데까지 나아갔다.

4.

디킨스는 농사 이야기를 전혀 쓰지 않은 반면에 음식 이야기를 끝
도 없이 썼는데, 이것은 단지 우연이 아니다. 디킨스는 컨던내기이고 런
던은 복부가 신체의 중심이듯이 지구의 중심이었다. 런던은 소비하는
사람의 도시이며 상당히 문명화되었지만 기본적으로 쓸모없는 사람들
의 도시였다. 피상적인 수준을 넘어서서 깊이 있게 디킨스의 작품을 살
펴본 사람은 그가 19세기 소설가치고 다소 무지하다는 인상을 받는
다. 그는 실제로 이루어지는 일에 대해 거의 알지 못했다. 얼핏 이 말은
사실과 어긋나는 것처럼 들린다면 몇 가지 단서를 붙일 필요가 있다.

디킨스는 채무자 감옥 같은 '하층 생활'을 잠깐이나마 아주 생생하
게 목격한 데다 대중 작가이고 보통 사람의 이야기를 잘 쓸 줄 알았다.
19세기의 뛰어난 영국 작가는 모두 그러했다. 그들은 자신이 사는 세
계를 편안하게 여긴 반면 요즘 작가들은 소설가에 대한 이야기가 현대
소설의 전형을 이룰 만큼 절망적일 정도로 고립되어 있었다. 조이스는

‘평범한 사람’과 접촉하려고 10년가량 끈기 있게 노력했지만, 그가 만난 ‘평범한 사람’은 결국 유대인이었고 그것도 어느 정도 식자층에 속하는 사람이었다. 디킨스는 적어도 그런 일에 힘을 쏟지는 않았다. 디킨스는 평범한 동기, 사랑, 야망, 탐욕, 복수 같은 것을 작품에 끌어들이는 데 전혀 어려움이 없었다. 하지만 눈에 띌 만큼 그가 다루지 않은 영역이 있다. 바로 노동이다.

디킨스 작품에서 노동의 성격을 띠는 것은 모두 무대 밖에서 이루어진다. 유일하게 이치에 맞는 직업을 가진 주인공이 데이비드 코퍼필드인데, 그는 디킨스와 똑같이 처음에는 속기사였다가 나중에 소설가가 되었다. 다른 주인공이 생계를 꾸리는 방식은 대부분 배경 저편으로 밀려나 드러나지 않는다. 예를 들어 핍은 이집트에 “사업을 하러 간다.” 하지만 우리는 그것이 어떤 사업인지 알 수 없으며 핍이 일하는 생활은 겨우 반 페이지 분량밖에 되지 않는다. 클레넘은 중국에서 사업을 하지만 무슨 일인지는 밝혀져 있지 않고 나중에 도이스와 또 다른 사업을 하는데 이 역시 무슨 일인지 거의 알려진 게 없다. 마틴 처즐윗은 건축가이지만 일하는 시간이 별로 없는 것처럼 보인다. 어떤 경우에도 인물들이 하는 일에서 직접 이야깃거리를 가져오는 법은 없다. 이 점에서 디킨스와 트롤럽은 놀라운 대조를 보인다. 그 이유는 인물들이 해야 하는 일에 대해 디킨스가 거의 아는 것이 없기 때문이다. 그래드그라인드네 공장에서는 정확이 어떤 일이 이루어지는가? 포드스냅은 어떻게 돈을 버는가? 머들은 어떻게 사기를 치는가? 사람들은 디킨스가 의원 선거와 증권거래소 부정의 세세한 사항을 트롤럽만큼 설명하지 못한다고 여긴다. 무역, 재정, 산업 또는 정치를 다루어야 하는 순간이 오면 디킨스는 애매하게 흐리거나 풍자하는 식으로 도망친다. 디킨스는 실제로 법률 절차에 대해 많은 것을 알고 있을 텐데도 그 분야 역시 마찬가지다. 예를 들어『올리 농장』[*1]에 나오는 소송과 디킨스 작품에 나오는 여느 소송을 비교해보라.

또한 이는 부분적으로 디킨스의 소설이 불필요하게 옆가지를 뻗어나가는 이유가 되기도 한다. 그것은 엄청나게 복잡한 빅토리아 시대의 '플롯'인데, 디킨스의 소설이 모두 그런 것은 아니다.『두 도시 이야기』는 매우 훌륭하면서도 상당히 단순한 이야기이고,『어려운 시절』은 양상은 다르지만 마찬가지다. 하지만 "디킨스 작품 같지 않다"고 늘 배제되는 두 작품이 바로 이것들이다. 또한 공교롭게도 이 두 작품은 월간지에 실리지 않았다.• 일인칭 소설 두 작품도 서브플롯을 별도로 한다면 역시 훌륭한 이야기다. 하지만 전형적인 디킨스 소설인『니콜라스 니클비』,『올리버 트위스트』,『마틴 처즐윗』,『우리 둘 다 아는 친구』는 멜로드라마의 틀 안에서 움직였다. 이들 책을 읽고 나서 가장 기억하지 못하는 것이 바로 중심 줄거리다. 다른 한편 추측건대 이들 작품을 읽은 사람이라면 누구나 개별 내용에 대한 기억을 죽는 날까지 간직할 것이다. 디킨스는 강렬할 만큼 생생하게 인간을 보

• 『어려운 시절』은《하우스홀드 워즈》에 연재물로 실렸고,『위대한 유산』과『두 도시 이야기』는《올 더 이어 라운드》에 실렸다.* 포스터는 주간지 일회분 분량이 짧아서 "각 회마다 충분한 재밋거리를 넣기가 매우 어려웠다"고 말한다. 디킨스 자신도 "분량 여유"가 부족하다고 불평했다. 다시 말해서 디킨스는 이야기 전개에 더 매달려야 했다.

---

*1   『올리 농장Orley Farm』은 트롤럽이 1862년에 쓴 작품.

*   《하우스홀드 워즈Household Words》는 1850년대 디킨스가 편집한 주간지이고,《올 더 이어 라운드All the Year Round》는 1859~1895년 발행된 디킨스 소유의 문학 주간지다.

지만 언제나 사생활 측면에서 본다. 사람을 '인물'로 볼 뿐 사회에서 일정한 기능을 하는 성원으로 보지 않는다. 다시 말하면 인간을 정적으로 본다. 따라서 디킨스가 가장 큰 성취를 이룬 작품은 『픽윅 보고서』다. 이 작품은 하나의 큰 줄거리 없이 단편으로 이어져 있으며 이야기를 발전시키려는 시도도 거의 없다. 인물들은 언제까지고 바보같이 행동하면서 살아갈 뿐이다. 디킨스가 인물들을 행동에 나서도록 하는 순간 멜로드라마가 시작된다. 디킨스는 인물들의 일상적인 직업 주변에서 행동을 만들어내지 못했다. 따라서 우연, 음모, 살인, 위장, 숨겨진 유언장, 오래전에 잃어버린 형제 등으로 이루어진 크로스워드 퍼즐이 된다. 스퀴어스나 미코버 같은 인물조차 결국 이런 장치 속으로 말려들어간다.

물론 디킨스를 모호한 작가라거나 한낱 멜로드라마 작가라고 말하는 것은 어불성설이다. 디킨스가 쓴 많은 부분은 매우 사실적이며 시각 이미지를 불러일으키는 능력에서 그를 따라갈 자가 없을 것이다. 디킨스가 일단 묘사해놓으면 독자는 남은 평생 그 장면을 눈에 선하게 떠올린다. 하지만 어떤 점에서 볼 때 이와 같은 구체성은 그가 뭔가 놓치고 있다는 표시다. 왜냐하면 그저 무심한 방관자 눈에 늘 그런 구체성이 보이기 때문이다. 겉으로 보이는 외모, 실질적인 일과는 상관없는 것, 사물의 표면 같은 것들이다. 실제로 풍경 속에 들어 있는 사람의 눈에는 결코 풍경이 보이지 않는다. 디킨스는 겉모습을 놀라울 정도로 묘사하면서도 많은 경우 과정을 묘사하지 못한다. 사람들의 기억 속에 디킨스가 남겨놓은 생생한 장면은 거의 언제나 느긋한 순간에, 즉 시골 여관의 다방에 앉아서 보았거나 사륜마차의 창문을 통해서 본 모습이다. 디킨스의 눈에 들어오는 것은 여관 간판, 문을 두드릴 때 사용하는 놋쇠 손잡이, 색깔을 입힌 주전자, 가게나 개인 집의 실내 인테리어, 옷, 얼굴 등이며 무엇보다도 빠지지 않는 것이 음식이다. 그는 모든 것을 소비자의 각도에서 본다. 디킨스가 코크타운*에 대해 쓰면 불과 몇 문단 지나지 않아 남부인 방문객이 혐오스럽게 바라보는 랭커셔 도시의 분위기를 불러일으킬 수 있다. "그곳에는 검은 운하가 흐르고, 악의 냄새가 나는 염료로 자줏빛을 띤 채 흐르는 강도 있었다. 하루 종일 덜커덕거리거나 흔들리는 유리창 가득히 건물들의 거대한 더미가 꽉 들어차 있고, 증기 엔진의 피스톤이 마치 우울한 광기에 빠진 코끼리의 머리처럼 아래위로 단조롭게 움직이고 있었다." 이 장면은 그나마 디킨스가 공장 기계에 가장 가까이 다가간 경우다. 엔지니어나 면 중개상의 눈에는 다르게 보였겠지만 그들 중 아무도 코끼리의 머리에 대한 인상주의적인 느낌을 이만큼 그리지 못했을 것이다.

조금 다른 의미에서 볼 때 삶에 대한 디킨스의 태도는 지극히 비육체적이다. 그는 손과 근육보다는 눈과 귀로 살아가는 사람이다. 실제로 디킨스는 얼핏 짐작되는 바와는 달리 주로 앉아서 생활하는 사람은 아니었다. 건강과 체격이 좋지 않지 않았던 디킨스이지만 침착하지 않은 사람으로 보일 만큼 활동적이었다. 평생에 걸쳐 디킨스는 아주 잘 걸어 다니는 사람이었고 무대 배경을 만들 정도로 목수 일을 잘 했다. 하지만 디킨스는 손을 사용해야 하는 필요성을 느끼지 않는 사람이었다. 디킨스가 양배추 밭을 가는 모습을 상상하기 힘들다. 디킨스

---

* 『어려운 시절』의 배경이 되는 가공의 도시. 영국 북부 지방에 있는 공장 도시로 규모가 작은 맨체스터쯤 된다. 부분적으로 19세기 랭커셔 주의 프레스턴을 기반으로 한다. 『어려운 시절』은 디킨스의 소설 가운데 유일하게 런던을 배경으로 하지 않은 작품이다.

가 농사일에 대해 뭐 하나 알고 있다는 증거가 없으며 실제로 경기나 운동에 대해 전혀 알지 못했다. 가령 그는 권투에도 관심이 없었다. 디킨스가 글을 썼던 시기를 감안할 때 그의 소설에서 놀라울 정도로 육체적 야수성을 찾아보기 힘들다. 마킨 처즐윗과 마크 태플리는 권총과 보위 나이프로 끊임없이 위협하는 미국인들에게 그지없이 온화한 태도를 보인다. 보통의 영국 소설가나 미국 소설가였다면 두 사람이 미국인의 턱에 주먹을 날리거나 여기저기서 총격을 주고받는 장면을 묘사했을 것이다. 디킨스는 그러기에는 너무 점잖은 사람이었다. 그는 폭력의 어리석음을 알고 있을 뿐만 아니라 이론상으로도 턱에 주먹을 날리는 일을 염두에 두지 않는 신중한 도시 사람이었다. 또한 운동에 대한 디킨스의 태도는 사회적 감정과 뒤섞여 있었다. 영국에서는 주로 지리적 이유 때문에 운동 특히 야외 운동이 속물근성으로 바로 연결되었다. 영국 사회주의자들은 레닌이 사냥을 열심히 했다는 이야기를 들으면 완전히 믿을 수 없다는 반응을 보인다. 그들의 눈으로 볼 때 사냥은 상류 지주계층의 속물적인 의식에 지나지 않기 때문이다. 그들은 러시아처럼 자연 그대로의 땅이 광활하게 펼쳐진 나라에서는 사냥이 다른 의미로 보일 수 있다는 점을 염두에 두지 않는다. 디킨스의 시각에서 볼 때 거의 모든 운동은 기껏해야 풍자의 대상이었다. 따라서 19세기 생활의 한 단면, 즉 권투, 경마, 투계, 오소리 괴롭히기,[*] 밀렵, 쥐잡기 등 서티즈 책에 있는 리치의 삽화[**]에 놀랄 만큼 생생하게 재현된 삶이

---

[*] 오소리를 통에 넣고 개에게 덤벼들게 하는 장난.
[**] 서티즈(Robert Smith Surtees, 1805~1864)는 편집자이자 소설가이며 리치(John Leech, 1817~1864)는 삽화가. 리치는 서티즈가 쓴 여러 소설에 삽화를 그렸다.

디킨스의 시야 밖으로 벗어나 있었다.

　얼핏 '진보적인' 급진주의자로 보이기 때문에 디킨스가 기계에 관심을 보이지 않았다는 점이 더욱 두드러져 보인다. 디킨스는 기계와 관련한 세세한 사항이나 기계가 하는 일에 어떤 관심도 갖지 않았다. 기싱이 지적하듯이 디킨스의 작품에는 마차 여행을 묘사할 때처럼 열정적으로 철도 여행을 묘사한 대목이 전혀 없다. 디킨스의 거의 모든 작품을 읽을 때 마치 19세기 초반부를 사는 듯한 묘한 느낌을 받는데, 실제로 디킨스는 그 시기로 회귀하는 경향을 보였다. 1350년대 중반에 쓴『리틀 도릿』은 1820년대 후반을 다루고, 1891년에 쓴『위대한 유산』은 시기를 밝히지는 않았지만 분명 1820년대와 1830년대를 다루고 있다. 현대 세계를 가능하게 한 발명과 발견(전보, 후장포,[*] 천연고무, 석탄 가스, 목재 펄프 종이)이 디킨스가 살아 있을 때 처음 나왔지만 그의 작품에서는 이런 것들이 거의 언급되지 않았다. 무엇보다도 기이한 것은 디킨스가『리틀 도릿』에서 도이스의 '발명품'을 이야기하면서 애매하게 얼버무린다는 점이다. 이 발명품은 "조국과 동포에게 매우 중요하며" 아주 기발하고 혁신적인 것으로 소설에서 중요한 작은 고리가 되기도 한다. 그렇지만 이 '발명품'이 무엇인지 우리에게 알려주지 않는다! 반면 도이스의 외모는 디킨스 특유의 필치로 자세하게 그려져 있다. 도이스는 엄지손가락을 특이하게 움직이는데, 이는 엔지니어 특유의 습관이다. 이 표현을 접한 독자의 기억 속에 도이스의 모습이 확고하게 자리 잡는다. 하지만 늘 그렇듯 디킨스는 외적인 요소에 매달림으르써 이러한 성취

---

[*]　탄알을 포신의 뒤쪽에서 장전하도록 만든 포.

를 이룬다.

기계와 관련된 능력은 부족하지만 기계의 사회적 가능성을 파악한 사람(테니슨*이 한 예이다)들이 있다. 하지만 디킨스에게는 그런 흔적이 없다. 그는 미래에 대한 의식을 보여주지 않는다. 디킨스가 말하는 인간의 진보는 대개 도덕적 관점에서 바라본 것으로, 말하자면 인간이 더 훌륭해지는 것이다. 인간이 오로지 기술적 발전에서 허용하는 한도만큼만 훌륭해질 수 있다는 점을 아마 디킨스는 인정하지 않을 것이다. 디킨스에 비견되는 근대 작가 H. G. 웰스와 디킨스는 이 점에서 큰 격차를 보인다. 웰스는 미래를 어깨에 짊어지고 있지만 디킨스의 비과학적인 정신적 특성은 또 다른 점에서 해를 입힌다. 이런 특성으로 인해 디킨스는 그 어떤 긍정적 태도도 갖기 힘들기 때문이다. 디킨스는 농업을 기반으로 하는 봉건적 과거에 적대적이지만 산업사회인 현재와 아무런 실제적 접촉을 하지 않았다. 이제 남은 것은 미래(과학, '진보' 등을 뜻한다)뿐인데, 그것은 디킨스의 생각 속에 거의 들어오지 않았다. 따라서 디킨스는 눈에 보이는 것을 공격했지만 비교할 만한 명확한 기준이 없었다. 내가 앞에서 지적했듯이 디킨스는 너무도 정당하게 현재의 교육제도를 비판했지만 친절한 교사 말고는 달리 내세울 치유책이 없었다. 학교가 어떻게 변할 수 있을지 왜 보여주지 않은 걸까? 자신의 계획에 따라 아들을 교육시키지 않고 온통 그리스어로 가득 차 있는 사립학교에 보낸 이유는 무엇이었을까? 디킨스에게는 그런 차원의 상상력이 없었기 때문이다. 디킨스는 절대적으로 옳은 도덕의식을 지녔지만

---

*　테니슨(Alfred Tennyson, 1809~1892). 빅토리아 시대의 대표 시인.

지적 호기심이 없었다. 이 대목에서 우리는 디킨스에게 실제로 엄청나게 결핍되어 있던 그 무언가를 보게 된다. 그것은 19세기와 우리 시대를 아주 먼 시대처럼 느끼게 해주는 것이다. 다시 말해 디킨스에게는 노동의 이상이 없었다.

데이비드 코퍼필드(디킨스 자신에 불과하다)라는 미심쩍은 예외가 있긴 하지만 디킨스의 중심인물 중에 자신의 직업에 깊은 관심을 지닌 인물을 찾을 수 없다. 디킨스의 주인공들은 생계를 해결하고 여주인공과 결혼하기 위해 일할 뿐 특정 주제에 열정적인 관심을 느껴 일하지 않는다. 가령 마틴 처즐윗은 건축가가 되겠다는 열정을 불태우지 않는다. 그는 차라리 의사나 변호사가 되는 것이 나았을 것이다. 디킨스의 전형적인 소설에서 데우스 엑스 마키나는 마지막 장에서 가방 가득 금을 갖고 등장하며 주인공은 이후의 싸움에서 벗어난다. "나는 이 일을 하기 위해 이 세상에 왔다. 그 밖의 다른 것에는 관심이 없다. 이 일이 설령 굶어죽는 것을 의미하더라도 이 일을 할 것이다"라는 감정, 갖가지 기질의 사람들을 과학자, 발명가, 예술가, 성직자, 탐험가, 혁명가로 만드는 그런 동기가 디킨스의 책에는 전혀 없다. 잘 알려져 있듯이 디킨스 자신은 노예처럼 일했고 유례를 찾기 힘들 만큼 자기 작품을 신뢰했다. 하지만 디킨스는 소설 쓰기(어쩌면 연기도 포함될 것이다) 말고는 어떤 소명에서도 그런 헌신을 상상할 수 없었던 것으로 보인다. 또한 사회에 대한 디킨스의 부정적인 태도를 고려할 때 결론적으로 이런 태도가 당연하기도 하다. 결국 디킨스는 보통의 인간적 품위만을 칭송할 뿐이었다. 과학은 흥미 없고 기계는 잔인하고 추하다(코끼리의 머리). 사업은 오로지 바운더비 같은 악당이나 하는 것이다. 정치는 타이트 바나클 같은 사람에게 맡겨둔다. 그러고 나면 여주인공과 결혼하고, 정착하고, 빚지지 않고 친절하게 사는 것 말고는 아무 목표도 남지 않는다. 또한 그런 일은 개인적인 삶에서 더 잘 할 수 있다.

어쩌면 이쯤에서 독자는 디킨스의 비밀스런 이미지를 알아차릴 수 있을 것이다. 디킨스가 어떤 것을 가장 바람직한 생활방식으로 여겼을까? 삼촌과 화해했던 마틴 처즐윗, 돈 많은 여성과 결혼한 니콜라스 니클비, 보빈 덕분에 부자가 된 존 하먼, 그들이 그때 무엇을 했는가?

분명 대답은 아무것도 하지 않았다는 것이다. 니콜라스 니클비는 치어리블 형제와 함께 아내의 돈을 투자해서 "부유하고 번창한 상인이 되었다." 하지만 곧바로 은퇴해서 데본셔로 갔고 아마 우리 짐작으로는 그리 열심히 일하지 않았을 것이다. 스노드그라스 부부는 "돈을 벌기 위해서라기보다는 소일거리 삼아 작은 농장을 사서 경작했다." 디킨스 소설은 대부분 끝에 가서 이런 정신을 보여준다. 말하자면 눈부실 만큼 행복하게 살면서 그저 놀고먹는 것이다. 디킨스가 일하지 않는 젊은이(하트하우스, 해리 가운, 리처드 카스톤, 개과천선하기 전의 레이번)를 못마땅하게 여기는 경우가 있는데 이는 그들이 냉소적이기 때문이거나 다른 누군가에게 짐이 되기 때문이다. '착하고' 스스로를 책임질 능력만 있다면 50년 동안 배당금이나 받아쓰면서 살지 말아야 할 이유가 없다. 가정생활은 언제나 충분하다. 요컨대 이는 디킨스 시대의 보편적인 가정이었다. "상류계층의 풍족함", "유능함", "자립 수단을 갖춘 신사"(또는 "편한 환경"), 바로 이런 구절들이 18세기와 19세기의 중류 부르주아가 갖고 있던 이상한 헛된 꿈에 관한 모든 것을 말해준다. 그것은 정말 완벽하게 놀고먹기를 바라는 꿈이다. 찰스 리드는 『황금Hard Cash』

의 결말에서 이런 정신을 완벽하게 전달했다. 『황금』의 주인공 알프레드 하디는 전형적인 19세기 소설의 주인공(사립학교 스타일)으로, 리드의 표현대로라면 "천재"에 가까운 재능을 지녔다. 알프레드 하디는 이튼 졸업생으로 옥스퍼드 대학 학자이고, 그리스와 라틴 고전을 대부분을 암기하며, 프로 권투선수를 상대로 권투를 할 수 있고, 헨리 조정 대회에서 우승도 했다. 그는 믿을 수 없을 만큼 많은 일을 경험했고, 그 과정에서 흠잡을 데 없는 영웅적 자질을 보여주었으며, 스물다섯 살에 큰 재산을 물려받은 뒤 줄리아 도드와 결혼해 리버풀 교외의 장인장모가 살던 집에 정착했다.

그들은 알프레드 덕분에 알비온 저택에서 다함께 살았다.……아, 그대, 행복한 작은 저택! 그대는 여느 인간의 거처 못지않게 천국 같다. 하지만 그대의 벽이 더 이상 행복한 수용자를 모두 품을 수 없는 날이 왔다. 줄리아가 알프레드에게 사랑스런 아들을 안겨주었고, 보모 두 명이 들어왔으며, 저택은 터질 것 같았다. 두 달 뒤 알프레드와 아내는 옆 저택으로 옮겨갔다. 하지만 이십 미터밖에 떨어져 있지 않았다. 이사를 한 데에는 두 가지 이유가 있었다. 오랫동안 떨어져 살면 흔히 그렇듯이 하늘이 선장과 도드 부인 무릎 맡에서 놀게 될 또 다른 아이를 내려주었던 것이다.

이는 전형적인 빅토리아식 해피엔딩으로, 서너 세대가 모인 사랑하는 대가족이 한 집에 함께 살면서 굴 군락지처럼 끊임없이 증식해가는 모습이다. 여기서 놀라운 점은 안전한 온실 속에서 어려움 없이 노력하지 않고 사는 삶이 함축되어 있다는 점이다. 심지어 대지주 웨스턴*처럼 지독한 게으름도 보이지 않는다. 디킨스가 도시를 배경으로 하면서 불량배, 스포츠, 군인의 삶에 관심을 보이지 않는 이유가 바로 여기에 있다. 디킨스의 주인공들은 일단 돈이 생기고 '정착하면' 어떤 일도 하지 않으려 하고 심지어는 승마, 사냥, 사격, 결투도 하지 않고 여배우와 사랑의 도피를 하지도 않으며 경마에서 돈을 잃지도 않는다. 그들은 남에게 베푸는 존경스런 삶을 살면서 그저 집에서 편하게 지내며, 가급적이면 똑같은 삶을 사는 혈족과 이웃하여 살려고 한다.

니콜라스가 부유하고 번창한 상인이 되고 나서 가장 먼저 한 일은 아버지의 오래된 집을 사들이는 것이었다. 세월이 흐르고 니콜라스의 주위에 사랑스런 아이들이 하나씩 생겨 무리를 이루게 되면서 집을 수리하고 늘렸다. 하지만 오래된 방을 헐지 않았고 오래된 나무도 베지 않았으며 지나간 시간을 연상시키는 그 어떤 것도 바꾸거나 없애지 않았다.

돌을 던지면 닿을 만큼 가까운 거리에 또 다른 조용한 곳이 있었고, 이곳 역시 아이들의 즐거운 소리로 활기를 띠었다. 여기에 케이트가 있었다.……케이트는 소녀 시절과 변함없이 진실하고 온화했으며 그때처럼 다정한 여동생이었고 여전히 주변의 모든 것을 사랑했다.

---

* 1749년에 출판된 필딩(Henry Fielding, 1707~1754)의 소설 『기아 톰 존스의 이야기』에 등장하는 무능력한 인물.

 모든 예술은 프로파간다다—조지 오웰 평론집

이는 리드의 글에서 인용한 문구와 똑같이 자기네끼리만 어울리는 분위기며, 또한 디킨스의 이상적인 결말이다. 『니콜라스 니클비』, 『마틴 처즐윗』, 『픽윅 보고서』에서 완벽하게 이런 결말에 이르렀고 거의 모든 작품에서 정도의 차이는 있지만 이런 결말에 근접했다. 예외라고 하면 『어려운 시절』과 『위대한 유산』인데, 『위대한 유산』은 실제로 '해피엔딩'이지만 책의 전반적인 경향과 어긋나며 불워-리튼*의 요청으로 그런 결말을 넣었다.

그렇다면 이상적인 삶으로 추구하는 것은 수십 파운드의 돈, 담쟁이덩굴이 덮인 오래된 예스러운 집, 상냥하고 여성스러운 아내, 많은 자녀, 그리고 노동하지 않는 삶 같은 것이 아닐까 싶다. 도든 것이 안전하고 부드럽고 평화로우며, 무엇보다도 가정적이다. 해피엔딩이 이루어지기 전에 세상을 떠난 사랑하는 사람들이 길 아래쪽 이끼 낀 교회 부속 묘지에 잠들어 있는 곳, 재미있고 봉건적인 하인, 발아래에서 재잘거리는 아이들, 난롯가에 앉아 지난 일을 이야기하는 오랜 친구, 끝없이 나오는 엄청난 음식, 시원한 펀치 음료와 셰리 니거스 술, 깃털 침대와 침대를 데우는 냄비형 기구, 제스처 놀이와 장님놀이가 어우러진 크리스마스 파티. 하지만 매년 아이들이 태어나는 것 말고는 아무 일도 일어나지 않는 그런 삶. 궁금한 것은 이것이 진정 행복한 모습인지 아니면 디킨스가 그렇게 보이도록 꾸며놓은 것인지 하는 점이다. 이런 삶의 모습이 디킨스에게는 만족감을 주었다. 이 사실 하나만으로도 디킨스가 첫 작품을 쓴 지 100년 이상의 세월이 흘렀다는 것을 충분히 알 수 있

---

* 불워-리튼(Edward George Earle Bulwer-Lytton, 1803~1873). 영국의 정치가이자 소설가이며 대중소설로 큰 인기를 누렸다. 디킨스와도 친분이 두터워 평생 친구로 지냈다.

다. 현대인이라면 목적 없는 그런 삶을 그렇게 엄청난 활력과 연결시키지 못할 것이다.

5.

디킨스를 사랑하는 사람은 여기까지 이 글을 읽었다면 아마 내게 화를 낼 것이다.

나는 이제껏 디킨스를 '메시지'의 관점에서만 논의하면서 그의 문학적 장점을 거의 도외시했다. 하지만 모든 작가 특히 모든 소설가는 본인이 인정하든 그렇지 않든 '메시지'가 있으며, 작품의 상세한 세부 묘사가 메시지에 의해 영향을 받는다. 모든 예술은 프로파간다다. 디킨스 본인도, 빅토리아 시대 대다수 소설가도 이를 부정하려고 하지 않을 것이다. 다른 한편 모든 프로파간다가 예술은 아니다. 내가 앞서 말했듯이 훔칠 만한 가치가 있다고 느껴지는 작가 중 한 명이 디킨스다. 마르크스주의자도 가톨릭교도도 디킨스를 훔쳐갔고, 무엇보다도 보수주의자들이 디킨스를 훔쳐갔다. 문제는 디킨스 안에 들어 있는 훔쳐갈 만한 것이 과연 무엇인가, 왜 다들 디킨스에게 관심을 가질까, 나는 왜 디킨스에게 관심을 가질까 하는 점이다.

이런 질문에 결코 쉽게 답할 수 없다. 대체로 미학적 선호도는 설명할 수 없는 문제이거나 혹은 문학 비평 전반이 하나의 거대한 사기 연결조직이 아닌지 의구심이 들 만큼 미학 외적인 동기에 의해 심하게 변질되어 있다. 디킨스가 매우 친밀한 작가라는 점이 문제를 더욱 복잡하게 만든다. 우선 디킨스는 어린 시절 모든 아이에게 억지로 떠먹이는 '위대한 작가' 중 하나다. 당시는 그 때문에 반항도 하고 토하기도 하지만, 이후 삶에서는 상이한 여파를 가져온다. 예를 들어 거의 모든 사람이 어린 시절 암기했던 애국시—「그대, 영국 선원들」, 「경기병대의 돌격」[*1] 등이 그 예이다—에 대해 왠지 모를 애정을 가진다. 사람들은 그 시 자체를 즐긴다기보다는 시와 관련해서 떠오르는 추억을 즐기는 것이다. 디킨스의 경우에도 그와 같은 연상의 힘이 작용한다. 대다수 영국 가정에는 디킨스의 책이 한두 권은 굴러다닐 것이다. 디킨스는 대체로 삽화가를 잘 만나는 행운을 누린 덕분에 많은 아이들이 글을 읽기도 전에 그림으로 등장인물을 알게 된다. 그렇게 어린 나이에 흡수하는 것은 비판적 판단을 거치지 않는다. 이런 점을 생각하면 디킨스 안에 들어 있는 온갖 어리석고 나쁜 점들, 예를 들어 틀에 박힌 '플롯', 계속 이어지는 인물들, 지루한 설명, 각운을 쓰지 않는 문단, '연민'을 자극하는 한없이 긴 페이지 등이 떠오른다. 동시에 이런 생각이 들기 시작한다. 내가 디킨스를 좋아한다고 말하는 것은 그저 나의 어린 시절을 떠올리는 것이 좋다고 말하는 것은 아닐까? 디킨스는 그저 하나의 관습 같은 것이 아닐까?

만약 그렇다면 디킨스는 벗어날 길이 없는 하나의 관습이다. 아무리 좋아하는 작가라도 사람들은 실제로 그를 그렇게 자주 떠올리는지는 않는다. 하지만 내 짐작에 실제로 디킨스를 읽은 독자라면 일주일이 채 지나지 않아 어떤 정황에서든 그를 떠올리게 될 것이다. 디킨스를 괜찮은 작가로 인정하든 그렇지 않든 디킨스는 넬슨 제독 기념비처럼 그 자리에 있다. 제목조차 기억나지 않는 어떤 책의 한 장면 또는 한 인물

---

*1 「그대, 영국 선원들Ye Mariners of England」은 캠벨(Thomas Campbell, 1777~1844)의
    시, 「경기병대의 돌격The Charge of the Light Brigade」은 알프레드 테니슨의 시다.

이 어느 순간 불현듯 당신의 마음속으로 들어온다. 미코버의 편지! 증인석에 있는 윙글! 갬프 부인! 위티털리 부인과 텀리 스너핌 경! 토저스네 하숙집!(조지 기싱은 대화재 기념비를 지나갈 때면 런던 대화재 사건이 떠오르는 것이 아니라 늘 토저스네 하숙집이 생각난다고 했다.) 레오 헌터 부인! 스퀴어스! 사일러스 웨그와 러시아 제국 쇠망사! 밀스 양과 사하라 사막! 햄릿을 연기하는 웝슬! 젤리바이 부인! 맨탈리니, 제리 크런처, 바키스, 폼블축, 트레이시 톱먼, 스킴폴, 조 가저리, 펙스니프, 이 밖에도 한없이 많다. 이것은 여러 권의 책이 이어진 것이기보다는 차라리 하나의 세계와도 같다. 게다가 완전히 희극적인 세계도 아니다. 왜냐하면 사람들이 디킨스 책에서 기억하는 것은 그가 묘사한 빅토리아 시대의 병적 음울함과 시체 성애, 그 밖에 살벌한 장면들이기 때문이다. 가령 사익스의 죽음, 크룩의 믿기 힘든 자연 발화 사망 사건, 사형수 방에 있는 패긴, 단두대 주변에서 뜨개질하는 노파들 장면 등이 그것들이다. 놀랍게도 이 모든 장면은 별로 관심 없는 사람들의 마음속에도 들어온다. 뮤직홀*의 희극 배우는 관객 중 디킨스의 작품을 하나라도 끝까지 읽은 사람이 스무 명에 한 명꼴이 안 되는데도 사람들에게 명확하게 이해될 정도로 무대 위에서 미코버나 갬프 부인을 흉내 낼 수 있었다.[1] 심지어는 디킨스를 경멸하는 척하는 사람조차도 무심결에 디킨스를 인용했다.

디킨스를 어느 정도까지는 흉내 낼 수 있다. 대단한 인기를 끌었

---

* music hall. 영국 대중연극의 한 형태. '보드빌'이라고도 한다.

[1] 아마도 오웰은 브랜스비 윌리엄스(Bransby Williams, 1870~1961)를 염두에 두었을 것이다. '보드빌 극장의 햄릿'으로 불리는 윌리엄스는 디킨스의 인물과 사건들을 흉내낸 연극으로 인기를 끌었다. 19세기 후반 사람들은 정통 배우들이 상연하는 일인 디킨스 낭송회를 학수고대하곤 했다.

던 작품, 가령 엘리펀트 앤 캐슬 가를 배경으로 한 『스위니 토드Sweeny
Todd』*는 부끄럽게도 디킨스를 표절했다. 하지만 모방한 것은 디킨스
자신도 이전 소설에게서 가져와 발전시킨 전통적인 것으로 '인물', 즉
별난 인물에 대한 일시적 유행 같은 것이었다. 디킨스에게서 모방할 수
없는 것은 풍부한 창조성이었다. 이는 인물의 창조도 아니고 '상황'의
창조는 더더욱 아니었다. 그것은 절묘한 표현과 구체적인 세부 묘사
에서 보여준 창조성이었다. 디킨스 작품임을 확실하게 보여주는 두드
러진 특징은 불필요한 세부 묘사다. 내가 이렇게 표현한 의미를 제대
로 전달하기 위해 하나의 예를 들어보겠다. 다음의 내용은 특별히 재미
있는 이야기는 아니지만 지문만큼 확연한 개성을 보여주는 구절이다.
(『픽윅 보고서』에서) 잭 홉킨스가 누이의 목걸이를 삼킨 아이의 이야기를
밥 소이어네 파티에서 들려주는 장면이다.

　　　다음 날 아이는 목걸이 알 두 개를 삼켰고 그 다음 날에는 세 개
　를 먹었으며 이렇게 이어지다가 마침내 일주일이 못 가서 목걸이
　를 다 먹어치웠다. 모두 스물다섯 개였다. 부지런했으며 결코 화려
　한 보석 같은 것을 먹은 적이 없는 누이는 목걸이 때문에 어찌할 줄
　모르고 눈이 퉁퉁 붓도록 울었다. 여기저기 목걸이를 찾아보았다.
　하지만 목걸이를 찾지 못했다는 것을 굳이 내 입으로 말하지 않아
　도 알 것이다. 며칠 뒤 가족이 둘러앉아 저녁식사를 하고 있었다. 감
　자 위에 얹은 구운 양고기 어깨살 요리였다. 배가 고프지 않은 아이

---

* 　토머스 프레스트(Thomas Peckett Prest)가 「진주의 끈The String of Pearls」이라는 제
　목으로 소설 잡지 《피플즈 피리어디컬The People's Periodical》(1845)에 발표한 소설.

가 식당 안을 돌아다니며 놀았는데, 그때 아주 시끄러운 소리가 났다. 마치 우박을 동반한 폭풍소리 같았다. "하지 마라, 아들." 아버지가 말했다. "난 아무것도 안 했어요." 아이가 말했다. "다시 또 그러면 안 된다." 아버지가 말했다. 잠시 침묵이 흘렀다. 그러더니 다시 시끄러운 소리가 나기 시작했다. 이전보다 더 심했다. "말을 듣지 않으면 침대 속에 넣어버릴 거야. 모기소리보다 훨씬 작은 소리가 나게 말이야." 아버지는 이렇게 말하고 아이가 말을 듣도록 내쫓았다. 그러자 아주 심하게 덜커덕거리는 소리가 이어졌다. 이제껏 누구도 들어보지 못했을 아주 큰 소리였다. "이게 뭐야, 빌어먹을, 애 안에서 나는 소리잖아!" 아버지가 말했다. "이상한 데 가서 크루우프*를 걸려 왔군!" "아니에요, 아버지." 아이가 이렇게 말하며 울기 시작했다. "목걸이 때문이에요. 목걸이를 삼켰어요, 아버지." 아버지는 아이를 붙잡고 병원으로 달렸다. 가는 내내 아이 위장 속에 든 목걸이 알들이 계속 거칠게 부딪히며 덜커덕거렸다. 사람들은 이상한 소리가 어디서 들려오는가 싶어 하늘을 쳐다봤다가 지하 창고를 살폈다가 했다. 잭 홉킨스가 말했다. "그 애는 지금 병원에 있어요. 그 애가 걸음을 옮길 때마다 하도 시끄러운 소리가 나서 사람들은 그 소리에 환자가 깰까봐 걱정되어 소리를 막으려고 경비원의 코트를 그 애한테 덮어 씌워야 했어요!"

전반적으로는 19세기 만화신문에 나왔을 법한 이야기다. 하지만

---

* 아이들에게 생기는 병으로 기침을 많이 하고 호흡 곤란을 일으킨다.

 모든 예술은 프로파간다다—조지 오웰 평론집

다른 어느 누구도 생각하지 않았을, 확실한 디킨스만의 특징은 감자 위에 얹은 구운 양고기 어깨살 요리다. 그 내용이 이야기 전개와 관련이 있는가? 전혀 없다. 이는 전혀 불필요한 내용이며 책 여백에 장식처럼 화려하게 꾸며놓은 작은 글씨 같은 것이다. 디킨스만의 특별한 분위기는 바로 이런 화려한 꾸밈에 의해 만들어진다. 여기서 또 한 가지 디킨스의 이야기 전개 속도가 느리다는 점에 주목하게 된다. 인용하기에는 너무 길지만,『픽윅 보고서』제44장에서 샘 웰러가 들려주는 고집불통 환자 이야기가 재미있는 사례다. 마침 우리에게는 비교할 대상이 있는데, 의식적인지 무의식적인지는 몰라도 디킨스가 이 내용을 표절했기 때문이다. 똑같은 이야기를 어느 고대 그리스 작가가 쓴 적이 있었다. 지금 전체 내용을 찾지 못하지만 오래전 어릴 때 학교에서 읽은 적이 있으며 대략 다음과 같이 흘러간다.

고집 세기로 이름난 한 트라키아 사람에게 의사가 경고하면서, 손잡이가 달린 큰 병으로 포도주 한 병을 마시면 죽게 된다고 했다. 그러자 그 트라키아인은 손잡이가 달린 큰 병으로 포도주 한 병을 마시고는 곧바로 지붕 위에서 뛰어내려 죽었다. "포도주 때문에 죽은 것이 아니라는 것을 이렇게 증명하려고 하는 거야." 그가 말했다.

그리스 작가가 들려준 이야기는 이게 전부이며 대략 여섯 줄 정도 된다. 샘 웰러가 들려주는 이 이야기는 약 1,000단어 정도 된다. 요점에 들어가기 전에 우리는 환자가 입은 옷, 그가 먹는 음식, 그의 예의범절, 심지어는 그가 읽는 신문 내용, 그리고 의사가 타고 온 마차가 특이한 구조여서 마부의 바지와 코트가 어울리지 않는 것을 감춰주는 것까지 모든 이야기를 한참 들어야 한다. 그러고 나면 의사와 환자의 대화가 이어진다.

> "크럼핏이 건강에 좋은가요, 의사 선생님." 환자가 말했다. "크럼핏은 건강에 좋지 않습니다. 선생님." 의사가 매우 격하게 말했다.……

결국 원래의 이야기는 세부 묘사 속에 묻혀버린다. 디킨스의 특징을 잘 보여주는 구절은 모두 이와 똑같은 식이다. 디킨스의 상상력이 잡초처럼 모든 것을 뒤덮어버린다. 스퀴어스가 일어나 아이들에게 이야기를 들려주고 그 뒤로 2파운드 10펜스가 모자란 볼더의 아버지 이야기, 기름기를 먹지 않겠다고 한 몹의 말을 듣고는 자기 침대로 가서 스퀴어스가 몹을 때리기를 바라면서 행복한 기분에 젖는 몹의 계모 이야기가 이어진다. 또한 레오 헌터 부인이 「숨을 거두려 하는 개구리」라는 시를 쓰는 장면에서 스탠자* 두 편의 전문이 소개된다. 보핀은 구두쇠인 체 하는 것을 좋아하므로 그 뒤에 이어서 벌처 홉킨스니 블루베리 존스 목사니 하는 이름과 함께 "양고기 파이 이야기", "똥더미 보물" 같은 장 제목과 함께 18세기 구두쇠들의 너저분한 전기 이야기가 쏟아진다. 또한 그 자리에 있지도 않은 해리스 부인 이야기를 하느라 보통 소설에서 세 명 분량보다도 많은 세부 묘사가 보태진다. 한 문장이 이어

---

* 4행 이상의 각운이 있는 시구.

지는 중간일 뿐인데도 우리는 해리스 부인의 갓난아기 조카가 병에 담긴 채 그리니치 박람회에 전시되었으며 그 옆에 분홍색 눈을 지닌 아가씨, 프러시아 난쟁이, 살아 있는 해골이 함께 전시되었다는 것을 알게 된다. 조 가저리는 강도들이 옥수수와 종자를 파는 펌블추크 집에 어떻게 침입했는지 묘사한다.

그리고 강도들은 돈 서랍을 가져갔고, 금고를 가져갔으며, 그 집에 있던 포도주를 마시고, 육수를 마셨다. 또한 펌블추크의 얼굴을 때리고 코를 잡아당긴 뒤 그를 침대 기둥에 묶고 소리치지 못하도록 꽃이 활짝 핀 일년생 초를 입 안 가득 쑤셔 넣었다.

꽃이 활짝 핀 일년생 초, 이렇게 또다시 어김없는 디킨스의 솜씨가 나온다. 하지만 다른 소설가라면 이와 같은 폭력 장면의 반밖에 묘사하지 않았을 것이다. 모든 것이 겹겹이 쌓이고, 세부 묘사 속에 또다시 세부 묘사가 들어가며, 화려한 자수 위에 또다시 화려한 자수가 입혀진다. 이런 것은 화려한 장식이라고 반박해야 소용없다. 차라리 결혼 케이크가 화려하다고 반박하는 편이 나을 것이다. 그저 이런 것을 좋아하든가 그렇지 않든가 둘 중 하나다. 다른 19세기 작가들, 예를 들어 서티스, 바햄,* 새커리, 심지어는 매리앗**도 디킨스처럼 풍부하게 넘쳐흐르는 특성을 보이지만 디킨스 정도는 아니다. 이들 작가들의 호소력이 지금은 부분적으로 시대의 특성에 따라 달라지고, 비록 매리앗은 여

---

*   바햄(Richard Harris Barham, 1788~1845). 영국의 소설가, 시인.

**   매리앗(Florence Marryat, 1833~1899). 영국의 소설가, 극작가, 편집자, 배우, 가수.

전히 공식적으로는 '소년용 작가'이고 서티스는 사냥하는 사람들 사이에서 전설적인 명성을 얻고 있지만 그래도 책을 좋아하는 사람들이 이들 작품을 읽었을 가능성이 있다.

디킨스가 가장 큰 성공을 거둔 작품(가장 훌륭한 작품이 아니라)이 엄밀히 말해 소설이 아닌 『픽윅 보고서』, 그리고 재미없는 『어려운 시절』과 『두 도시 이야기』라는 점은 의미심장하다. 디킨스의 타고난 풍부한 상상력이 소설가로서의 그에게 방해가 되고 있다. 심각한 상황이어야 할 때에도 디킨스는 결코 억누르지 못해 풍자극을 끊임없이 끼워 넣기 때문이다. 『위대한 유산』 첫 장에 이것의 좋은 예가 있다. 도망친 기결수 매그위치가 교회 묘지에서 여섯 살짜리 핍을 막 붙잡은 장면이다. 이 장면은 핍의 시각에서 볼 때 충분히 무섭게 시작되었다. 온통 진흙 범벅인 데다 다리에 사슬이 묶여 질질 끌리는 기결수가 불쑥 무덤 사이에서 나와 아이를 붙들고는 바닥에 엎드리게 한 뒤 주머니를 뒤진다. 그리고는 아이에게 쇠를 자를 줄과 먹을 것을 가져오라고 협박한다.

그는 나를 묘비 위에 똑바로 앉혀 놓고는 내 두 팔을 꽉 붙들고 무시무시한 말을 계속했다.

"내일 아침 일찍 줄칼과 음식물을 나한테 가져와. 아주 많이. 저쪽 건너편 옛날 포병대 자리로 가져와. 그리고 누구한테도 말을 하거나 나 같은 사람, 아니, 누구라도 만났다는 표시를 해서는 안 돼. 그러면 널 살려줄 거야. 만약 내가 말한 걸 가져오지 못하거나, 아무리 작은 것이라도 내 말을 어긴다면, 난 네 심장과 간을 찢어 구워 먹을 거야. 잘 들어, 넌 내가 혼자라고 생각할지 모르지만 그렇지 않아. 젊은 남자 한 명이 나랑 같이 숨어 있어. 그 남자에 비하면 난 천사야. 그 남자도 지금 내가 하는 말을 다 듣고 있어. 그는 자기만이 아는 비밀스런 방법으로 어린 소년에게 접근해서 심장과 간을 찢어낼 수 있어. 그 남자한테서 숨어봐야 소용없어. 아이가 아무리 방문을 잠그고 침대 속에 따뜻하게 파묻혀 있어도, 이불을 머리 위까지 뒤집어쓰고 안전하다고 생각하면서 마음 놓고 있어도, 그 남자는 아이가 있는 데로 살금살금 기어들어가 아이를 갈기갈기 찢어버릴 거야. 지금 이 순간에도 난 그 남자가 널 해치지 못하도록 아주 힘들게 막아내고 있어. 그 남자가 네 배에 손을 대지 못하도록 막는 게 정말 너무 힘들어. 자, 이제 넌 어떻게 할래?”

여기서 디킨스는 유혹에 쉽게 넘어갔다. 우선 굶주린 상태로 쫓기는 사람은 결코 이렇게 말하지 않는다. 게다가 어린아이의 마음이 어떻게 움직이는지 아주 잘 아는 말투이긴 해도 실제로 사용한 단어들은 이후 이어질 내용과 어울리지 않는다. 말투 때문에 매그위치는 무언극의 사악한 아저씨 같은 사람이 되었고, 아이의 눈에는 오싹한 괴물처럼 보인다. 뒤에 가면 매그위치가 그 어느 쪽도 아닌 것으로 드러나고, 그가 넘치는 감사를 보여주는 것이 이 작품 플롯의 밑바탕을 이루는데도 바로 이 말투 때문에 그의 감사가 잘 믿기지 않는다. 늘 그렇듯 디킨스는 상상력에 압도당한 것이다. 그림같이 생생하게 펼쳐지는 세부 묘사가 너무도 좋아서 그냥 건너뛰고 가지 못한 것이다. 심지어는 매그위치보다도 비중이 낮은 인물에서도 디킨스는 쉽게 유혹적인 구절 하나에 그만 걸려든다. 가령 머드스톤은 매일 아침 데이비드 코퍼필드의 수업을 마칠 때마다 끔찍한 연산 문제를 내면서 다음과 같이 시작한다. "내가 치즈 가게에 가서 더블 글로스터 치즈 5,000개를 개당 4펜스 반 페니에 살 경우 내야 할 돈이 모두 얼마인지 계산해라." 여기서 다시 한 번 디킨스의 전형적인 세부 묘사가 등장한다. 바로 더블 글로스터 치즈다. 하지만 이 단어는 머드스톤에게 어울리지 않을 만큼 지나치게 인간적인 느낌이 난다. 머드스톤이라면 더블 글로스터 치즈가 아니라 금고 5,000개를 살 것이다. 이러한 분위기가 불쑥 끼어들 때마다 소설의 통일성이 흔들린다. 통일성이 매우 중요하다는 이야기가 아니다. 디킨스는 분명 전체보다 부분이 훨씬 큰 비중을 차지하는 작가이기 때문이다. 디킨스는 단편적 사실이 전부이며, 세부 묘사가 전부다. 마치 건물은 썩었지만 이무깃돌은 멋진 격으로 나중에 가서 모순적으로 행동할 수밖에 없는 인물을 구축하는 셈이다.

물론 디킨스의 작중인물이 일관성을 보이지 않는다고 비판하는 경우는 별로 없다. 대체로 정반대의 이유로 디킨스를 비판한다. 디킨스의 작중인물은 단지 '유형'일 뿐이라고 여겨진다. 각 인물은 한 가지 특징만 거칠게 대표하며 사람들이 알아볼 만한 꼬리표에 딱 들어맞는다. 디킨스는 '풍자만화가일 뿐'이다. 흔히 디킨스를 이렇게 비판하는데 이런 비판이 정당하기도 하고 그렇지 않기도 하다. 우선 디킨스는 자신이 풍자만화가라고 생각하지 않으며 필시 정적인 상태에 있었을 인물들을 끊임없이 행동 속으로 몰아넣는다. 스퀴어스, 미코버, 모처,[•] 웨그, 스킴폴, 펙스니프, 그 밖에 많은 인물이 '플롯'에 관여하지만 모두 그 상황

• 디킨스는 모처를 여주인공 같은 존재로 바꾸었다. 왜냐하면 디킨스가 그린 실제 여성이 작품의 앞부분을 읽고 몹시 상처를 받았기 때문이다. 디킨스는 원래 그녀에게 악역을 맡길 의도였다. 하지만 그런 악역이었다면 그녀가 하는 모든 행동이 어울리지 않는 것처럼 보였을 것이다.

에 어울리지 않고 믿기지도 않는 행동을 한다. 그들은 마법 같은 환등 슬라이드로 시작해서 결국 삼류 영화 속에서 뒤섞인 채 끝난다. 처음에 가졌던 환상이 깨져버리는 문장 하나를 딱 꼬집어낼 수도 있다.『데이비드 코퍼필드』에 그런 문장이 있다. 유명한 만찬 파티(양고기 다리 부위가 설익었던 파티) 후 데이비드가 손님들을 밖으로 안내하는 장면이다. 맨 위 계단에서 데이비드가 트래들스를 붙잡는다.

"트래들스," 내가 말했다. "미코버 씨가 나쁜 의도로 그런 것은 아닐 거야. 너한텐 정말 안됐지만. 하지만 나라면 그에게 아무것도 빌려주지 않을 거야."

"이봐, 코퍼필드." 트래들스가 웃음을 띠며 대꾸했다. "나는 빌려줄 게 아무것도 없어."

"이름이 있잖아." 내가 말했다.

비록 얼마 지나지 않으면 이 같은 대화가 나올 수밖에 없지만 바로 이 대목에서는 조금 어울리지 않는다. 이 작품은 상당히 사실주의적인 이야기며 데이비드는 성장하고 있다. 마침내 데이비드가 미코버의 본색, 즉 사람들에게 돈을 우려내는 무뢰한이라는 것을 알게 된다. 물론 이후 디킨스가 감상주의에 휘말리고 미코버는 새로운 인생을 살게된다. 하지만 그때 이후로 원래의 미코버는 아무리 애써 찾아보려 해도 다시 포착되지 않는다. 디킨스의 인물들이 얽혀 있는 '플롯'은 대체로 특별히 믿을 만한 게 못 되지만 그나마 현실처럼 보이도록 꾸며진 반면 작중인물이 속한 세계는 꿈의 낙원인 영원한 세계다. 하지만 바로 이 부분 때문에 사람들은 디킨스가 '풍자만화가일 뿐'이라는 주장이 실은 비난이 아니라고 여기게 된다. 디킨스가 끊임없이 다르게 써보려고 애쓰는데도 늘 풍자만화가로 비친다는 점이야말로 어쩌면 그의 천재성을 보여주는 가장 확실한 표시다. 디킨스가 창조한 괴물은 장차 멜로드라마가 될 상황에 뒤얽히는데도 여전히 괴물로 기억된다. 그 괴물이 맨 처음 우리에게 각인시킨 충격이 너무도 생생해 그 후에 오는 어떤 것도 그 충격을 지우지 못한다. 우리가 어린 시절에 알던 사람에 대해서 그렇듯이 디킨스의 인물을 그들이 한 가지 행동에서 보여준 특별한 태도로써 늘 기억한다. 스퀴어스는 늘 유황 당수*를 퍼주고, 거미지 부인은 늘 울고, 가저리 부인은 늘 남편의 머리를 벽에다 치고, 젤리바이 부인은 늘 소책자를 긁적이며 쓰고 그러는 동안 그녀의 아이들은 자꾸 찾아온다. 그렇게 인물들은 마치 코담배 뚜껑에 반짝반짝 그려진 작은 모형처럼 고정된 모습으로, 매우 기이하고 믿기지 않는 모습으로, 그럼에도 심각한 소설가가 애써 만든 산물보다도 얼마간 더 단단하고 영원히 기억되는 모습으로 존재한다. 당대의 기준으로 볼 때에도 디킨스는 유난히 인위적인 작가다. 러스킨이 말했듯이 디킨스는 "무대 위의 둥그런 불 안에서 작업하기로 선택한" 것이다. 디킨스의 작중인물은 스몰릿의 인물보다 훨씬 왜곡되고 단순화된 인물이다. 하지만 소설 작법의 규칙이란 존재하지 않으며 어떤 예술 작품에서든 유일하게 고민할 만한 시험대가 있다면 그것은 살아남는 것이다. 디킨스의 인물을 기억하는 독자가 비록 그의 인물들을 인간이라고 생각하지 않더라도 그 시험

---

* 옛날에 쓰이던 소아용 해독제.

　모든 예술은 프로파간다다—조지 오웰 평론집

대를 통과한 점에서 디킨스의 인물은 성공작이다. 그 인물들은 괴물이지만 어쨌든 살아남아 존재한다.

　그렇더라도 괴물을 그리는 데는 불리함이 따른다. 결국 디킨스가 말할 수 있는 것은 몇 가지 특정 정서에만 한정되기 떄문이다. 디킨스가 다루지 못하는 인간 마음의 영역이 많다. 디킨스의 책 어디에도 시적인 감정이 없으며 진정한 비극이 없다. 심지어는 성적 사랑마저 범위 밖에 있다. 디킨스의 작품에 성욕이 없다고 단정적으로 말하는 경우가 더러 있지만 실제로 그의 작품에 그 정도까지 성욕이 없지는 않으며, 그가 활동하던 시기를 감안할 때 그는 상당히 솔직하다. 하지만 『마농 레스코』, 『살람보』, 『카르멘』, 『폭풍의 언덕』에 들어 있는 감정은 디킨스에게 흔적조차 없다. 올더스 헉슬리에 따르면 D. H. 토렌스는 발자크를 가리켜 "거대한 난쟁이"라고 말한 적이 있다는데 어떤 의미에서 이 말은 디킨스에게도 해당된다. 디킨스가 알지 못하거나 언급하고 싶지 않는 세계들이 있다. 다소 간접적인 방식으로 깨닫는 것 말고는 디킨스에게서 많은 것을 깨달을 수 없다. 이렇게 말하고 나니 19세기 러시아의 위대한 소설가들이 생각난다. 디킨스에 비해 톨스토이가 훨씬 폭넓은 이해력을 보여주는 이유는 무엇일까? 왜 톨스토이는 당신에 대해 훨씬 많은 이야기를 해줄 것처럼 느껴지는가? 톨스토이가 훨씬 재능이 많다거나, 아니면 최종적으로 판단할 때 훨씬 지적이기 때문은 아니다. 톨스토이는 성장하는 사람들에 대해 썼기 때문이다. 톨스토이의 인물들은 영혼을 가꾸기 위해 노력하는 반면 디킨스의 인물들은 이미 완성되어 있다. 톨스토이의 인물들보다 디킨스의 인물들이 내 마음속에 더 많이 그리고 더 생생하게 남아 있지만 디킨스의 인물들은 그림이나 가구처럼 늘 변하지 않는 한 가지 태도만 보인다. 가령 피에르 베주호프*와 달리 디킨스의 인물과는 상상 속의 대화를 나눌 수 없다. 단순히 톨스토이가 훨씬 진지하기 때문은 아니다. 희극적인 인물에게도 상상 속에서 말을 걸 수 있다. 예를 들면 블룸**이나 페퀴셰,*** 심지어는 웰스의 폴리****에게도 상상 속에서 말을 건다. 디킨스의 인물에게 말을 걸 수 없는 것은 그들에게 정신적 삶이 없기 때문이다. 그들은 말해야 하는 내용을 완벽하게 말하지만 그 밖의 다른 어떤 것에 대해서도 이야기할 것 같지 않다. 그들은 결코 깨닫지 않으며 사색하지 않는다. 아마 디킨스의 인물 중에 가장 사색적인 인물이 폴 돔비일 텐데, 그의 생각은 감상적인 넋두리일 뿐이다. 그렇다고 톨스토이의 소설이 디킨스의 소설보다 '나을까?' 사실 '좋다' '나쁘다'는 차원에서 이런 비교를 하는 것은 어리석은 짓이다. 내 입장에서 어쩔 수 없이 톨스토이와 디킨스를 비교해야 한다면 톨스토이가 훨씬 광범위한 호소력을 지닌다고 말할 수 있다. 디킨스는 영어 문화권을 벗어나면 잘 이해되지 않는다. 하지만 디킨스는 단순한 사람들의 관심권 안에 들어갈 수 있는 반면 톨스토이는 그렇지 못한 측면이 있다. 톨스토이의 인물은 경계선을 넘나들 수 있지만 디킨스의 인물은 담뱃갑 속에 있는 그림카드에 그릴 수 있다. 하지만 소시지와 장미 중 어느 한쪽을 선택해야 하는 것이 아닌 것처럼 디킨스와 톨스토이 중에서 어느 한쪽을 선택해야 하는 것은

---

* 톨스토이의 『전쟁과 평화』에 나오는 인물.
** 조이스의 『율리시스』에 나오는 인물.
*** 플로베르의 『부바르와 페퀴셰』에 나오는 인물.
**** 웰스가 쓴 『폴리 씨의 내력The History of Mr. Polly』의 주인공.

아니다. 그들의 목적은 서로 엇갈려 다른 방향을 향하고 있다.

6.

디킨스가 단지 희극 작가이기만 했다면 지금쯤 아무도 그의 이름을 기억하지 못할 것이다. 아니면 기껏해야 그의 작품 중 몇 가지만 『프랭크 페어라이』, 『버던트 그린 씨』, 『코들 부인의 베갯맡 잔소리』[1] 등과 같이 빅토리아 시대가 남긴 유물처럼, 말하자면 굴과 흑맥주가 남긴 기분 좋은 냄새처럼 살아남았을 것이다. 디킨스가 『픽윅 보고서』의 경향을 버리고 『리틀 도릿』이나 『어려운 시절』 같은 것으로 넘어간 일을 '유감'이라고 더러 생각해보지 않은 사람이 있을까? 같은 책을 두 번 쓰려는 사람은 결코 한 번도 쓰지 못한다는 사실을 잊은 채 사람들은 늘 대중 소설 작가에게 똑같은 책을 계속 쓰기를 요구한다. 조금이라도 생명력을 가진 작가라면 일종의 포물선을 따라 움직이며 상승곡선 안에 이미 하강곡선이 함축되어 있다. 조이스는 『더블린 사람들』의 차가운 능숙함으로 시작해서 『피네간의 경야』의 몽롱한 언어로 끝날 수밖에 없었으며, 『율리시스』와 『젊은 예술가의 초상』은 궤도의 중간에 속한다. 디킨스가 자신에게 실제로 어울리지도 않는 예술의 형태로까지 나아가도록 힘을 불어넣어준 것, 아울러 우리로 하여금 그를 기억하게 만든 것은 그가 도덕주의자였고 '할 이야기가 있다'는 의식을 지

---

[1] 『프랭크 페어라이Frank Fairleigh』 또는 『개인 교습 학생의 삶에서 일어난 몇 가지 장면들Scenes from the Life of a Private Pupil』은 스메들리(Francis Edward Smedley, 1818~1864), 『버던트 그린 씨Mr Verdant Green』는 브래들리[Edward Bradley, 1827~1889. 필명 커스버트 베드(Cuthbert M. Bede)], 『코들 부인의 베갯맡 잔소리Mrs Caudle's Curtain Lectures』는 많은 작품을 남긴 극작가 더글러스 제럴드(Douglas Jerrold, 1803~1857)의 작품이다.

넜기 때문이다. 디킨스는 언제나 설교를 하는데, 그가 풍부한 창조성을 보여줄 수 있었던 결정적인 비밀이 바로 여기에 있다. 작가는 관심이 있을 때에만 창조할 수 있다. 재미있는 이야깃거리를 찾는 삼류 작가라면 결코 스퀴어스와 미코버 같은 유형을 창조할 수 없었을 것이다. 웃을 만한 가치를 지닌 농담의 밑바닥에는 언제나 사상이 숨어 있으며 대개는 체제 전복적인 사상이다. 디킨스는 권위에 반기를 들었기 때문에, 그리고 비웃을 권위가 늘 있었기 때문에 끊임없이 재미있는 이야기를 쓸 수 있었다. 저속한 희극을 넘어설 수 있는 여지가 늘 있었던 것이다.

디킨스의 급진주의는 매우 애매한 특성을 지니지만 독자는 급진주의가 들어 있다는 것을 늘 안다. 이것이 도덕주의자와 정치인의 차이다. 디킨스에게는 건설적인 제안이 없었고 자신이 공격하는 사회의 본성에 대해 명확한 이해도 없었으며 다만 뭔가 잘못되었다는 감정적인 지각만 있었을 뿐이다. 결국 디킨스가 말할 수 있는 것이라고는 "인간의 품위를 지키며 행동하라"는 것인데, 앞서 지적했듯이 이 말은 겉으로 들리는 것처럼 그렇게 얄팍한 것이 아니다. 혁명가는 대부분 잠재적인 토리당원이다. 그들은 사회의 형태를 바꿈으로써 모든 것을 바로잡을 수 있다고 상상하며 일단 이러한 변화를 일으키고 나면 종종 그러듯이 다른 어떤 변화의 필요성도 보지 않기 때문이다. 디킨스에게는 이런 식의 치밀하지 못한 거친 정신이 없었다. 디킨스의 불만이 애매한 것은 영원히 불만이 존재한다는 표시다. 디킨스는 이런저런 제도에 맞서 항의하는 것이 아니라 체스터튼이 말했듯이 "인간의 얼굴에 나타난 표정"에 항의한다. 거칠게 말해서 디킨스의 도덕성은 그리스도교의 도덕성이다. 하지만 디킨스는 영국 성공회의 환경에서 자랐음에도 불구하고 유언장을 쓸 때 분명히 해두려고 주의했듯이 본질적으로 성서-그리스도교도였다. 그러나 디킨스를 종교적인 인물로 묘사하는 것은 올바르지 않다. 그는 틀림없는 '신자'였지만 경건한 의식으로서의 종교는 그의 사상 깊숙이까지 침투하지 못했던 것으로 보인다.• 디킨스는 거의 본능적으로 억압자에 맞서 피억압자 편에 섰다는 점에서 그리스도교도다. 물론 디킨스는 언제 어디서나 패배자 편에 섰다. 이런 정신을 논리적 결론까지 끌고 간다면 패배자가 승리자가 되었을 때 반대편에 서야 하며 사실 이런 경향이 디킨스에게 있었다. 가령 디킨스는 가톨릭교회를 혐오하지만 가톨릭교도가 박해받으면(『바나비 러지』) 즉시 그들 편에 선다. 귀족계급을 더욱 혐오했지만 귀족이 정말 타도되자(『두 도시 이야기』에 나오는 혁명 관련 장들) 즉시 동정심의 방향이 바뀌었다. 디킨스는 이런 감정적 태도에서 출발할 때면 언제나 길을 잃었다. 『데이비드 코퍼필드』의 결말 부분에 가면 많이 알려진 예가 있는데, 이 부분을 읽은 사람은 누구나 뭔가 잘못되었다고 느낀다. 결말의 장들 곳곳에 어렴풋하지만 명확히 알아볼 수 있을 정도로 성공에 대한 숭배가 스며들어 있는데 이는 어딘가 이상하다. 이는 디킨스에 부합되는 복음이 아니라 스마일스에 부합되는 복음이다.

• 다음은 디킨스가 막내아들에게 보낸 편지(1868)에서 인용한 내용이다. "너는 집에서 종교의식이나 단순한 형식적 일로 괴롭힘을 받아본 적이 없었다고 기억할 것이다. 나는 내 아이들이 종교의식이나 형식을 존중하는 의견을 가질 나이도 되기 전에 그런 것들 때문에 지치지 않게 하려고 늘 애써왔다. 그러므로 그리스도에게서 생겨난 그대로의 그리스도교가 지닌 진리와 아름다움을, 그리고 네가 초라하지만 진심으로 그리스도교를 존중할 때 결코 그릇된 길로 갈 수 없다는 것을 지금 네게 가장 엄숙하게 명심시키려 한다는 것을 너는 잘 이해할 것이다.……아침과 저녁으로 너만의 개인적인 기도를 드리는 건전한 실천을 결코 중단하지 마라. 나 자신은 한 번도 중단한 적이 없으며 그것이 가져다주는 위안을 알고 있다."

미코버는 큰돈을 벌며 힙은 감옥에 들어가 결국 매력적이고 가난한 인물이 없어지는데, 이 두 가지 사건은 절대 가능하지 않은 일이다. 심지어 도라가 죽어 아그네스에게 자리를 내어주기도 한다. 원한다면 도라를 디킨스의 아내로, 아그네스를 그의 처제로 읽을 수도 있을 것이다. 하지만 핵심은 디킨스가 '존경스런 사람으로 변했고' 자기 본성을 거역했다는 점이다. 디킨스의 여주인공 중에서 아그네스가 가장 마음이 들지 않는 이유가 이 때문일 것이다. 아그네스는 새커리의 로라만큼 형편없으며 빅토리아 시대의 낭만을 지닌 진짜 다리 없는 천사다.

다 큰 성인은 디킨스를 읽으면서 그의 한계를 느낄 것이다. 그럼에도 디킨스의 타고난 넓은 도량이 여전히 남아 마치 닻과 같은 작용을 함으로써 디킨스가 속한 곳에 계속 머물 수 있도록 지켜준다. 디킨스가 대중의 인기를 끄는 중요한 비밀이 여기에 있을 것이다. 디킨스 같은 유형의 성격 좋은 도덕률 폐기론자는 서구 대중문화의 특징에 속한다. 민간 설화나 익살스런 노래에서 이런 특징을 볼 수 있으며, 이 밖에도 미키마우스와 뽀빠이(두 주인공 모두 거인을 죽인 잭의 변형 형태다) 같은 완벽한 인물에서, 노동계급 사회주의의 역사에서, 제국주의에 맞서는 대중 항의집회에서(언제나 무력하지만 그렇다고 늘 엉터리는 아니다), 부자의 자동차가 가난한 사람을 치었을 때 배심원이 과도한 손해배상금 결정을 내리는 충동에서 볼 수 있다. 이는 늘 패자의 편에 서는 감정이며 강자에 맞서 약자 편에 서는 감정이다. 어떤 의미에서 이는 50년 정도 시대에 뒤떨어진 감정이다. 보통 사람은 여전히 디킨스의 정신세계에서 살고 있지만 현대의 지식인들은 대부분 이런저런 형태의 전체주의로 넘어갔다. 마르크스주의나 파시즘의 관점에서 볼 때 디킨스가 대표하는 것

 모든 예술은 프로파간다다―조지 오웰 평론집

은 한낱 '부르주아 도덕'일 뿐이며 별 가치 없는 것이라고 인식될 수 있다. 하지만 도덕의 관점에서 볼 때 어느 누구도 영국 노동계급보다 더 '부르주아적'일 수 없다. 서구 국가의 보통 사람들은 정신적으로 아직 '사실주의'와 무력 외교의 세계로 들어가지 못했다. 머지않아 그렇게 될지 모르며 그럴 경우 디킨스는 마차를 끄는 말처럼 시대에 뒤떨어진 구식이 될 것이다. 하지만 디킨스가 살던 시대에도 우리 시대에도 디킨스는 인기를 끌고 있다. 이는 디킨스가 희극적이고 단순화된 형태, 따라서 기억에 오래 남는 형태로 보통 사람의 타고난 점잖은 품위를 표현할 수 있다는 데 주된 이유가 있다. 또한 이런 관점에서 볼 때 매우 다양한 유형의 사람들을 '보통 사람'으로 규정할 수 있으며, 이는 매우 중요하다. 영국 같은 나라에서는 계급구조에도 불구하고 일정한 문화적 통일성이 존재한다. 그리스도교 시대 동안 줄곧 특히 프랑스 혁명 이후 서구 세계에는 자유와 평등사상이 떠나지 않았다. 이는 하나의 사상일 뿐이지만 모든 사회계층에 침투해 있다. 가장 극악한 부당함, 잔인한 행위, 거짓말, 속물근성이 도처에 존재하지만 이런 일들을 로마 시대의 노예 주인처럼 무심하게 바라볼 수 있는 사람은 많지 않다. 심지어는 백만장자조차 마치 훔쳐온 양고기 다리를 먹는 개처럼 희미한 죄의식을 느낀다. 실제 행동이 어떻든 거의 모든 사람이 인류애 사상에 감정적 반응을 보인다. 디킨스는 과거에 믿었던, 그리고 지금도 대체로 믿고 있는 사회적 관례를 표현하고 있다. 디킨스가 노동계급에게 읽히면서도(디킨스와 같은 위상을 지닌 다른 어느 소설가에게서는 이런 일을 찾아볼 수 없다) 웨스트민스터 사원에 묻힌 이유를 달리 설명하기는 힘들다.

강한 개성이 있는 글을 접할 때 사람들은 글 뒤편 어딘가에서 얼굴을 보는 듯한 느낌을 받는다. 그 얼굴이 꼭 작가의 실제 얼굴은 아니다. 나는 작가가 어떻게 생겼는지 알지 못하거나 알고 싶지 않을 때가 더러 있는데도 스위프트, 디포, 필딩, 스탕달, 새커리, 플로베르를 읽을 때 이런 느낌을 강하게 받는다. 그럴 때 보이는 얼굴은 틀림없이 작가의 모습일 것 같다. 내가 디킨스의 글에서 보는 얼굴은 비록 닮기는 했지만 사진에 나오는 그의 얼굴이 아니다. 대략 마흔 살 정도에 혈색이 좋고 턱수염이 조금 나 있는 얼굴이다. 그의 얼굴은 웃고 있는데 그 웃음 속에는 분노의 기운이 어려 있다. 하지만 승리감이나 악의는 보이지 않는다. 늘 뭔가에 맞서 싸우지만 공개적으로 싸우며 겁먹지 않은 얼굴, 넓은 도량으로 분노하는 얼굴이다. 달리 말하면 19세기의 자유주의자, 자유로운 지성의 얼굴이며, 현재 우리의 영혼을 놓고 싸우는 모든 악취 나는 하찮은 정설로부터 똑같이 미움을 받고 있는 유형의 얼굴이다.

 모든 예술은 프로파간다다—조지 오웰 평론집

소년 주간지

『'고래 뱃속에서'와 다른 에세이들』, 1940년 3월 11일

대도시의 빈민 지역을 지나가다보면 반드시 작은 신문 가판대를 만난다. 이들 가게의 일반적인 모습은 똑같다. 바깥에는 《데일리 메일》과 《뉴스 오브 더 월드》의 포스터가 걸려 있고, 좁다란 창문에는 달콤한 음료와 플레이어스 담배가 진열되어 있으며, 갖가지 감초 사탕 냄새가 나는 실내에는 바닥에서 천장까지 조잡하게 인쇄된 값싼 책자들—대부분 삼색의 야한 표지 삽화가 그려져 있다—이 가득 들어차 있다.

일간신문과 석간신문을 제외하면 이들 가게의 상품 가운데 대형 신문판매소와 겹치는 것은 거의 없다. 이들 가판대에서 주로 팔리는 것은 값싼 주간지인데 그 수와 종류가 믿기 힘들 만큼 어마어마하다. 새장에서 기르는 새, 돌을새김 세공, 목공, 벌, 메시지 전달용 비둘기, 실내 마술, 우표 수집, 체스 등 갖가지 취미와 오락마다 적어도 하나씩 전문 잡지가 있고, 대개는 각 분야마다 몇 개씩 있다. 정원 가꾸기와 가축 키우기를 다루는 잡지는 적어도 20개 정도 된다. 또한 스포츠 잡지, 라디오 잡지, 아동 만화, 《팃비츠》* 같은 종합 잡지, 영화를 주

로 다루면서 하나같이 여자의 다리를 어느 정도 이용하는 다양한 잡지 등이 있으며, 그 밖에도 갖가지 상업거래 잡지, 여성용 이야기 잡지(《오라클Oracle》, 《시크릿Secrets》, 《페그스 페이퍼Peg's Paper》 등), 하도 많아서 한쪽 유리창 전체를 뒤덮는 자수 잡지, 게다가 미국에서 철 지난 것을 수입해 2펜스 반 페니나 3펜스를 받고 파는 '양키 잡지'(《파이트 스토리즈Fight Stories》, 《액션 스토리즈Action Stories》, 《웨스턴 쇼트 스토리즈Western Short Stories》 등등) 시리즈까지 길게 이어진다. 엄밀한 의미의 정기 간행물들은 4페니짜리 중편소설집인 『알딘 복싱 느블스Aldine Boxing Novels』, 『보이스 프렌드 라이브러리Boys' Friend Library』, 『스쿨걸스 오운 라이브러리Schoolgirls' Own Library』, 그 밖의 여러 소설집들 사이에 간간이 끼어 잘 보이지도 않는다.

아마 이들 가게에서 파는 잡지들은 대다수 영국인이 실제로 무엇을 느끼고 생각하는지에 대해 우리가 구할 수 있는 어느 자료보다 가장 잘 알려줄 것이다. 문서 형태로 된 것 가운데 이것의 절반 정도를 알려주는 것도 없을 것이다. 예를 들어 베스트셀러 소설은 많은 사실을 알려주지만, 소설은 대체로 주당 4파운드 이상의 수입이 있는 사람들만 겨냥한 것이다. 영화 역시 대중의 취향을 그리 제대로 알려주는 지침은 되지 못한다. 영화산업은 사실상 독점자본인데, 이는 곧 영화산업이 상대하는 대중을 주의 깊게 연구하지 않아도 된다는 의미다. 이것은 일간지에도 어느 정도 해당되며 라디오에도 상당 부분 해당된다. 하지만 판매부수가 적은 주간지나 전문 주제를 다루는 주간지에는

---

*　《팃비츠Tit-bits》는 1881년 10월에 창간된 주간지. 40만~60만 부 정도 발행되었다.

해당되지 않는다. 《익스체인지 앤 마트Exchange and Mart》, 《케이지 버즈Cage-Birds》, 《오라클》, 《프리딕션Prediction》, 《매트리모니얼 타임스Matrimonial Times》 같은 주간지가 존재하는 이유는 오로지 이 책을 찾는 확실한 수요가 있기 때문이며 판매부수가 몇 백만 부나 되는 거대 전국 일간지와 달리 이 주간지들이 독자의 마음을 반영하기 때문이다.

나는 여기서 오직 한 가지 종류의 주간지, 즉 값싼 소년 주간지만 다룰 것이다. 흔히 이들을 '통속 싸구려 소설'이라고 브르는데 이는 정확하지 않은 명칭이다. 엄밀하게 이 분류에 들어가는 주간지는 현재 아말가메이티드 출판사에서 펴내는 《젬Gem》, 《마그넷Magnet》, 《모던 보이Modern Boy》, 《트라이엄프Triumph》, 《챔피언Champion》과, D. C. 톰슨 사에서 펴내는 《위저드Wizard》, 《로버Rover》, 《스키퍼Skipper》, 《핫스퍼Hotspur》, 《어드벤처Adventure》 등 모두 10종이다. 나는 이들 주간지의 판매부수가 어느 정도인지 모른다. 이들 주간지의 편집자와 경영자가 어떤 수치도 밝히기를 거부하며 어쨌든 연재 이야기가 실린 각 주간지당 판매부수는 변동 폭이 클 것이다. 하지만 10개 주간지의 독자를 모두 합치면 매우 많다는 것은 확실하다. 이들 주간지가 영국 모든 도시에서 판매되며, 거의 모든 소년들은 일정 기간 이들 중 한 권 이상을 읽는다. 이 가운데 가장 오래된 《젬》과 《마그넷》은 나머지 것들과 조금 다르며 확실히 지난 몇 년 사이에 인기가 다소 떨어졌다. 요즈음 많은 아이들은 두 주간지를 구식이고 '지루하다'고 느낀다. 그럼에도 나는 이 두 주간지를 먼저 논의하고 싶다. 다른 주간지에 비해 이 두 주간지가 심리적으로 더 흥미롭고 또한 그런 주간지가 1930년대까지 살아남았다는 사실만으로도 놀라운 현상이기 때문이다.

《젬》과 《마그넷》(1908)

　　《젬》과 《마그넷》은 자매지이며(한쪽에 나오는 인물이 종종 다른 쪽에도 등장한다), 두 주간지 모두 창간된 지 30년 이상 지났다.* 두 주간지는 창간 당시부터 《첨스》나 오래된 《비오피》*¹와 더불어 선도적인 소년 주간지였으며 아주 최근까지도 강세를 보였다. 두 주간지는 매주 1만 5천 자에서 2만 자에 이르는 학교 이야기를 싣는데, 그 자체로 완결성을 갖지만 대개 그 이전 주의 이야기와 일정 정도 연결성을 지녔다. 《젬》은 학교 이야기 외에도 모험 연재물을 내보냈다. 그 외에는 두 주간지가 아주 많이 비슷해서 같은 것으로 취급되기도 했다. 하지만 언제나 《마그넷》이 좀 더 많이 알려졌는데, 아마 《마그넷》에 뚱뚱한 소년 빌리 번터라는 그야말로 최고의 인물이 있었기 때문일 것이다.

　　이들 주간지에 실린 이야기들은 사립학교 생활 이야기라고 되어 있

---

* 　《젬》은 1907년, 《마그넷》은 1908년에 창간되었다.

*1 　《보이스 오운 페이퍼Boy's Own Paper(B.O.P.)》(더러 Boy's가 생략되기도 한다). 1879년 종교책자협회에서 창간했으며 1912년까지 주간지로 발간되다가 이후 월간지로 바뀌었다. 이 잡지는 오웰이 죽은 이후에도 발간되었다. 1892년에 창간된 《첨스Chums》는 《보이스 오운 페이퍼》의 경쟁지로 카셀(Cassell) 출판사에서 발행했다.

는데, 이들 학교(《마그넷》의 그레이프라이어스 학교.《젬》의 세인트 짐스 학교)
는 이튼이나 윈체스터처럼 오래된 상류층 재단 학교도 묘사되어 있다.
중요 인물은 모두 열네 살이나 열다섯 살의 중등 4학년 학생들이며, 이
보다 어리거나 나이가 많은 학생들은 아주 작은 역할로만 등장한다.
섹스턴 블레이크와 넬슨 리* 같은 인물들처럼 이들도 매주, 매년 등장
하며 결코 나이가 들지 않는다. 새로운 학생이 등장하거나 작은 역할
을 맡은 학생이 떨어져 나가는 일이 잦지만 그래도 지난 25년 동안 인
물이 거의 바뀌지 않았다. 두 주간지의 주요 인물들인 밥 체리, 톰 메리,
해리 워튼, 조니 불, 빌리 번터 등은 모두 제1차 세계대전이 일어나기 훨
씬 오래전부터 그레이프라이어스 또는 세인트 짐스에 다녔으며, 그때에
도 지금과 똑같은 나이였고 똑같은 모험을 겪으며 거의 똑같은 사투리
로 말했다. 등장인물뿐만 아니라 《젬》과 《마그넷》의 전반적인 분위기
도 변하지 않은 채 내려오는데, 이는 부분적으로 이야기가 정교하게 양
식화되어 있기 때문이다.《마그넷》에 실린 이야기의 작가는 '프랭크 리
처즈'라고 되어 있고 《젬》에는 '마틴 클리퍼드'라고 되어 있지만 30년이
나 이어진 연재물을 매주 같은 사람이 썼을 가능성은 거의 없다.*1 그러

---

* 섹스턴 블레이크(Sexton Blake)는 1893년 12월 《하프페니 마블Halfpenny Marvel》에
실린 「사라진 백만장자The Missing Millionaire」라는 소설에 처음 등장한 탐정으로
이후 20세기 내내 수많은 영국의 만화(책)과 소설에 등장했다. 넬슨 리(Nelson Lee)
는 1915년 6월 《넬슨 리 라이브러리The Nelson Lee Library》에 등장한 주인공으로,
이후 1933년 시리즈 4까지 활약했다.

*1 실제로 모두 프랭크 리처즈[Frank Richards. 찰스 해밀턴(Charles Harold St. John
Hamilton, 1876~1961)의 필명]의 작품이 아니다. 그가 쓴 것은 《마그넷》의 1,683개 이
야기 중 1,380개이고 대필 작가가 25명 있었다. 그럼에도 프랭크 리처즈는 약 5,000
개의 이야기를 썼고, 학교를 100개 이상 '창조'했으며 24개의 필명을 사용했다(그중
에는 마틴 클리퍼드와 여학교용 이야기에 사용하던 힐다 리처즈도 있다). 그는 대략 1억
개의 단어를 출간했을 것이다.

므로 이 이야기들은 쉽게 모방할 수 있는 양식으로 쓰여야 했다. 영국 문학에 존재하는 다른 어느 것과도 차별성을 가지면서도 특별하고 인위적이며 반복적인 양식이어야 했다. 인용문 두 개면 실례를 보여줄 수 있을 것이다. 다음은 《마그넷》에서 가져온 글이다.

> 끄응 끙!
>
> "조용히 해, 번터!"
>
> 끄응 끙!
>
> 입 다물고 조용히 있는 것은 결코 빌리 번터의 특성이 아니다. 조용히 하라는 소리를 자주 듣는데도 결코 조용히 하는 법이 없다. 특히 지금과 같이 끔찍한 상황에서 그레이프라이어스의 뚱뚱보 부엉이는 그 어느 때보다 조용히 하고 싶은 마음이 없었다. 그리고 입을 다물고 조용히 있지 않았다! 그는 끙끙거리면서 신음하고, 신음하고, 계속 신음했다.
>
> 아무리 끙끙거리며 신음 소리를 내도 번터의 감정을 완전히 표현하지 못했다. 사실 그의 감정은 표현할 수 없는 것이었다.
>
> 그들 여섯 명은 궁지에 빠졌다. 여섯 명 중 오직 한 명만 비통하고 통탄스러운 말을 내뱉었다. 하지만 그 한 명, 윌리엄 조지 번트가 전체 무리를 대표하고도 조금 남을 만큼 충분히 감정을 표현했다.
>
> 해리 워튼 패거리들이 격분한 채 걱정스런 얼굴로 무리 지어 서 있었다. 그들은 땅바닥에 나뒹굴었고 몸이 묶인 채 손찌검을 당하고, 놀림을 당하고, 꼼짝없이 당했다!

다음은 《젬》에 실린 내용이다.

"아, 크웝스!"

"아, 그엄!"

"우오오프!"

"우르프!"

아서 오거스터스는 머리가 어질어질한 채 앉아 손수건으로 다친
코를 꽉 움켜쥐고 있었다. 톰 메리는 숨을 헐떡이며 앉아 있었다. 둘
이 서로 노려보았다.

"어랍쇼, 한 건 올렸군, 내 친구!"

아서 오거스터스가 말을 쏟아내기 시작했다.

"날 완전히 한 방 먹였어! 우! 깡패 녀석! 무지하게 별 볼일 없는
놈! 와우!"

두 인용문 모두 매우 전형적이어서, 오늘날에도 25년 전에도 거의
매호 각 장에 비슷한 것이 나온다. 누가 봐도 알아차릴 만한 첫 번째 특
징은 동어반복이 심하다는 점이다(첫 번째 인용문에는 모두 125개 단어가 들
어 있지만 약 30개 단어로 줄일 수 있다). 아마 장광설을 늘어놓기 위한 목적
이겠지만 사실은 분위기를 만들어내는 데 한몫한다. 같은 이유로 여러
가지 익살스런 표현이 반복되고 있다. 가령 "격분한"은 즐겨 쓰는 어휘
이며 "손찌검을 당하고, 놀림을 당하고, 꼼짝없이 당했다"도 마찬가지
다. "우오오프!", "그루우!", "야루우!"(고통스러울 때 내는 양식화된 고함 소
리)가 끊임없이 되풀이되고 "하! 하! 하!"도 늘 한 행씩 차지하면서 자주

나오기 때문에 더러는 세로 단의 4분의 1가량이 "하! 하! 하!"로 채워지기도 한다. 사용되는 속어("썩 꺼져", "제대로 한 방 먹였군", "멍청이")도 바뀌지 않아서 작중 인물들은 이제 적어도 30년이나 시대에 뒤떨어진 속어를 쓰는 셈이다. 게다가 틈만 나면 어김없이 갖가지 별명이 튀어나온다. 해리 워튼 무리는 "유명한 다섯", 번터는 "뚱뚱보 부엉이" 또는 "리무브* 학급의 부엉이", 버논 스미스는 "그레이프라이어스의 망나니", 구시(오너러블 아서 오거스터스 다시)는 "세인트 짐스의 거물"이라는 사실을 몇 줄마다 한 번씩 상기시켜준다. 분위기를 그대로 이어가면서도 처음 내용을 접하는 새로운 독자라도 누가 누군지 바로 알 수 있도록 끊임없는 노력이 줄기차게 이루어진다. 그 결과 그레이프라이어스와 세인트 짐스는 하나의 작고 특별한 독자적 세계를 구축하는데, 열다섯 살이 넘은 사람이라면 결코 그 세계를 진지하게 받아들이지 않지만 그래도 쉽게 잊히지 않는 세계다. 낮은 수준의 디킨스 기법을 따라 하면서 스테레오타입의 '인물'을 구축하는데, 개중에 큰 성공을 거두기도 한다. 빌리 번터는 영국 소설 속 인물 가운데 널리 알려진 인물의 하나로 꼽힌다. 그의 이름을 알고 있는 사람의 수만 놓고 본다면 섹스턴 블레이크, 타잔, 셜록 홈스, 그리고 디킨스 소설의 몇몇 인물과 같은 대열에 놓일 것이다.

말할 필요도 없지만 소년 주간지에 나오는 이야기들은 실제 사립학교의 생활과는 전혀 닮지 않았다. 다소 다른 형태의 이야기들이 돌아가면서 실리지만 대체로 과장된 행동으로 웃기는 오락거리 이야기이며, 소란스러운 야단법석, 짓궂은 장난, 혼내는 선생들, 싸움, 매질, 축구,

---

크리켓, 음식을 중심으로 재미를 준다. 다른 아이의 잘못을 대신 뒤집어쓴 아이가 꿋꿋한 기개를 발휘하면서 사실을 밝히지 않는 이야기도 늘 반복된다. '착한' 아이는 깨끗하게 살아가는 영국인의 전통을 이어받아 '착하게 살아간다'는 식이다. 힘든 교육을 받으며, 몸을 깨끗하게 씻고, 비열한 행동을 하지 않는다는 것이다. 반면 이들과 대조를 이루는 랙, 크룩, 로더 등 '나쁜' 아이들의 비행은 주로 내기, 흡연, 술집 출입 등이다. 이런 아이들은 언제나 퇴학 직전까지 내몰리지만 실제로 퇴학 당하게 되면 등장인물에 변화가 생기기 때문에 심각한 죄를 저질러서 붙잡히는 일은 없다. 예를 들어 절도행위 같은 것은 모티브로 거의 쓰이지 않는다. 성관계는 완전히 터부시되며 실제로 사립학교에서 일어나는 형태의 성관계는 결코 다루지 않는다. 더러 여학생들이 등장하고 가벼운 연애라고 할 만한 일이 아주 가끔 일어나지만 언제나 재밋거리를 주는 선을 넘지 않는다. 여학생과 남학생이 함께 즐겁게 자전거 타는 것이 전부다. 예를 들어 키스는 아주 '질퍽한' 것으로 간주되며, 심지어는 나쁜 아이들조차 성관계를 전혀 갖지 않는다. 《젬》과 《마그넷》이 출간될 당시 이전 소년 문학에서 성에 시달리며 죄의식을 느끼는 분위기가 많았는데 이를 탈피하려는 계획적인 의도가 있었을 것이다. 예를 들어 1890년대 《보이스 오운 페이퍼Boy's Own Paper》의 득자투고란에는 자위행위에 대한 무시무시한 경고가 가득했으며, 『세인트 위니프레즈 St. Winifred's』와 『톰 브라운의 학교생활Tom Brown's Schooldays』* 같은

---

*　『톰 브라운의 학교생활』은 휴스(Thomas Hughes, 1822~1896)가 잉글랜드 워릭셔 주 럭비에 있는 사립 중등학교를 배경으로 쓴 소설(1857년에 출간)이다. 1567년에 설립된 이 학교는 럭비풋볼의 발상지로서 유명하다.

책에는 비록 작가는 전혀 의식하지 못하는 듯하지만 동성애적인 감정이 짙게 배어 있었다. 《젬》과 《마그넷》에서 성은 결코 문젯거리로 등장하지 않는다. 종교 역시 터부다. 두 주간지가 30년 넘게 발행되는 동안 전체 부수 가운데 〈신이여 여왕 폐하를 지켜주소서〉* 말고는 어느 곳에도 '신'이라는 단어가 나오지 않는다. 반면 '절제'정신은 매우 강조된다. 음주, 그리고 이와 결합된 흡연은 심지어 성인에게도 다소 수치스러운 일로 간주("수상한 구석이 있다"는 단어가 흔히 사용되었다)되면서도 거부할 수 없을 만큼 매력적인 일로, 말하자면 성의 대체물 같은 것이었다. 도덕적인 분위기에서 《젬》과 《마그넷》은 그 무렵에 시작된 보이스카우트 운동과 공통점이 많았다.

　이런 종류의 문학은 모두 부분적으로 표절 작품이다. 섹스턴 블레이크는 처음부터 셜록 홈스의 모방이라고 솔직히 터놓고 시작했으며 지금도 매우 강한 유사성을 보인다. 섹스턴 블레이크는 생김새가 매를 닮았으며, 베이커 가에 살고, 담배를 매우 많이 피우며, 생각할 때에는 실내 가운을 걸친다. 《젬》과 《마그넷》은 두 잡지가 창간될 당시 한창 유행하던 건비 하다스,*1 데스몬드 코크*2 등 학교 소설 작가들에게서 많은 것을 빌려왔을 테지만, 19세기 모델에 더 많은 것을 빚지고 있다. 그레이프라이어스와 세인트 짐스가 실제 학교와 조금이라도 닮은 점이 있다면 근대 사립학교가 아니라 오히려 톰 브라운이 다닌

---

* 　영국의 국가.

*1 　하다스(John Edward Gunby Hadath, 1880경~1954)는 『남학생의 기개Schoolboy Grit』(1913), 『콥하우스의 캐리Carey of Cobhouse』(1928) 등 여러 편의 학교 소설을 썼다.

*2 　데스몬드 프랜시스 탤벗 코크(Demond Francis Talbot Coke, 1879~1931)는 『기숙사 반장The House Prefect』(1908)을 비롯해 몇 편의 아동 작품을 남겼다.

럭비 학교라고 할 수 있다. 두 학교에는 OTC[1]가 없으며 운동도 강제로 시키지 않으며 심지어는 학생들이 마음에 드는 옷을 입도록 허용했다. 하지만 두 잡지의 주된 시초가 되었던 것은 분명『스토키와 아이들Stalky & Co.』[*]이었을 것이다. 이 작품은 소년 문학에 엄청난 영향을 미쳤으며, 이 책을 한 번도 보지 못한 사람들도 전통으로 인정할 정도의 평판을 얻었다. 소년 주간지를 보다 보면『스토키와 아이들』을 언급하면서 'Storky'라고 표기해놓은 것을 자주 볼 수 있다. 심지어는 그레이프라이어스 학교 선생 중에서 가장 희극적인 인물의 이름인 '프라우트'도『스토키와 아이들』에서 가져왔으며, '장난(jape)', '술 한 잔 걸친(merry)', '경박하다(giddy)', '용무(bizney)', '끝내주다(frabjous)', doesn't 대신에 'don't'를 사용하는 속어 등도 상당 부분 차용했는데, 《젬》과 《마그넷》이 출간될 당시 이런 속어들은 이미 한물간 것들이었다. '그레이프라이어스'라는 학교 이름은 아마도 새커리에게서 빌려왔을 것이며, 《마그넷》에 나오는 학교 수위 고슬링은 디킨스의 사투리를 모방한 말투를 쓴다.

이런 점에도 불구하고 사립학교 생활이 보여주는 '부티 나는 화려함'을 강조하여 표현한다. 문단속, 출석 확인, 기숙사 대항 시합, 심부름, 반장, 아늑한 서재 난롯가에 앉아 마시는 차 등 모든 장치가 등장하며, "오래된 학교", "오래된 회색 돌"(두 학교 모두 16세기 초에 설립되었다), "그레이프라이어스인의 정신" 같은 표현이 끊임없이 나온다. 독자

---

[1] Officers' Training Corps(장교교육단)의 약칭. 많은 사립학교에는 군사 학생조직인 OTC가 있었다.

[*] 키플링(Joseph Rudyard Kipling, 1865~1936)이 1899년에 펴낸 소설

의 속물근성을 자극하는 요소에 관한 한 후안무치할 정도다. 두 학교 모두에 작위를 가진 학생이 한두 명씩 있으며 그들의 작위를 끊임없이 독자의 코앞에다 들이댄다. 그런가 하면 탤벗, 매너스, 로더 등 유명한 귀족 가문의 성을 가진 아이들도 있다. 구시가 이스트우드 경의 아들인 오너러블 아서 A. 다시라는 것, 잭 블레이크가 '넓은 땅'을 물려받을 상속자라는 것, 허리 제임셋 램 싱(별명 잉키)이 반니퍼라는 허구적 국가의 유력자라는 것, 버논 스미스의 아버지가 백만장자라는 것을 계속 상기시킨다. 최근까지도 두 주간지에 실린 삽화에서는 아이들이 이튼 교복을 모방한 교복을 입고 나왔으며 최근 몇 년 사이에 그레이프라이어스 교복은 콤비 상의와 플란넬 바지로 바뀌었지만 세인트 짐스는 여전히 이튼 학교 재킷을 고수하며 구시는 실크해트를 고집하고 있다. 《마그넷》의 부록으로 매주 나오는 학교 잡지에서 해리 워튼은 '리무브 학급 동료'들이 받는 용돈을 주제로 기사를 쓰면서, 그들 중에는 일주일에 5파운드나 받는 아이들도 있다고 폭로했다! 이런 것들은 모두 부의 환상을 의도적으로 불러일으키기 위한 장치다. 여기서 다소 이상한 점을 눈여겨볼 필요가 있는데, 학교 이야기가 영국만의 특이한 현상이라는 점이다. 내가 아는 한 외국어로 된 학교 이야기는 거의 없다. 이는 아마도 영국 교육이 지위 문제와 관련된 탓에 교육에 돈을 들이고 부르주아 안에서도 '사립' 학교와 '자립형 사립학교' 사이에 건널 수 없는 또 다른 격차가 있기 때문이다. 분명 '호화로운' 사립학교 생활의 세세한 사항에 흥분과 낭만을 느끼는 사람들이 많을 것이다. 그들은 건물로 둘러싸인 사각형 안뜰과 기숙사 깃발이라는 신비한 세계에 발을 들여놓지 못한 외부인이면서도 그 세계를 갈망하고, 헛된 꿈을 꾸며, 한 번에 몇 시간씩 마음속으로 하염없이 그런 삶을 꿈꿀 것이다. 그렇다면 그들은 누구인가? 누가 《젬》과 《마그넷》을 읽는가?

이 점에 대해 확실하게 아는 사람은 없을 것이다. 다만 내가 직접 관찰한 사실을 토대로 말해보면 이러하다. 사립학교에 들어갈 만한 아이들도 《젬》과 《마그넷》을 읽지만 열두 살이 될 때쯤에는 더 이상 그것을 읽지 않는다. 습관의 힘 때문에 한 해 정도 더 읽을 수는 있지만 그때쯤 되면 책의 내용을 진지하게 받아들이지 않는다. 반면 사립학교에 들어갈 형편은 못 되지만 공립학교는 '천하다'고 생각하는 사람들을 위해 만든 학교나 값싼 자립형 학교에 다니는 학생들은 몇 년 정도 더 계속해서 《젬》과 《마그넷》을 읽는다. 몇 년 전 나는 그런 학교 두 곳에서 교사생활을 했다. 나는 대부분의 학생들이 《젬》과 《마그넷》을 읽을 뿐만 아니라 열다섯 심지어는 열여섯 살이 되도록 이 주간지를 상당히 진지하게 대한다는 것을 알게 되었다. 그들은 상점주인, 회사원, 소기업 경영자, 전문가의 아들이었다. 《젬》과 《마그넷》이 겨냥하는 대상은 확실히 이들 계층이었다. 하지만 노동계급 학생들 역시 이 주간지를 읽었다. 이들 주간지는 일반적으로 대도시의 가장 가난한 지역에서 판매되며, 사립학교의 '부티 나는 화려함'을 도저히 누리지 못할 학생들도 이들 주간지를 읽고 있다는 것을 알았다. 탄광 지하 갱에서 일한 지 벌써 일이 년 된 젊은 청년이 《젬》을 열심히 읽는 것을 본 적이 있다. 최근 나는 북아프리카에 주둔해 있는 프랑스 외인부대 내 영국인 용병들에게 영국 잡지를 한 묶음 보냈는데, 그들은 《젬》과 《마그넷》을 가장 먼저 집어 들었다. 여학생들도 두 주간지를 많이

읽고 있으며 •《젬》의 펜팔 코너를 보면
이 잡지가 호주인, 캐나다인, 팔레스타인
인, 유대인, 말레이 반도 사람, 아랍인, 동
남아 해협 정착 중국인 등 대영제국 곳곳
의 사람에게 읽히는 것을 알 수 있다. 편집

진들은 분명 독자가 열네 살 전후일 것으로 예측하며 광고 내용(밀크
초콜릿, 우표, 물총, 얼굴 붉힘 치료, 실내 마술 기법, 가려움증 파우더, 친구의 손
에 침을 놓는 핀핀링 등)도 대략 같은 연령대를 겨냥한다. 그런가 하면 열
일곱 살에서 스물두 살 사이의 젊은 층을 대상으로 하는 해군 광고도
있다. 게다가 성인도 이들 주간지를 읽는 게 틀림없었다. 지난 30년
동안《젬》이나《마그넷》의 모든 호를 읽었다고 편집자에게 편지를 보
내는 사람들도 자주 있었다. 다음은 샐즈버리에 사는 한 부인이 보낸
편지다.

　　해리 워튼 무리가 그레이프라이어스에서 벌이는 멋진 모험담은
각 이야기들이 매번 높은 수준을 보여주는 것 같아요. 이 이야기들
이 현재 시중에 나와 있는 비슷한 유형 가운데 최고 작품이며 많은
이야기를 담고 있다는 것은 의심의 여지가 없지요. 이들 작품을 보
고 있으면 자연을 대면하는 것 같아요. 나는 창간호부터 줄곧《마
그넷》을 보았고 해리 워튼 무리의 모험 이야기를 흥미진진하게 찾
아 읽었어요. 내게는 아들이 없고 딸만 둘 있지만, 유서 깊은 멋진
주간지를 서로 먼저 읽으려고 언제나 달려들곤 하지요. 남편도 갑
자기 우리 곁을 떠나기 전까지는《마그넷》의 충실한 독자였어요.

단지 독자 투고란을 보기 위해서라도 《젬》과 《마그넷》, 그중에서도 특히 《젬》 몇 권을 보관해둘 만하다. 정말 놀라운 것은 독자들이 그레이프라이어스와 세인트 짐스에서 벌어지는 아주 작은 일까지도 아주 열심히 알고자 한다는 점이다. 다음은 독자들이 보내온 몇 가지 질문이다.

“딕 로일런스는 몇 살이에요?”

“세인트 짐스는 얼마나 오래되었나요?”

“셸* 학급의 학생 명단과 그들이 배우는 학과를 알려주세요.”

“다시의 외알 안경 가격은 얼마인가요?”

“어떻게 크룩 같은 아이가 셸 학급에 있는데 당신같이 점잖은 학생은 겨우 포스 학급인가요?”

“학급 반장의 세 가지 주요 의무가 무엇인가요?”

“세인트 짐스의 화학 선생님은 누구인가요?”(한 여학생의 질문)

“세인트 짐스는 어디에 있나요? 건물을 너무 보고 싶은데 어떻게 가면 되는지 혹시 알려주실 수 있나요? 내가 짐작하는 것처럼 당신 책에 나오는 학생들은 그저 ‘가짜’일 뿐인가요?”

이런 편지를 보내는 남학생이나 여학생 중 많은 수는 상상 속의 삶을 사는 게 분명하다. 더러 남학생이 자신의 나이, 키, 몸무게, 가슴과 이두박근 크기를 밝히면서 셸이나 포스 학급 성원 중 누구와 가장 닮

---

* 셸 역시 리무브와 마찬가지로 학급 명칭이다.

았는지 묻기도 한다. 셸 학급의 복도에 있는 서재 명단과 함께 각 서재를 누가 사용하는지 정확한 설명을 요구하는 일도 매우 흔하다. 물론 편집자들은 그들의 환상을 지켜주기 위해 자신의 권한 내에서 최선을 다한다. 《젬》에서는 잭 블레이크가 독자 편지에 답을 해주기로 되어 있고, 《마그넷》에서는 늘 교지(해리 워튼이 편집을 맡고 있는 《그레이프라이어스 헤럴드》)에 두 페이지를 할당하며, 그 밖에도 매주 등장인물 중 이 학생 저 학생이 돌아가며 작성하는 별도 페이지가 있다. 이야기는 한 번에 몇 주일씩 두세 명의 등장인물이 돌아가면서 중요 인물로 전면에 부각되는 방식으로 진행된다. 맨 처음 '유명한 다섯'과 빌리 번터가 등장해 시끌벅적하게 벌이는 모험 이야기가 몇 차례 이어지고 나면 위블리(분장 마법사)가 주역이 되어 사람을 혼동하는 데서 생긴 이야기가 실리고, 그 다음에는 버논 스미스가 퇴학 위기에 몰려 벌벌 떠는 다소 심각한 이야기가 한동안 계속된다. 《젬》과 《마그넷》의 진짜 비밀, 그리고 두 주간지가 분명 시대에 뒤떨어져 있음에도 계속 읽히는 설득력 있는 이유가 바로 여기에 있다.

등장인물이 아주 세심하게 유형별로 분류·배치되어 있기 때문에 거의 모든 유형의 독자가 이야기 속에서 자신과 동일시할 수 있는 인물을 찾을 수 있다. 대다수 소년 잡지들이 바로 이 점을 겨냥한다. 탐험가, 탐정, 그 밖에 이런저런 일을 하는 이들이 모험 과정에 함께 데리고 다니는 소년 조수(섹스턴 블레이크가 데리고 다니는 팅커, 넬슨 리를 따라 다니는 니퍼 등)가 등장하는 것도 바로 이런 이유 때문이다. 하지만 그런 경우에 소년은 한 명뿐이며 대개 유형이 아주 똑같다. 《젬》과 《마그넷》에는 거의 모든 유형의 모델이 등장한다. 평균적이고 운동을 좋아하는 활발한 유형(톰 메리, 잭 블레이크, 프랭크 뉴젠트), 좀 더 소란스러운 유형(밥 체리), 귀족적 특성이 강한 유형(탤벗, 매너스), 조용하고 진지한 유형(해리 워튼), 둔감한 '불독' 유형(조니 불) 등이 있고, 구모하고 저돌적인 소년(버논 스미스), 아주 "명석하고" 공부를 열심히 하는 소년(마크 린리, 딕 펜폴드), 운동은 못하지만 특별한 재능이 있는 괴짜 소년(스키너 위블리) 등도 등장한다. 또한 학자 유형(톰 레드윙)이 있는데, 이 유형의 인물은 가난한 가정 출신의 아이들이 사립학교 분위기어 자신을 투사할 수 있도록 해주는 점에서 매우 중요한 의미를 지닌다. 아울러 호주, 아일랜드, 웨일스, 맨 섬, 요크셔, 랭커셔 출신의 소년들이 애향심을 발휘하는 역할을 한다. 하지만 이보다 훨씬 더 미묘한 차이까지 고려한 인물도 설정된다. 독자 투고란을 잘 살펴보면 코커, 빌리 번터, 피셔 T. 피시(악착같이 돈을 모으는 미국 소년) 등 극단적일 정도로 희극적인 인물을 제외하고 당연히 선생도 열외로 할 경우 《젬》과 《마그넷》에서 이런저런 독자들이 자신과 동일시하지 못할 등장인물이 없다는 것을 알 수 있다. 번터는 비록 태생적으로는 『픽윅 보고서』의 뚱뚱브 소년에게서 얼마간 빌려온 인물이지만 그럼에도 진정 창조해낸 인물이라고 할 수 있다. 딱 달라붙은 바지를 입고 부츠와 지팡이로 계속 바지를 탁탁 치며 먹을 것을 찾는 데는 귀신같은 그에게 우편환은 끝내 오지 않는다. 이러한 특성 덕분에 영국 국기가 걸린 곳이라면 어디서든 그의 이름을 모르는 사람이 없다. 하지만 번터는 꿈의 대상이 아니다. 반면 아주 재미있는 인물로 보이는 구시(오너러블 아서 A. 다시, "세인트 짐스의 거물")는 분명 많은 숭배의 대상이다. 《젬》과 《마그넷》의 다른 사항도 마찬가지지만 구시 역시 적어도 30년 이상 오래 묵은 인물이다. 구시는 20세기 초의 '얼간이'이자 심지어는 1890년대의 '멍청이'("어랍쇼, 내 친구." "정말이지, 너한테 무서운 맛을 보여줘야겠구먼.")이며, 몽스 전투와 르카토 전투[*1]에서 약속을 지킨 외알 안경의 바보다. 구시가 대단한 인기를 끌었다는 점으로 볼 때 이 유형이 속물근성을 자극하는 매력을 강하게 지녔음을 알 수 있다. 영국인은 비상 국면에 늘 기대 이상의 성과를 보여주는, 귀족 칭호가 붙은 바보를 아주 좋아한다(피터 윔지 경을 보라). 다음은 구시를 좋아하는 여성 팬이 보낸 편지 중 일부다.

당신은 구시한테 너무 심한 것 같아요. 당신이 구시한테 하는 걸 보면 그가 아직까지 존재하는 것이 신기해요. 구시는 나의 영웅이에요. 내가 노래 가사를 쓰는 거 알아요? 이런 가사예요. 〈구디 구디〉[*]에 붙여서 불러도 될 거예요.

방독면을 가지러 갈 거예요. 공습경보에 대피하려고요.
당신이 네게 퍼붓는 폭탄들을 알고 있거든요.
내가 숨을 참호를 팔 거예요.
정원 울타리 안쪽에요.
내 창문 틈새를 주석으로 모두 봉할 거예요.
최루가스가 들어오지 못하도록
갓돌 바깥쪽에 대포를 놓을 거예요.

[*1] 제1차 세계대전 초기 벨기에의 몽스(Mons)와 프랑스의 르카토(Le Cateau)에서 벌어진 전투.
[*] 〈구디 구디Goody Goody〉는 1936년에 유행한 노래.

'출입금지'라고 히틀러 앞으로 보내는 메모도 함께 남겨 놓고요.

내가 나치 손에 붙잡히지 않는다면

늦지 않은 거예요.

방독면을 가지러 갈 거예요. 공습경보에 대피하려고요.

추신: 여자애들과는 잘 지내고 있나요?

이 글의 전문을 인용한 이유는 이 편지(1939년 4월 날짜)가 《젬》에서는 아마도 최초로 히틀러를 언급한 것으로서 흥미롭기 때문이다. 《젬》에는 번터에 대항하는 인물로 영웅적인 뚱뚱보 소년 패티 원이 있다. 그 밖에도 "리무브 학급의 망나니"이자 "바이런처럼 비장하면서 낭만적 인물"인 버논 스미스는 늘 퇴학 일보직전까지 내몰리는데 그도 대단한 인기를 끌고 있다. 심지어는 비열한 악당 몇몇도 팬을 거느리고 있다. 예를 들어 "식스스 학급의 깡패" 로더는 교양 지식을 가진 인물로 축구와 팀 정신에 대해 비아냥거리는 말을 곧잘 한다. 이 때문에 리무브 학급의 학생들은 더욱더 그를 악당으로 여기지만 특정 유형의 아이들은 아마도 로더와 자신을 동일시할 것이다. 심지어는 랙, 크룩 무리도 흡연을 지독히 나쁜 짓이라고 생각하는 몇몇 아이들에게 숭배 대상이 되곤 한다(독자 투고란에는 "랙이 피는 담배 브랜드가 뭔7-요"라는 질문이 자주 올라온다).

《젬》과 《마그넷》의 정치적 성향은 보수지만 파시즘의 색채가 없는 완전히 1914년 이전의 보수 성향이다. 실제로 이들의 정치적 특성에는 두 가지 가정이 깔려 있다. 변하는 것은 아무것도 없다는 것과 외국인은 우스꽝스럽다는 점이다. 1939년 《젬》에서는 프랑스인은 여전히 프로기이고 이탈리아인은 여전히 데이고[*]이며, 그레이프라이어스에 있는 프랑스인 교사 모소는 흔히 보는 만화신문의 프로기로 뾰족한 턱수염에 팽이 모양 바지 차림이다. 인도 소년이지만 귀족이라서 속물에게 매격적으로 다가가는 잉키 역시 《펀치》의 전통을 따르는 희극적 인도인이다("심각한 의견대립을 보이는 것은 올바른 놀이라고 할 수 없지요. 존경하는 캅"이라고 잉키가 말했다. "개들은 짖고 물어뜯게 놔둬요. 하지만 영국 격언에도 있듯이 부드러운 대답이야말로 가장 멀리 덤불 속의 새 있는 데까지 던지는 뛰어난 투수이지요"). 피셔 T. 피시는 영국계 미국사람이 질투심을 보이던 시절까지 거슬러 올라가는 구식 무대의 양키("와, 그럴 거예요" 등)이다. 중국 소년인 윈 룽(최근에 와서는 존재가 미미해졌는데 분명 《마그넷》의 독자 중에 동남아 해협 정착 중국인이 있기 때문일 것이다)은 19세기 무언극에 등장하는 중국인으로 접시 모양 모자를 쓰고 머리를 길게 땋았으며 중국 상업영어[**]를 쓴다. 외국인은 우리에게 웃음을 주기 위한 희극적 인물로 등장하지만 곤충 분류방식과 똑같이 분류할 수 있다는 가정이 이야기 속에 일관되게 깔려 있다. 《젬》과 《마그넷》뿐만 아니라 모든 소년 주간지에서 중국인이라면 무조건 머리를 땋은 모습으로 그리는 것도 이 때문이다. 프랑스인은 턱수염으로, 이탈리아인은 손풍금으로 알아보듯이 중국인 하면 길게 땋은 머리로 식별하는 것이다. 이런 종류의 주간지에서 외국을 이야기 배경으로 삼을 때 해당 국가의 사람을 개별 인간으로

---

[*] 데이고는 일반적으로 스페인인을 지칭하는 속어이나, 이탈리아인, 스페인인, 포르투갈인을 지칭할 때 모두 데이고라고 하기도 한다.

[**] 중국어, 포르투갈어, 말레이어 등이 뒤섞인 영어.

묘사하려는 시도가 더러 있긴 하지만 대체로 어떤 인종의 외국인이든 모두 일률적으로 그려지며 어느 정도 정확하게 다음과 같은 유형을 따른다.

프랑스인: 쉽게 흥분한다. 턱수염을 기른다. 과도한 몸짓을 보인다.

스페인인, 멕시코인: 불길하다. 신뢰할 수 없다.

아랍인, 아프리카인: 불길하다. 신뢰할 수 없다.

중국인: 불길하다. 신뢰할 수 없다. 머리를 길게 땋고 다닌다.

이탈리아인: 쉽게 흥분한다. 손풍금을 연주하거나 단검을 갖고 다닌다.

스웨덴인, 덴마크인: 친절하다. 어리석다.

흑인: 희극적이다. 매우 충성스럽다.

《젬》과 《마그넷》에서 노동계급은 오로지 희극적 인물이나 껄렁한 사람(경마장 암표상 등)으로 등장한다. 계급 갈등, 노동조합, 파업, 불황, 실업, 파시즘, 내전 같은 것은 한마디도 언급하지 않는다. 두 잡지가 30년 동안 발행한 호 가운데 어디엔가 '사회주의' 같은 단어가 있을지도 모르지만 그것을 찾으려면 꽤나 오랜 시간을 들여야 할 것이다. 러시아 혁명이 언급되더라도 '볼시'(거칠고 불쾌한 습관을 지닌 사람을 가리킨다) 같은 단어로 우회적으로 표현할 것이다. 히틀러와 나치는 내가 방금 전에 인용한 글과 같은 방식으로 이제 막 등장하기 시작했다. 1938년 9월의 전쟁 위기는 망나니의 백만장자 아버지인 버논 스미스가 전반적인 공포 증상을 이용해 "위기를 피해 피난처로 도망가는 사람들"에게 되팔기 위해 시골집을 사들이는 이야기 정도로만 인상을 남겼다. 하지만 실제로 전쟁이 시작되기 전까지 《젬》과 《마그넷》이 유럽 상황에 관심을 보이더라도 이 정도를 넘어서지는 않을 것이다.• 그렇다고 두 잡지가 애국적이지 않다는 의미는 아니다. 오히려 정

반대다! 제1차 세계대전 동안 《젬》과 《마그넷》은 아마도 영국에서 가장 일관되고 유쾌한 모습으로 애국주의를 보여준 잡지일 것이다. 거의 매주 학생들은 스파이를 잡거나 양심적 병역기피자를 군대로 내몰았고, 배급제 실시 기간에는 "빵을 덜 먹자"는 글귀가 잡지 매 쪽마다 큰 활자로 인쇄되었다. 하지만 이들의 애국주의는 권력 정치나 '이념' 전쟁과는 무관했다. 그것은 가족 간의 충성심에 더 가까우며, 실제로 보통 사람 특히 중산층과 노동계급 상층으로 이루어진 무심하고 거대한 집단의 태도를 엿볼 수 있는 소중한 단서를 제공한다. 이 계층 사람들은 뼛속까지 애국적이지만 외국에서 일어나는 일은 자신들과 무관하다고 느낀다. 영국이 위기에 처할 때에는 당연히 조국을 지키기 위해 결집하지만 그렇지 않을 때에는 별 관심이 없다. 영국은 항상 옳고 항상 이기는데 걱정할 이유가 뭐가 있느냐는 식이다. 지난 20년에 걸쳐 이런 태도가 흔들리긴 했지만 가끔씩 제기되는 주장과는 달리 그리 심하게 흔들리지는 않았다. 좌파 정당이 대중에게 받아들여질 만한 외교정책을 만들어내지 못하는 데는 이런 사실을 제대로 파악하지 못하는 것도 부분적인 이유로 작용할 것이다.

《젬》과 《마그넷》의 정신세계를 정리하면 다음과 같다. 지금은

1910년이다. 아니 1940년이지만 그래도 여전히 똑같다. 당신은 그레이프라이어스에 다니는 화려한 맞춤복 차림에 혈색 좋은 열네 살 소년으로, 후반전 30분 동안 묘한 골을 넣어 이긴 재미있는 축구 시합을 마친 뒤 리무브 학급 복도에 있는 서재에 앉아 차를 마시고 있다. 서재에는 아늑한 장작불이 타오르고 바깥에는 바람이 윙윙거리며 불고 있다. 오래된 회색 돌 벽에는 담쟁이덩굴이 빼곡히 덮여 있다. 국왕은 왕좌에 있고 파운드 지폐는 1파운드의 제 가치를 가진다. 저편 유럽에서는 우스꽝스러운 외국인들이 흥분해서 몸짓까지 섞어가면서 뭐라고 시끄럽게 떠들고 있지만 영국 함대의 장엄한 회색빛 전함은 영국 해협에서 증기를 내뿜고 있고 제국의 변경 식민지에서는 외알 안경을 낀 영국인들이 흑인들이 문제를 일으키지 못하도록 막고 있다. 몰레버러 경은 방금 전 5파운드를 벌었고 우리는 모두 자리에 앉아 소시지 정어리, 크럼핏, 다져서 양념한 고기, 잼과 도넛이 차려진 멋진 저녁식사를 먹고 있다. 식사가 끝나면 서재 난롯가에 앉아 빌리 번터가 하는 이야기를 읽으면서 웃고, 다음 주 룩우드와 벌일 시합에 대해 의논한다. 모든 것이 안전하고 든든하며 확실하다. 모든 것이 언제까지나 똑같다. 대체로 이런 분위기다.

하지만 이제 《젬》과 《마그넷》에서 시선을 돌려 제1차 세계대전 이후 등장한 최근에 인기를 끄는 주간지를 살펴보자. 중요한 것은 이들 주간지들이 《젬》이나 《마그넷》과 차이점보다는 유사성이 더 많다는 점이다. 하지만 우선 차이점을 살펴보는 것이 더 나을 듯싶다.

이런 주간지로는 《모던 보이》, 《트라이엄프》, 《챔피언》, 《위저드》, 《로버》, 《스키퍼》, 《핫스퍼》, 《어드벤처》 등 모두 여덟 가지가 있다. 모두

제1차 세계대전 이후*에 나왔지만 《모던 보이》를 제외하고 모두 5년 이
상 되었다. 엄밀히 이들 잡지와 같은 부류는 아니지만 간단하게 언급해
야 할 잡지 두 권이 있다. 《디텍티브 위클리Detective Weekly》와 《스릴러
Thriller》인데, 모두 아말가메이티드 출판사에서 발행한다. 《디텍티브 위
클리》는 섹스턴 블레이크를 이어받았다. 두 잡지는 모두 이야기 속에
일정 정도의 성적 관심을 수용하며 비록 소년들도 읽긴 하지만 오로지
소년만 대상으로 하지는 않는다. 이 두 가지를 제외한 다른 잡지들은
모두 순수하게 소년 잡지이며 한데 묶어서 논해도 될 만큼 동일한 특
성을 지닌다. 톰슨 사와 아말가메이티드 출판사에서 발행하는 잡지 사
이에는 이렇다 할 만한 차이가 없다.

이 잡지들을 보는 순간 기술적인 면에서 《젬》이나 《마그넷》보다 훨
씬 월등하다는 것을 알 수 있다. 우선 한 사람이 전적으로 작품을 쓰지
않는 데 따른 이점이 있다. 《위저드》나 《핫스퍼》의 많은 호는 완성된 긴
이야기 대신 여섯 회 정도로 나뉜 연속물로 구성되어 있으며, 그 가운데
끝없이 계속되는 이야기는 없다. 따라서 훨씬 다채로우며 쓸데없이 덧
붙이는 구절이 적고 《젬》이나 《마그넷》에서 보이던 지겨운 양식화와 농
담이 없다. 아래 두 인용문을 살펴보자.

빌리 번터는 끙끙거리며 신음소리를 냈다.
번터에게 할당된 보충 프랑스어 시간 두 시간 가운데 한 시간의
4분의 1이 지났다.

---

* 《모던 보이》는 1928년에, 《챔피언》·《위저드》·《로버》는 1922년에, 《스키퍼》는 1930
년에, 《핫스퍼》는 1933년에, 《어드벤처》는 1921년에 창간되었다.

한 시간의 4분의 1은 겨우 15분밖에 되지 않는다! 하지만 일분 일분이 번터에게는 아주 길게 느껴졌다. 마치 지친 달팽이가 천천히 기어가는 것 같았다.

뚱뚱보 부엉이는 10번 교실에 걸린 시계를 본 뒤 겨우 15분밖에 지나지 않았다는 사실이 믿기지 않았다. 15일은 아니더라도 15시간은 훨씬 지난 것 같았다.

보충 프랑스어 시간에는 번터뿐만 아니라 다른 아이들도 있었다. 이들은 문제가 되지 않았다. 번터가 문제였다!《마그넷》

기마경찰대의 라이온하트 로건 경사는 한 걸음 한 걸음 올라갈 때마다 매끄러운 얼음에 구멍을 파서 손잡이를 만든 뒤 기어 올라가야 하는, 무시무시한 등반을 마치고 나서 이제 거대한 유리판처럼 매끄럽고 위험한 빙벽에 인간 파리처럼 달라붙어 있다.

북극 눈보라가 맹렬하게 휘몰아치면서 로건 경사의 몸을 마구 흔들어대고, 경사의 얼굴 앞에다 시야를 부옇게 가리는 눈을 마구 뿌려대었으며, 얼음 손잡이를 붙잡은 손을 잡아 뜯어 30미터 절벽 아래 암석이 삐죽삐죽 솟은 곳에다 로건 경사를 패대기쳐서 죽이려 한다.

이 암석들 사이에는 11명의 악당 사냥꾼들이 몸을 웅크린 채 라이온하트 경사와 그의 동료 짐 로저스 보안관을 어떻게든 총으로 쏘아 죽이려고 노리고 있었다. 마침내 눈보라가 두 기마경찰을 완전히 가려 아래쪽에서는 보이지도 않았다.《위저드》

두 번째 인용문에서는 어느 정도 진전되는 이야기를 들려주지만 첫 번째 인용문에서는 100개 단어로 번터가 방과 후 수업을 받고 있다는 이야기만 하고 있다. 더욱이 《위저드》, 《핫스퍼》 등은 학교 이야기만 집중적으로 다루지 않기 때문에(《스릴러》와 《디텍티브 위클리》를 제외하고 다른 잡지들은 이야기 편수 면에서 학교 이야기가 다소 우세를 보인다) 선정주의를 이용할 기회가 훨씬 많다. 내 앞 탁자 위에 놓인 잡지의 표지 삽화만 보아도 내가 알 만한 것들이 몇 개 보인다. 한 표지 삽화에는 카우보이가 공중에서 비행기 날개 위에 발끝으로 서서 권총으로 다른 비행기에 총을 쏘고 있다. 다른 잡지 표지에는 중국인 한 명이 목숨을 건지기 위해 하수관을 따라 헤엄치고 그 뒤로 몹시 굶주려 보이는 시꺼먼 쥐새끼 떼가 그를 뒤쫓아 헤엄치고 있다. 또 다른 잡지 표지에는 엔지니어가 다이너마이트 막대기에 불을 붙이고 있고 강철 로봇이 발톱으로 더듬으며 그의 소재를 찾고 있다. 또 다른 표지에는 비행사 복장을 한 남자가 당나귀보다 큰 쥐를 상대로 맨손으로 싸우고 있다. 그런가 하면 거의 벌거벗다시피 멋진 근육질 몸매가 훤히 드러나 보이는 남자가 사자의 꼬리를 잡고 원형 경기장 담 너머로 사자를 30미터 정도 내던지며 "짜증나는 사자, 도로 가져가!"라고 외치고 있다. 어떤 학교 이야기도 이런 이야기의 경쟁상대가 되지 못할 것이다. 때때로 학교 건물에 불이 나거나 프랑스 교사가 알고 보니 국제 무정부주의 단체의 우두머리일 수도 있지만 대체로 학교 이야기의 재미는 크리켓, 경쟁자, 못된 장난을 중심으로 이루어질 수밖에 없다. 폭탄, 살인 광선, 기관총, 비행기, 무스탕, 문어, 회색 곰, 갱단 등이 끼어들 여지가 없는 것이다.

이런 종류의 수많은 잡지를 살펴보면 학교 이야기를 제외하고는

 모든 예술은 프로파간다다—조지 오웰 경론집

주로 거친 서부개척시대, 얼음 북극, 외인부대, 범죄(언제나 탐정의 시각에
서만 바라본다), 제1차 세계대전(공군이나 비밀첩보기관이 주로 등장하며, 육군
보병이 나오는 경우는 없다), 조금씩 변화를 준 형태의 타잔 모티브, 프로
축구, 열대 탐험, 역사소설(로빈 후드, 왕당파와 라운드헤즈*), 과학 발명품
등을 즐겨 다룬다. 그래도 서부개척시대가 주를 이루는데, 그나마 레드
인디언**은 이제 잘 등장하지 않는다. 정말 새롭다고 할 만한 것은 과
학 관련 주제다. 살인 광선, 화성인, 투명 인간, 로봇, 헬리콥터, 행성과
행성 사이를 운행하는 로켓이 주로 등장한다. 심지어는 먼 나라 소문
과도 같은 심리요법이나 내분비선에 관한 주제도 더러 등장한다. 《젬》
과 《마그넷》은 디킨스와 키플링의 작품을 바탕으로 삼는 반면 《위저
드》, 《챔피언》, 《모던 보이》 등은 H. G. 웰스에게 많은 것을 빚지고 있
다. 엄밀하게 말해서 쥘 베른보다 웰스를 '과학 소설'의 아버지라고 해
야 할 것이다. 당연히 과학의 마법 같은 측면과 화성인 관련 내용이 가
장 많이 이용되는데 짤막한 정보 외에도 과학적 주제를 심도 있게 다
룬 글이 실린 잡지도 한두 개 있다[짤막한 정보의 예로 다음과 같은 것이 있
다. "호주 퀸즐랜드에 있는 카우리 소나무의 나이는 12,000살이 넘는다." "매일 거의
5만 차례 이상의 뇌우가 발생한다." "헬륨 가스의 가격은 28,316리터(1,000입방피
트)당 1파운드다." "대영제국에는 거미 종류가 500종이 넘는다." "런던 소방수가 연
간 사용하는 물의 양은 52,995,765리터다." 등]. 지적 호기심이 두드러지게 발
달한 양상을 보이며 전반적으로 독자의 관심을 기반으로 한 요구 수

준도 높아졌다. 실제로 전후에 등장한 소년 잡지의 독자층이나 《젬》과 《마그넷》의 독자층은 거의 같지만, 겨냥하는 대상이 한두 살 높아진 것으로 보인다. 이는 1909년 이후 초등교육이 향상된 것과 궤를 같이 한다.

전후 소년 잡지에서 나타나는 또 다른 특징은 악당 숭배와 폭력 추종 현상인데, 전혀 예상하지 못했던 정도다.

《젬》과 《마그넷》을 현대적인 잡지와 비교할 때 바로 눈에 띄는 차이점은 중심인물의 원칙이 없다는 점이다. 이 두 잡지에는 지배적인 주인공이 없는 대신 다양한 유형의 독자가 동일시할 만한 인물이 15명에서 20명가량 등장하고 어느 정도 동등하게 다루어진다. 보다 현대적인 잡지에서는 대체로 이러한 경향이 보이지 않는다. 《스키퍼》, 《핫스퍼》 등의 독자는 비슷한 나이 또래의 남학생에게 동질감을 느끼는 것이 아니라 비밀경찰관, 외인부대, 여러 유형의 타잔, 하늘의 일인자, 뛰어난 스파이, 탐험가, 권투선수 등 전능한 단 한 사람과 자신을 동일시하는데, 이 전능한 주인공은 주변의 모든 사람 위에 군림하면서 무슨 문제든 대개 턱에 주먹을 날리는 방식으로 해결하는 유형이다. 이 인물은 슈퍼맨으로 설정되어 있으며, 대부분 인간 고릴라 같은 유형에 속한다. 소년들이 가장 잘 이해하는 힘의 형태가 육체적 힘이기 때문이다. 타잔 유형은 실제로 키가 2미터 50센티미터나 3미터 정도나 되는 거인일 때가 많다. 그러면서도 거의 모든 이야기 속에서 폭력 장면은 피해를 가져오지 않고 설득력이 없다. 아무리 잔인한 영국 잡지라도 《파이트 스토리즈》, 《액션 스토리즈》 등의 싸구려 양키 잡지(엄밀히 소년 잡지는 아니지만 소년들이 주로 읽는다)와는 큰 격차를 보인다. 양키 잡지에는 아무런 제한 없이 사타구니까지 공격하는 방식의 싸움이 정말 잔인하게 유혈이 낭자할 정도로 묘사되며, 끊임없이 폭력에 대해 생각하는 사람들이 만들어낸 용어가 사용된다. 《파이트 스토리즈》 같은 잡지는 사디스트나 마조키스트가 아닌 한 거의 매력을 느끼지 못할 것이다. 소년 주간지에서 상금이 걸린 권투시합을 묘사하는 아마추어적인 방식을 보면 영국 문명이 상대적으로 온화하다는 것을 알 수 있다. 거기에는 전문 어휘가 나오지 않는다. 다음 네 구절을 보자. 두 구절은 영국 잡지에서 인용했고, 다른 두 구절은 미국 잡지에서 인용했다.

두 남자가 거칠게 숨을 쉬고 있을 때 공이 울렸다. 둘 다 가슴에 커다랗게 붉은 자국이 남아 있었다. 빌의 턱에서는 피가 흐르고 있었고 벤은 오른쪽 눈 위가 찢어졌다.
두 사람은 코너로 가서 털썩 주저앉았지만 공이 다시 울리자 얼른 일어나 호랑이처럼 상대방에게 달려들었다.(《로버》)

그는 무신경하게 걸어 들어와 내 얼굴에 곤봉 같은 오른 주먹을 날렸다. 피가 튀었고 나는 뒤로 주춤하다가 안으로 파고들며 가슴 아래로 오른 주먹을 날렸다. 또 한 차례 오른 주먹을 뻗었고 이미 얻어터진 스벤의 입을 정통으로 맞추었다. 스벤은 깨진 이빨조각을 뱉어내고는 내 몸에 레프트 연타를 날렸다.(《파이트 스토리즈》)

블랙 팬더가 움직이는 모습을 지켜보고 있으면 정말 놀라웠다. 검은 살갗 아래에서 근육이 꿈틀꿈틀 미끄러졌다. 민첩하면서도 무시무시한 그의 공격에서 거대한 고양이의 힘과 우아함이 모두 느껴졌다.

그는 그토록 큰 덩치 치고는 믿기지 않을 만큼 재빨리 맞받아쳤다. 곧바로 벤은 글로브로 아주 잘 막아냈다. 벤은 정말 방어의 명수였다. 그는 멋진 승리를 수없이 거둔 전적이 있었다. 하지만 흑인은 다른 어느 선수도 찾지 못할 빈틈을 파고들며 라이트와 레프트를 날렸다.(《위저드》)

두 선수는 펀치를 주고받으면서 마치 도끼를 맞고 쓰러지는 떡갈나무처럼 묵직한 펀치를 서로의 육중한 몸에다 퍼부었다.(《파이트 스토리즈》)

미국 잡지의 인용문에서는 뭔가 많이 아는 것 같은 인상이 풍긴다. 이 잡지의 글들은 열성 권투 팬을 위해 쓴 것이지만 다른 것은 그렇지 않다. 아울러 영국 소년 잡지에는 점잖은 도덕규범이 보인다는 점을 강조해야 할 것이다. 범죄와 부정은 결코 칭송 받지 못하며 미국 갱 이야기가 지닌 냉소주의와 부패가 영국 소년 잡지에는 보이지 않는다. 영국에서 양키 잡지가 엄청나게 팔리고 있다는 것은 이런 종류에 대한 일정한 수요가 있다는 것을 말하지만 이런 글을 쓸 만한 영국 작가는 거의 없는 것 같다. 히틀러에 대한 증오가 미국인 사이어서 주된 감정으로 자리 잡자 양키 잡지의 편집자들이 재빨리 '반파시즘'을 외설적 목적에 맞게 이용한 점은 매우 흥미롭다. 지금 내 앞에 놓인 한 잡지에는 「미국이 지옥이 되었을 때」라는 완결된 형식의 긴 이야기가 실려 있는데 "잔인무도한 유럽 독재자"의 요원들이 살인 광선과 보이지 않는 비행기로 미국을 정복하려 한다는 줄거리다. 이 이야기에는 노골적으로 사디즘에 호소하는 장면들이 있다. 나치가 여성들의 등에 폭탄을 매달아 높이 내던진 뒤 공중에서 그들의 몸이 산산조각 나면서 폭발하는 모습을 지켜보는 장면이다. 그런가 하면 벌거벗은 여성들의 머리카락을 한데 묶고 칼로 위협하면서 춤을 추도록 강요하는 장면도 있다. 편집자는 이 모든 것에 대해 엄숙한 태도로 논평하면서 이민자 규제를 더욱 강화해야 한다는 항변의 일환으로 이를 이용했다. 같은 잡지의 다른 페이지에는 이런 광고도 실려 있다. "핫재즈 합창단의 삶. 유명한 브로드웨이 핫재즈 여가수들의 은밀한 비밀과 흥미로운 여가생활을 낱낱이 밝히다. 무삭제. 가격 10센트." "사랑하는 기술. 10센트." "프랑스 사진 모음. 25센트." "외설적인 누드 판박이. 유리창 밖에서 보면 순결하게 차려입은 아름다운 여자가 보인다. 하지만 거꾸로 유리창 안쪽에서 보면 오! 완전히 다르다! 판박이 3개 한 세트에 25센트." 등등. 영국 소년들이 읽을 만한 잡지에는 이와 같은 것을 찾아볼 수 없다. 하지만 그래도 미국화 과정은 여전히 진행되고 있다. 미국의 이상, '근육질 남자', '터프가이', 무조건 주먹을 날려서 일을 바로잡는 고릴라가 이제 대다수 소년 잡지에 등장하고 있다. 《스키퍼》에 실린 한 연재물에는 언제나 고무 경찰봉을 돌리는 남성이 등장하는데 참으로 불길한 징조가 아닐 수 없다.

초창기 소년 잡지에 맞서 발행된 《위저드》와 《핫스퍼》의 발전 양상은 한마디로 더 나아진 기법, 과학적 관심의 증가, 보다 잔인한 폭력, 지도자 숭배로 요약할 수 있다. 하지만 결론적으로 정말 두드러진 점은 발전이 없다는 것이다.

우선 정치적 발전을 좀처럼 볼 수 없다. 《스키퍼》와 《챔피언》의 세계는 여전히 《마그넷》과 《젬》에 그려진 1914년 이전의 세계다. 예를 들어 소도둑, 린치, 그 밖에 1880년대의 용품들이 등장하는 서부개척시대 이야기는 너무도 구시대의 것이다. 이런 종류의 잡지에서는 지구 반대편, 즉 열대우림이나 북극 불모지, 아프리카 사막, 미 서부 대초원, 중국 아편굴에서만 일이 벌어진다고 여긴다. 실제로 일이 벌어지는 곳만 쏙 빼놓고 모든 곳에서 일이 벌어지는 것으로 묘사한다. 이는 신대륙으로 가는 길이 열리기 시작하던 30년 전 또는 40년 전으로 거슬러 올라가는 견해다. 요즘 세상에서 뭔가 일이 벌어지는 곳을 찾고자 한다면 당연히 유럽이다. 하지만 제1차 세계대전이 지닌 흥미진진한 측면을 제외하고 다른 현대 역사는 교묘하게 배제되어 있다. 아울러 미국인이 웃음이 아니라 숭배의 대상으로 바뀐 점을 제외하면 외국인은 예전과 마찬가지로 익살스런 인물로 그려진다. 중국인이 나올 경우 여전히 색스 로머* 작품에 묘사된 아편 밀매업자처럼 머리를 땋은 불길한 느낌의 인물로 나온다. 1912년 이후 중국에서 일이 벌어지고 있다는 암시 같은 것은 없으며, 가령 그곳에서 전쟁이 일어나고 있다는 것조차 언급하지 않는다. 스페인 사람이 등장할 때에도 여전히 담배를 말거나 등에 칼을 꽂는 '데이고' 또는 '그리저'의 모습으로 그려진다. 스페인에서 일이 벌어지고 있다는 암시조차 없다. 히틀러와 나치는 아직 등장하지 않거나 아주 잠깐 모습이 비치는 정도다. 얼마 후면 히틀러와 나치에 대한 이야기가 많아지겠지만 지극히 애국적인 관점(영국 대 독일이라는 구조)에서 이

---

* 색스 로머(Sax Rohmer)는 워드(Arthur Henry Sarsfield Ward, 1883~1959)의 필명이다.

 모든 예술은 프로파간다다—조지 오웰 평론집

야기를 풀어갈 것이며, 이 대결의 진정한 의미는 최대한 보이지 않게 감춰놓을 것이다. 이들 잡지 어디에서도 러시아 혁명에 대해 언급하는 한마디를 찾을 수 없다. 어쩌다가 러시아 이야기가 나와도 토막 정보에서 잠깐 언급되는 정도다(이를테면 "소련에는 100세 이상 고령자가 29,000명이다"라는 식). 혁명에 대한 언급은 간접적이며 20년이나 지난 케케묵은 내용으로 이루어져 있다. 예를 들어 《로버》에 실린 한 이야기에는 길들여진 곰을 키우는 사람이 나오는데 러시아 곰이라는 이유로 그 곰을 트로츠키라는 별명으로 부른다. 분명 이는 1917~1923년의 이야기이지 최근 논쟁을 반영한 것은 아니다. 시계가 1910년에 멈춰 있다. 대영제국이 모든 해안을 지배하고 있으며 아무도 불황, 호황, 실업, 독재, 숙청, 강제 수용소 등의 이야기를 들어본 적이 없다.

사회적 관점에서도 나아진 점이 거의 없다. 속물근성은 《젬》과 《마그넷》만큼 노골적으로 드러내지 않지만 이 점 말고는 갈리 나아진 점을 꼽을 수 없다. 우선 학교 이야기는 언제나 속물근성에 일정 정도 기댈 수밖에 없는데 이 장르의 이야기가 여전히 명맥을 이어가고 있다. 소년 잡지의 매호마다 적어도 학교 이야기가 한 가지는 포함되는데 수적으로 볼 때 이런 종류가 서부개척시대 이야기보다 많다. 《젬》과 《마그넷》에 실린 정교한 판타지 같은 삶의 이야기를 모방하는 글은 없으며 학교 밖에서 일어나는 모험에 더 치중한다. 그래도 사회적 분위기(오래된 회색 돌)는 전혀 바뀌지 않는다. 이야기 도입부에 새로운 학교가 소개될 때면 "매우 품위 있는 학교였다" 같은 구절이 자주 등장한다. 더러는 외관상으로 속물근성에 반기를 드는 것 같은 이야기도 등장한다. 장학생(《마그넷》의 톰 레드윙이 이에 해당된다)이 꽤 자주 모습을 보이며, 기

본적으로 같은 주제라고 할 만한 이야기를 다음과 같은 형태로 풀어
낸다. 서로 경쟁관계에 있는 두 학교가 있으며 이들 학교 학생들은 자
기네 학교가 더 '품위 있다'고 여긴다. 그리고 싸움이나 장난, 축구시합
등등이 벌어지고 언제나 속물들의 패배로 끝난다. 얼핏 보면 민주주의
정신이 소년 주간지에 조금씩 자리 잡기 시작한다고 생각할 수 있지만
좀 더 꼼꼼하게 들여다보면 화이트칼라 계층 내에 존재하는 극심한 질
투가 반영된 것임을 알 수 있다. 이는 학비가 싼 자립형 학교(그렇지만
공립학교는 아니다) 학생들에게 그들 학교가 신의 눈으로 볼 때 원체스터
나 이튼만큼이나 '품위 있다'고 느끼게 해주려는 현실적인 기능을 지닌
다. 진짜 노동계급은 알 길이 없는 애교심("우리는 저 길 아래쪽에 있는 아이
들보다 낫다")을 여전히 보여주고 있다. 이런 이야기는 여러 사람의 손에
의해 만들어지기 때문에 당연히 어조 면에서 큰 차이를 보인다. 속물근
성을 거의 보이지 않을 때가 있는가 하면《젬》이나《마그넷》보다 더 노
골적으로 돈과 가문을 이용하는 때도 있다. 내가 본 어떤 소년 주간지
에서는 등장하는 소년의 대다수가 귀족 칭호를 갖고 있었다.

　노동계급은 대개 희극적 인물(부랑자, 죄수 등과 관련된 농담)로 등장
하며 또는 권투선수, 곡예사, 카우보이, 직업 축구선수, 외인부대 용병
등 한마디로 모험적인 일을 하는 사람으로 묘사된다. 이렇듯 노동계급
의 삶과 관련된 사실을 직시하지 않는다. 아니 실제로는 생생한 노동
생활과 관련된 사실조차 직시하지 않는다. 아주 드물게 광산 노동을
사실주의적으로 묘사한 대목을 접하기도 하지만 십중팔구는 단지 시
끌벅적한 모험의 배경으로 등장할 뿐이다. 어쨌든 광산 노동자가 중심
인물이 될 가능성은 없다. 이런 잡지들을 읽는 소년들은 명령의 위치에

있는 사람, 무엇보다 돈 때문에 어려움을 겪어보지 않은 사람과 자신을 동일시하는 방향으로 이끌린다. 이 소년들은 십중팔구 상점이나 공장 또는 사무실의 보조적인 일을 하면서 살아가기 때문이다. 여러 작품에 반복적으로 등장하는 인물 중에 피터 윔지 경(비밀첩보활동 이야기에 매우 자주 등장하는 인물이다)이 있는데 그는 느릿느릿한 말투에 외알 안경을 끼고 위기의 순간이 오면 늘 전면에 나선다. 또한 영웅적인 인물은 모두 BBC 말투로 말한다. 사실은 스코틀랜드어나 아일랜드어, 미국 영어를 쓰겠지만 주역을 맡은 인물이 에이치 발음을 하지 않는 것은 허용되지 않는다. 여기서 소년 주간지의 사회적 분위기와 《오라클》, 《패밀리 스타Family Star》, 《페그스 페이퍼》 등과 같은 여성 주간지의 사회적 분위기를 비교해보는 것도 좋을 것이다.

여성 잡지는 좀 더 나이 많은 대중을 대상으로 하며 대개 먹고살기 위해 일하는 여성들이 읽는다. 따라서 그들은 겉보기에는 매우 현실적이다. 예를 들어 거의 모든 사람이 대도시에 살면서 얼마간 지루한 일을 하는 것을 당연하게 여긴다. 따라서 성은 결코 터부가 아니라 가장 중요한 주제다. 이들 잡지의 특집 내용으로 실리는 완결된 형식의 단편은 대체로 "밝은 날이 시작되었다"는 식의 이야기다. 주인공은 일을 꾸미는 경쟁자에게 '남자'를 빼앗길 위기를 맞지만 이를 가까스로 모면하거나 혹은 '남자'가 일자리를 잃은 탓에 결혼을 미루지만 곧 좋은 직업을 얻는다는 식이다. 출생의 비밀 판타지(가난한 가정에서 자란 여자가 '사실은' 부잣집 부모의 자식이었다)도 사람들이 좋아하는 이야기다. 대부분 연재물에 해당되지만 선정적 요소를 끌어들일 경우에는 중혼이나 문서 위조, 더러는 살인 등 가정 내에서 벌어지는 범죄가 등장한다. 화성인도, 살인 광선도, 국제 무정부주의자 단체도 나오지 않는다. 이들 잡지는 요컨대 설득력을 확보하고자 하며, 현실에서 겪는 문제가 주제가 되는 독자 투고란을 통해 실생활과 관련을 맺는다. 《오라클》의 상담 코너였던 루비 M. 에어스[*1]의 칼럼은 매우 합리적이며 잘 쓴 글이다. 그러나 《오라클》과 《페그스 페이퍼》의 세계는 순전히 판타지다. 그것도 언제나 똑같은 판타지인데 독자의 현실보다 부유한 상황이 설정되기 때문이다. 이들 잡지에 실린 소설을 읽고 나서 드는 주된 느낌은 놀랄 만큼 너무도 '세련'되었다는 점이다. 등장인물들은 표면적으로는 노동계급이지만 그들의 습관, 집안 인테리어, 옷, 생각, 그리고 무엇보다도 말투가 완전히 중산계급이다. 그들의 생활비는 일주일에 삼사 파운드 정도 되는데, 수입보다 높은 수준이다. 말할 것도 없이 이는 일부로 의도한 것이다. 지겨운 삶을 사는 여성 공장노동자나 다섯 아이 키우기에 지친 주부에게 자신을 대입해볼 수 있는 꿈같은 생활을 제공한다는 생각이다. 여기서는 공작부인이 아니라(이런 관습적 방식은 이제 사라졌다) 가령 은행가 아내로 살아가는 자기 모습을 그리게 된다. 일주일에 오륙 파운드 생활비를 쓰는 삶이 이상적인 삶으로 설정되어 있고 노동계급이 실제로 이렇게 사는 것처럼 암묵적으로 가정한다. 중요한 현실을 직시하지 않는다. 사람들이 가끔 일자리를 잃는 것은 용인되지만 그러고 나면 이내 어두운 구름이 걷히고 더 나은 직업이 생긴다. 실업이 항상적이고 불가피하다고 말하지 않는다. 실업수당에 대한 언급도 노동조합

[*1] 에어스(Ruby M. Ayres, 1883~1955)는 많은 작품을 쓴 인기 있는 로맨스 소설가이자 단편소설 작가이다. 그의 많은 작품이 영화화되었다. 그는 《오라클》의 칼럼을 통해 현실적인 충고를 해주었다는데, 이 충고는 그녀의 작품이 널리 읽힌 탓에 보다 많은 설득력을 얻었다.

　　모든 예술은 프로파간다다—조지 오웰 평론집

에 대한 언급도 없다. 하나의 체제로서 문제가 있을 것이라는 암시는 어디에도 없다. 오로지 개인적 불행이 있을 뿐이며 이는 대체로 누군가의 사악한 행동 때문이고 마지막 장에 가면 결국 바로잡힌다. 언제나 어두운 구름이 걷히며, 친절한 고용주가 알프레드의 임금을 올려주고, 술주정뱅이가 아니라면 누구에게나 일자리가 있다. 이것은 역시 《위저드》와 《젬》의 세계다. 다만 기관총 대신 오렌지 꽃*이 등장하는 것이다.

이들 잡지가 주입시키고자 하는 것은 1910년 해군협회*1의 아주 어리석은 회원이 지닌 입장과 같다. 그래, 그렇게 말할 수도 있겠지. 하지만 그게 무슨 대수인가? 게다가 달리 뭘 기대하겠는가?

제정신을 지닌 사람 중에 이른바 싸구려 통속소설을 사실주의적인 작품이나 사회주의 책자로 변화시키려고 하는 사람은 당연히 없을 것이다. 모험 이야기는 특성상 현실생활과 얼마간 동떨어지게 마련이다. 하지만 내가 앞에서도 분명히 밝혔듯이 《위저드》와 《젬》의 비현실성은 겉으로 보이는 것처럼 그렇게 소박한 것이 아니다. 이들 잡지는 특별한 수요가 있기에 존재한다. 일정 연령의 소년들은 필수적으로 화성인, 살인 광선, 회색 곰, 갱단 이야기를 읽어야 할 것처럼 여기기 때문이다. 소년들은 자신이 찾던 이야기를 읽는 것이지만, 그들이 얻은 이야기는 미래의 고용주가 그들에게 어울린다고 생각하는 환상으로 덧씌워진 이야기다. 사람들이 소설에서 자기 생각을 얼마만큼 얻는지에 대해서는 논쟁의 여지가 있다. 개인적으로 나는 대다수 사람들이 인정하

---

* 순결의 상징으로, 결혼식에서 신부는 머리에 오렌지 꽃을 꽂는다.

*1 해군협회는 영국 해군에 대한 국민적 관심을 증진하기 위해 1895년에 세워졌다. 오웰은 7살 때 해군협회 회원이었다.

고 싶지 않을 정도로 아주 많이 소설이나 연재물, 영화의 영향을 받는
다고 생각한다. 이런 점에서 볼 때 가장 불량한 책이 가장 중요한 의미
를 갖는 경우가 많다. 불량한 책은 대개 어린 시절에 읽기 때문이다. 스
스로 아주 교양 있는 '상급' 수준이라고 여길 만한 사람들도 실제로는
어린 시절 (가령) 새퍼와 이언 헤이[1]의 글에서 읽은 상상 속의 배경을 평
생 자기 안에 지니고 있다. 상황이 이렇다면 소년들이 읽은 통속 주간
지야말로 가장 중요한 의미를 지닌다. 많은 영국 소년들, 어쩌면 대부
분의 영국 소년들이 열두 살에서 열여덟 살 사이에 읽은 글들이 이 안
에 있으며, 그들 중에는 장차 신문 말고 다른 것은 전혀 읽지 않을 사
람도 많을 것이다. 게다가 소년들은 이런 이야기를 읽으면서 보수당 중
앙사무소 사람들까지도 지극히 시대에 뒤떨어졌다고 여길 법한 믿음
체계를 자기 안으로 흡수한다. 이 모든 것은 간접적으로 이루어지기 때
문에 그들은 더욱더 강력하게 여러 가지 믿음을 흡수한다. 우리 시대에
큰 문제는 없다는 믿음, 자유방임주의적 자본주의에 잘못된 점이 없다
는 믿음, 외국인은 하찮은 희극적 인물이라는 믿음, 대영제국은 영원히
지속될 일종의 자선단체라는 믿음이 함께 주입되는 것이다. 이들 잡지
를 발간하는 업체의 면면을 볼 때 본의가 아니라고 믿기 힘들다. 내가
논의 대상으로 삼은 열두 잡지(《스릴러》와 《디텍티브 위클리》까지 포함) 중
일곱 개의 잡지가 아말가메이티드 출판사에서 발행되는데, 이 출판사

---

[1] 새퍼(Sapper)는 모험 이야기 작가이며 인기 있는 주인공 불덕 드러먼드를 창조한 맥
닐(Herman Cyril McNeile, 1888~1937)의 필명이다. 이언 헤이(Ian Hay. 본명 John Hay
Beith, 1876~1952)는 스코틀랜드 작가이자 극작가이다. 제1차 세계대전 초기 프랑
스에서 활동한 키치너 육군(제1차 세계대전 초 영국 육군상이었던 호레이쇼 키치너의
군 모집에 응한 지원병 군대)을 선전 책자처럼 묘사한 그의 『최초의 십만 명The First
Hundred Thousand』(197쪽 주 참조)은 많은 사람들에게 읽혔다.

는 세계 최대 출판연합회사로 백 개 이상의 다양한 잡지에 관여하고 있다. 그러므로 《젬》과 《마그넷》은 《데일리 텔레그래프》 및 《파이낸셜 타임스》와 긴밀하게 연결되어 있다. 설령 소년 주간지에 실린 이야기들이 정치적 점검을 받는지는 확실치 않더라도 이 사실 자체로도 충분히 의혹을 살 만하다. 화성으로 가서 맨손으로 사자와 싸우는 판타지적 삶을 살고 싶은 욕구를 느낀다면(소년이 무엇인들 하지 못하겠는가), 오로지 캠로즈 경[*1] 진영으로 넘어가야만 욕구를 채울 수 있다. 다른 경쟁자가 없기 때문이다. 이러한 잡지 전체를 통틀어 차이점은 무시할 만한 수준이며 이런 점에서 그 밖의 다른 것은 존재하지 않는다고 할 수 있다. 이쯤에서 한 가지 의문이 든다. 왜 좌파 소년 잡지는 없는 걸까?

얼핏 이런 생각만 해도 약간 넌더리가 난다. 만일 좌파 소년 잡지가 있다면 어떤 모습일지 너무도 쉽게 상상이 되기 때문이다. 1920년인가 1921년에 공립학교 소년들에게 공산당 책자를 나눠주던 한 낙관적인 사람이 떠오른다. 내게 건네주었던 그 책자는 질의응답 형식으로 되어 있었다.

문. 공산주의자 소년이 보이스카우트가 될 수 있나요, 동지?

답. 아니요, 동지.

문. 왜지요? 동지.

[*1] 베리[William Ewart Berry, 1879~1954. 1929년 캠로즈(Camrose) 남작이 되었다가 1941년 자작이 되었다]는 기자로 시작해서 신문잡지 제국을 통솔하는 지위에까지 올랐다. 이 제국에는 《선데이 타임스》, 《데일리 텔레그래프》, 《파이낸셜 타임스》를 비롯해 22개 지방 신문이 속해 있었으며, 《위민스 저널Women's Journal》과 《복싱Boxing》을 비롯한 70개 잡지를 거느렸다. 그는 1939년 잠시 정보부의 언론홍보활동을 통솔하기도 했다.

답. 보이스카우트가 되면 독재와 억압의 상징인 영국 국기에 경례
해야 하기 때문이에요, 동지.

지금 시점에서 누군가 열두 살 또는 열네 살 소년을 의도적으로 겨
냥하는 좌파 잡지를 시작한다고 가정해보자. 이 잡지의 내용 전반이 앞
서 인용한 책자와 똑같을 것이라고 주장할 생각은 없지만 누구라도 그
비슷한 것이 될 것이라고 의심하지 않겠는가? 필시 그런 잡지는 따분한
희망 부풀리기가 가득하거나 아니면 공산주의의 영향권 아래에서 소련
을 찬양하는 데 열을 올릴 것이다. 어느 쪽이든 보통 소년들이 그런 잡
지를 볼 리 없다. 지식층 문학을 별도로 할 때 기존 좌파 언론은 활발히
'좌파' 활동을 하는 한에서는 하나의 긴 소책자와 다름없다. 신문으로
서의 가치를 바탕으로 일주일을 지속할 수 있는 영국 사회주의 신문 하
나를 꼽는다면 《데일리 헤럴드》인데, 이 신문은 사회주의로 뒤덮여 있지
않은가? 그러므로 이 시점에서 '좌파' 시각을 지니면서도 일반 십대 소
년들이 끌릴 만한 신문을 만든다는 것은 거의 불가능하다.

그렇다고 완전히 불가능하다는 이야기는 아니다. 모든 모험 이야
기에 반드시 속물주의나 지저분한 애국주의가 들어가야 할 명확한 이
유는 없다. 결국 《핫스퍼》와 《모던 보이》에 실린 이야기들도 보수당 소
책자는 아니다. 다만 보수적인 편견이 섞인 모험 이야기일 뿐이다. 뒤
집어서 생각해보면 쉽다. 가령 《핫스퍼》처럼 스릴과 생동감이 넘치면서
도 현실에 보다 가까운 '이데올로기'와 주제가 들어 있는 잡지를 상상
해볼 수 있다. 심지어는 《오라클》 같은 문학적 수준에서 거의 동일한
이야기를 다루면서도 노동계급의 현실을 더 많이 담은 잡지를 (물론 다

른 어려움이 제기되겠지만) 상상할 수 있다. 영국에는 없었지만 전에 그런 작품을 본 일이 있다. 스페인에서는 군주제가 끝나갈 무렵 좌파 성향의 중편소설이 많이 등장했고 그중 몇 편은 분명 무정부주의에 바탕을 둔 작품이었다. 안타깝게도 이 작품들이 등장하던 시기에 나는 그것들의 사회적 의미를 알지 못했고 내게 있던 중편소설 전집들도 잃어버렸지만 아마 지금도 전집을 구할 수 있을 것이다. '좌파' 정신을 불어넣는 것 말고는 책 표지와 스타일이 영국의 4펜스짜리 중편소설과 아주 비슷하게 생겼다. 예를 들면 경찰이 산속에서 무정부주의자를 잡으려고 추격할 때 경찰이 아닌 무정부주의자의 시각에서 작품이 쓰였다. 보다 쉽게 접할 수 있는 사례로는 소련 영화 〈샤파예프Chapaiev〉[*1]가 있는데 런던에서 수없이 상영되었다. 이 영화가 만들어진 당시의 기준으로 볼 때 기법상으로는 일류 영화이지만 정신적인 측면으로는 러시아라는 낯선 배경에도 불구하고 헐리웃과 아주 멀리 떨어져 있지 않았다. 우선 하얀 군대[*] 장교(뚱뚱한 사람) 역을 맡은 배우의 탁월한 연기가 이 작품을 보통보다 높은 수준으로 끌어올려주었는데, 영감이 가득한 개 그 같은 연기였다. 이 연기를 제외하고는 우리가 익히 잘 아는 분위기였다. 역경에 맞서는 영웅적인 투쟁, 마지막 순간에 가서야 위기에서 벗어나는 것, 달리는 말 장면, 사랑 이야기, 희극적 설정으로 긴장을 잠시 풀어주는 등 흔히 쓰는 기법이 모두 동원되었다. 이 영화는 '좌파' 성향

[*1] 게오르기 바실리에프(1899~1946)와 세르게이 바실리에프(1900~1959) 형제가 감독한 러시아 내전에서 활약한 샤파예프(1887~1919)의 이야기를 그린 영화(1934년).

[*] 러시아 혁명으로 집권한 볼셰비키에 대항한 반혁명세력의 군대. 적색을 상징으로 하는 소비에트 연방 정규군이 붉은 군대의 대비로써 이름 붙였다.

을 띤다는 점만 빼고는 사실상 매우 평범한 작품이다. 헐리웃 영화에서 러시아 내전을 다루었다면 하얀 군대는 천사로, 붉은 군대는 악마로 그렸을 테지만, 러시아판에서는 붉은 군대가 천사이고 하얀 군대가 악마다. 이 역시 거짓말이지만 길게 보았을 때 전자보다는 치명적 영향이 덜할 것이다.

여기서 몇 가지 어려운 문제가 모습을 드러낸다. 전반적인 본질은 명백하지만 여기서 이를 논할 마음은 없다. 다만 영국에서는 풍부한 상상력을 보여주는 대중문학 영역에 좌파 사상이 발조차 들여놓지 못했다는 점만 지적하고자 한다. 도서관에 비치되는 소설부터 그 아래까지 모든 소설이 지배계급의 이익이라는 관점에서 검열 받고 있다. 무엇보다도 거의 모든 소년이 한때나마 탐독하는 폭력과 유혈이 낭자한 소년소설은 1910년의 가장 나쁜 착각에 푹 젖어 있다. 어린 시절에 읽은 글이 이후 다 자란 뒤 아무 인상을 남기지 않는다고 믿는 사람이라면 이런 사실을 그저 사소하게 여길 것이다. 분명 캠로즈 경과 그의 동료들은 그렇지 않다. 어쨌든 캠로즈 경은 필시 이를 알고 있을 것이다.

고래 뱃속에서

『고래 뱃속에서』와 다른 에세이들』, 1940년 3월 11일

1.

1935년 헨리 밀러의 소설 『북회귀선』이 나왔을 때 사람들은 행여 포르노그래피를 즐기는 것으로 비치지 않을까 하는 두려움 때문에 다소 조심스럽게 호의적인 평가를 내렸다. 이 작품을 호의적으로 평가한 사람들 중에는 T. S. 엘리엇, 허버트 리드, 올더스 헉슬리, 존 더스 패서스, 에즈라 파운드가 있었다. 대체로 그 시기에 인기를 끄는 작가는 아니었다. 사실 이 책의 주제 자체가, 그리고 어느 정도는 이 작품의 정신적 분위기가 1930년대보다는 1920년대의 것이었다.

『북회귀선』은 일인칭 소설 혹은 소설의 형식을 빌린 자서전이라고 할 수 있는데, 어느 쪽으로 볼 것인가는 각자 마음에 달렸다. 밀러 자신은 이 작품이 순수한 자서전이라고 주장하지만 이야기를 전하는 방법이나 속도에서는 소설이다. 이 작품은 미국계 파리 사람의 이야기지만 작품에 등장하는 미국인이 가난한 사람이라서 흔히 보는 경향을 따르지는 않는다. 달러가 흘러넘치고 프랑 교환가치가 낮은 호황 시기

동안 화가, 작가, 학생, 호사가, 관광객, 난봉꾼, 사회적 낙오자 등이 이 제껏 누구도 보지 못했을 정도로 파리에 밀려들었다. 어느 지역에는 노동인구보다 이른바 화가의 수가 더 많았다. 실제로 1920년대 말 파리에는 화가가 3만 명이나 되었으며 대부분은 화가연하는 이들이었다. 코르덴 반바지를 입은 걸걸한 목소리의 레즈비언, 그리스 또는 중세 복장의 젊은이들이 거리를 걸어가도 아무도 눈길을 주지 않을 정도로 파리 주민은 예술가에게 완전히 무감각해졌다. 또한 노트르담 성당 옆센 강가는 스케치용 의자 때문에 걸어 다닐 수 없을 지경이었다. 다크호스와 무시당한 천재의 시대였다. 모든 이들이 입에 달고 다니는 말이 "Quand je serai lancée(내가 머지않아 뜨는 날에는)"이었다. 나중에 밝혀졌듯이 '뜬' 사람은 아무도 없었고 빙하시대처럼 불황이 찾아왔다. 세계적인 예술가 무리는 사라졌으며, 불과 십 년 전까지만 해도 자정 지나 새벽까지 잘난 체하면서 고래고래 소리를 질러내던 무리들로 가득 찼던 커다란 몽파르나스 카페들이 유령조차 살지 않는 어두운 무덤으로 변했다. 밀러는 바로 그런 세계에서 이야기를 하고 있다. 많은 작가 중에서 윈덤 루이스가 『타르Tarr』[*1]에서 그 세계를 가장 잘 묘사했다고 할 수 있다. 하지만 밀러는 그 세계의 밑바닥 층만 다룬다. 이 밑바닥 층은 룸펜프롤레타리아 언저리에 있는 이들로, 더러는 진정한 예술가이며 더러는 진정한 불한당이었기 때문에 불황에서 살아남을 수 있었다. 무시당한 천재, 언제나 프루스트를 능가할 소설을 '곧' 쓸 것이라고 생각하는 편집증 환자들이 거기에 있었지만 그들은 다음 끼니를 해결하기 위

[*1] 루이스(Percy Wyndham Lewis, 1882~1957)의 『타르』는 1916년 4월에서 1917년 11월 까지 《에고이스트Egoist》에 연재되었고, 1918년 책으로 개정·출간되었다.

  모든 예술은 프로파간다다—조지 오웰 평론집

해 여기저기 기웃거리지 않아도 되는 때에만 천재였고, 그런 시간은 웬만해서는 잘 오지 않았다. 이 작품에서 다루는 이야기는 벌레가 득시글대는 노동자 숙소의 방, 싸움, 술판, 싸구려 매음굴, 러시아 망명객, 구걸, 협잡, 임시 일거리 등이었다. 외국인이 사는 파리 빈민 지역의 전반적인 분위기를 그려보면 자갈이 깔린 골목길, 시큼한 쓰레기 악취, 함석으로 된 카운터에 기름때가 번질거리고 벽돌 바닥이 닳아빠진 비스트로, 센 강의 녹색 강물, 공화국 수비대의 파란 망토, 다 허물어져가는 철판 화장실, 지하철 역 특유의 들큼한 냄새, 산산이 흩어져버린 담배, 뤽상부르 공원의 비둘기 같은 것이었다. 이 모든 것이 밀러의 작품에 그려져 있다. 어쨌든 이런 느낌이 담겨 있다.

표면적으로 볼 때 별로 가망성이 없을 듯한 소재였다.『북회귀선』이 출간될 당시 이탈리아군이 아비시니아*로 진군하고 있었고 히틀러의 강제수용소가 이미 가득 차 있었다. 세계 지식인의 관심은 로마와 모스크바와 베를린에 집중되었다. 라틴 구역에서 술을 구걸하는 미국인 게으름뱅이 이야기로 탁월한 가치의 소설을 쓸 수 있을 것 같은 시기로는 보이지 않았다. 물론 소설가가 동시대 역사를 반드시 직접적으로 다뤄야 할 의무는 없지만, 당대의 중요한 공적 사건을 간단히 무시하는 소설가라면 대체로 허튼소리를 하는 사람이거나 정말 바보일 것이다. 『북회귀선』의 주제만 놓고 볼 때 대다수 사람들은 이 작품이 1920년대의 잔재가 남아 있는 외설물에 지나지 않을 것이라고 짐작했다. 그러나 이 작품을 읽은 대부분의 사람들은 이 작품이 그런 종류의 것이 아니

---

* 에티오피아의 옛 이름.

라 매우 주목할 만한 책이라는 것을 단박에 알았다. 어느 정도로 주목할 만한가, 그리고 왜 주목할 만한가? 이 질문에 대한 답은 결코 쉽지 않다. 우선 『북회귀선』이 내게 어떤 인상을 남겼는지부터 시작해보자.

처음 『북회귀선』의 책장을 열고 그 속에 차마 책에 담길 수 없는 단어들이 가득한 것을 보았을 때 곧바로 나는 이 책에서 감명을 받을 수 없을 것 같은 느낌이 들었다. 대부분의 사람이 그랬을 것이라고 믿는다. 그럼에도 얼마간 시간이 흐른 뒤 수많은 세부 묘사 외에도 책의 분위기가 특유한 방식으로 내 기억 속에 남아 있는 것 같았다. 일 년 뒤 밀러의 두 번째 책 『검은 봄』이 출간되었다. 그 무렵 『북회귀선』은 처음 읽었을 때보다 훨씬 생생한 모습으로 내 마음속에 자리하고 있었다. 『검은 봄』을 읽고 맨 처음 받은 느낌은 전작보다 못하다는 것이었다. 전작과 같은 통일성을 지니지 못했다. 그럼에도 그 후 다시 일 년이 지난 뒤 『검은 봄』의 많은 구절들이 역시 내 기억 속에 깊이 뿌리 내리고 있었다. 분명 이 두 작품은 여운이 길게 남는 책이었다. 이른바 '독자적인 세계를 구축한' 책이었다. 이런 책이 꼭 좋은 책은 아니며 어쩌면 『래플스』[*1]나 『셜록 홈스』처럼 잘 쓴 대중 서적이거나, 아니면 『폭풍의 언덕』, 『초록 덧문이 있는 집』[*2]처럼 뒤틀리고 병적인 책일 것이다. 하지만 낯선 것이 아니라 익히 잘 아는 것을 보여줌으로써 새로운 세계를 개척

[*1] 『래플스Raffles』는 사회적으로 용인될 만한 멋진 '아마추어 금고털이' 래플스가 주인공으로 나오는 연작 시리즈로 소설가이자 저널리스트인 호닝(Ernest William Hornung, 1866~1921)의 작품이다. '아마추어 금고털이'라는 표현은 오웰이 《호라이즌Horizon》 1944년 10월호에 발표한 에세이 「래플스와 블랜디시 양」에서 쓴 것이다. 이 책 295~315쪽 참조.

[*2] 『초록색 덧문이 있는 집The House with the Green Shutters』(1901)은 조지 더글러스라는 필명을 썼던 브라운(George Douglas Brown, 1869~1902)의 유일한 소설이다.

하는 소설이 때때로 등장한다. 예를 들어『율리시스』에서 정말 탁월한 점은 그 소재가 지닌 평범함이다. 물론 조이스는 시인이고 세세한 것에 깊은 관심을 쏟는 사람이기 때문에『율리시스』에는 이것 말고도 많은 특성이 있다. 하지만 조이스의 진정한 업적은 익숙한 것을 글로 옮겨놓았다는 데 있다. 그는 과감하게도—이는 단지 기법의 문제관으로 볼 수 없는 용기의 문제이기도 하다—마음속에서 벌어지는 어리석은 일을 끄집어내어 보여주었고 그 과정에서 바로 가까이 있는 미국을 발견했다. 여기 당신이 어린 시절부터 함께 살아온 것, 본질적으로 소통할 수 없을 것이라고 가정했던 세계의 모든 것이 있고 누군가는 이와 소통해왔다. 그 결과 인간이 살고 있던 고독의 세계가 적어도 일시적으로는 무너졌다. 『율리시스』의 몇몇 구절을 읽을 때 당신은 조이스의 마음과 당신의 마음이 하나라고, 또한 조이스가 당신의 이름조차 들어본 적이 없더라도 당신에 관해 모든 것을 알고 있다고, 당신과 그가 함께 몸담고 있는 시간과 공간 밖에 어떤 세계가 존재하고 있다고 느낀다. 헨리 밀러가 다른 점에서는 조이스를 닮지 않았는데도 이런 특성의 느낌이 그의 작품 안에 있다. 밀러의 작품은 균질하지 않고 가끔, 특히『검은 봄』에서는 그저 장황한 설명으로 빠지거나 초현실주의자의 뭉그러진 우주 속으로 들어가는 경향이 있기 때문에 모든 곳에서 그런 느낌이 나는 것은 아니다. 하지만 밀러의 작품을 다섯 페이지, 열 페이지 읽다보면 특유의 안도감을 느낀다. 이는 그를 이해하는 데서 느끼는 안도감이 아니라 당신이 이해 받고 있는 데서 오는 안도감이다. '내 모든 것을 알고 있어'라고 느끼는 것이며, '이 작품은 특별히 날 위해 쓴 거야'라고 느끼는 것이다. 마치 당신에게 이야기를 걸어오는 소리가 들리는 듯하다. 사기도 없고 도덕적 목적도 없이 그저 우리 모두 닮았다는 암묵적인 가정이 깔린 다정한 미국인의 목소리가 들리는 듯하다. 그 순간 당신은 온갖 거짓과 단순화로부터, 그리고 일반 소설 심지어는 훌륭한 소설에도 들어 있는 양식화되고 꼭두각시 같은 특성으로부터 멀찌감치 벗어나 인간의 것이라고 인정할 수 있는 경험을 마주 대하게 된다.

그런데 어떤 경험을 말하는가? 어떤 인간을 말하는가? 밀러는 거리의 사람에 대해 쓰고 있다. 그런데 매음굴이 가득한 거리라니, 조금은 안됐다. 이는 조국을 떠나온 사람의 형벌이다. 이는 당신의 뿌리를 야트막한 땅으로 옮겨왔다는 의미다. 망명은 화가 아니 시인보다 소설가에게 더 큰 해악을 끼치는 것 같다. 왜냐하면 노동의 삶과 단절된 채 삶의 영역이 거리, 카페, 교회, 매음굴, 단칸 모텔 방으로 한정되기 때문이다. 대체로 밀러의 작품에서는 일하는 사람들이나 결혼하고 아이를 키우는 사람들을 만나지 못하며, 그 대신 조국을 떠난 사람들, 술 마시고, 떠들고, 사색하고, 간통하는 사람들을 만난다. 참으로 안타깝다. 밀러라면 후자의 삶뿐만 아니라 전자의 삶도 잘 묘사했을 것이다.『검은 봄』에는 뉴욕을 떠올리는 멋진 회상 장면이 있다. 오 헨리 시대에 아일랜드 사람들이 잔뜩 모여 살던 뉴욕의 모습이다. 하지만 파리를 그린 장면이 가장 뛰어나며 카페에 죽치고 있는 술주정뱅이나 사회낙오자가 사회적 유형으로서 아무 가치가 없음에도 인물에 대한 느낌을 잘 살려서 그렸을 뿐만 아니라 최근의 어떤 소설도 성취하지 못한 능숙한 기법을 보여주었다. 이 모든 것은 설득력을 가진 데다 모두가 아주 익숙하게 아는 것들이다. 그리하여 당신은 그들이 겪는 이런저런 일이 당신 자신에게 일어난 것 같은 느낌을 받는다. 그렇다고 이런 일들은 특성상 너무도 놀라운 것도 아니다. 헨리는 우울한 인도 학생에게서 일자리를 얻고, 변기가 꽁꽁 얼어붙은 추운 겨울에 끔찍한 프랑스 학교에서 또 다른 일자리를 얻으며, 르아브르에서 선장인 친구 콜린스와 계속 술판을 벌이고, 멋진 흑인 여자들이 있는 매음굴을 찾으며, 머릿속에 대단한 소설 작품이 들어 있지만 결코 글을 시작하지 못하는 소설가 친구 반 노든과 이야기를 나눈다. 굶어죽을 처지에 놓인 친구 칼은 그와 결혼하고 싶어 하는 부자 과부의 선택을 받는다. 끝날 줄 모르는 햄릿식의 대화가 한도 끝도 없이 이어지고 칼은 굶주리는 것과 늙은 여자와 잠자리를 하는 것 중 어느 쪽이 더 나쁜지 고민한다. 칼은 과부를 찾아가는 과정을 매우 상세하게 설명한다. 가장 좋은 옷을 차려입고 호텔로 가는 길, 들어가기 전에 소변보는 것을 잊어버려 저녁 내내 오랜 시간 동안 고통이 점점 더 심해지던 일 등을 설명한다. 그러나 이 모든 것은 사실이 아니었고 과부 같은 것은 있지도 않았다. 칼은 자신이 중요한 사람처럼 보이게 하려고 과부의 존재를 꾸며냈던 것이다. 책 전반이 얼마간 이런 양상으로 흘러간다. 이루 말할 수 없을 만큼 사소한 이런 것들이 왜 그토록 마음을 사로잡는 것일까? 분위기 전반이 너무도 익숙하기 때문이며 이런 일이 바로 당신에게 일어나고 있다는 느낌이 줄곧 들기 때문이다. 또한 일반 소설에서 사용하는 격식 있는 언어를 포기하고 깊은 마음속의 현실 정치를 밖으로 끌어내기로 한 사람이 있기 때문에 이런 느낌이 드는 것이다. 밀러의 경우에는 이것이 마음의 구조를 탐색하는 문제라기보다는 일상적 사실과 감정을 그대로 털어놓는 문제였다. 사실 많은 보통 사람들, 어쩌면 사실상 대다수 사람들이 이 작품에 기록된 그대로 말하고 행동한다. 소설에서는 『북회귀선』의 등장인물처럼 냉담하고 거칠게 말하는 일이 매우 드물지만 실생활에서는 너무도 흔하다. 자신이 거칠게 말하고 있다는 것을 의식조차 하지 않는 사람들에게서 바로 이런 대화를 여러 번 들었다. 『북회귀선』을 쓴 사람이 젊지 않다는 것에 주목할 필요가 있다. 이 작품이 출간될 당시 밀러는 사십대였고 그 후로 다른 작품을 서너 편 내놓기는 했지만 분명 이 첫 작품을 오랫동안 끼고 살았다. 무엇을 해야 하는지 아는 사람, 그렇기 때문에 기다릴 수 있는 사람이 가난과 무명 속에서 서서히 숙성시켜 내놓은 작품이라 할 수 있다. 문체가 감탄스러우며, 『검은 봄』의 몇몇 부분에서는 문체가 더욱 좋다. 여기에 인용할 수 없는 게 안타깝다. 책에 실을 수 없는 단어들이 도처에서 튀어나오기 때문이다. 하지만 『북회귀선』을, 『검은 봄』을 붙들고 특히 처음 100페이지를 읽어보라. 지금에도 영어 산문체를 어느 정도까지 닦을 수 있는지 일면을 보여준다. 이 두 작품에서 영어는 말하는 언어로, 그러면서도 아무 두려움 없이, 즉 수사학이나 색다른 어휘 또는 시적 어휘에 대한 두려움 없이 말하는 언어로 쓰인다. 10년이나 떠나 있던 형용사가 돌아왔다. 흐르는 문체, 벅차오르는 문체, 리듬이 담긴 문체가 되었고, 단조로운 신중한 진술 그리고 현재 유행하는 스낵바 말투와는 완전히 다른 문체가 되었다.

　『북회귀선』 같은 책이 나왔을 때 사람들이 가장 먼저 외설성에 주목할 것이라는 점은 당연할 수밖에 없다. 문학의 품위라는 개념이 통용되는 현재 상황에서 책으로 나올 수 없는 작품에 대해 초연한 자세로 접근하기는 쉽지 않다. 충격과 혐오를 느끼는 사람이 있는가 하면 소름이 돋도록 전율을 느끼는 사람도 있고 어떻게든 감명 받지 않으려고 마음을 다잡는 사람도 있을 것이다. 아마 마지막 반응이 가장 흔할 것이다. 이 때문에 책으로 내기에 부적절한 내용의 작품은 응당 받아야 할 주목을 받지 못하는 경우가 많다. 외설 작품을 쓰는 일보다 쉬운 일은 없으며 오로지 남들 입에 오르내리거나 돈을 벌기 위한 목적으로 외설 작품을 쓴다고 다들 유행처럼 말하기도 한다. 그러나 실은 그렇지 않다. 즉결심판소의 관점에서 외설스러운 책이 극히 드물다는 사실만 봐도 분명히 알 수 있다. 지저분한 글로 쉽게 돈을 벌 수 있다면 보다 많은 사람이 그러려고 할 것이다. 하지만 '외설스러운' 작품이 그다지 자주 나오지 않기 때문에 이런 작품들을 하나로 묶으려는 경향이 있는데, 대체로 볼 때 이런 경향은 부당하다.『북회귀선』을 다른 두 책, 즉『율리시스』와『밤의 끝으로의 여행』[*1]과 막연하게 연결시키기도 하는데 그 어느 쪽과도 유사성이 많지 않다. 밀러와 조이스의 공통점은 일상생활의 어리석고 지저분한 사실을 기꺼이 언급한다는 점이다. 기법의 차이를 도외시한다면『율리시스』의 장례식 장면을 별 무리 없이『북회귀선』에 넣을 수 있을 것이다. 이 장 전체는 일종의 고백으로, 인간이 지닌 끔찍한 내적 냉담함에 대한 폭로다. 하지만 유사성은 거기까지다. 소설로서『북회귀선』은『율리시스』에 훨씬 못 미친다. 조이스는 예술가이지만 밀러는 그런 의미의 예술가가 아니며 그런 예술가가 되고 싶은 마음도 없다. 여하튼 조이스는 보다 많은 것을 시도했다. 조이스는 의식, 꿈, 몽상("청동 빛 머리카락이 금빛 머리카락 곁에" 장[*]), 취한 상태 등 여러

[*1]　루이-페르디낭 데투슈(Louis-Ferdinand Auguste Destouches, 1894~1961. 필명 Louis-Ferdinand Céline)의『밤의 끝으로의 여행Voyage au Bout de la Nuit』(1932)은 영어로 1934년에 출간되었다(*Journey to the End of the Night*).

[*]　조이스는 장 제목을 별도로 붙이지 않았기 때문에 "청동 빛 머리카락이 금빛 머리카락 곁에"는 조이스가 붙인 장의 제목이 아니라 해당 장의 시작 문구이다. 제11장에 해당된다.

의식 상태를 탐구했으며 그 내용들을 하나로 엮어 마치 빅토리아 시대의 '플롯' 같은 하나의 거대한 복합적 형태로 만들었다. 밀러는 그저 삶을 이야기하는 비정한 사람으로 지적 용기와 언어 재능을 가진 평범한 미국인 사업가다. 밀러의 생김새가 미국 사업가 하면 떠오르는 모습과 똑같다는 점도 의미 있다.『밤의 끝으로의 여행』과 비교해도 차이점이 훨씬 많다. 두 작품 모두 책에 실릴 수 없는 단어를 사용하며 둘 다 어떤 의미에서 자전적 요소가 짙지만 그게 전부다.『밤의 끝으로의 여행』은 특정 목적으로 쓴 책으로 현대 생활, 실은 인생 자체의 공포와 무의미함에 항의하고자 하는 데 목적이 있다. 참을 수 없는 혐오가 담긴 외침, 하수구에서 전하는 목소리다.『북회귀선』은 이와 정반대라고 할 수 있다. 모든 것이 너무도 특이해서 거의 변칙적이라고 보일 정도지만 그래도 이것은 행복한 사람에 대한 책이다.『검은 봄』은 조금 덜하기는 해도 곳곳에 노스탤지어가 배어 있는 것으로 보아 마찬가지다. 밀러는 지난 시절 오랫동안 룸펜프롤레타리아로 살면서 배고픔, 방랑 생활, 더러운 먼지, 실패, 노숙, 이민국 관리와의 싸움, 얼마 안 되는 돈을 구하기 위한 끝없는 노력 등을 거치고 나서 스스로 즐기고 있다고 깨닫는다. 셀린*에게 공포감을 가득 안겨주었던 바로 그 삶의 면면들이 밀러에게는 매력적으로 느껴지는 것이다. 밀러는 결코 항의하는 것이 아니라 받아들이고 있다. 아울러 '받아들임'이라는 단어에서 진정 밀러와 가까운 또 다른 미국인 월트 휘트먼이 떠오른다.

하지만 1930년대의 휘트먼이라고 하기에는 다소 의구심이 든다. 이

---

* 『밤의 끝으로의 여행』을 쓴 데투슈의 필명.

 모든 예술은 프로파간다다—조지 오웰 평론집

시점에 휘트먼이 살아 있었더라도 과연 『풀잎』과 아주 조금이라도 닮은 것을 썼을지는 확실치 않다. 휘트먼이 말하고자 하는 것은 결국 "나는 받아들인다"이다. 그러나 지금 받아들이는 것과 그 시절에 받아들이는 것 사이에는 근본적인 차이가 있다. 휘트먼은 유례가 없는 호경기 시절에 글을 썼고 게다가 자유가 하나의 단어를 넘어서서 그 이상의 의미를 지니는 나라에서 글을 썼다. 휘트먼이 늘 이야기하는 민주주의, 평등, 우애 등이 먼 이상이 아니라 바로 눈앞에 존재했다. 19세기 중반의 미국인은 자신이 자유롭고 평등하다고 느꼈으며, 순수한 공산주의 사회가 아닌 곳에서 가능한 한도까지 실제로도 자유롭고 평등했다. 빈곤이 있고 심지어는 계급 차이도 있었지만 흑인을 제외하면 영원히 최저 생활을 벗어나지 못하는 계층은 없었다. 모든 이들이 웬만큼 살 수 있고 알랑거리지 않고도 충분히 먹고 살 수 있다는 믿음이 일종의 중심점처럼 각자 마음속에 자리 잡고 있었다. 마크 트웨인이 그린 미시시피 강 뗏목꾼과 수로 안내인, 또는 브렛 하트가 그린 서부 금광의 광부 이야기를 읽으면 그들은 석기시대의 식인종과는 아주 거리가 멀어 보인다. 이유는 간단하다. 그들은 자유로운 인간이기 때문이다. 하지만 평화롭고 안정적인 미국 동부 지역, 즉 『작은 아씨들』, 『헬렌의 아이들Helen's Babies』,* 〈뱅고르에서 출발하여 기차를 타고 가면서〉[1]에 그려진 미국도 마찬가지다. 이 글들을 읽는 동안 마치 몸속 깊은 곳에서

---

* 출판사의 강요로 육아 관련 책을 쓰긴 했지만 실은 아이를 싫어하는 미혼 남자가 마지못해 누나의 두 아이를 맡게 되어 우여곡절 끝에 마침내 아이들 덕분에 사랑하는 여인까지 만나게 되는 이야기.

[1] 『작은 아씨들』(1868~1869)은 올컷(Louisa May Alcott, 1832~1888)의 작품이다. 『헬렌의 아이들』(1876)은 하버튼(John Habberton, 1842~1921)의 작품이며 〈뱅고르에서 출발하여 기차를 타고 가면서〉는 미국 메인 주 뱅고르의 민요이다.

올라오는 육체적 느낌처럼 활기차고 아무 걱정 없는 삶의 특성을 느낄 수 있다. 휘트먼은 바로 이런 것들을 찬양했지만, 실은 썩 잘 해내지는 못했다. 휘트먼은 당신에게 그런 것을 느끼도록 해주는 작가가 아니라 당신이 느껴야 할 것들을 당신에게 들려주는 작가이기 때문이다. 휘트먼의 믿음을 생각하면 다행스럽게도 아주 일찍 죽는 바람에 그는 대규모 산업이 성장하고 값싼 이주노동자를 착취하면서 악화된 미국 삶의 현실을 보지 못했다.

밀러의 견해는 휘트먼과 아주 비슷하며 밀러의 책을 읽은 거의 모든 사람이 이 점에 주목했다. 『북회귀선』의 마지막은 특히 휘트먼적 분위기의 구절로 끝을 맺는다. 이 대목에서 밀러는 온갖 음란행위와 협잡, 싸움, 술판과 어리석은 짓거리를 다 거친 뒤 그저 가만히 앉아 센강이 흘러가는 것을 바라보면서 현실을 있는 그대로 받아들이는 수용적 태도를 보인다. 여기서 그는 무엇을 받아들인 것일까? 우선, 미국을 받아들이는 것은 아니다. 밀러가 받아들이는 것은 유럽의 오래된 뼈 더미인데, 그 속에서는 땅의 모든 것이 인간의 몸을 거쳐간다. 둘째, 밀러는 팽창과 자유의 시대가 아니라 두려움과 독재와 통제의 시대를 받아들인다. 우리가 사는 것과 같은 시대에 "나는 받아들인다"고 말하는 것은 곧 강제수용소, 고무 경찰봉, 히틀러, 스탈린, 폭탄, 비행기, 통조림 음식, 기관총, 쿠데타, 숙청, 슬로건, 비도 벨트,[*1] 방독면, 잠수함, 스

[*1] 비도(Charles Bedaux, 1887~1944)는 미국의 능률 향상 기사로 '비도 단위', 즉 한 개인이 특정 시간 동안 해야 하는 작업량을 수치로 평가하는 시스템을 고안했다. 그에 따라 1930년대 대서양 양쪽에서 산업 속도가 향상되었으나 노조의 반발이 있었다. 1937년 런던에서는 대규모 버스 파업이 일어났다. 프랑스 태생인 비도는 1937년 파리로 돌아온 뒤 나치에 협력했고, 그 후 미군에 체포되어 반역죄로 기소되었다. 자살로 생을 마감했다.

　모든 예술은 프로파간다다―조지 오웰 평론집

파이, 선동가, 언론 검열, 비밀 감옥, 아스피린, 헐리웃 영화, 정치적 살인을 받아들인다는 의미다. 비단 이런 것들뿐만 아니라 다른 것도 많다. 대체로 헨리 밀러의 태도는 이렇다. 항상 그런 것은 아니며, 때때로 평범한 문학적 노스탤지어를 드러내기도 한다. 『검은 봄』의 앞부분에는 중세 시대를 찬양하는 긴 구절이 나오는데, 그 대목은 최근의 글 중 산문으로 가장 탁월하다고 할 만하지만 체스터튼의 태도와 그리 많이 다르지 않은 태도를 보인다. 『맥스와 흰색 포식세포』*1에는 산업주의를 증오하는 문학적 인간의 일반 시선에서 현대 미국 문명(아침식사용 시리얼, 셀로판 등)을 비판하는 내용이 나온다. 하지만 대체로 볼 때 '그냥 통째로 삼키자'는 태도다. 또한 이런 이유 때문에 외면적으로 외설과 더러운 손수건 같은 삶의 양상에 몰두한다. 그러나 이는 외면적일 뿐이다. 사실 삶, 즉 일반적인 일상생활에는 허구 작가가 인정하고 싶지 않을 정도로 공포가 훨씬 많은 부분을 차지하기 때문이다. 휘트먼은 동시대인이 입에 담기 민망하다고 여겼던 많은 부분도 '받아들였다.' 휘트먼은 대평야에 대해 썼을 뿐만 아니라 도시를 돌아다니면서 자살한 사람의 흩어진 해골, "수음하는 사람의 회색빛 병든 얼굴" 등에 주목했다. 그러나 분명 우리 시대, 어쨌든 서유럽의 지금 시대는 휘트먼이 글을 쓰던 시대보다 건강하지 않고 희망에 차 있지도 않다. 휘트먼과 달리 우리는 움츠러드는 세계에 살고 있다. '민주주의의 전망'은 가시철조망으로 끝났다. 창조와 성장을 느끼는 일이 줄어들었고, 끝없이 흔들리는 요람을 강조하는 일은 더욱더 줄어들었으며, 끝없이 끓고 있는 찻주전

---

*1   헨리 밀러의 『맥스와 흰색 포식세포Max and the White Phagocytes』는 1938년에 출간되었다.

자를 강조하는 일만 점점 늘고 있다. 문명을 현실의 모습 그대로 받아들인다는 것은 실질적으로 쇠퇴를 받아들인다는 의미다. 더 이상 활기찬 태도가 아니며 수동적인 태도로 바뀐다. 심지어 '데카당트'―이 말에 어떤 의미라도 들어 있는 경우 갖다 붙일 수 있는 표현이겠지만―하기까지 하다.

하지만 밀러는 어떤 의미에서 경험에 대해 수동적이라는 바로 그런 점 때문에 다른 목적의식적인 작가보다 일반 사람에게 가까이 다가갈 수 있었다. 일반 사람 역시 수동적이기 때문이다. 좁은 범위(집안생활, 어쩌면 노동조합이나 지역정치 정도가 더 포함될 수 있다) 안에서 살아가는 보통 사람은 자신이 운명의 주인이라고 느끼지만 커다란 사건 앞에서는 폭풍우 앞에 있을 때처럼 어쩔 수 없다고 느낀다. 따라서 미래에 영향력을 미치려고 노력하지 않은 채 그저 누워서 자기한테 일이 일어나도록 내버려둔다. 지난 십 년 동안 문학은 점점 더 정치에 깊이 개입하게 되었고 그 결과 이제는 지난 두 세기 그 어느 때보다 보통 사람을 위한 자리가 줄어들었다. 스페인 내전에 대해 쓴 책들을 1914~1918년의 전쟁에 대해 쓴 글과 비교해보면 지배적인 문학적 태도에 어떤 변화가 있는지 알 수 있다. 스페인 내전에 대한 글에서 곧바로 눈에 띄는 점은 놀라울 만큼 재미없고 형편없다는 것이다. 여하튼 영어로 쓴 글들은 그렇다. 하지만 보다 의미 있는 점은 우파의 글이든 좌파의 글이든 그 글들이 거의 모두 무엇을 생각해야 하는지 전하려는 확신에 찬 신봉자들에 의해 정치적 관점에서 서술된 글인 반면, 제1차 세계대전에 대한 글은 그 모든 일이 무엇에 관한 것인지 이해하는 척하려고도 하지 않는 일반 병사나 하급 장교에 의해 쓰였다는 점이다. 『서부 전선 이상 없다』, 『포화』, 『무기여 잘 있거라』, 『영웅의 죽음』, 『그 모든 것이여 안녕, 어느 자

서전』,『어느 보병 장교의 회고록』,『1916년 솜 강의 소위』[*1]는 선전가가
아니라 피해자들이 쓴 작품이다. 그들은 사실상 "대체 이 모든 것이 뭐
란 말인가. 아무도 모른다. 우리가 할 수 있는 것이라고는 견디는 것뿐
이다"라고 말하고 있다. 밀러가 전쟁 이야기를 쓰지도 않았고 대체로
불행에 관해 쓰지도 않았지만 이들 책의 태도는 현재 유행하는 박식함
보다는 밀러의 태도에 더 가깝다. 밀러가 편집에 관여했건 단명한 월간
지 《부스터》[*2]는 광고 문안에서 이 간행물의 성격을 "비정치적, 비교육
적, 비진보적, 비협력적, 비윤리적, 비문학적, 비일관적, 비현대적"이라고
묘사했는데 밀러의 작품도 거의 이와 같은 단어로 묘사할 수 있다. 그
것은 군중의 목소리, 아랫사람들의 목소리, 삼등칸의 목소리, 비정치
적·비도덕적·수동적 보통 인간의 목소리다.

나는 '보통 사람'이라는 표현을 다소 막연하게 쓰고 있으며, 몇몇
사람은 부정하겠지만 '보통 사람'이 존재한다는 것을 당연하게 여긴다.
밀러가 다루는 사람이 대다수 사람이라는 의미에서 이렇게 말하는 것

[*1] 『서부 전선 이상 없다Im Westen nichts Neues』(1929)는 레마르크(Erich Maria
Remarque, 1898~1970), 『포화Le feu』(1916)는 바르뷔스(Henri Barbusse, 1873~1935),
『무기여 잘 있거라A Farewell to Arms』(1929)는 헤밍웨이(Ernest Miller Hemingway,
1899~1961), 『영웅의 죽음Death of a Hero』(1929)은 올딩턴(Richard Aldington,
1892~1962), 『그 모든 것이여 안녕, 어느 자서전Good-Bye to All That, An Autobio-
graphy』(1929)은 그레이브스(Robert von Ranke Graves, 1895~1985), 『어느 보병 장
교의 회고록Memoirs of an Infantry Officer』(1930)은 사순(Siegfried Loraine Sassoon,
1886~1967), 『1916년 솜 강의 소위A Subaltern on the Somme in 1916』(1927)는 마크
7세[Mark VII, 플로먼(Max Plowman, 1883~1941)의 필명]의 작품이다. 플로먼은 어린
시절의 오웰에게 작가가 되도록 격려했던 사람 중 한 명이다.

[*2] 영어와 프랑스로 된 월간지 《부스터The Booster》의 주요 편집진은 알프레드 펄스,
로렌스 더렐, 헨리 밀러, 윌리엄 서로이언 등이었으며 1937년 9월에서 1939년 부활
절까지 나왔다(1938년 4월호부터는 《델타Delta》로 출간되었다). 이 잡지를 도왔던 사
람 중에는 아나이스 닌이 있다(190쪽 주 참조). 오웰은 1937년 《뉴 잉글리시 위클리
New English Weekly》에 《부스터》에 관한 평론을 썼다.

은 아니며 더군다나 밀러는 프롤레타리아 이야기를 쓰지도 않았다. 지금까지 영국 소설가도 미국 소설가도 진지하게 이를 시도한 적이 없었다. 게다가 『북회귀선』에 나오는 사람들은 게으르고, 평판이 나쁘며, 얼마간 '예술적'이라는 의미에서 보통의 평범함이 부족하다. 앞서 말했듯이 이는 유감이지만 국외생활에서 비롯된 필연적인 결과다. 밀러의 '보통 사람'은 육체노동자도 아니고 교외 거주자도 아니다. 그들은 부랑자이며, 신분이 낮은 사람이고, 모험가이며, 돈 없고 뿌리 뽑힌 미국인 지식인이다. 더욱이 그런 종류의 경험은 보다 정상적인 사람의 경험과 상당 부분 겹친다. 밀러는 소재와 자신을 동일시하는 용기가 있었기 때문에 다소 제한적인 이런 소재를 최대한 이용할 수 있었다. 보통 사람, 즉 '쾌락적인 일반 사람'에게 발람의 나귀*처럼 말하는 능력이 주어졌던 것이다.

앞으로는 이런 것이 시대에 뒤떨어진 것으로 보일 것이다. 어쨌든 한물간 것으로 보일 것이다. 쾌락적인 일반 사람도 한물갈 것이다. 수동적이고 비정치적인 태도도 한물갈 것이다. 성에 몰두하고 내적 삶에 진실하고자 하는 것도 한물갈 것이다. 그러한 시대에 『북회귀선』 같은 책이 출간된다면 점잔이나 빼는 지루한 작품 또는 이상한 작품으로 비칠 것이며, 아마도 대다수 사람은 그 책을 읽고 난 뒤 그런 작품이 처음 나온 게 아니라는 데 동의할 것이다. 당대의 문학 유행에서 벗어난다는 것이 어떤 의미인지 알아볼 필요가 있다. 하지만 그전에 우선 문학적 배경 속에서 이를 살펴보아야 한다. 즉, 제1차 세계대전 이후 20년 동안

---

* 『구약성서』 민수기 22장에 나오는 이야기로, 하느님이 나귀에게 말하는 능력을 줌으로써 이 나귀의 말을 통해 주인 발람이 깨우침을 얻는다.

  모든 예술은 프로파간다다 ─ 조지 오웰 평론집

영국 문학의 전반적인 발전과정 속에서 살펴보아야 할 것이다.

2.

인기 있는 작가라고 할 때 이 말은 실제로 그 작가가 서른 살 이하 사람들에게 숭배된다는 의미다. 내가 말하고자 하는 시기의 초반부, 즉 전쟁 기간과 전쟁이 끝난 직후 사색적인 젊은이들을 깊이 사로잡았던 작가는 필시 하우스먼[*1]일 것이다. 지금은 좀처럼 이해되지 않겠지만 1910~1925년에 사춘기를 보낸 사람들에게 하우스먼은 당시 엄청난 영향을 미쳤다. 1920년 열일곱 살이었던 나는 그의 시 「슈롭셔의 젊은이」를 통째로 외웠다. 「슈롭셔의 젊은이」가 요즘 그 나이 또래 중 얼마간 비슷한 성향을 가진 소년들에게 얼마나 영향을 미칠지 궁금하다. 필시 이 시에 대해 들어보기는 했을 것이고 어쩌면 한번 들여다보기도 했을 것이며, 다소 얄팍한 재주가 있다는 느낌 정도를 받을지도 모른다. 아마 이게 다일 것이다. 그렇지만 나와 내 동년배들은 그 시집에 실린 시들을 혼자 속으로 여러 번 암송하면서 황홀경에 젖었다. 마치 내 이전 세대들이 메레디스의 「골짜기에서 나눈 사랑Love in the Valley」이나 스윈번의 「프로세르피나의 정원Garden of Proserpine」을 암송하면서 그랬던 것처럼.[*]

[*1] 하우스먼(Alfred Edward Housman, 1859~1936)은 고전문학자이자 시인이다. 시집 「슈롭셔의 젊은이A Shropshire Lad」는 1896년에 발표되었다. 이 책에 인용된 시는 『시 전집Collected Poems』(1939)에 실려 있다.

[*] 메레디스(George Meredith, 1828~1909)는 영국의 소설가이자 시인으로 작품 속에서 여성문제를 취급했던 진보파이기도 했다. 스윈번(Algernon Charles Swinburne, 1837~1909)은 영국의 시인 겸 평론가로, 영국 속물주의에 대한 탄항을 표현한 이교적이고 관능적인 시집 『시와 발라드』 등이 있다.

내 마음은 후회로 가득하네,

내 곁에 있던 황금빛 친구들,

장밋빛 입술의 많은 처녀들,

날렵했던 많은 청년들.

뛰어서 건너기에는 너무 넓은 개천가,

날렵한 소년들이 누워 있네.

장밋빛 입술의 소녀들이 잠들어 있네.

장미꽃이 시들어버린 들판에.

정말 낭랑하다. 하지만 1920년에는 낭랑하게 들리지 않았다. 비눗방울은 왜 늘 사라지는 걸까? 이 물음에 답하려면 특정 시기에 특정 작가가 인기를 끄는 외적 조건을 살펴야 한다. 하우스먼의 시는 처음 나왔을 때 별로 많이 주목받지 못했다. 그의 시 속에 있는 어떤 점들이 유독 한 세대, 1900년 전후로 태어난 세대에게 그토록 많은 호소력을 지녔을까?

우선 하우스먼은 '시골' 시인이다. 하우스먼의 시에는 잊힌 마을들의 매력이 가득하다. 클런튼, 클런버리, 나이턴, 러들로우 '웬록 에지에서', '브레든의 여름날' 등 지명에서 풍기는 노스탤지어, 초가지붕과 대장간의 쨍그렁 소리, 풀밭의 야생 노랑수선화, '기억 속에 떠오르는 파란 언덕' 등이 들어 있다. 전쟁 시를 제외하면 1910~1925년의 영국 시는 대개 '시골' 분위기다. 투자 계층이 바야흐로 토지와의 실질적 관계를 최종적으로 끊기 시작했다는 데 그 이유가 있을 것이다. 하지만 어찌됐든 당시에는 시골에 근거지를 두고 도시를 경멸하는 속물주의가 지금보다 훨씬 퍼져 있었다. 그 당시의 영국이 지금보다 훨씬 농업국가적 성격이 강했다고 할 수는 없지만 그래도 경공업이 널리 퍼지기 전까지는 그런대로 농업국가로 여길 수 있었다. 대다수 중산층 소년은 농장이 있는 풍경 속에서 자랐다. 밭갈이, 추수, 탈곡 등 농장생활의 그림 같은 모습들이 자연스럽게 그들에게 호소력을 지녔다. 고된 일을 직접 해야 하는 상황이 아니라면 괭이로 순무를 캐고 새벽 4시면 젖꼭지가 갈라진 암소의 젖을 짜야 하는 힘겨운 노동을 관심 있게 보지 않았을 것이다. 전쟁 직전과 직후, 그리고 그 문제에 관한 한 전쟁 기간은 '자연 시'의 위대한 시대, 리처드 제프리즈와 W. H. 허드슨[1]의 전성기였다. 1913년의 최고 시 루퍼트 브룩의 「그랜체스터」[2]는 '농촌' 정서를 마구 쏟아놓은 것에 지나지 않는다. 말하자면 지명으로 가득한 토사물을 쌓아놓은 것 같았다. 시의 관점에서 보았을 때 「그랜체스터」는 무가치한 것을 넘어서 해롭기까지 하지만 그 시절 사색적인 중산계층 젊은 이의 느낌을 구체적으로 묘사해놓은 가치 있는 자료라 할 수 있다.

하지만 하우스먼은 브룩이나 그 밖의 다른 이들처럼 주말의 가벼운 기분으로 램블러 장미에 대해 열변을 토하는 식은 아니었다. '농촌'이 늘 모티브가 되지만 대개는 배경으로 등장했다. 대부분의 시는 어떤 의미에서 볼 때 인간이 주제였다. 즉, 이상화된 소박한 인간, 실제로 스

---

[1] 동식물 연구가이자 작가인 제프리즈(Richard Jefferies, 1848~1887)는 영국 시골에서 영감을 끌어왔다. 허드슨(William Henry Hudson, 1841~1922)은 여행 작가이자 이야기 작가.

[2] 브룩(Rupert Brooke, 1887~1915)의 시 「오래된 목사관, 그랜체스터The Old Vicarage, Grantchester」는 1912년 《바실리온Basileon》과 《포이트리 리뷰Poetry Review》에 두 차례 발표되었다.

트레폰이나 코리든*을 요즘 시대로 옮겨놓은 것 같은 인간이 주제였다. 이는 그 자체로도 깊은 호소력이 있었다. 경험상으로 볼 때 지나치게 문명화된 사람은 소박한 사람('흙과 가깝다'는 것이 핵심이다)에 대한 이야기를 즐겨 읽는데, 그런 소박한 사람이 자신보다 원초적이고 열정적이라고 여기기 때문이다. 그래서 쉴라 케이-스미스*1 등과 같은 사람의 '어두운 땅' 소설이 나오는 것이다. 또한 그 당시 '시골'에 대한 편견을 지닌 중산층 소년이라면 도시노동자와 자신을 동일시하려고 하지 않았을 테니 아마 농촌노동자를 자신과 동일시했을 것이다. 소년들은 대부분 쟁기질하는 사람, 집시, 밀렵꾼, 사냥터지기에 대한 이상화된 환상을 마음속에 품고 있었으며, 이 환상은 자유로이 방랑하는 야생의 사나이 모습으로 또한 덫으로 토끼를 잡고 투계를 하며 말과 맥주와 여자가 있는 삶을 사는 모습으로 언제나 그려졌다. 전쟁 시기 동안 소년들에게 엄청난 인기를 끌었던 또 하나의 소중한 시대물인 메이스필드의『영원한 자비』*2를 보면 이런 환상이 다듬어지지 않은 형태로 그려져 있다. 하지만 메이스필드의 솔 케인은 그렇지 못하지만 하우스먼의 모리스나 테렌스 같은 부류는 진지하게 다룰 만하다. 이런 점에서 하우스먼은 테오크리토스**가 가미된 메이스필드다. 더욱이 하우스먼은 언

---

* 스트레폰(Strephon)은 영국 시인 필립 시드니(Philip Sidney, 1554~1586)의 작품에 나오는 양치기 이름이며, 코리든(Corydon)은 전원시에 나오는 대표적인 목동 이름이다.

*1 케이-스미스(Sheila Kaye-Smith, 1887~1955)는 영국의 시골, 특히 서섹스 지방과 관련된 소설 작품을 썼다.

*2 시인이자 극작가인 메이스필드(John Masefield, 1878~1967)는 전쟁에 관한 작품도 썼다.『영원한 자비Everlasting Mercy』(1911)에서는 퀘이커교도인 본이 타락한 솔 케인의 영혼을 구하는 과정이 그려져 있다. 몇 줄 아래에서 오웰이 솔 케인을 언급하고 있다.

** 테오크리토스(Theocritos). 기원전 3세기 전반에 활동한 그리스의 목가 시인.

제나 사춘기적인 주제, 즉 살인, 자살, 불행한 사랑, 요절 같은 주제를 다룬다. 이들 주제에서는 삶의 '근본적인 사실'을 마주하고 있다는 느낌의 재앙, 그러면서도 단순하고 쉽게 이해되는 재앙이 등장한다.

풀이 반쯤 베어진 언덕에 태양이 불타고 있다.
이 무렵 피는 말랐다.
그리고 모리스가 건초 사이에 가만히 누워 있다.
내 칼이 그의 옆구리에 꽂혀 있다.

하나 더 인용해보자.

그들이 지금 슈루즈베리 감옥에서 우리를 교수대에 매달고 있다.
기적소리가 쓸쓸하게 울리고
기차가 철로 위에서 밤새도록 울부짖는다.
아침에 죽은 사람들을 향해.

언제나 같은 곡조이고, 모든 것은 실패로 끝난다. '딕은 교회 묘지에 길게 누워 있고 네드는 감옥에 길게 누워 있다.' 아울러 강렬한 자기 연민, '아무도 날 사랑하지 않는다'는 느낌도 눈에 띈다.

다이아몬드가 온 세상을 장식하며 떨어진다.
초원 위의 야트막한 둔덕,
저것은 아침의 눈물.

하지만 그대를 위해 흘리는 눈물이 아니다.[*1]

안됐네, 친구! 이런 시들은 특별히 사춘기 남자애들을 위해 쓴 것인지도 모른다. 또한 사립학교로 내몰려 여자란 도저히 닿을 수 없는 존재처럼 생각하게 된 남자애들은 변치 않는 성적 비관주의(소녀들은 언제나 죽거나 다른 사람과 결혼한다)를 일종의 지혜처럼 받아들였을 것이다. 하우스먼이 여자애들에게도 동일한 호소력을 지녔을지는 의문이다. 하우스먼의 시에서는 여성의 관점이 고려되지 않으며, 여성은 그저 정령이거나 사이렌, 즉 당신을 제법 멀리까지 끌고 가서는 그만 차버리는 위험스런 반(半)인간이다.

그런데 하우스먼에게 또 다른 성향이 없었다면 1920년에 젊은이들에게 그토록 깊은 호소력을 지나지는 못했을 것이다. 그것은 바로 불경스럽고 도덕 폐기론적이며 '냉소적인' 성향이다. 세대 간의 갈등은 늘 일어나지만 제1차 세계대전이 끝날 무렵에는 유난히 더 심했다. 한편으로는 전쟁 자체에 기인한 것이고 또 다른 한편으로는 러시아 혁명의 간접적 결과이기도 하지만 어찌됐든 그 시절에는 지적 투쟁이 일어날 수밖에 없었다. 영국은 심지어 전쟁에도 흔들리지 않을 정도로 편안하고 안전한 삶을 누린 덕분에 1880년대나 그 이전에 사고가 형성된 많은 사람은 1920년대까지도 그 사고를 그대로 유지하고 있었다. 반면 그보다 젊은 세대에서는 공인된 믿음이 모래성처럼 무너지고 있었다. 가령 종교적 믿음이 저 밑바닥까지 떨어졌다. 몇 년간 신구 세대의 반감

[*1]　오웰은 하우스먼의 「마지막 시들Last Poems」(1922)에서 이 연을 인용했다.

이 그야말로 증오의 색채를 띠었다. 전쟁 세대 가운데 살아남은 사람이 대학살 밖으로 조금씩 기어 나와 보니 연장자들은 여전히 1914년의 슬로건을 외치고 있었으며 나이 어린 세대의 소년들은 음탕한 독신 교사들 밑에서 몸부림치고 있었다. 하우스먼은 함축된 성적 칸란과 신에 대한 개인적인 불만을 통해 이들 세대의 마음을 움직였다. 사실 하우스먼은 애국주의적이다. 하지만 해롭지 않은 구식 방식으로 그리고 영국 군복과 〈신이여 여왕 폐하를 지켜주소서〉라는 영국 국가 곡조에 어울리는 방식으로 애국주의적이었다. 슈탈헬름 강철모단*과 '카이저를 교수형에 처하라'는 식의 애국주의가 아니었다. 또한 납득할 수 있는 범위 안에서 반(反)그리스도교적이었다. 하우스먼은 격렬하고 반항적인 무종교, 즉 삶은 짧고 신은 당신 편이 아니라는 믿음을 대표했으며, 이는 젊은이들 사이에 퍼져 있는 분위기와 정확히 맞아떨어졌다. 게다가 거의 대부분 한 음절 단어로 이루어진 매혹적인 섬세한 운문으로 이런 분위기를 표현했다.

내가 하우스먼을 단지 선전가에 불과한 것처럼 또는 격언이나 인용할 만한 '짧은 문구'를 말하는 사람에 지나지 않는 것처럼 논했다고 생각할 것이다. 분명 하우스먼은 그 이상의 존재다. 지난 몇 년 동안 하우스먼이 과대평가되었다고 이제 그를 과소평가할 필요는 없다. 요즘에는 이렇게 말하면 자칫 논란에 휩싸일 수도 있겠지만 어쨌든 오랫동안 인기를 얻을 것 같은 시가 많다(「내 마음속으로 한 줄기 살인의 공기가 들어오네」와 「내 팀이 쟁기질을 하고 있는가」가 그러하다). 하지만 작가에 대한 호불호

는 언제나 작가의 성향, 그가 지닌 '목적', 그가 전하는 '메시지'에 의해 결정된다. 당신의 마음속 가장 깊은 곳에 자리한 믿음에 심각한 해를 입히는 책에서 좀처럼 문학적 장점을 찾기 힘들다는 사실이 이를 입증한다. 또한 어떠한 책도 진정으로 중립적일 수는 없다. 산문뿐만 아니라 운문에서도 이런저런 경향을 읽어낼 수 있으며, 설령 그런 경향이 형식을 정하고 이미지를 선택하는 의미밖에 지니지 않더라도 마찬가지다. 하지만 하우스먼처럼 널리 인기를 얻는 시인은 대체로 금언의 성향을 보인다.

전쟁 이후 하우스먼과 자연 시인의 시기가 지난 뒤 전혀 다른 성향의 작가 집단이 등장했다. 조이스, 엘리엇, 파운드, 로렌스, 윈덤 루이스, 올더스 헉슬리, 리턴 스트레이치 등이다. 1920년대 중반과 후반을 놓고 볼 때 이전 몇 년 동안 오든-스펜더 그룹*이 '운동'이었던 것처럼 이들 역시 '운동'이라고 할 수 있다. 사실 한 시대의 재능 있는 작가들이 모두 특정 양식에 꼭 맞는 것은 아니다. E. M. 포스터는 최고의 작품이 1923년인가 그 무렵쯤 나왔지만 기본적으로 전쟁 이전 작가이며, 예이츠는 활동 시기 중 어느 단계도 1920년대에 속하지 않는 것 같다. 무어, 콘래드, 베넷, 웰스, 노먼 더글러스[1] 같은 작가는 지금도 살아 있지만 전쟁이 일어나기 전에 이미 큰 화살을 날렸다. 반면 좁은 문학적 의미에서는 이 그룹에 '속하지' 않지만 이 집단의 일원으로 포함시켜야 할 작가

---

* 1930년대 초 과격한 발언과 실험적 시법의 개척으로 '1930년대 시인'의 중심을 이룬 젊은 시인 그룹. 오든(Wystan Hugh Auden, 1907~1973), 스펜더(Stephen Spender, 1909~1995), 데이루이스(Cecil Day-Lewis, 1904~1972), 맥니스(Louis MacNeice, 1907~1963) 등이 주요 시인이다.

[1] 더글러스(George Norman Douglas, 1868~1952)는 소설가이자 여행 작가이다. 많지 않은 그의 소설 작품 대부분이 1914년 전쟁 발발 이후에 출간되었는데, 특히 『남풍 South Wind』(1917)은 그 당시 충격적인 작품으로 여겨졌다.

로 서머싯 몸이 있다. 물론 시기가 정확히 들어맞지는 않는다. 이들 작가 중 대다수가 이미 전쟁 이전에 책을 출간하긴 했지만 그래도 전쟁 이후 작가로 분류할 수 있다. 현재 글을 쓰는 젊은 사람들을 대공황 이후 작가라고 일컫는 것과 같은 의미다. 물론 이 시기 문학 관련 글을 대부분 다 읽고도 이 사람들을 과연 '운동'으로 묶을 수 있을지 고개를 갸우뚱하는 사람도 있을 것이다. 다른 어느 때보다 그 당시에는 평단의 거물들이 지난 시대가 끝나지 않은 것처럼 주장하느라 바빴기 때문이다. 스콰이어가 《런던 머큐리》를 지배했고 깁스와 월폴은 공공대출 도서관의 신적 존재였으며,[1] 유쾌함과 남자다움, 맥주와 크리켓, 브라이어 담배파이프와 일부일처제에 열광했다. 또한 어느 시대나 '지식인층'을 공격하는 글로 얼마간 돈을 벌 수 있었다. 그래도 역시 젊은 층의 마음을 사로잡은 것은 괄시받는 지식인층이었다. 바람은 유럽에서 불어왔고 1930년 훨씬 이전부터 맥주와 크리켓 유파는 이 바람 앞에 기사도 정신만 남은 채 모든 것이 벌거벗겨져 적나라한 모습을 드러내고 있었다.

하지만 이 작가 집단을 대할 때 가장 먼저 눈에 띄는 점은 하나의 집단으로 보이지 않는다는 점이다. 이들 중 몇몇은 자신이 다른 몇몇과 함께 묶이는 데 강한 반발을 보일 것이다. 로렌스와 엘리엇은 실제로 서로 반감을 지녔고 헉슬리는 로렌스를 숭배했지만 조이스는 헉슬리

---

[1]　《뉴 스테이츠맨The New Statesman》의 문학 담당 편집자였던 스콰이어(John Collings Squire, 1884~1958)가 1919년 《런던 머큐리London Mercury》를 창간하고 1934년까지 편집을 맡았다. 소설가이자 저널리스트인 깁스(Philip Gibbs, 1877~1967)는 전쟁을 비롯한 국내 문제에 대한 많은 글을 썼으며 《데일리 텔레그래프Daily Telegraph》와 《데일리 크로니클Daily Chronicle》의 종군기자였다. 대중소설 작가인 월폴(Hugh Walpole, 1884~1941)은 『페린 씨와 트레일 씨Mr. Perrin and Mr. Traill』(1911), 다섯 권짜리 『헤리스 연대기The Herries Chronicle』(1930~1940)를 썼다.

를 혐오했다. 또한 이 집단의 대부분이 헉슬리와 스트레이시와 몸을 얕잡아 보았고 루이스는 모든 이를 비판했다. 실제로 루이스는 이런 비판을 발판으로 평판을 쌓았다. 그럼에도 이들 사이엔 일정한 기질적 동질성이 있으며, 지금은 이런 동질성이 명백하게 보이지만 12년 전에는 그렇지 않았다. 결론적으로 이들의 동질성은 관점의 비관주의라고 정리할 수 있다. 하지만 비관주의의 의미부터 명확히 할 필요가 있다.

조지언 포이츠*의 기조가 '자연의 아름다움'이었다면 전후 작가의 기조는 '삶의 비극적 의미'이다. 예를 들어 하우스먼의 시는 비극적이지 않으며 그저 불평하는 것일 뿐이다. 말하자면 실망한 쾌락주의다. 하디의 경우도 마찬가지지만 『패왕』**은 예외로 놓아야 할 것이다. 하지만 조이스-엘리엇 집단은 시기적으로 이후이고 청교도주의가 이들의 주된 적이 아니며, 이전 세대가 얻고자 투쟁했던 거의 모든 것을 처음부터 '꿰뚫어볼' 수 있었다. 이들은 기질적으로 '진보' 개념에 적대적이었다. 진보는 이루어지지 않을 뿐만 아니라 이루어져서는 안 된다고 여긴다. 이러한 일반적인 동질성을 고려하더라도 내가 열거한 작가들 사이에는 당연히 접근방식의 차이뿐만 아니라 재능의 차이도 존재한다. 엘리엇의 비관주의는 주로 그리스도교도의 비관주의이며 인간 불행에 대한 일정한 무관심을 함축하고 있다. 이는 부분적으로 서구 문명의 쇠퇴에 대한 한탄("우리는 속이 빈 인간이며, 잔뜩 배불리 먹은 인간이다" 등)이며,

---

* 조지언 포이츠(Georgian Poets). 1910년대에 활약한 시인 집단으로, 허식과 현학을 배격하고 허세 없는 고요한 서정성을 특징으로 하며 전원풍경을 많이 노래하였다. 시집 『조지언 포이트리Georgian Poetry』(5권, 1912~1922)에 그들의 시풍이 잘 나타나 있다.

** 하디(Thomas Hardy, 1840~1928)가 쓴 장편 대서사시극 『패왕The Dynasts』(3부작, 1903~1908)은 나폴레옹 전쟁을 소재로 하고 있다.

말하자면 신들의 황혼* 감정이다. 이 감정에 이끌린 엘리엇은 「스위니 아고니스테스Sweeney Agonistes」에서 현대 생활을 실제보다 훨씬 더 나쁜 모습으로 그리는 힘든 업적을 성취했다. 스트레이시에게는 단지 고상한 18세기 회의주의에 폭로문학 취향이 섞였다고 할 수 있다. 몸은 일종의 금욕주의적 체념을 보인다고 할 수 있는데, 수에즈 동쪽 어딘가에서 안토니누스 피우스 황제**처럼 믿음 없이 그저 묵묵히 자기 일을 수행하는 퍼카 사입***의 굳은 입술 같은 것이다. 로렌스는 겉으로는 비관주의적 작가로 보이지 않는다. 그는 디킨스처럼 '마음의 변화'를 이야기하며, 조금 다른 각도에서 바라본다면 지금 이곳의 삶은 괜찮아질 것이라고 끊임없이 주장한다. 하지만 로렌스가 요구하는 것은 기계화된 문명으로부터 멀리 벗어나는 것인데, 이는 이루어지지 않을 것이며 로렌스 역시 그럴 것이라고 알고 있다. 따라서 현재에 대한 그의 불평은 또다시 과거의 이상화로 나아가며, 이번에는 안전하게 신화적인 과거, 청동기시대로 간다. 로렌스가 우리 자신보다 에트루리아 사람(그가 상상하는 에트루리아 사람)에 대해 더 호감을 보일 때 우리는 그의 생각에 동의하지 않을 수 없다. 하지만 결국 이는 패배주의의 일종이다. 왜냐하면 그곳은 지금 세계가 나아가는 방향이 아니기 때문이다. 로렌스가 늘 가리키는 삶, 즉 성, 땅, 불, 물, 피 등 순수한 신비를 중심으로 움직

---

* 북유럽 신화에 나오는 세상의 마지막 전투로, 오딘이 이끄는 신들과 그 적들 간에 전투가 일어나고 이 전투로 말미암아 신, 거인, 괴물뿐만 아니라 우주의 거의 대부분이 파멸한다.

** 안토니누스 피우스(Antoninus Pius, 86~161). 로마 제국을 팽창시켜 최전성기를 이루었던 오현제 중의 한 명이다.

*** pukka sahip. 과거 인도 원주민이 영국 식민지 당국을 부르던 존칭.

이는 삶은 실패로 끝날 수밖에 없는 삶이다. 결국 로렌스는 누가 봐도 불가능한 방식으로 이 세계가 나아가기를 바라는 소망만을 낳았을 뿐이다. "관대한 흐름이냐 아니면 죽음의 흐름이냐"라고 로렌스는 말하지만 분명 수평선 이편에 관대한 흐름 같은 것은 없다. 그는 죽음의 흐름이 밀려오기 몇 년 전 멕시코로 날아가 마흔다섯 살에 죽었다. 여기서 또다시 나는 이들 작가를 예술가로 보는 것이 아니라 단지 '메시지'를 이해시키고자 하는 선전가인 듯이 말하고 있음을 알 수 있다. 분명 이들 작가는 그 이상의 존재다. 예를 들어『율리시스』를 단지 현대 생활에 대한 공포를 보여준 것으로, 즉 파운드*가 말했듯이 '지저분한 《데일리 메일》 시대'에 대한 공포를 드러낸 것으로 보는 것은 어불성설일 것이다. 실제로 조이스는 여느 작가보다 '순수 예술가'의 면모를 보여준다. 하지만 단어 배열방식이나 만지작거리는 사람이『율리시스』를 쓸 수는 없다.『율리시스』는 삶에 대한 특별한 시각에서 나온 작품이며 그것은 믿음을 잃어버린 가톨릭교도의 시각이다. "이것이 신이 없는 삶이다. 한번 바라보라!"는 것이 조이스가 말하는 바이며, 그가 보여준 기법상의 혁신은 비록 중요한 의미를 지니기는 해도 기본적으로 이러한 목적을 위해 나온 것이다.

하지만 이들 작가 모두에게서 눈에 띄는 점은 그들의 '목적'이 매우 불확실하다는 점이다. 당시의 긴급한 문제에 주목하지 않으며 무엇보다도 좁은 의미의 정치에 관심을 보이지 않는다. 시선이 향하는 곳은 로마, 비잔티움, 몽파르나스, 멕시코, 에트루리아 사람, 무의식, 뱃속 명

---

*　파운드(Ezra Weston Loomis Pound, 1885~1972). 20세기 영미시에 지대한 영향 끼친 '시인의 시인'으로 불리는 미국의 시인이자 비평가.

치다. 다시 말해 현실적으로 일이 벌어지지 않는 곳이면 어디든 시선이 향한다. 1920년대를 돌아볼 때 다른 무엇보다 기이한 점은 유럽의 모든 중요한 사건이 영국 지식계층의 관심 영역에서 비껴 있다는 사실이다. 예를 들어 레닌의 사망에서 우크라이나 대기근까지 거의 십 년 동안 영국인의 의식에서 러시아 혁명은 거의 사라져 있었다. 이 기간 내내 러시아 하면 곧 톨스토이, 도스토예프스키, 택시 기사를 하는 망명 백작을 의미했다. 이탈리아는 미술관, 유적, 교회, 박물관을 의미했으며 검은 셔츠단*을 떠올리는 일은 없었다. 독일은 영화, 나체주의, 정신분석을 의미했을 뿐 히틀러를 의미하지 않았으며 1931년까지 히틀러의 이름을 들어본 사람도 별로 없었다. '교양 있는' 집단에서는 예술을 위한 예술이 무의미에 대한 숭배로까지 나아갔다. 문학은 오로지 단어를 솜씨 좋게 다듬는 것으로 여겨졌다. 주제로 작품을 평가하는 것은 용서할 수 없는 죄악이며 심지어 주제를 의식하는 것조차 잘못된 취향으로 간주되었다. 《펀치》가 제1차 세계대전 이후 내놓은 정말 재미있는 세 가지 농담 중에 1928년 무렵 한 청년의 모습을 다룬 농담이 있는데, 도저히 참을 수 없는 수준이다. 그 청년은 '글을 쓸' 작정이라고 숙모에게 알린다. "무엇에 대한 글을 쓸 생각이니?" 숙모가 묻는다. 청년이 참담한 표정으로 말한다. "글은 무엇에 대해 쓰는 것이 아니에요. 그냥 쓰는 거예요." 1920년대 최고의 작가들은 이런 생각에 동의하지 않았고 그들의 '목적'은 상당히 명확히 드러나 있었다. 하지만 대개 도덕·종교·문화적 성향의 '목적'이었고, 정치 용어로 옮기면 결코 '좌파' 성향이 아니었

---

* 검은 셔츠단(Blackshirts, 이탈리아어로 camicie nere). 무솔리니가 이끈 이탈리아의 파시스트 전위대.

다. 이 집단에 속한 모든 작가의 성향은 어쨌든 보수적이었다. 예를 들어 루이스는 결코 '볼셰비즘'의 냄새가 날 것 같지 않은 곳에서도 어떻게든 이 냄새를 찾아보려고 광적으로 쫓아다녔고, 최근에는 아마도 예술가를 대하는 히틀러의 태도에서 영향을 받아 몇 가지 입장 변화를 보이긴 했지만 결코 좌파로 많이 기울어지는 일은 없을 것이라고 보아야 할 것이다. 파운드는 파시즘, 정확하게는 이탈리아식 파시즘을 선택한 것처럼 보인다. 엘리엇은 여전히 거리를 둔 채 무심한 태도를 보이지만 누군가 권총을 겨냥하고서 파시즘과 좀 더 민주적인 형태의 사회주의 중 하나를 선택하라고 강요하면 아마도 파시즘을 선택할 것이다. 헉슬리는 삶에 대한 전반적인 절망에서 출발한 뒤 로렌스가 말하는 '캄캄한 뱃속'의 영향을 받아 이른바 생명 숭배로 불리는 것을 시도하다가 마침내 평화주의에 이르렀다. 이는 설득력 있는 입장이며 이 시점에서는 훌륭한 입장이기도 하지만 결국에는 사회주의에 대한 거부반응과 어느 정도 관련이 있다. 또한 대체로 정통 가톨릭교에서 인정할 수 없는 종류의 것이긴 해도 가톨릭교에 유연한 태도를 보인 점도 눈에 띈다.

비관주의와 반동적인 견해가 심리적 연관성을 갖는 것은 분명하다. 그에 비해 1920년대 주도적 작가들이 왜 비관주의의 색채를 띠었는가 하는 이유는 그다지 명확하지 않다. 왜 항상 데카당스와 해골과 선인장 같은 의미가 나오고 잃어버린 믿음이나 불가능한 문명에 대한 갈망이 등장하는 것일까? 결국 그들이 유난히 편안한 시대에 글을 썼기 때문이 아닐까? 그런 시대였기에 '우주적 절망'이 무성하게 자라날 수 있었다. 뱃속이 빈 사람은 결코 우주에 절망하지 않는다. 아니, 그 문제에 관한 우주에 대해 생각하지도 않는다. 1910~1930년은 번영의 시기였고 심지어 전쟁 시기에도 연합국 국민 중 전투에 참가하지 않은 민간인은 육체적으로 견딜 만했다. 1920년대로 말하면 투자 수익으로 살아가는 지식인의 황금 시대였고, 이제껏 이 세계에 한 번도 없었던 무책임의 시기였다. 전쟁은 끝났고 새로운 전체주의 국가는 등장하지 않았으며, 묘사에 관한 도덕적 종교적 금기가 사라졌고 돈이 굴러들어왔다. '환멸'이 하나의 유행을 이루었다. 안전하게 일 년에 500파운드의 수입을 버는 사람은 모두 식자층이 되었고 삶의 권태를 몸에 익혔다. 독수리와 크럼핏*1의 시대, 안이한 절망의 시대, 뒤뜰을 서성이는 햄릿, 밤의 끝으로 여행하는 값싼 왕복 티켓의 시대였다. 『어느 바보가 들려주는 이야기』*2와 같이 이 시대에 별로 주목 받지 못한 특징적인 몇몇 작품은 삶의 절망이 온통 자기연민으로 가득한 분위기에까지 이르렀다. 심지어 그 시대 최고 작가들에게도 지나치게 신과 같은 태도, 당면의 현실적 문제로부터 기꺼이 손을 씻으려는 태도를 취하는 혐의가 보였다. 그들은 바로 앞 세대나 바로 뒤 세대 작가보다 삶을 훨씬 포괄적으로 바라보지만 사실은 망원경을 거꾸로 들고 보았다. 그 때문에 그들의 작품이 작품으로서 유효성을 갖지 못한다는 뜻은 아니다. 어느 예술작품이든 첫 번째 시험대는 살아남는 것이다. 1910년에서 1930년 사이에 쓴 많은 책이 살아남았고 앞으로 계속 살아남을 것으로 보인다. 『율리시스』, 『인간의 굴레』,*3 로렌스의

---

*1 "독수리와 크럼핏"이 무엇을 말하는지 명확하지 않다. 아마도 오웰은 영국 국교회 기도서에 나오는 시편 103장 5절을 염두에 둔 것 같다. "평생을 좋은 것으로 흡족히 채워주시는 분, 네 젊음을 독수리처럼 늘 새롭게 해주시는 분이시다."

*2 『어느 바보가 들려주는 이야기Told by an Idiot』(1923)는 매콜리(Dame Emilie Rose Macaulay, 1881~1958)의 작품이다.

*3 『인간의 굴레Of Human Bondage』(1915)는 몸(William Somerset Maugham, 1874~1965)의 작품이다.

초기 작품 대부분, 그중에서도 특히 단편소설들, 그리고 1930년 무렵까지 나온 엘리엇의 시 전부를 생각해보면 현재 나오는 작품들이 과연 그만큼 생명력이 길지 의구심이 든다.

하지만 1930~1935년에 돌연 뭔가 변화가 생겼다. 문학계의 분위기가 바뀌었다. 오든, 스펜더 등을 비롯한 새로운 작가 집단이 등장했고 비록 기법 면에서는 이전 세대에 기대는 점이 있지만 '경향'은 완전히 달랐다. 우리는 갑자기 신들의 황혼에서 벗어나 달하자면 무릎을 드러내고 단체로 노래 부르는 보이스카우트 속으로 들어간 것 같았다. 교양을 갖춘 국외자도 교회 쪽에 경도된 성향의 사람도 이제 더 이상 전형적인 문학가의 모습이 아니었다. 이제 전형적인 문학가는 열성적인 학생의 모습, 공산주의에 경도된 성향의 모습이 되었다. 1920년대 작가들의 기조가 '삶의 비극적 의미'라면 신진 작가들의 기조는 '진지한 목적'이었다.

두 계열의 차이점에 대해서는 루이스 맥니스의 『현대 시』[*1]에서 비교적 상세하게 논하고 있다. 물론 이 책은 전적으로 신진 작가 집단의 관점에서 서술되었으며 당연히 자신들의 기준이 우월하다고 여기고 있다. 맥니스의 입장은 다음과 같다.

《뉴 시그니처스New Signatures》•에 실린 시는 예이츠나 엘리엇과 달리 감정 면에서 당파성을 보인다. 예이츠는

• 1932년에 발간되었다. 편집자는 마이클 로버츠(Michael William Edward Roberts, 1902~1948)였다.

[*1] 맥니스(Louis MacNeice)는 비평서 『현대 시Modern Poetry A Personal Essay』를 1938년에 펴냈다.

 모든 예술은 프로파간다다—조지 오웰 평론집

욕망과 증오로부터 벗어나라고 말하며 엘리엇은 뒤로 물러나 앉아 권태와 빈정대는 자기연민으로 타인의 감정을 지켜본다.……반면 오든, 스펜더, 데이루이스의 시 전반을 보면 그들에게 저마다의 욕망과 증오가 있다는 의미가 함축되어 있으며, 나아가 욕망해야 할 것이 있고 증오해야 할 것이 있다는 것을 암시하고 있다.

또한 다음과 같은 내용도 있다.

《뉴 시그니처스》에 실린 시들은……지식과 표현을 구하기 위해 그리스를 선호하는 방향으로 회귀했다. 맨 먼저 요구되는 요건은 뭔가 말할 거리가 있어야 한다는 것, 그다음은 이를 최대한 잘 표현해야 한다는 것이다.

다시 말해서 '목적'이 되살아났고 신진 작가들은 '정치에 뛰어들었다.' 내가 앞서 지적했듯이 엘리엇을 비롯한 부류는 실제로 맥니스가 암시하듯이 그렇게 초당파적이지 않았다. 그럼에도 지금과 비교할 때 1920년대에는 문학의 강조점을 기법에 더 많이 두었고 주제는 그다지 강조하지 않았다.

이 집단의 주도적 인물은 오든, 스펜더, 데이루이스, 맥니스이며, 얼마간 동일한 성향을 지닌 작가들로 이셔우드, 존 레만, 아서 칼더-마샬, 에드워드 업워드, 알렉 브라운, 필립 헨더슨, 그 밖의 많은 작가들이 길게 이어진다. 앞서도 그랬듯이 여기서도 나는 단순히 성향에 따라 이들을 한데 묶었다. 분명 재능 면에서는 매우 커다란 차이가 있다. 하지만 이들 작가 집단과 조이스-엘리엇 세대를 비교할 때 곧바로 눈에 띄는 점은 그들을 하나의 집단으로 묶기가 훨씬 쉽다는 점이다. 기법 면에서 매우 가깝고, 정치적으로는 구분되지 않을 정도로 같으며, 다른 작가의 작품에 대한 비평도 (부드럽게 말하면) 언제나 온화한 태도를 취했다. 1920년대의 뛰어난 작가들은 태생이 매우 다양하며 그들 중 일반적인 영국 교육 과정을 거친 인물이 거의 없고(공교롭게도 그들 중 훌륭한 작가들은 로렌스를 제외하고는 모두 잉글랜드 출신이 아니다) 대부분은 일정 기간 가난과 무시, 심지어는 노골적인 박해와 맞서 싸워야 했다. 반면에 신진 작가들은 거의 모두 사립학교-대학-블룸즈버리로 이어지는 틀에 아주 잘 들어맞았다. 프롤레타리아 출신의 몇몇 작가들은 어린 시절에 사회적 신분이 낮았다가 이후 장학금의 도움으로, 그다음에는 런던 '문화'라는 표백제 통을 거쳐 합류했다. 이 집단의 몇몇 작가들이 사립학교 출신이고 나아가 그곳에서 교사생활을 했다는 점은 의미심장하다. 몇 년 전 나는 오든을 가리켜 "배짱 없는 키플링"[*1]이라고 말한 일이 있다. 이 표현은 비평으로서 아무 가치가 없고 실제로 그저 악의적인 언급일 뿐이지만 오든의 작품, 특히 초기 작품을 보면 희망의 분위기—키플링의 「만일If」이나 뉴볼트[*]의 「힘내라, 정정당당하게 살라!Play up, and Play the Game!」와 비슷한 종류—와 결코 거리가 멀지 않다. 가령 "너희는 이제 떠난다. 너희 손에 달려 있다"[*2] 같은 구절을 보자. 이것은 순전히 보이스카우트 선생이며, 자학의 위험성을 주제로 10분간 솔직한

[*1]　『위건 부두로 가는 길』에서 이렇게 표현했다.

[*]　뉴볼트(Henry John Newbolt, 1862~1938). 영국의 시인.

[*2]　세실 데이루이스의 시집 『자기를 띤 산The Magnetic Mountain』의 「제10번 시」 첫 행.

대화를 나눌 때의 바로 그 기조다. 틀림없이 패러디의 요소를 의도했겠지만 그가 의도하지 않는 깊은 유사점도 보인다. 물론 이들 대다수 작가들에 공통적으로 보이는 다소 잔소리 같은 기조는 하방감에서 비롯된 징후일 것이다. '순수예술'을 배 밖으로 던져버림으로써 그들은 비웃음의 대상이 되지 않을까 노심초사하는 두려움에서 자유로워졌고 범위를 넓게 확대시킬 수 있었다. 예를 들어 마르크스주의가 지닌 예언적인 측면이 시의 새로운 소재로 부상했으며 많은 가능성을 보여주었다.

> 우리는 아무것도 아니다
>
> 우리는 어둠 속으로
>
> 떨어졌고 죽임을 당할 것이다.
>
> 하지만 생각하라. 이 어둠 속에서
>
> 우리는 사상의 비밀스러운 중심을 부여잡고 있다.
>
> 햇빛 찬란하게 살아 있는 이 중심의 바퀴가 앞으로 몇 년이면 밖으로 굴러간다. (스펜더, 「어느 판사의 재판Trial of a Judge」)

하지만 문학이 마르크스주의 색채를 띠게 되었다고 해서 대중에게 더 가까이 다가간 것은 아니었다. 로렌스는 말할 것도 없고 조이스나 엘리엇에 비해서도 오든과 스펜더는 결코 인기 작가가 아니었고 설령 시차를 감안하더라도 마찬가지다. 전에도 그랬듯이 시류에서 벗어난 동시대 작가들이 많지만 무엇이 시류인가에 대한 문제 제기는 많지 않았다. 1930년대 중반과 후반기를 놓고 볼 때 오든과 스펜더와 그 주변 부류는 조이스와 엘리엇과 그 주변 부류가 1920년에 그랬듯이 분명한

'운동'이었다. 또한 이 운동은 공산주의라 일컬어지지만 다소 잘못 정의된 뭔가를 추구하는 방향으로 나아갔다. 1934년 또는 1935년에는 얼마간 '좌파' 색채를 띠지 않으면 문학 모임 내에서 별난 존재로 취급되었고 이후 일이 년이 지나자 하나의 좌파 정통이 자리 잡았으며 특정 주제에 대해 반드시 특정 견해 체계를 지니도록 정해졌다. 작가는 적극적인 '좌파'이거나 그렇지 않으면 글을 못 쓴다는 견해가 힘을 얻게 되었다(에드워드 업워드[*1]를 비롯해 여러 작가들을 보라). 1935년에서 1939년 사이에 공산당은 마흔 살 이하의 모든 작가에게 저항할 수 없는 매력으로 다가갔다. 몇 년 전 로마 가톨릭이 유행이었을 때 아무개가 가톨릭에 '귀의했다'는 이야기가 예삿일로 들리던 것처럼 이제는 아무개가 '입당했다'는 말이 예삿소리로 들렸다. 사실 근 3년 동안 영국 문학의 중심 흐름은 얼마간 공산주의의 직접적인 통제 아래 놓여 있었다. 어떻게 그런 일이 벌어질 수 있었을까? 그리고 '공산주의'란 무엇인가? 두 번째 물음부터 먼저 대답하는 것이 나을 것이다.

서유럽의 공산주의 운동은 자본주의를 폭력으로 전복하기 위한 운동으로 시작되었다가 몇 년 사이에 러시아 외교정책의 도구로 변질되었다. 이는 제1차 세계대전에 뒤이어 일기 시작한 혁명의 열기가 사그라지면서 불가피하게 생긴 결과일 것이다. 내가 아는 한 영국에 나와 있는 책 가운데 이 주제를 포괄적으로 다룬 유일한 책은 프란츠 보르케나우의 『공산당 인터내셔널』[*]뿐이다. 보르케나우가 제시한 추론보다

[*1]　업워드(Edward Falaise Upward, 1903~2009). 영국의 소설가.

[*]　Franz Borkenau(1900~1957), *The Communist International*, London: Faber and Faber, 1938.

그가 기록한 사실들에서 보다 명확하게 드러나는 점은 산업화된 국가에 진정한 혁명적 감정이 존재하지 않는 한 공산주의는 현재의 노선대로는 결코 발전하지 못할 것이라는 사실이다. 영국을 예로 들면 분명 오래전부터 그런 감정은 존재하지 않았다. 극단주의적인 당의 한심한 당원 면면을 보면 이 점이 분명하게 드러난다. 따라서 정신적으로 러시아에 굴종하고 영국 외교정책을 러시아 이해관계에 맞게 조종하는 것 말고는 달리 실질적 목표가 없는 사람들이 영국 공산주의 운동을 지배하고 있다는 것은 너무도 당연하다. 물론 그런 목표를 공공연하게 인정할 수 없으며 이러한 사실 때문에 공산당은 매우 이상한 양상을 띠게 되었다. 보다 강경하게 목소리를 높이는 공산당 당원은 실질적으로 국제 사회주의자인 척하는 러시아 홍보요원이다. 평상시에는 손쉽게 이런 태도를 가장할 수 있지만 위기의 순간이 오면 어려워진다. 소련이 여타 강대국에 비해 외교정책 면에서 더 진중하다고 할 수는 없기 때문이다. 권력 정치 게임의 일환으로서만 의미를 지니는 동맹이나 전선 변화 등을 국제 사회주의 관점에서 설명하고 정당화해야 한다. 스탈린이 협력 파트너를 바꿀 때마다 '마르크스주의'를 억지로 변형시켜 새로운 형태로 만들어야 한다. 이에 따라 급작스럽고 급격한 노선 변화와 숙청, 비난, 당 문서의 조직적 파괴 등등이 뒤따른다. 모든 공산당원은 어느 때고 자신의 가장 근본적인 신념을 바꾸거나 당을 떠나야 한다. 월요일에는 의심의 여지가 없던 신조가 화요일에는 저주 받을 만한 이단이 되기도 한다. 지난 십 년 동안 이런 일이 적어도 세 차례 일어났다. 그 결과 어느 서구 국가에서든 공산당은 늘 불안정하고 대체로 매우 소규모였다. 자신을 소련 관료와 동일시해온 지식인 핵심층, 그리고 소비에트 러시아의 정책을 꼭 이해하는 것도 아니면서 충성심을 느껴온 좀 더 많은 노동계급 집단만이 오랫동안 당원으로 남았다. 이외에는 자주 교체되는 당원이 있을 뿐이며, '노선' 변화가 있을 때마다 한 무리가 당원으로 들어오고 또 다른 무리가 당을 떠나는 식이었다.

1930년에 영국 공산당은 매우 소규모 조직으로 합법성도 거의 갖지 못했으며 주된 활동은 노동당을 비난하는 일이었다. 그러나 1935년이 되자 유럽의 상황이 변했고 이와 함께 좌파 정치도 바뀌었다. 히틀러가 권력에 올라 재무장을 시작했고, 몇 차례에 걸친 5개년 계획들이 성공을 거두었고 러시아는 군사 강국으로 재부상했다. 히틀러가 공격 대상으로 삼은 것은 누가 봐도 영국·프랑스·소련이었기 때문에 이들 세 나라는 어쩔 수 없이 불편한 관계 회복을 꾀할 수밖에 없었다. 이는 곧 영국 공산당이나 프랑스 공산당이 좋은 애국자와 제국주의자가 되어야 한다는 의미였다. 즉, 지난 15년 동안 공격해온 바로 그 대상을 옹호해야 하는 것이었다. 코민테른의 슬로건은 갑자기 붉은색에서 핑크색으로 희미해졌다. '세계 혁명'과 '사회 파시즘*'은 '민주주의의 옹호'와 '히틀러를 저지하라!'는 구호에 자리를 내주었다. 1935~1939년간은 반(反)파시즘과 인민전선의 시기였고 레프트 북클럽**의 전성기였으며 붉은 공작 부인들과 '도량 넓은' 대성당 주임 사제들이 스페인 내전의 전쟁터를 순방하고 윈스턴 처칠이 영국 공산당 기관지《데일리 워커Daily

---

*   사회 파시즘(Social Fascism). 1920년대 중반에서 1930년대 전반까지 국제공산주의 운동진영에서 사회민주주의를 일컫던 용어.

**   레프트 북클럽(The Left Book Club). 1930년대 말과 1940년대 영국 좌파 활동을 활성화하고 교육하기 위해 설립한 단체로 세계 평화와 반파시즘 투쟁을 돕는 데 목표를 두었다.

Worker》에 파란 눈의 소년으로 나오던 때였다. 그때 이후로도 또 다른 '노선' 변경이 있었다. 하지만 내 목적에서 중요한 의미를 가지는 것은 바로 이 '반파시즘' 국면 동안 신진 영국 작가들이 공산즈의에 이끌렸다는 점이다.

파시즘 대 민주주의의 격전은 틀림없이 그 자체만으로도 사람의 마음을 끄는 일이었지만 그 시절에 신진 세대들이 공산주의로 선회하는 것은 어쩌면 당연했다. 자유방임 자본주의가 끝나고 모종의 재편 과정이 있어야 한다는 것이 분명했다. 1935년의 세계에서 정치 무관심으로 일관하기는 거의 불가능했다. 하지만 이들 젊은 계층은 왜 러시아 공산주의처럼 이질적인 것으로 기울었을까? 왜 작가들이 정신적 정직성을 지킬 수 없게 만드는 사회주의의 형태에 이끌렸을까? 이에 대한 설명은 공황 이전부터 그리고 히틀러 이전부터 이미 진행되고 있던 어떤 사실 속에 들어 있었다. 바로 중산계층의 실업이었다

실업이 단지 일자리를 갖지 못하는 문제만은 아니다. 아무리 최악의 시기에도 대다수 사람은 신통찮은 일자리라도 얻을 수 있다. 문제는 1930년 무렵에 생각 있는 사람이 믿을 만한 활동이라고는 학문 연구나 예술, 좌파 정치 말고는 없었다는 점이다. 서구 문명에 대한 비판 이외에 별다른 활동이 없었던 것이다. 서구 문명의 허위를 벗기는 일이 정점에 다다랐고 '환멸'이 팽배해 있었다. 이제 어느 누가 군인으로, 목사로, 주식중개인으로, 인도 공무원으로, 그 밖의 이런저런 직업을 통해 평범한 중산층의 생활방식을 그대로 이어갈 수 있다고 당연하게 여길 수 있겠는가? 또한 우리 선조가 지녔던 많은 가치를 이제 어떻게 진지하게 받아들이겠는가? 보통의 교육을 받은 사람이라면 누구든 애국

심, 종교, 제국, 가족, 결혼의 신성함, 학생용 넥타이, 출산, 양육, 명예, 절제, 이 모든 것을 통째로 3분이면 뒤집어엎을 수 있었다. 하지만 애국심이나 종교와 같이 태생적으로 얻은 것을 없앤다면 결국 무엇을 얻는가? 뭔가 믿을 것을 갖고자 하는 욕구가 없어지는 것은 아니다. 몇 년 전 모종의 헛된 기대가 일면서 재능 많은 작가들(에블린 워, 크리스토퍼 홀리스 등)을 비롯한 수많은 젊은 지식인이 가톨릭교의 품안으로 도망갔던 일이 있었다. 그들이 모두 로마 가톨릭교회로 갔을 뿐 영국 국교회나 그리스 정교회, 프로테스탄트 종파로 가지 않은 점은 의미심장하다. 즉, 그들은 세계적인 조직을 갖춘 교회로, 엄격한 규율을 갖춘 교회로, 권력과 명망을 배경으로 가진 교회로 간 것이다. 최고의 재능을 가진 현대판 개종자 엘리엇이 로마 가톨릭교를 받아들이지 않고 그리스도교의 트로츠키주의라 할 만한 앵글로 가톨릭주의*를 받아들인 점은 눈여겨볼 만하다. 하지만 더 이상 파고들지 않아도 1930년대 젊은 작가들이 왜 무리 지어 공산당에 투신하거나 그쪽으로 기울었는지 이유는 알 만하다. 그저 뭔가 믿을 것이 필요했다. 그런 대상으로 교회도 있고 군대도 있으며 정설이나 지식 분야도 있다. 또한 조국도 있고, 어쨌든 1935년 무렵 이후에는 퓌레**도 있다. 지식인들이 모두 없앴다고 믿었던 충성과 미신이 아주 얄팍한 가면을 쓰고 다시 몰려올 수 있었다. 애국심, 종교, 제국, 자랑스러운 군대(한마디로 말해 이는 러시아였다), 성

---

* 19세기 초 영국 국교회의 교회 경시 경향에 반발하여 일어난 옥스퍼드 운동의 신학적 입장을 일컫는다. 프로테스탄트적 성격을 배격하고, 교회의 어떤 것도 범해서는 안 된다는 신적 권위를 주장했다.

** 히틀러는 나치스의 지도자로서 당·국가 및 국방군의 전권을 장악하고 '총통 (Führer)'이라 칭하였다. 따라서 퓌레는 히틀러를 가리킨다.

 모든 예술은 프로파간다다—조지 오웰 평론집

부, 국왕, 지도자, 영웅, 구세주(이는 한마디로 스탈린이었다), 하느님-스탈린, 악마-히틀러, 천국-모스크바, 지옥-베를린. 모든 공백이 다 채워졌다. 결국 영국 지식인들의 '공산주의'는 충분히 설명 가능한 것이었으며 뿌리 뽑힌 자들의 애국심이었다.

하지만 이 시기 동안 영국 지식인 사이에 러시아 숭배를 가져온 또 다른 이유가 있었다. 바로 영국의 삶 자체가 지닌 평탄함과 안정 때문이었다. 부당한 일이 있긴 해도 영국은 여전히 헤비어스 코퍼스*의 나라였고 영국 국민의 압도적인 다수가 폭력이나 불법성을 겪은 경험이 없었다. 이런 분위기에서 자란 사람이라면 전제적인 체제가 어떤 것인지 쉽게 상상이 되지 않는다. 1930년대의 거의 모든 주도적 작가가 평탄하고 해방된 중산계급이며 제1차 세계대전에 대한 실질적인 기억이 없는 젊은 층이었다. 이런 사람들에게 숙청, 비밀경찰, 즉결처형, 재판 절차를 거치지 않은 투옥 등은 너무 동떨어진 이야기라서 두려움의 대상이 되지 못했다. 그들은 자유주의 말고는 그 어떤 것도 경험한 일이 없기 때문에 전체주의를 받아들일 수 있다. 가령 오든의 시 「스페인」(공교롭게도 이 시는 스페인 내전을 주제로 한 시 가운데 몇 안 되는 제대로 된 시로 꼽힌다)에 나오는 다음 인용 구절을 보라.

> 젊은이들의 내일은 폭탄처럼 터져 나오는 시인들,
>
> 호숫가의 산책, 몇 주씩 이어지는 완벽한 교감이다.
>
> 내일 자전거를 타고

---

* 헤비어스 코퍼스(habeas corpus, '너는 몸이 있다'). 타인을 구금하는 사람에게 피구금자의 신변을 법원에 제출토록 명한 영장. 신체의 자유를 보장하는 제도를 일컫는다.

여름 저녁 교외를 질러간다. 하지만 오늘은 투쟁.

오늘은 죽음의 가능성을 의도적으로 높이고,
필요한 살인의 죄의식을 의식적으로 받아들인다.
오늘은 능력을 소비한다.
곧 사라질 평범한 팸플릿을 쓰고 지루한 회의를 하면서.

두 번째 연은 '훌륭한 당원'의 하루 삶을 그린 것이며, 의도적으로 압축된 신문 사진처럼 보이게 묘사해놓았다. 두 차례의 정치적 살인을 벌인 아침 '부르주아적' 후회를 억눌러야 하는 십 분의 막간 시간, 급하게 먹어치우는 점심식사와 바쁜 오후 시간, 벽에 글을 쓰고 전단지를 뿌리고 다니는 저녁시간. 모두 의식을 고양시키는 내용이다. 하지만 '필요한 살인'이라는 구절에 주목하라. 이런 구절은 살인을 고작 하나의 '단어'로 받아들이는 사람만이 쓸 수 있다. 개인적으로 나는 그렇게 가볍게 살인 이야기를 꺼내지 못한다. 살해당한 많은 사람의 시신을 목격했기 때문이다. 전쟁터에서 죽은 사람을 말하는 것이 아니다. 그야말로 살해당한 사람을 말하는 것이다. 나는 살인이 무슨 의미인지 어느 정도 알고 있다. 공포, 증오, 울부짖는 친지들, 감시, 피, 냄새. 내게 살인이란 멀리해야 하는 일이다. 보통 사람도 다들 그럴 것이다. 히틀러 무리나 스탈린 무리는 살인을 필요한 것으로 여기면서도 자신들의 냉혈함을 결코 드러내지 않은 채 살인이라는 표현을 쓰지 않는다. '청산'이니 '제거'니 그 밖에 다른 부드러운 표현을 쓴다. 오든은 도덕과 무관한 태도를 보이는데, 이런 태도는 방아쇠를 당길 때 늘 멀찌감치 떨어져 다른 곳에 있는 사람만 지닐 수 있다. 좌파적 사고의 아주 많은 부분은 불이 뜨겁다는 사실조차 알지 못한 채 불을 가지고 노는 장난 같은 것이다. 1935년에서 1939년 사이 영국 지식인들은 전쟁을 들먹이는 데 심취해 있었는데 이는 대체로 전쟁을 면제받은 개인의 의식을 바탕으로 하고 있다. 프랑스처럼 군 복무를 피하기 힘들고 심지어는 문학하는 사람까지도 배낭 한 개의 무게를 아는 경우에는 완전히 다른 태도를 보인다.

시릴 코널리[*1]의 최근 저서 『미래의 적들Enemies of Promise』 끝부분에 흥미로운 구절이 있다. 이 책의 첫 부분은 거의 당시 문학에 대한 평가로 이루어져 있다. 코널리는 그야말로 '운동'에 참여한 작가 세대로 분류할 수 있으며 별다른 단서 조항 없이 그들의 가치가 곧 그의 가치라고 할 수 있다. 코널리는 산문 작가 중에서 폭력을 자주 다루는 작가들, 말하자면 헤밍웨이 등과 같은 거친 미국인 계열을 자처하는 작가들을 대체로 칭송한다. 하지만 이 책의 후반부는 자전적인 글이며 1910년에서 1920년 사이 예비학교와 이튼 학교 시절에 대해 매혹적일 정도로 정확한 기록을 담고 있다. 코널리는 다음과 같은 글로 끝맺고 있다.

이튼을 떠날 때 내가 느꼈던 감정에서 뭔가 추론해낸다면 이를 영원한 청소년기에 대한 이론이라고 부를 수 있을 것이다. 다시 풀

---

*1 코널리(Cyril Connolly, 1903~1974)는 오웰과 함께 세인트 시프리언스와 이튼 학교를 다녔다. 그 후 1935년 두 사람이 다시 만났고 많은 문학 활동, 특히 코널리가 편집을 맡았던 《호라이즌》을 통해 관계를 맺고 있었다.

어서 설명하면, 멋진 사립학교에서 소년들이 겪은 경험이 너무도 강렬해서 이후 그들의 삶을 지배하고 그들의 발전을 저지할 것이라는 이론이다.

이 문단의 두 번째 문장을 읽을 때 혹시 오자가 있는 게 아닐까 살펴보고 싶은 충동이 자연스레 일어날 것이다. '않는다'는 말이나 다른 어떤 말이 생략된 게 아닌가 하는 의구심이 든다. 하지만 결코 그렇지 않다! 코널리는 진심으로 이렇게 말한 것이다! 게다가 코널리는 진실을 말하고 있다. 다만 반어적 표현으로 진실을 말할 뿐이다. '교양 있는' 중산계층의 삶이 상당히 평탄한 수준까지 이른 덕분에 이제는 사립학교 교육—5년 동안 알맞게 따뜻한 속물근성에 몸을 담그고 보낸다—을 사실상 중요한 시기로 되돌아볼 수 있게 된 것이다. 1930년대의 작가로 손꼽히는 거의 모든 작가들을 놓고 볼 때 코널리가 『미래의 적들』에 적은 일들 말고 다른 일을 겪은 이들이 있을까? 모두 한결같은 패턴이다. 사립학교, 대학, 몇 차례의 해외여행, 그리고 런던의 생활로 이어진다. 기아, 역경, 고독, 망명, 전쟁, 감옥, 박해, 육체노동, 이런 것은 말로도 입에 올릴 일이 거의 없었을 것이다. '우파적 성향의 좌파'로 알려진 거대한 집단이 소련의 숙청과 오그푸,* 그리고 제1차 5개년계획의 공포를 쉽게 용납했던 것은 전혀 이상할 게 없다. 너무나 영광스런 일이지만, 그들은 이 모든 일의 의미를 제대로 이해하지 못했던 것이다.

1937년 무렵 지식층 전체는 머릿속으로 전쟁을 치렀다. 좌파 사상

---

* OGPU(연방국가정치보안부). 스탈린 통치 기간 동안 정치적 숙청을 직접 실행했던 비밀경찰 및 첩보조직. KGB의 전신이다.

은 '반파시즘', 즉 비판적인 부정의 입장으로 좁혀졌고, 독일과 독일에 우호적이라고 추정되는 정치인을 겨냥하여 언론에서 증오 문학이 거센 물결을 이루면서 쏟아져 나왔다. 스페인에서 있었던 전쟁과 관련해 내게 정말 두려움을 안겨준 것은 내가 목격한 폭력도 아니었고 노선 밑바탕에 깔린 정치적 반목도 아니었다. 내가 두려움을 느낀 것은 제1차 세계대전의 정신적 분위기가 순식간에 좌파 집단 내부에 다시 등장했다는 사실이었다. 전쟁 히스테리쯤은 이겨낼 수 있다고 20년 동안 우월감 속에서 킬킬거리던 사람들이 1915년이 되자 정신적 수렁 속으로 곧장 빠져들었다. 전시 상황에 익숙하게 보았던 모든 어리석은 행위, 첩자 사냥, 정통의 냄새 맡기(킁킁, 훌륭한 반파시스트인가), 도저히 믿기지 않을 정도로 잔혹한 행위에 대한 이야기들이 다시 유행했다. 마치 그 사이 시간의 일들이 언제 있었느냐는 듯했다. 스페인 내전이 끝나기 전에, 아니 뮌헨 협정이 있기도 전에 좌파 작가 중 재능 있는 무리들이 꿈틀대며 움직이기 시작했다. 오든도, 그리고 전체적으로는 스펜더도 그들에게서 예상할 수 있는 경향으로 스페인 내전에 대한 글을 쓰지 않았다. 그때 이후 감정의 변화가 있었고 상당한 당혹감과 혼란이 일었다. 사건의 실제적인 흐름이 지난 몇 년간의 좌파 정통을 모두 무의미한 것으로 만들어버렸기 때문이다. 하지만 좌파 정통은 출발부터 말도 안되는 것이었고 이를 간파하는 데 대단히 날카로운 통찰이 필요한 것도 아니었다. 그러므로 지난번 정통보다 조금이라도 나은 정통이 이후 등장할 것이라는 보장도 없었다.

대체로 1930년대의 문학사를 보면 모름지기 작가란 정치를 멀리하는 것이 현명하다는 견해가 정당한 것처럼 보인다. 정당의 규율을 받아들이거나 그것을 일부분 받아들이는 작가는 머지않아 다른 대체물과 맞닥뜨리게 된다. 방침을 따르거나 아니면 입 다물고 있어야 한다. 물론 방침을 따르면서 계속 유행을 좇아 글을 쓸 수도 있다. 마르크스주의라면 누구나 '부르주아적' 사상의 자유가 환상이라는 것을 너무도 손쉽게 입증할 수 있다. 하지만 이렇게 입증하고 나더라도 그 '부르주아적' 자유 없이는 창작 능력이 말라 죽는다는 심리적 사실이 여전히 남는다. 장차 전체주의 문학이 생길 수도 있겠지만 지금 우리가 상상할 수 있는 문학과는 완전 딴판일 것이다. 우리가 알고 있는 문학은 개인적인 것이며 정신적 정직성이 요구되고 검열은 최소한만 이루어져야 한다. 아울러 이런 사실은 운문보다 산문에 더 많이 해당된다. 1930년대의 가장 뛰어난 작가들이 시인이었다는 것은 우연의 일치가 아니다. 정통에 의해 형성된 분위기는 늘 산문에 폐해를 가져오며 특히 모든 문학 형태 가운데 가장 무정부적인 소설에는 파괴적인 영향을 몰고 온다. 로마 가톨릭교도 중에 훌륭한 소설가가 몇 명이나 있었던가? 한 줌밖에 되지 않는 그 몇몇조차도 대체로 형편없는 가톨릭교도였다. 소설은 실제로 프로테스탄트적인 문학 형태다. 자유로운 정신의 산물이며 자율적인 개인의 생산물이다. 과거 150년을 돌아보건대 풍부한 상상력을 보여주는 산문이 1930년대만큼 메말랐던 시기는 없었다. 좋은 시, 좋은 사회학적 저서, 멋진 팸플릿은 있었지만 조금이라도 가치가 있는 소설은 실질적으로 하나도 없었다. 1933년 이후 정신적 풍토는 점점 소설에 반대되는 방향으로 흘러왔다. 시대정신에 감응할 만큼 예민한 사람이라면 누구라도 정치에 관심을 가졌다. 물론 모든 사람이 정치적 소란에 확실하게 발을 디딘 것은 아니었지만 사실상 모든 이가 소란의 언저리에 걸쳐 있었고 프로파간다 캠페인과 지저분한 논쟁에 얼마간 참여했다. 공산주의자와 공산주의에 가까운 사람들이 문학 평론에서 불균형할 정도로 많은 영향력을 지녔다. 꼬리표를 붙이는 시기였고 슬로건과 얼버무림의 시기였다. 최악의 순간에는 운신하기 힘든 좁은 거짓말의 우리 속에 자기 자신을 가두어야 했다. 가장 나은 경우라도 거의 모든 사람의 마음속에서 자발적 검열("이 말을 해야 할까, 이것은 친파시스트적일까")이 작동했다. 이런 분위기에서 좋은 소설이 나올 것이라고 생각하기 힘들다. 정통의 냄새를 따지는 사람들에게서 좋은 소설이 나올 수 없으며, 자기 자신의 비정통성을 염려하면서 양심에 시달리는 사람도 좋은 소설을 쓸 수 없다. 좋은 소설은 두려워하지 않는 사람에게서 나온다. 이 대목에서 나는 다시 헨리 밀러를 떠올리게 되었다.

3.

이 대목이 하나의 문학 '유파'가 시작될 만한 지점이라면 어쩌면 헨리 밀러가 새로운 '유파'의 출발점이 될지도 모른다. 어쨌든 밀러는 시계추가 예상과 달리 반대 방향으로 움직이기 시작할 것임을 보여주는 징후다. 밀러의 작품은 '정치적 동물'을 탈피하여 개인주의적이면서 철저하게 수동적인 관점으로 되돌아간다. 세계 과정이 통제 범위 밖에서 움직이며 어떠한 경우에도 이를 통제하고 싶어 하지 않는 사람의 관점이다.

나는 1936년 말 처음으로 밀러를 만났다. 스페인으로 가기 위해 파리를 거쳐 가던 길이었다. 밀러를 보면서 가장 흥미롭게 여겼던 점은 그가 스페인 내전에 조금도 관심이 없었다는 것이었다. 밀러는 그런 시기에 스페인으로 가는 것은 바보 같은 행위라고 강경한 어조로 내게 이야기했다. 밀러는 순전히 이기적인 동기, 가령 호기심 같은 것 때문에 스페인에 가려는 사람은 이해가 되지만 의무의식 때문에 그런 일에 휘말리는 것은 그야말로 어리석은 일이라고 여겼다. 파시즘에 맞서 싸우고 민주주의를 지킨다는 나의 생각은 어쨌든 모두 헛소리라고 했다. 우리 문명이 철저하게 사라지고 그 자리에 완전히 다른 것, 도저히 인간의 것이라고 여길 수 없는 것이 들어설 운명에 놓였지만 밀러 자신은 그런 전망에 전혀 신경 쓰이지 않는다고 말했다. 또한 그러한 입장이 밀러의 작품 전체에 함축되어 있다. 다가오는 대격변에 대한 의식이 도처에 배어 있는 반면, 별 상관없다는 함축된 입장도 거의 모든 곳에서 읽힌다. 내가 알기로 밀러가 인쇄물에서 밝힌 정치적 선언은 순전히 비판적인 내용뿐이었다. 일 년쯤 전 미국 잡지 《마르크시스트 쿼털리 Marxist Quarterly》에서 여러 미국 작가들을 대상으로 전쟁이라는 주제에 대해 입장을 밝혀달라는 설문지를 보냈다. 밀러는 극단적인 평화주의의 관점에서 대답했지만, 다른 사람이 자기와 같은 의견을 갖도록 설득하려는 바람을 드러내지 않은 채 그저 개인에게만 한정되는 평화주의의 관점에서 설문에 응답했다. 실질적으로는 무책임을 선언한 것이었다.

하지만 무책임의 종류도 여러 가지다. 당대의 역사과정과 자신을 동일시하고 싶지 않은 작가는 대체로 역사과정을 무시하거나 그에 맞서 싸운다. 역사과정을 무시할 수 있다면 아마 바보일 것이다. 한편 맞서 싸우고자 할 정도로 역사과정을 잘 이해한다면 아마 자신이 이기지 못할 것이라고 깨달을 정도의 전망을 갖고 있을 것이다. 가령 「학자 집시The Scholar Gypsy』[*1] 같은 시를 보라. 이 시의 마지막 연에서는 '현대 생활의 낯선 질병'을 맹렬하게 비난하며 멋진 패배주의적 직유법을 보여주고 있다. 이 작품은 통상적인 문학적 태도 중 하나를 표현하는데 그것은 사실상 지난 100년 동안 널리 퍼져 있던 태도라 할 수 있다. 다른 한편 쇼-웰스 유형이라고 할 수 있는 '진보파', 긍정론자들이 있다. 그들은 늘 자리에서 벌떡 일어나 미래를 포용하려고 하지만 실제로는 자기 투영물을 미래라고 착각하는 것일 뿐이다. 대략적으로 말해 1920년대 작가는 첫 번째 노선을 따르고 1930년대 작가는 두 번째 노선을 따랐다. 또한 어느 시기든지 배리 부류와 디핑 부류와 델 부류[*2]처럼 무슨 일이 벌어지는지 도무지 알아차리지 못하는 거대한 집단도 당연히 있다. 밀러의 작품이 징후로서 중요한 의미를 지니는 대목은 이와 같은 태도 모두와 거리를 두고 있다는 점이다. 밀러는 세계의 과정을 앞으로 전진시키려고 하지 않으며 뒤로 후퇴시키려고도 하지 않지만 이를 도외시하지도 않는다. 나로서는 밀러가 다수 '혁명적' 작가들보다 훨씬 확고하게 눈앞에 닥친 서구 문명의 파멸을 믿으며 다만 그 일과 관련해 뭔가를 해야 한다는 소명의식을 느끼지 않을 뿐이라고 말하고 싶다. 로마가 불타는 동안 밀러는 빈둥거리지만 그렇게 빈둥대는 엄청난 대다수 사람들과 달리 얼굴을 이글거리는 불쪽으로 향하고 있다.

『맥스와 하얀 포식세포』에는 작가가 다른 누군가와 이야기를 하는

[*1] 아놀드(Matthew Arnold, 1822~1888)가 1853년에 발표했다.

[*2] 배리(James M. Barrie, 1860~1937)는 인기 있는 스코틀랜드 소설가이자 극작가이다. 디핑(George Warwick Deeping, 1877~1950)은 인기 있는 소설가로 델(Ethel M. Dell, 1881~1939)과 함께 오웰이 1936년에 쓴 『엽란을 날려라Keep the Aspidistra Flying』 제1장의 고든 콘스톡의 경멸에 대해 반박했다.

과정에서 자기 자신에 대해 알려주는 문단이 나온다. 책에는 아나이스 닌의 일기[*1]에 대한 긴 에세이가 실려 있는데 나는 그 일기를 몇 부분만 읽었을 뿐 전체를 읽은 일이 없고 내가 알기로는 아직 출간되지 않았다. 밀러는 여성적 글쓰기가 무엇이든 간에 그 일기야말로 이제까지 나온 것 중 유일하게 진정한 여성적 글쓰기라고 주장했다. 하지만 내가 관심 가는 문단은 밀러가 아나이스 닌—분명 그녀는 완전히 주관적이고 내성적인 작가다—을 고래 뱃속에 있는 요나[*]에 비유한 대목이다. 밀러는 올더스 헉슬리가 몇 년 전 엘 그레코가 그린 〈필립 2세의 꿈〉에 대해 쓴 에세이[*2]를 슬쩍 지나치면서 언급한다. 헉슬리는 엘 그레코의 그림에 나오는 사람들이 고래의 뱃속에 있는 것처럼 보인다고 언급하면서 '몸 속 감옥'에 있다는 관념에는 기이하게 공포를 자아내는 뭔가가 있다고 단언한다. 밀러는 이와 반대로 고래에게 잡아먹히는 것보다 더 끔찍한 일이 많다고 반박한다. 이 구절을 보면 밀러 자신이 이 견해를 매력적이라고 여긴다는 것이 뚜렷하게 드러난다. 여기서 밀러는 가장 널리 알려진 판타지라고 할 만한 이야기에 대해 언급한다. 모든 사람, 적어도 영어권의 모든 사람은 늘 요나와 고래라고 말하는 것에 주목할 필요가 있다. 물론 요나를 삼킨 생물체는 물고기이고 성경(요나서 1장 17절)에

[*1] 닌(Anaïs Nin, 1903~1977)은 심리학에 특별히 관심을 보였던 소설가이자 일기 작가로, 파리 태생이다. 그녀는 파리에서 《부스터》의 편집 일을 도왔다. 닌의 일기는 1966년에서 1974년에 걸쳐 출간되었다.

[*] 기원전 8세기경의 이스라엘 예언자로 『구약성서』 요나서의 주인공이다. 요나는 바다 속에 던져져 큰 물고기 뱃속에서 사흘을 지내다가 기적적으로 되살아나 자기의 사명을 완수했다.

[*2] 헉슬리(Aldous Leonard Huxley, 1894~1963)가 쓴 「엘 그레코에 대한 사색Meditation on El Greco」은 그의 『밤의 음악Music at Night』(1931)에 실려 있다.

도 그렇게 쓰여 있다. 하지만 아이들은 당연히 큰 물고기와 고래를 혼동하며 그 말이 습관적으로 이후까지 이어진다. 요나 신화가 우리의 상상력을 사로잡았다는 표시일 것이다. 사실 고래 뱃속에 들어가 있는 것은 집처럼 매우 안락하고 편안하기 때문이다. 그렇게 말할 수 있을지 모르지만 역사 속의 요나는 기꺼이 고래 뱃속에서 도망쳤다. 수많은 사람은 상상이나 몽상 속에서 요나를 부러워했다. 물론 이유는 분명하다. 고래 뱃속은 어른도 들어갈 수 있을 만큼 커다란 자궁이다. 당신에게 꼭 맞는, 어둡고 푹신한 공간 속에 들어 있고 당신과 현실 사이에는 몇 미터나 되는 고래 지방이 가로막혀서 무슨 일이 벌어지든 상관없이 완벽하게 무관심한 태도를 유지할 수 있다. 세상의 모든 전함을 침몰시킬 폭풍도 당신에게는 메아리 소리로도 전달되지 않는다. 심지어는 고래 자신의 움직임도 당신에게는 감지되지 않는다. 고래는 수면의 파도 속에서 몸을 뒹굴거나 깊은 바다의 검은 어둠 속으로 빠르게 내려가고 있더라도(허먼 멜빌에 따르면 1.6킬로미터나 깊이 내려간다고 한다) 당신은 아무 변화를 느끼지 못할 것이다. 죽지만 않는다면 그곳이야말로 그 어느 것도 능가할 수 없을 만큼 최후의 무책임한 단계다. 아나이스 닌을 두고 한 이야기지만 밀러 자신 역시 고래 뱃속에 있다는 데는 아무 의심이 없다. 밀러의 특징이 가장 잘 드러나는 최고의 문장들은 모두 요나의 시각에서, 기꺼이 고래 뱃속으로 들어간 요나의 시각에서 쓰였다. 밀러가 특별히 내성적인 것은 아니며 오히려 정반대다. 밀러의 경우에는 공교롭게도 고래가 투명했다. 다만 밀러는 자신이 겪는 과정을 변화시키거나 통제하려는 충동이 들지 않은 것이다. 밀러는 순순히 고래에게 삼켜진 요나의 기본적인 행위를 따라 하면서, 수동적인 태도를 유지한 채 현실을 받아들인다.

이런 태도가 결국 어디로 이어지는지는 곧 알게 될 것이다. 이는 정적주의*의 일종이지만, 신비주의로 이어지는 약간의 믿음 혹은 완전한 불신을 넌지시 드러낸다. 이는 "난 됐어. 상관없어" 같은 태도이거나 아니면 "그가 나를 죽이시리니 내가 희망이 없노라"[1] 같은 태도인데, 어느 쪽으로 보는가는 당신 마음대로 해도 좋다. 실질적인 목적에서는 양쪽 다 같고 결국 어느 쪽이든 그 속에 담긴 교훈은 '가만히 앉아 있으라'는 것이기 때문이다. 하지만 지금 우리가 사는 시대에 이런 태도를 옹호할 수 있을까? 이런 물음을 억누르기가 힘들다. 이 글을 쓰는 지금도 우리는 여전히 책이란 긍정적이고 진지하고 '건설적'이어야 한다는 것을 당연하게 여기는 시대에 살고 있다. 12년 전이었다면 이런 생각이 웃음거리였을 것이다("숙모님, 글은 무엇에 대해 쓰는 것이 아니에요. 그냥 쓰는 거예요."). 그 후 시계추는 예술이 단지 기법일 뿐이라는 경솔한 입장으로부터 멀어졌다. 하지만 너무 멀리 멀어져서 책이란 삶에 대한 '진실한' 모습을 기반으로 할 때에만 '훌륭한' 책이라는 주장으로까지 나아갔다. 이렇게 믿는 사람들은 당연히 자기 자신이 진실을 손에 쥐고 있다고 믿는다. 가톨릭교도 평론가는 책이 가톨릭교의 성향을 담고 있을 때에만 '훌륭한' 책이라고 주장할 것이다. 마르크스주의 평론가는 마르크스주의적 책을 지지하며 동일한 주장을 보다 대담하게 내세울 것이다. 예를 들어 에드워드 업워드는 다음과 같이 말한다(『속박당한 마

---

* 정적주의(quietism). 명상으로 신과 합일하면 영혼의 완전한 평안을 얻을 수 있으며, 그 이외의 도덕이나 종교 행위는 쓸모없다고 여기는 신비주의의 한 유형.

[1] 욥기 13장 15절. 하지만 뒤에 "그러나 그의 앞에서 내 행위를 아뢰리라"는 구절이 이어진다.

 모든 예술은 프로파간다다—조지 오웰 평론집

음』에 실린 「마르크스주의적 문학 해석에 대한 개요」[*1]).

마르크스주의적 문학 비평을 하고자 한다면 현 시점에 쓰인 책 중에서 마르크스주의적 관점 또는 그에 가까운 관점에서 쓰이지 않은 것은 결코 '훌륭한' 작품이 될 수 없다고 주장해야 한다.

다른 여러 작가들이 이와 비슷하거나 비교될 만한 주장을 내놓았다. 업워드는 '현 시점'이라는 표현을 굵은 글씨로 강조했다. 가령 셰익스피어가 마르크스주의자가 아니라는 이유로 『햄릿』이 묵살될 수는 없다고 깨달았기 때문이다. 그러나 업워드의 이 흥미로운 평론에서는 이런 난점에 대해 아주 잠깐 눈길을 줄 뿐이다. 지금까지 전해지는 과거의 문학 중 상당 부분은 지금 우리에게 거짓으로 여겨지거나 어떤 경우에는 경멸스러울 정도로 어리석은 믿음(예를 들면 영혼 불멸에 대한 믿음)을 바탕으로 하거나 그런 믿음이 배어 있다. 그럼에도 살아남은 것을 기준으로 삼는다면 '훌륭한' 작품이다. 업워드는 몇 세기 전에 적합했던 믿음이 이후 부적합한 믿음이 되고 그 결과 이제는 사람들을 멍청하게 만들 수도 있다고 대답할 것이다. 하지만 이런 대답으로 나아지는 것은 없다. 어느 시대든 진실에 가까운 당시의 믿음 체계가 하나일 것이라고, 또한 당대의 가장 훌륭한 문학은 대체로 이 믿음 체계와 일치할 것이라고 가정하기 때문이다. 그러나 실제로 그러한 일치를 보인 적은 없었다. 예를 들어 17세기에 영국은 오늘날의 좌우 반목과 매우 유사

[*1] 「마르크스주의적 문학 해석에 대한 개요Sketch of a Marxist Interpretation of Literature」는 데이루이스가 엮은 『속박당한 마음The Mind in Chains』(1937)에 실려 있다.

한 종교적·정치적 분열을 경험했다. 대다수 현대인이 그 시절을 되돌아보면 부르주아·청교도 관점이 가톨릭·봉건적 관점보다 더 진실에 가깝다고 느낄 것이다. 그러나 당대의 뛰어난 작가들 모두 혹은 대다수는 청교도가 아니었다. 나아가 '훌륭한' 작가이지만 그의 세계관은 어느 시대에서든 잘못된 것, 어리석은 것이라고 여겨지는 일도 있다. 에드가 앨런 포가 그 예다. 포의 세계관은 잘 봐줘야 거친 낭만주의이고 최악의 경우에는 임상적 의미에서 말 그대로 미친 것이라고 볼 수 있다. 그렇다면 「검은 고양이」, 「숨길 수 없는 마음」, 「어셔 가의 몰락」 등의 단편은 미치광이가 썼을 가능성이 있는데도 왜 거짓의 느낌이 없는 것일까? 이 작품들은 일정한 틀 안에서는 사실이며 일본 그림처럼 각 작품 고유의 세계가 지닌 규정을 지키기 때문이다. 하지만 그러한 세계를 성공적으로 글로 옮기기 위해서는 그 세계를 믿어야 할 것이다. 내 견해로는 줄리앙 그린의 『자정』*1은 포와 비슷한 분위기를 만들려고 했던, 진실하지 않은 시도라고 할 수 있다. 이 작품과 포의 『단편집』을 비교하면 차이점이 한눈에 보인다. 『자정』을 읽으면서 곧바로 드는 느낌은 작품 속에 일어나는 모든 사건이 왜 일어나야 하는지 이유가 없다는 점이다. 모든 게 자의적이며 감정적인 연결성도 없다. 하지만 포의 단편들에서는 결코 이런 점이 느껴지지 않는다. 포 작품의 미친 듯한 논리는 작품 자체의 설정에서는 매우 설득력을 지닌다. 예를 들어 술주정뱅이가 검은 고양이를 잡아 펜나이프로 고양이 눈을 파낼 때 독자는 그

---

*1 『자정Minuit』(1936)은 그린(Julien Green, 1900~1998)의 소설이다. 그린은 파리에서 미국인 부모 밑에서 태어났으며 프랑스 소설가로 많은 작품을 남겼다. 오웰은 그린의 『개인적 기록 1928~1939년Personal Record 1928~1939』의 서평을 쓴 적이 있다.

가 왜 그러지는지 이유를 정확히 알며 심지어는 자신도 똑같이 했을 것이라고 느끼기까지 한다. 따라서 독창적인 작가에게는 '진실'이 들어 있는가보다는 감정적으로 진심인가 하는 점이 더 중요할 것이다. 업워드도 작가에게 오로지 마르크스주의적 훈련만 필요할 뿐 그 밖의 다른 것은 필요하지 않다고 주장하지 않을 것이다. 작가에게는 재능도 필요하다. 그런데 재능이란 관심을 가질 수 있는가라는 문제이며, 믿음이 사실이든 거짓이든 믿음을 정말로 믿는가의 문제다. 예를 들어 셀린과 에블린 워의 차이는 감정적 강도의 차이다. 한쪽이 진정한 절망이라면 다른 쪽은 적어도 부분적으로는 그런 척하는 절망이다. 또한 다소 명확하지는 않지만 이런 차이와 더불어 또 다른 고려 대상이 생긴다. '사실인' 믿음보다 '사실이 아닌' 믿음을 훨씬 진심으로 간직할 것 같은 상황이다.

1914년에서 1918년까지 이어진 전쟁과 관련된 개인적인 회상 책들 가운데 일정 시간이 흐른 뒤에도 여전히 재미있게 읽히는 책은 수동적이고 부정적인 시각에서 쓴 것들이다. 그 책들은 전혀 의미 없는 것에 대한 기록, 텅 빈 공간에서 벌어진 악몽에 대한 기록이다. 전쟁어 관련해서는 진실이 아니지만 개인의 반응 면에서는 진실이다. 기관총 세례를 뚫고 앞으로 돌진하거나 범람한 도랑에 허리 깊이까지 몸을 담그고 서 있는 병사는 어찌 해볼 도리 없는 끔찍한 일이 벌어지고 있다는 것만 알 뿐이다. 그런 병사는 전체적인 시야에서 모든 것이 다 보이는 척하는 능력이 아니라 그런 무기력과 무지를 바탕으로 할 때 더 좋은 책을 쓸 가능성이 있다. 전쟁이 벌어지는 동안 쓴 글들 중에서 가장 훌륭한 것은 대부분 전쟁에 등을 돌린 채 관심을 두지 않으려고 애썼던 사

람들의 작품이다. E. M. 포스터[*1]는 1917년에 「프루프록Prufrock」[*]을
비롯한 엘리엇의 초기 시를 어떻게 읽었는지, 그러한 시기에 '투철한 공
공정신의 잘못을 저지르지 않은' 시를 발견한 것이 얼마나 희망을 북
돋아주었는지 밝혀놓았다.

    이 시들은 개인적 혐오와 망설임에 대해, 그리고 매력적이지 않거
나 약하기에 진실해 보이는 사람들에 대해 노래했다.……하나의 항
의다. 가냘픈 항의, 가냘프기에 더욱 마음에 드는 항의다. 현실에서
비켜나 숙녀와 응접실에 대해 불평할 수 있는 사람은 우리 자존감
의 작은 한 조각을 지켜냈으며 인류 유산을 이어갔다.

    아주 좋게 말하고 있다. 맥니스는 내가 앞서 언급한 책에서 이 구절
을 인용하고 다음과 같이 득의만면하면서 덧붙였다.

    십 년 뒤 시인들의 항의는 그다지 가냘프지 않았으며 인류의 유
산은 조금 다른 방식으로 계승되었다.……분열된 세계에 대한 사색
이 지루해지자 엘리엇의 뒤를 이은 계승자들은 이 분열된 세계를 정

[*1]　E. M. 포스터(Edward Morgan Forster, 1879~1970)는 인도를 대상으로 하는 BBC
　　방송에서 오웰을 지지하는 방송을 여러 차례 했다. 소설로는 『천사들도 발 딛기
　　를 두려워하는 곳Where Angels Fear to Tread』(1905), 『전망 좋은 방A Room with a
　　View』(1908), 『하워즈 엔드Howards End』(1910)가 있다. 평론집으로는 『소설의 양상
　　Aspects of the Novel』(1927), 『어빙저의 추수Abinger Harvest』(1936), 『민주주의를 위
　　한 두 차례의 환호Two Cheers for Democracy』(1951)가 있다. 전쟁이 끝난 뒤 포스터
　　는 오웰이 부의장으로 있던 자유수호위원회를 지지했다.

[*]　원제는 「J. 알프레드 프루프록의 사랑 노래The Love Song of J. Alfred Prufrock」이다.
　　프루프록은 자기의 인생이 무의미하고 허무함을 막연히 느끼는 매우 평범한 남자
　　로, 이를 극복하려고 하지만 진정으로 맞붙지 못한다.

돈하는 데 더 관심을 두었다.

맥니스의 책 곳곳에 이와 비슷한 언급이 자주 나온다. 맥니스는 과거 연합군이 힌덴부르크 선*을 공격하는 시기에 「프루프록」을 발표했던 엘리엇보다 그의 뒤를 이은 계승자들(맥니스와 그의 등료들)이 어떤 점에서는 훨씬 효과적으로 '항의'했다고 우리가 믿어주기를 바란다. 그러나 나는 그러한 '항의'를 정확히 어디에서 찾을 수 있는지 알지 못하겠다. 하지만 서로 대조를 이루는 포스터와 맥니스의 논평 사이에는 1914~1918년의 전쟁이 어떠했는지 아는 사람과 이를 거의 기억하지 못하는 사람의 차이가 가로놓여 있다. 사실 사고할 줄 알고 감성이 있는 사람이 1917년에 할 수 있는 일이라고는 가능한 한 인간적인 모습으로 살아가는 것밖에 없었다. 또한 무기력, 심지어는 경박함의 몸짓이야말로 그렇게 인간적인 모습으로 살아가는 최상의 방법이었는지도 모른다. 내가 제1차 세계대전에서 전투를 벌이는 병사였다면 『최초의 십만 명』이나 호레이쇼 보텀리의 「참호 속의 소년들에게 보내는 편지Letters to the Boys in the Trenches」*1보다는 「프루프록」을 먼저 집어

---

* 제1차 세계대전 중 프랑스 릴에서 동남쪽 메츠에 이르는 프랑스 국경 가까이에 독일군이 구축한 견고한 요새 선.

*1 『최초의 십만 명: "K(I)"의 어느 부대에 대한 비공식적인 연대기The First Hundred Thousand: Being the Unofficial Chronicle of a Unit of "K(I)"』(1915년)는 이언 헤이의 작품이다(136쪽 주 참조). 보텀리(Horatio Bottomley, 1860~1933)는 정치가이자 기업가로 사기꾼이었으며 1888년 《파이낸셜 타임스Financial Times》를 창간했다. 또한 인기 주간지 《존 불John Bull》(1906~1958)을 창간하고 초대 편집장을 맡았다. 보텀리는 1906~1912년과 1918~1922년 자유당 하원의원을 지냈다. 전쟁 기간 동안 왕성하게 활동을 벌이며 병사를 모집했으며, 전쟁을 성공적으로 수행하고 전쟁으로 고통 받는 사람들을 부양하기 위한 것이라는 미명하에 전쟁예금증서를 발행해 기금을 모집했다. 이 예금증서는 사기로 판명되었다. 보텀리는 1922년 재판을 거쳐 7년 징역형을 선고 받았다.

들었을 것이다. 포스터와 마찬가지로 나 역시 엘리엇이 멀찌감치 거리를 두고 전쟁 이전의 정서를 그대로 유지함으로써 인류의 유산을 계승하고 있다고 느꼈을 것이다. 그러한 시기에 대머리 중년 지식인이 머뭇거리며 망설이는 모습을 글로 읽는다면 얼마나 안도감을 느낄 것인가! 총검술 훈련과는 너무도 다른 세상이 아닌가! 폭탄과 식량배급 줄과 신병 모집 포스터를 보고 난 뒤에 들리는 인간의 목소리가 아닌가! 얼마나 커다란 안도감인가!

1914~1918년의 전쟁은 지속적으로 이어져오던 위기가 고조된 순간에 지나지 않았다. 오늘날에는 굳이 전쟁이 아니더라도, 점잖은 사람들이 점점 더 무기력해지고 우리 사회가 분열된 현실을 절실히 깨달을 수 있다. 바로 이런 이유에서 나는 헨리 밀러의 작품에 함축된 수동적이고 비협조적인 태도가 정당화될 수 있다고 생각한다. 사람이 반드시 느껴야 하는 감정을 표현했든 아니든 이 작품은 사람들이 실제로 느끼는 감정에 가장 가까이 근접해 있다. 폭탄이 터지는 와중에 인간의 목소리가 다시 들려온 것이다. '투철한 공공의식의 잘못을 저지르지 않는' 친근한 미국인의 목소리가 들리는 것이다. 그 어떤 설교도 없고 다만 주관적 진실이 있을 뿐이다. 이러한 방향을 따라간다면 그는 지금도 여전히 좋은 소설을 쓸 가능성이 있다. 반드시 의식을 고양시키는 소설은 아니겠지만 읽을 만한 소설, 읽고 난 뒤 오래 기억되는 소설이 될 것이다.

내가 이 글을 쓰고 있는 동안 또 다른 유럽 전쟁이 벌어졌다. 이 전쟁은 몇 년간 지속되다가 서구 문명을 산산조각 내거나 아니면 결론 없이 흐지부지 끝난 뒤 차후 최종적으로 끝장낼 또 다른 전쟁을 준비

할 것이다. 그러나 전쟁은 '격렬함을 띠는 평화'일 뿐이다. 전쟁이든 전쟁이 아니든 자유방임주의적 자본주의와 자유주의-그리스도교 문화의 붕괴는 분명히 일어나고 있다. 최근까지도 이것이 함축된 완전한 의미는 예견되지 못했다. 사회주의가 자유주의의 분위기를 유지하거나 심지어는 확대시킬 것이라고 짐작했기 때문이다. 그러나 이런 생각이 얼마나 거짓이었는지 이제 깨닫고 있다. 확실히 우리는 전체주의적 독재의 시대로 이행하고 있다. 사상의 자유가 처음에는 치명적인 죄악이다가 이후에는 무의미한 추상으로 되는 시대가 오는 것이다. 자율적인 개인은 무참히 짓밟혀 더 이상 존재할 수 없게 될 것이다. 이것은 우리가 알고 있는 형태의 문학이 적어도 일시적인 죽음의 상태를 겪어야 한다는 의미다. 자유주의 문학은 끝이 나고 전체주의 문학은 아직 등장하지 않았으며 상상하기도 힘들다. 작가는 녹아내리는 빙하에 앉은 꼴이 될 것이다. 작가란 그저 시대착오적인 존재며 부르주아 시대가 남겨놓은 쓸모없는 유물이고, 하마만큼 불운한 운명으로 살아갈 것이다. 내게 밀러는 탁월한 존재로 비친다. 동시대 사람들보다 훨씬 앞서서, 아니 그들 중 많은 이가 문학의 르네상스이니 뭐니 하며 수다스럽게 떠들고 있을 때 이런 사실을 깨닫고 선언했기 때문이다. 몇 년 전 윈덤 루이스는 영어의 주된 역사가 끝났다고 말했다. 하지만 그는 이와 다른, 조금은 사소한 이유를 바탕으로 이런 주장을 펼쳤다. 지금 이후 창조적인 작가들에게 지극히 중요한 사실은 이 세상이 작가들의 세상이 아니라는 사실이다. 그렇다고 작가가 새로운 세상을 만드는 데 아무것도 할 수 없다는 의미는 아니다. 다만 작가로서 그 과정에 참여할 수 없다는 의미다. 왜냐하면 작가라는 존재일 때 그는 자유주의자인데 지금은 자유주의가 파괴되고 있기 때문이다. 따라서 언론의 자유가 있는 향후 몇 년 동안 읽을 만한 가치를 지닌 소설은 대체로 밀러가 갔던 길을 따라갈 것이다. 기법이나 주제가 아니라 작품 속에 들어 있는 세계관의 측면에서 그렇게 될 것이라는 의미다. 수동적인 태도가 되살아날 것이며 예전보다 훨씬 의식적으로 수동적 태도를 취할 것이다. 진보와 반동은 모두 사기였던 것으로 드러났다. 이제 남은 것은 정적주의밖에 없는 것 같다. 그저 현실에 복종함으로써 현실에서 공포를 없애는 것이다. 고래 뱃속으로 들어가라. 아니 고래 뱃속에 있다는 것을 인정하라(당연한 말이지만 당신은 고래 뱃속에 있기 때문이다). 세계 과정에 당신 몸을 맡겨라. 세계 과정에 맞서 싸우거나 통제하는 척하지 마라. 그저 세계 과정을 받아들이고, 견디고, 기록하라. 감성이 있는 소설가가 채택할 만한 공식은 이런 것이 아닌가 싶다. 보다 적극적이고 '건설적인' 경향을 바탕으로 하면서도 감정 면에서 결코 가짜가 아닌 소설을 지금으로서는 상상하기 힘들다.

그렇다면 이 말은 곧 밀러가 '위대한 작가', 즉 영어 산문의 새로운 희망이라는 의미일까? 그런 이야기가 아니다. 밀러 자신이 결코 그러한 주장을 하거나 그런 것을 원하지 않을 것이다. 분명 밀러는 계속 글을 쓸 것이며—한번 글을 시작한 사람은 언제나 계속 글을 쓴다—로렌스 더렐, 마이클 프랜켈[*1] 등 밀러와 거의 똑같은 경향을 지닌 많은 작가들이 밀러와 관계를 가지면서 하나의 '유파'를 이룰 것이다. 하지만 내가 보기에 헨리 밀러는 본질적으로 하나의 작품을 쓰는 사람이다. 머지않아

---

*1 더렐(Lawrence Durrell, 1912~1990)은 시인이자 소설가이자 평론가이며, 프랜켈(Michael Fraenkel, 1896~1957)은 소설가다.

밀러는 난해함으로 빠져들거나 엉터리 사기로 전락할 것이다. 이후 나온 책들에서 두 가지 징후가 모두 보이고 있다. 나는 밀러의 최근 작품 『남회귀선』을 아직 읽지 않았다. 읽고 싶지 않아서가 아니라 경찰과 세관당국 때문에 책을 입수하지 못했기 때문이다. 하지만 이 작품이 『검은 봄』의 서두 부분이나 『북회귀선』에 조금이라도 근접해 있다면 나로서는 무척 놀랄 것이다. 다른 자전적 소설가들이 그렇듯이 밀러는 자기 안에 오로지 한 가지만 완벽하게 해내는 능력을 지녔고, 또 그렇게 했다. 1930년대 소설이 어떠했는지 고려할 때 이는 대단한 일이다.

밀러의 작품들은 파리에 있는 오벨리스크 출판사에서 출간되었다. 전쟁이 터지고 발행인 잭 카하네[*1]가 죽었으니 오벨리스크 출판사에 어떤 일이 일어날지 모르지만 적어도 책은 여전히 구할 수 있을 것이다. 아직 『북회귀선』을 읽지 못한 사람들에게 적어도 이 작품은 꼭 읽어보라고 진심으로 충고한다. 조금 기발한 아이디어를 생각해내거나 정가보다 조금 많은 돈을 낸다면 책을 입수할 수 있을 것이다. 설령 몇몇 부분에서 혐오감이 들었더라도 이 작품은 이후 당신의 기억 속에 계속 남아 있을 것이다. 또한 이 작품은 '중요한' 책이기도 하다. 하지만 일반적으로 쓰이는 것과는 다른 의미에서 '중요하다.' 대체로 볼 때 소설 작품이 이런저런 일을 폭로하는 '지독한 고발'이거나 기법상의 혁신을 도입했을 때 '중요하다'고 일컬어진다. 『북회귀선』은 양쪽 어디에도 해당

[*1] 카하네(Jack Kahane, 1887~1939)는 작가이자 출판인으로, 양차 세계대전 사이에 파리에 살았고 그곳에서 오벨리스크 출판사를 세웠다. 카하네는 검열에 대한 염려 또는 제한적인 호소력 때문에 상업적인 면에서 위험을 안고 있는 작가들의 작품을 키워주었다. 카하네가 출간한 책 중에 헨리 밀러, 시릴 코널리, 제임스 조이스(『피네간의 경야』에서 발췌한 부분과 시), 로렌스 더렐 등이 있다. 그가 선택한 많은 책들이 고전이 되었다.

되지 않는다. 『북회귀선』은 그저 징후의 차원에서 중요하다. 내가 보기에 지난 몇 년 동안 영어권에서 등장한 산문 작가 중 유일하게 최소한의 가치를 지닌, 상상력 있는 산문 작가가 밀러다. 이 말이 지나치다고 반대하더라도 밀러가 평범함을 벗어난 작가이며 한 번 보고 마는 것이 아니라 그 이상의 가치를 지니고 있다는 것을 인정할 것이다. 또한 밀러가 철저하게 부정적이고 비건설적이며 도덕관념이 없는 작가라는 것, 그는 단지 요나일 뿐이며 악을 수동적으로 받아들이는 사람, 말하자면 시체 속에 서 있는 휘트먼 같은 사람이라는 데 동의할 것이다. 징후 면에서 볼 때 이 작품은 영국에서 매년 5,000권의 소설이 출간되며 그중 4,900권이 시시한 글이라는 단순한 사실보다도 훨씬 의미심장하다. 이 작품은 세계가 뒤흔들려 다시 새로운 형태로 태어나기 전까지는 어떤 중요한 문학도 불가능하다는 것을 입증하고 있다.

 모든 예술은 프로파간다다―조지 오웰 평론집

영화평, 〈위대한 독재자〉*

《타임 앤 타이드Time and Tide》, 1940년 12월 21일

1918년 프랑스, 필드 그레이 색 복장에 독일 강철 헬멧을 쓴 찰리 채플린이 베르타포의 줄을 잡아당기고 있으며 대포가 발사될 때마다 번번이 바닥에 넘어진다. 잠시 후 뿌연 연기 속에 길을 잃은 채플린은 미국 육군부대 한복판에서 공격하고 있는 자신을 발견한다. 그 후 채플린은 부상당한 참모 장교와 함께 비행기에 탄 채 하늘을 날고 있다. 비행기는 아주 오랫동안 거꾸로 뒤집힌 채 날고 있는데 찰리는 시계가 어떻게 줄 위에 똑바로 서 있을 수 있는지 이유를 깨닫고는 당황한다. 마침내 비행기에서 떨어져 진흙구덩이에 빠진 찰리는 기억을 잃고 20년 동안 바깥 세상에 무슨 일이 벌어지는지 전혀 알지 못한 채 정신병원에 갇혀 있다.

영화는 실제로 이 시점부터 시작된다. 정신을 되찾은 찰리가 정신병

---

* 1940년 10월 개봉된 〈위대한 독재자〉는 영국의 프린스 오브 웨일스(Prince of Wales), 고먼트 헤이마킷(Gaumont Haymarket), 마블 아치 파빌리온(Marble Arch Pavilion)에서 상영되었다.

원에서 도망쳐 게토에 있는 자신의 작은 이발소로 돌아갔을 때 공교롭게도 찰리와 똑같이 생긴 토매니아의 독재자 힌켈(채플린이 1인 2역을 한다)이 유대인을 대상으로 특별 숙청작업을 지휘하고 있었다. 돌격대원에 맞서 싸우는 멋진 장면들은 결코 감동이 덜하지 않으며 어쩌면 훨씬 감동적이라고 해야 할 것이다. 유대인 가정의 비극 속에 백색 도료 통 때문에 생기는 사고와 프라이팬으로 머리를 때리는 유머가 한데 섞여 있기 때문이다. 하지만 가장 익살스런 에피소드는 독재자의 궁정에서 벌어지는 장면, 특히 독재자가 미워하는 경쟁자이자 박테리아의 독재자인 나팔로니와 함께 있는 장면이다(나팔로니 역의 잭 오키는 채플린이 히틀러의 외모를 닮은 것보다 훨씬 더 무솔리니와 닮았다). 저녁 식탁에서 벌어지는 아주 재미난 장면에서 힌켈은 나팔로니를 어떻게든 이기려고 열을 내느라 정신이 없어서 머스터드를 크림인 줄 알고 듬뿍 퍼서 딸기에 뿌리는 것도 알아차리지 못한다. 오스테를리히(오스트리아) 침공이 곧 벌어지려 하고 힌켈이 곧 국경을 넘으려고 할 때 돌격대에 맞서 싸웠다는 이유로 투옥되었던 찰리가 훔친 제복을 입고 강제수용소를 탈출한다. 찰리를 독재자라고 오인한 사람들이 그를 피정복국가의 수도로 데려가 환호성을 지르는 군중 앞에 세운다. 조그만 유대인 이발사는 자신이 커다란 연단 위에 올라서 있고 뒤에는 나치 고관대작들이 빼곡하게 대열을 이루고 있으며 연단 아래에는 수천의 병사들이 도열한 채 모두 자신의 승리 축하 연설을 기다리고 있음을 알게 된다.

바로 이 지점에서 영화의 가장 중요한 순간이 펼쳐진다. 찰리는 모두가 예상하는 연설 내용과는 달리 민주주의와 관용, 상식적인 예의를 지지하는 투쟁 연설을 인상적으로 펼친다. 아주 대단한 연설로 링컨의

 모든 예술은 프로파간다다—조지 오웰 평론집

게티즈버그 연설을 헐리웃 영어로 바꿔놓은 형태라 할 수 있었는데, 나로서는 오래간만에 들어본 아주 강렬한 프로파간다였다. 이 연설이 영화의 나머지 부분에 어울리지 않게 다소 튄다고 말한다면 지나친 과소평가일 것이다. 이 연설은 말하자면 하나의 꿈—예를 들면 당신이 중국 황제가 되었다가 다음 순간에는 동면쥐가 되어 있는 식의 꿈—에 등장했다는 연결성 말고는 아무런 연결성도 없다. 맥락이 완전히 끊겨 이후에는 이야기가 더 이상 진전되지 못한 채 연설이 효력을 발휘했는지 아니면 연단 위에 올라와 있던 나치들이 가짜 힌켈을 알아보고 현장에서 찰리를 총으로 쐈는지도 불확실하게 남겨놓은 채 영화는 그냥 끝나버린다.

이 작품은 단순히 영화로서 얼마나 좋은 작품일까? 이 영화에 매우 큰 결함들이 있다고 인정하지 않는다면 아마도 내 입장을 거짓으로 밝히는 것이 될 것이다. 거의 모든 차원에서 훌륭하지만 너무도 많은 차원에 걸쳐 있기 때문에 가령 팬터마임에서 통일성을 찾을 수 없는 것처럼 이 작품 역시 통일성이 없다. 초반부의 장면들은 30년 전 2권짜리 과거 채플린 영화에서 보던 중산모와 뒤뚱거리는 걸음걸이 등을 모두 모아놓은 것 같다. 게토 장면은 느닷없이 익살극으로 흐르는 감상적 희극이며 힌켈과 나팔로니가 나오는 장면은 저급한 슬랩스틱인데, 이 모든 것이 아주 진지한 정치 '메시지'와 한데 뒤섞여 있다. 채플린은 현대 기법의 일정한 발전으로부터 아무 혜택을 받지 않은 것처럼 보인다. 따라서 채플린의 모든 영화를 보면 뜬금없어 보이는 변덕이 나타나고 여러 토막들을 한데 이어놓은 것 같은 인상이 든다. 그럼에도 영화는 이 모든 것을 잘 엮어낸다. 내가 참석한 언론 시사회의 비정한 관객들 사이에서 계속 웃음이 터져 나왔고 마지막 연설 장면에서는 확연하게 감동 받은 것을 알 수 있었다. 채플린만의 독특한 재능은 무엇일까? 그것은 평범한 사람들의 응축된 본질을 대변할 줄 아는 능력이며, 보통 사람 적어도 서구의 보통 사람들 마음속에 들어 있는 예의에 대한 변치 않는 믿음을 대변할 줄 아는 힘이다. 우리는 민주주의가 거의 모든 곳에서 퇴조를 보이고 몇몇 초인적인 사람이 세계의 4분의 3을 지배하며 부티가 흐르는 교수들이 자유를 무시하는 갖가지 변명거리를 늘어놓고 평화주의자들이 조직적인 유대인 박해를 옹호하는 시대에 살고 있다. 그럼에도 물밑에서는 거의 모든 곳에서 평범한 사람들이 그리스도교 문화에서 얻은 신념들을 고집스레 지키고 있다. 동물이 사람보다 현명한 것처럼 평범한 사람들은 지식인보다 현명하다. 지식인이라면 독일 노동조합을 박살내고 유대인을 고문하기 위한 멋들어진 '사례'를 당신 앞에 내놓을 수 있을 것이다. 하지만 지성을 갖추지 못하고 오로지 본능과 전통만 지닌 평범한 사람은 '그것이 옳지 않다'는 것을 안다. 도덕의식을 잃지 않은—마르크스주의를 비롯해 그와 유사한 교리에 대한 교육은 대체로 도덕의식을 파괴하는 특성을 지닌다—사람들은 아무 해도 없는 미미한 유대인 상점주인의 집으로 쳐들어가 그들의 가구에 불을 지르는 일이 '옳지 않다'는 것을 안다. 익살스런 장난 이외에도 채플린이 지닌 호소력은 파시즘에 의해 그리고 너무도 역설적이게도 사회주의에 의해 덧칠해진 사실을 다시금 확인시켜주는 데 있다. 즉, 복스 포퓰라이 복스 데이[*1]와 거인은 해충이라는 사실을 확인시켜준 점이다.

히틀러가 권력에 오르자마자 독일에서 채플린의 영화를 상영 금지

[*1] vox populi, vox Dei. 영국의 신학자이자 샤를마뉴 대제의 조언자였던 앨퀸(Alcuin, 735~804)의 말로, "백성의 목소리가 곧 신의 목소리"라는 뜻이다.

시킨 것은 그리 놀랄 일이 아니다! 두 사람이 닮았다는 사실(거의 쌍둥이 같은데 이런 사실을 떠올리면 재미있다), 특히 팔을 나무토막처럼 **뻣뻣하게** 움직이는 것이 아주 많이 닮았다는 점이 우스꽝스럽다. 또한 윈덤 루이스와 로이 캠벨 같은 친파시스트 작가들이 유난히 앙심 섞인 증오심을 보이면서 채플린을 뒤쫓아 다니는 것도 전혀 놀랄 일이 아니다! 초인적인 사람을 믿는 사람들의 입장에서 볼 때 누구보다도 초인적인 위대한 사람이 백색 도료 통 속에 자주 빠지기나 하는 우스꽝스러운 하찮은 유대인 고아와 거의 똑같이 닮았다는 사실은 엄청난 재앙일 것이다. 이는 어둠 속에 묻어야 하는 사실이다. 하지만 다행스럽게도 결코 어둠 속에 묻혀버릴 수 없었고, 무력 정치의 꼬드김은 이 영화를 본 모든 사람에게 그다지 힘을 발휘하지 못하는 작은 분파 세력에 그칠 것이다.

우리 정부에게 조금만 상상력이 있었다면 〈위대한 독재자〉에 두둑한 지원금을 제공하고 이 필름을 독일에 들여보내기 위해 모든 노력을 기울였을 것이다. 그것이 인간의 창의성을 뛰어넘는 일은 아닐 것이다. 현재 이 영화는 웨스트엔드에 있는 영화관 세 곳에서 상영되고 있는데 대다수 사람들은 이 영화관의 관람료를 지불할 만한 형편이 되지 못한다. 하지만 평단으로부터 엇갈린 평을 받긴 하지만 이 영화가 충분히 전국적인 성공을 거둘 것이라고 예언해도 좋을 것이다. 채플린도 채플린이지만 잭 오키, 헨리 다니엘(괴벨스 역으로 나온다), 모리스 모스코비치, 그리고 유난히 매력적인 파울렛 고다드가 최고의 연기를 선보이고 있다.

웰스, 히틀러, 세계국가

《호라이즌Horizon》, 1941년 8월

아는 체 하기 좋아하는 사람들은 3월이나 4월경 영국에 어마어마한 결정적 공격이 있을 것이라고들 한다.……대체 히틀러가 무슨 힘으로 그럴 수 있다는 건지, 나는 상상이 가지 않는다. 히틀러의 군사력은 약화되고 여기저기 분산되어 예전 이탈리아가 그리스와 아프리카에서 시험 삼아 보여주었던 군사력보다 훨씬 막강하다고 볼 수 없는 처지다.

독일 공군력은 대부분 소진되었다. 구식인 데다 일급 군인들도 대부분 죽었거나 사기가 저하되었거나 지쳐 있다.

1914년 독일 호엔촐레른 왕가의 군대는 세계 최고를 자랑하던 군대였다. 그러나 베를린에서 악을 쓰며 떠들어대는 저 하찮은 결함투성이 인간 뒤에는 그런 군사력이 없다.……그런데도 우리 군사 '전문가'들은 대기 중인 유령에 대해 논의하고 있다. 그들의 상상 속에서는 이 유령이 완벽한 설비와 불굴의 규율로 무장하고 있다. 또한 때로는 스페인과 북아프리카 전역에 결정적인 '공격'을 가한 뒤 계속 밀어붙여서, 또는 발칸 반도를 거쳐서 다뉴브 강에서 앙카라로, 페르시아로, 인도로 계속 진격하거나 아니면 '러시아를 짓밟기도' 하고, 혹은 브레네르 고개를 넘어 이탈리아로 '밀고 들어갈' 것이라고 한다. 몇 주가 지났는데, 유령은 이런 상상 가운데 어떤 것도 행동에 옮기지 않고 있다. 이를 설명할 타당한 이유는 하나다. 그 정도 되는 유령이 존재하지 않는 것이다. 유령이 갖고 있던 부실한 총과 탄약을 대부분 빼앗겼거나 아니면 영국을 공격할 것이라는 히틀러의 바보 같은 속임수에 모두 허비해버렸을 것이다 또한 전격전을 지나치게 많이 사용했으며 전쟁의 화가 자기들한테로 돌아오고 있다는 깨달음이 서서히 찾아오면서 유령이 날림으로 세운 설익은 규율이 무너지고 있다.

이 글들은 《계간 기갑부대Cavalry Quarterly》에서 인용한 것이 아니라 H. G. 웰스가 쓴 신문 기사다. 웰스는 올해 초부터 쓴 이 신문 기사를 『새로운 세상으로 가는 지침서Guide to the New World』라는 제목으로 묶어 출간했다. 이 글이 나온 이후 독일군은 발칸 반도를 침략했고 키레나이카*를 다시 정복했으며, 적당한 때가 오면 터키나 스페인으로 진격해 들어갈 수 있는 태세였고 러시아 침공을 감행했다. 이 침공 작전이 어떻게 될지 나로서는 알 수 없지만 힘 있는 위치에 있는 독일 작

---

* 북아프리카 리비아의 동부 지방.

전참모가 이 작전을 3개월 안에 끝낼 확신이 없었다면 아예 시작도 하지 않았을 것이라는 점은 주목할 필요가 있다. 독일군이 허깨비 귀신이라느니, 장비가 부족하다느니, 사기가 떨어졌다느니 등등의 이야기는 이제 그만두자.

"베를린에서 악을 쓰며 떠들어대는 저 하찮은 결함투성이 인간"에 맞서기 위해 웰스가 내세우는 것은 무엇인가? 세계 국가와 관련해 장황하게 늘어놓은 흔한 이야기와 생키 선언[*1]이다. 생키 선언은 기본 인권과 반전체주의 성향에 대한 정의를 내리고자 하다가 그저 시도로 흐지부지 끝나버렸다. 웰스가 현재 공군력에 대한 세계연방 차원의 통제에 특별히 관심을 보인다는 점을 제외하면 이것은 웰스가 지난 40년 동안 끊임없이 설교해오면서 너무도 당연한 것을 이해하지 못하는 인간에 대해 분노의 충격을 보여왔던 바로 그 복음에 지나지 않는다.

세계연방 차원에서 공군력을 통제할 필요가 있다고 말해봐야 무슨 소용이 있는가? 문제는 어떻게 그것을 이룰 수 있는가 하는 방법이다. 세계국가가 바람직하다고 지적해봐야 무슨 소용이 있는가? 중요한 것

[*1] 생키(John Sankey, 1st Viscount Sankey, 1866~1948)는 1914년에서 1928년까지 영국 고등법원 왕좌부의 판사였고 1929년에서 1935년까지 대법관을 지냈다. 1919년 석탄산업의 현황을 조사하는 의회 위원회 위원장을 맡았고 이 위원회에서는 석탄산업의 국유화를 권고했다. H. G. 웰스는 『새로운 세상으로 가는 지침서: 건설적인 세계 혁명의 안내서』(1941)에서 이렇게 썼다. "세계 자원을 무분별하게 낭비하는 현재 상황과 공중 테러에 맞서 인류를 하나로 묶기 위해 세계 차원에서 방법을 강구해야 할 필요성이 이제껏 제기되어왔다. 세계적 논의를 거쳐 지난해[1940년] 저 위대한 법관 생키 경의 주재하에 책임 있는 영국인으로 구성된 위원회에서 그러한 선언의 초안을 작성했다. 이는 지금도 유효하다. 전쟁 상황이 종료되는 순간 곧바로 이를 보편적인 기본법으로 채택할 수 있을 것이다"(12장, 「권리 선언」, 48쪽). 이어서 웰스는 생키 선언에 담긴 제안의 개요를 다음과 같이 설명한다. 1. 살 권리, 2. 소수자 보호, 3. 공동체에 대한 의무, 4. 알 권리, 5. 사상과 예배의 자유. 6. 일할 권리, 7. 개인 재산권, 8. 운동의 자유, 9. 개인의 자유, 10. 폭력으로부터의 자유, 11. 입법의 권리.

은 5대 군사대국 중 어느 한 국가도 세계국가에 복종할 생각조차 하지 않는다는 점이다. 지난 수십 년 동안 양식 있는 사람들은 모두 웰스의 말에 대체로 동의해왔다. 그러나 양식 있는 사람들은 힘이 없으며, 스스로를 희생시키려는 기질을 보여준 적이 거의 없다. 히틀러는 범죄적인 미치광이이며 히틀러에게는 수백만 명의 군대, 수천 대의 비행기, 수만 대의 탱크가 있다. 위대한 국민은 히틀러를 위해서 지난 6년 동안 기꺼이 스스로를 혹사시켜왔고 앞으로도 2년 동안 더 싸울 용의가 있다. 반면에 웰스가 제안한 상식적이고 본질적으로 쾌락주의적인 세계관을 위해 기꺼이 0.5리터의 피를 흘릴 사람은 거의 없다. 세계 재건 이야기를 하려면, 아니 평화 이야기라도 할 수 있으려면 그전에 히틀러부터 제거해야 한다. 다시 말해서 나치가 지닌 동력까지는 아니더라도 적어도 '깨우친' 사람과 쾌락주의적 사람들이 받아들이기 힘든 수준의 동력이 작용해야 한다는 의미다. 지난 1년 동안 영국을 굳건히 지켜준 것은 무엇이었던가? 부분적으로는 보다 나은 미래에 대해 어렴풋한 생각이 있었기 때문이라는 데 의심의 여지가 없지만 주된 것은 애국심이라는 인간 본연의 감정, 다시 말해서 영어권 국민이 스스로 다른 나라 사람들보다 우월하다고 믿는 뿌리 깊은 감정 덕분이었다. 지난 20년 동안 영국 좌파 지식인들은 이런 감정을 와해시키는 것을 주된 목표로 삼아왔다. 만일 그 목표가 성공했다면 우리는 지금 이 순간 나치 친위대원들이 런던 거리를 순찰하는 것을 지켜보고 있었을지도 모른다. 또한 러시아인이 독일 침공에 맞서 호랑이처럼 맞서 싸우는 이유가 무엇일까? 부분적으로는 아마 반쯤 잊힌 공상적 사회주의라는 이념을 위해서일 테지만 주된 이유는 스탈린이 살짝 무늬만 바뀐 형태로 부활시켜 놓은 신성 러시아('조국의 신성한 땅' 등을 운운하며 일컬어지는)를 지키기 위해서다. 실제로 세계를 창조하는 에너지는 민족 자존심, 지도자에 대한 숭배, 종교적 믿음, 전쟁에 대한 사랑 등과 같은 감정에서 생겨나며, 진보적 지식인들은 이러한 감정들을 시대착오적이라고 기계적으로 일축해버리고 자기 안에서 이런 감정을 철저하게 파괴한 나머지 행동의 힘을 모두 잃어버렸다.

히틀러는 그저 희극 오페라에 등장하는 인물과 같으며 심각하게 생각할 필요가 없다는 입장을 지난 10년 동안 지긋지긋하게 고수해온 지식인들에 비해 차라리 히틀러를 적그리스도 혹은 성령이라고 일컫는 이들이 진실을 훨씬 잘 이해하고 있다. 실제로 지식인들의 이런 입장은 영국이 온실처럼 보호 받는 삶의 조건을 누리고 있다는 사실을 반영할 뿐이다. 평화서약연합이 영국 해군 덕분에 나올 수 있었던 것처럼 레프트 북클럽도 알고 보면 결국 스코틀랜드 야드*가 만들어준 결과다. 지난 10년이 가져온 발전 중 한 가지를 꼽는다면 '정치 저서'가 중요한 문학 형식으로 등장했다는 점이다. 정치 저서는 소책자를 확대한 형태로 역사와 정치평론을 결합시켰다. 하지만 이 계열에서 최고로 꼽히는 작가들, 가령 트로츠키, 라우슈닝, 로젠베르크, 실로네, 보르케나우, 쾨슬러[1]

---

* 영국 런던경찰국의 별칭. 창설 당시 경찰국이 런던 소재 옛 스코틀랜드의 궁전 터에 있었기 때문에 '스코틀랜드 야드'라는 별칭이 생겼다.

[1] 라우슈닝(Hermann Rauschning, 1887~1982)은 『허무주의 혁명The Revolution of Nihilism』(1933)과 『히틀러가 말한다Hitler Speaks』(1939)를 쓴 나치의 지도자다. 로젠베르크(Alfred Rosenberg, 1893~1946)는 『20세기의 신화Der Mythus des 20 Jahrhunderts』를 통해 히틀러의 인종차별적 정책에 사이비 철학의 근거를 제공했으며, 뉘른베르크 전범 재판 후에 교수형을 당했다. 실로네(Ignazio Silone, 1900~1978)는 이탈리아 소설가다. 보르케나우(Franz Borkenau, 1900~1957)는 오스트리아 사회학자로, 오웰은 그에게 깊은 존경심을 지녔다. 쾨슬러(Arthur Koestler, 1905~1983)는 소설가이자 에세이스트다.

가운데 영국인은 한 사람도 없다. 또한 이들 거의 모두 이런저런 극단주의적 정당에 몸담았다가 그곳을 떠난 자들로, 전체주의를 가까운 곳에서 지켜보았으며 망명과 박해가 무엇을 뜻하는지 알고 있다. 오로지 영어권 국가 사람들만 전쟁 발발 때까지도 히틀러가 별로 중요하지 않은 정신병자이며 독일 탱크는 종이판지로 만들어졌다고 다들 믿었다. 앞에서 본 인용문에서도 알 수 있듯이 웰스는 여전히 그런 생각을 지녔다. 폭격이 벌어지고 독일이 그리스에서 군사 행동을 벌여도 그의 견해가 바뀌었을 것 같지는 않다. 평생 동안 굳어진 사고 습관이 웰스 앞에 가로놓인 탓에 그는 히틀러의 힘에 대한 이해로 나아가지 못하고 있다.

디킨스와 마찬가지로 웰스도 군대와 무관한 중산계급 출신이다. 몰아치는 총소리, 찰랑거리는 박차 소리, 낡은 깃발이 지나갈 때 목이 꽉 막히는 느낌에도 그는 여전히 냉담할 수 있었다. 웰스의 모든 초기 저작에서 말[馬]을 반대하는 격렬한 선전을 통해 상징적으로 나타나듯이 그는 싸움, 사냥, 모험적인 것을 극도로 싫어했다. 웰스의 『역사 개요The Outline of History』(1919)에서는 군사 모험가 나폴레옹이 주요 악당으로 되어 있다. 지난 40년 동안 웰스가 쓴 책 어느 것을 살펴보더라도 동일한 입장이 끊임없이 되풀이되는 것을 알 것이다. 계획된 세계국가를 위해 애쓰는 과학자와 무질서한 과거를 부활시키려고 노력하는 반동세력을 대립적인 존재로 설정하는 입장이다. 소설에서도, 이상향에서도, 에세이에서도, 영화에서도, 소책자에서도 이 대립이 언제나 대동소이한 형태로 불쑥불쑥 나타난다. 과학, 질서, 진보, 국제주의, 비행기, 철강, 콘크리트, 위생이 한편에 놓이고 다른 한편에는 전쟁, 민족주의, 종교, 군주, 농부, 그리스어 교수, 시인, 말이 놓인다. 웰스가 바라보는 역사는 과학적 인간이 낭만적 인간을 상대로 거둔 승리의 연속으로 구성되어 있다. 주술사보다는 과학자가 지배하는 계획적이고 '합리적인' 사회 형태가 머지않아 우세를 보일 것이라는 그의 가정은 옳을 것이다. 하지만 바로 눈앞에 다가왔다고 가정하는 것은 별개의 문제다. 웰스와 처칠이 러시아 혁명 시기에 벌인 흥미로운 논쟁이 지금도 어딘가에 남아 있다. 웰스는 처칠이 볼셰비키를 손에서 핏방울이 뚝뚝 떨어지는 괴물이라고 스스로 말해놓고도 그러한 선전을 진정으로 믿지 않으며, 상식과 과학의 통제하에 놓인 시대에는 처칠 같은 선동가가 설 자리를 잃을 것이므로 행여 볼셰비키가 이런 시대를 열까봐 전전긍긍하고 있다고 비난했다. 하지만 볼셰비키에 대한 처칠의 평가는 웰스의 평가보다 훨씬 사실에 가깝다. 초기의 볼셰비키를 어떻게 바라볼 것인지 판단하기에 따라 그들은 천사도 되고 악마도 될 수 있지만 적어도 합리적인 사람들은 아니었다. 볼셰비키가 도입한 것은 웰스식의 유토피아가 아니었다. 그들이 도입한 것은 성인의 지배였으며, 이는 영국에서 성인의 지배가 그랬듯이 마녀재판으로 더욱 활기를 띠게 되는 군사 폭정이었다. 나치를 바라보는 웰스의 태도에서도 이와 같은 그릇된 인식이 전도된 형태로 다시 나타난다. 히틀러는 역사상 등장했던 모든 군벌과 주술사가 하나로 합쳐진 존재라는 것, 따라서 히틀러는 불합리한 존재이며 과거의 유령이며 곧 사라질 수밖에 없는 존재라는 것이다. 하지만 애석하게도 과학이 곧 상식이라는 등식이 실제로 성립되는 것은 아니다. 문명화를 가져올 것으로 기대했지만 실제로는 폭탄을 떨어뜨리는 것 외에 달리 쓰인 적이 없는 비행기가 이를 상징적으로 보여준다. 현대 독일은 영국보다 훨씬 과학적이지만 훨씬 야만적이다. 웰스가 머릿속

 모든 예술은 프로파간다다—조지 오웰 평론집

으로 그리고 또한 이를 실현하기 위해 노력했던 많은 것이 나치 독일에 실체적 모습으로 존재한다. 질서·계획·과학에 대한 국가 차원의 장려, 철강, 콘크리트, 비행기가 모두 독일에 있지만 이것들은 석기시대에 어울리는 이념을 위해 쓰이고 있다. 과학이 미신의 편에 서서 싸우고 있는 것이다. 하지만 웰스로서는 이러한 견해를 인정할 수 없을 것이다. 그의 작품에 깔려 있는 세계관과 모순되기 때문이다. 군벌과 주술사는 반드시 패배해야 하며, 나팔소리에 심장이 뛰지 않는 19세기 자유주의자가 생각하는 상식적 세계국가는 반드시 승리해야 한다. 배반과 패배주의를 별개로 제쳐놓는다면 히틀러는 결코 위험한 존재가 될 수 없다. 히틀러가 승리한다는 것은 결국 스튜어트 왕가의 복위 반란처럼 결코 이루어질 수 없는 역사의 반전이 될 것이다.

하지만 내 나이(38세) 또래의 사람이 H. G. 웰스를 비판하는 것은 존속살해 같은 것이 아닐까? 20세기 초 무렵에 태어난 사람 중 생각 있는 사람들은 어떤 의미에서 웰스의 작품이라고 할 수 있다. 일개 작가, 특히 효과가 바로 나타나는 '대중적' 작가가 얼마나 많은 영향력을 미칠지는 확실하지 않지만 1900년에서 1920년 사이에 적어도 영어로 작품을 쓴 사람 중 웰스만큼 젊은이에게 많은 영향을 미친 사람은 없을 듯싶다. 웰스가 존재하지 않았다면 우리 모두의 정신은 확연히 다른 양상을 띠었을 것이고 그에 따라 현실 세계도 다른 모습이 되었을 것이다. 사고의 단일성, 즉 편파적인 상상력이 에드워드 시대*에 웰스를 탁월한 선지자처럼 보이게 해주었다면 지금은 바로 그런 특성 때문

에 그가 얄팍하고 부절적한 사상가가 되어버렸다. 웰스가 젊었을 때에
는 사실 과학과 반동의 대립이 있었다. 편협하고 호기심이라고는 하나
도 없는 사람들, 약탈적인 사업가, 우둔한 대지주, 주교, 호라티우스는
인용할 줄 알아도 대수에 대해서는 한 번도 들어보지 못한 정치가들이
사회를 지배하고 있었다. 과학에 대해서는 어렴풋이 평판이 좋지 않았
고 종교적 믿음은 의무적으로 지녀야 했다. 전통주의, 어리석음, 속물
근성, 애국심, 미신, 전쟁에 대한 사랑이 한편에 서 있는 것처럼 보였고,
반대 견해를 피력해줄 누군가가 필요했다. 오래전 1900년에 한 소년이
H. G. 웰스를 알게 된다는 것은 멋진 경험이었다. 그 당시 당신이 살던
세상은 현학자 연하는 사람과 목사와 골프 치는 사람들로 가득하고,
미래의 고용주들은 당신에게 "시류를 따르거나 아니면 떠나라"고 훈계
하며, 부모들은 당신의 성적 삶을 조직적으로 왜곡시키고, 우둔한 학
교 선생들은 라틴어 부가 어구를 보고 히죽거렸다. 그런데 당신에게 여
러 행성과 바다 밑바닥에 사는 생물체에 대해 이야기해줄 수 있고, 미
래 세계가 이른바 존경 받는 사람들이 상상한 것처럼 되지 않을 것이
라고 믿는 멋진 사람이 나타난 것이다. 비행기가 기술적으로 실현 가능
한 일이 되기 10년쯤 전 웰스는 조금 있으면 사람이 날 수 있을 것이라
고 믿었다. 우선 그 자신이 날 수 있기를 원했기 때문에 그런 사실을 믿
었으며 연구가 계속 그런 방향으로 나아갈 것이라고 확신했다. 반면에
내가 어렸을 무렵 라이트 형제가 실제로 59초 동안 기계를 지상으로
띄워 올렸는데도 당시 사람들은 신이 우리를 날게 해줄 의도였다면 날
개를 달아주었을 것이라고들 생각했다. 1914년까지만 해도 웰스는 대
체로 진정한 선지자였다고 할 수 있다. 새로운 세상에 대한 그의 이상

은 물질적인 세부 사항에서 놀랄 정도로 많이 실현되었다.

하지만 웰스는 19세기 사람으로 군대와는 무관한 민족과 계급 출신이었기 때문에 마음속에서 여우사냥이나 하는 토리당으로 상징되는 낡은 세계의 엄청난 힘을 이해하지 못했다. 웰스 자신이 온건한 정신이라고 규정할 만한 것에 비해 국수주의와 종교적 편협, 봉건적 충성은 훨씬 강한 힘을 지닌다는 것을 이해하지 못했고 지금도 이해하지 못한다. 암흑시대의 존재들이 당당하게 현재에 모습을 드러냈다. 이 존재들이 설령 유령이라고 해도 어쨌든 강력한 마법이 있어야만 잠재울 수 있는 유령이다. 파시즘을 가장 잘 이해하는 사람들의 면면을 살펴보면 파시즘 치하에서 힘들게 살았거나 자기 안에 파시스트적 기질이 있는 사람들이다. 거의 30년 전에 쓴 『강철 군화The Iron Heel』 같은 거친 책이 오히려 『멋진 신세계Brave New World』나 『다가올 세상의 형태The Shape of Things to Come』보다 미래에 대해 훨씬 사실적인 예언을 들려준다. 웰스와 동시대 사람들 가운데 앞에서 그를 바로잡아 줄 작가를 골라야 한다면 아마 키플링일 것이다. 키플링은 권력과 군사적 '영광'의 사악한 목소리를 듣지 못하는 사람이 아니었다. 키플링이라면 히틀러에 대해 어떤 태도를 취하든 그가 지닌 마력을 이해했을 것이며 그 문제에 관한 한 스탈린이 지닌 마력도 이해했을 것이다. 너무도 온전한 정신을 지닌 웰스는 현대 세계를 이해할 수 없었다. 웰스의 가장 위대한 업적인 하위 중산층계급 소설도 한때 잇달아 나오다가 이전 전쟁이 터지자 뚝 끊겼고 다시 이어지지 못하고 있다. 1920년 이후 웰스는 종이로 된 용을 죽이는 데 재능을 허비했다. 하지만 어쨌든 허비할 재능이라도 있다는 건 대단한 게 아닌가.

아니, 하나도 없다

《알델피The Adelphi》, 1941년 10월

알렉스 컴퍼트의 『그런 자유는 없다』*에 대한 평론

머리**는 몇 년 전 조이스, 엘리엇 등과 같은 최고의 현대 작가들의 작품이 현재와 같은 시기에 위대한 예술이 불가능함을 보여주었다고 말한 적이 있었다. 그때 이후 우리는 글쓰기에서 느끼는 어떤 기쁨도 없고 순전히 즐기기 위한 목적에서 이야기를 짓는다는 개념도 불가능해진 시기로 옮겨왔다. 요즘 모든 글은 프로파간다다. 그러므로 내가 컴퍼트의 소설을 소책자처럼 대하더라도 이는 단지 그가 이미 행한 그대로 하는 것일 뿐이다. 요즘 소설의 현실로 볼 때 컴퍼트의 소설은 좋은 작품이다. 하지만 이 작품을 쓰게 된 동기를 보면 트롤럽이나 발자크, 심지어는 톨스토이조차 그 동기가 소설가에게 글을 쓸 욕구를 불러일으킬 만하다고 인정하지 않을 것이다. 이 작품은 평화주의의 '메시지'를 내세우기 위해 쓰였고, 작품의 주요 사건 역시 이 '메시지'에 어울리도록 구성되었다. 내가 이 작품을 자전적이라고 가정하는 것은 당연한 일

---

*　Alex Comfort(1920~2000), *No Such Liberty*(1941).
**　John Middleton Murry(1889~1957). 영국의 작가.

이다. 이 작품 속의 사건이 실제로 일어났다는 의미에서가 아니라 작가가 자신을 주인공과 동일시하고 그를 지지할 가치가 있으며 그가 표현하는 감정에 공감하고 있다는 의미에서 이 작품을 자전적이라고 할 수 있다.

대강의 줄거리를 소개한다. 한 젊은 독일 의사가 2년간 스위스에서 요양생활을 하다가 뮌헨 협정이 체결되기 얼마 전 퀼른으로 돌아온다. 그는 아내가 전쟁 반대 운동가의 국외 탈출을 도와왔고 그 결과 체포당할 위기에 처한 것을 알게 된다. 의사와 아내는 폼 라트 암살사건 이후 일어난 대학살[*1]을 아슬아슬하게 피해 네덜란드토 도망간다. 그들은 다소 우연한 계기로 영국에 가게 되고 도중에 의사가 심한 부상을 입는다. 부상에서 회복된 의사는 병원에 일자리를 얻지만 전쟁이 발발하자 재판에 회부되어 외국인 B등급[*]으로 분류된다. 이 의사가 B등급 판정을 받은 이유는 '히틀러를 사랑으로 극복하는' 것이 더 낫다고 여기면서 나치에 대항해 싸우지 않겠다고 선언했기 때문이다. 왜 독일에 남아 히틀러를 사랑으로 극복하지 않았는지 묻자 의사는 방법이 없었다고 인정한다. 유럽 북해 연안 저지대 국가들에 대한 침공 이후 공

[*1] 폼 라트(Ernst Eduard vom Rath, 1909~1938)는 파리 주재 독일 대사관 3등관으로 1938년 11월 7일 젊은 유대인 헤르셀 그린스판(Herschel Grynszpan)에 의해 파리에서 총에 맞아 죽었다. 이후 독일에서는 유대인과 유대인 재산에 대한 폭력 공격이 이어졌다. 이것이 일명 크리스탈나흐트(수정의 밤이라는 의미로 1938년 11월 9일 나치 대원들이 독일 전역 수만 개에 이르는 유대인 가게를 약탈하고 유대교 사원 250여 곳에 방화한 날)다.

[*] 제2차 세계대전이 발발하자 1939년 영국은 자국 내 있는 독일인을 체포하여 수용소에 억류한 뒤 심사를 거쳐 A, B, C등급으로 분류했다. A등급은 수용소에 감금되고, B등급은 수용소를 나갈 수 있지만 거주 이전의 제한이 있었으며, C등급은 조건 없이 석방되었다.

황 상태가 벌어지고, 의사는 아내가 아기를 낳은 지 불과 몇 분 뒤에 체포되어 오랫동안 강제수용소에 감금된다. 아내와 연락을 주고받을 수도 없는 그곳은 불결하고 과잉수용 상태여서 독일의 여느 수용소만큼이나 형편없었다. 마침내 의사는 '아란도라스타' 호[*1](물론 작품에서는 다른 이름으로 나온다)에 태워지고 바다에 빠졌다가 구조된 뒤 조금 나은 다른 수용소에 감금된다. 마침내 의사가 석방되고 아내와 연락이 닿지만 아내는 다른 수용소에 감금되어 있고 그곳에서 아기는 보살핌을 받지 못한 채 영양실조로 죽었다. 이야기는 부부가 미국행 배를 타기 위해 기다리면서 전쟁의 열기가 그때까지 미국에 퍼지지 않기를 바라면서 끝난다.

이제 이 이야기에 함축된 의미를 논하기에 앞서 한두 가지 사실을 살펴보고자 한다. 이는 현대 사회 구조의 밑바탕을 이루는 사실이며, 평화주의의 '메시지'를 무비판적으로 받아들이기 위해서는 이런 사실을 무시해야 한다.

첫째, 문명은 궁극적으로 강제에 기초한다. 사회를 단결시키는 것은 경찰이 아니라 일반 사람들의 선한 의지이지만 경찰이 있어서 뒷받침해주지 않는 한 그들의 선한 의지는 힘이 없다. 정부를 방어하기 위한 폭력을 사용하지 않는다면 정부는 얼마 못 가서 더 이상 존립하지 못할 것이다. 이런 정부라면 그다지 신중하지 못한 사람들의 집단 또는 어느 개인에 의해서도 전복될 수 있기 때문이다. 객관적으로 볼 때

[*1] 영국에 억류되어 있던 독일인과 이탈리아인 1,500명을 캐나다로 이송하던 아란도라 스타 호가 1940년 7월 2일 대서양에서 유보트에 의해 침몰당했다. 타고 있던 사람들 중 613명이 익사했다.

 모든 예술은 프로파간다다—조지 오웰 평론집

경찰관 편에 서 있지 않은 사람은 범죄자 편에 서는 것이며, 그 역도 마찬가지다. 영국의 평화주의가 영국의 전쟁 활동을 저해하는 한 나치 편이며, 혹시 독일의 평화주의라는 것이 존재한다면 그 역시 영국과 소련 편이다. 평화주의자는 민주주의의 흔적이 남아 있는 나라에서 보다 많은 행동의 자유를 누리므로 민주주의를 지지하는 활동보다 이에 반대하는 활동을 보다 효과적으로 수행할 수 있다. 객관적으로 볼 때 평화주의자는 친나치다.

둘째, 강제를 없앨 수 없기 때문에 결국 폭력의 정도 차이만이 있을 뿐이다. 지난 20년 동안 영어권 세계는 외부 세계에 비해 폭력과 군국주의의 정도가 심하지 않았다. 상대적으로 돈이 많고 안전했기 때문이다. 영어권 국민에게서는 전쟁을 증오하는 특징이 보이는데 이런 특징은 그들이 혜택 받는 위치에 있다는 반영이다. 평화주의는 국민이 매우 안전하다고 여기는 지역, 주로 해양 국가에서만 상당한 영향력을 지닌다. 더욱이 그런 지역에서도 다른 쪽 뺨을 내미는 식의 평화주의는 오로지 잘 사는 계층, 또는 어떤 점에서 노동계급을 벗어난 노동자에게서만 설득력을 얻는다. 실제 노동계급은 비록 전쟁을 증오하고 맹목적 애국주의의 영향을 받지 않는데도 결코 진정으로 평화주의자가 되지는 않는다. 그들의 삶은 다른 가르침을 주기 때문이다. 폭력에 대한 경험이 없을 때에만 폭력을 포기할 수 있다.

이러한 사실들을 염두에 둔다면 컴퍼트의 작품에 나오는 사건들을 보다 사실적인 관점에서 바라볼 수 있다. 보다 사실적인 관점이란 주관적 감정을 배제한 채 한 사람의 행동이 실제로 어디로 귀결되는지, 한 사람의 동기가 궁극적으로 어디서 비롯되는지 바라보려고 애쓰는 것을 말한다. 이 작품의 주인공은 연구직 노동자인 병리학자다. 주인공은 운이 그리 좋은 편이 아니고 영국 해상 봉쇄가 1919년까지 이어진 탓에 폐도 좋지 않았지만 스스로 선택한 일을 하면서 중산층계급에 속해 있었기 때문에, 궁극적으로는 나머지 계층을 악화시켜서 먹고사는 혜택 입은 수백만 인간에 속했다. 그는 일을 하면서 살기를 원했고 나치 독재와 통제로부터 벗어나기를 원하면서도 나치에게서 도망치는 것 외에 나치에 반대하는 다른 어떤 행동도 하지 않을 것이다. 영국에 도착한 그는 다시 독일로 송환될까봐 두려움 속에서 지내지만 영국이 나치의 손에 들어가지 않도록 하기 위한 어떠한 실질적 활동에도 참여하기를 거부한다. 그가 가장 바라는 소망은 자신과 나치 사이에 5,000킬로미터의 바다가 가로놓인 미국으로 가는 것이다. 미국으로 가는 동안 영국 군함과 비행기가 보호해준다면 그는 그저 미국에 가기만 할 뿐이며, 그곳에 도착한 뒤에는 영국 군함과 비행기 대신 미국 군함과 비행기의 보호 아래 살아갈 뿐이다. 운이 좋다면 그는 자신이 일할 수 있도록 해준 사람들에게 도덕적 우월감을 느끼면서 계속 병리학자의 일을 할 수 있을 것이다. 모든 것의 바탕에는 연구 노동자로서의 입장, 즉 궁극적으로 볼 때 배당금으로 먹고사는 혜택 받은 사람으로서의 입장이 여전히 깔려 있지만 이 배당금은 설령 폭력적 위협으로 갈취하지 않더라도 머지않아 끊길 것이다.

　나는 이 내용이 컴퍼트의 작품을 부당하게 요약한 것이라고 여기지 않는다. 또한 영국인이 독일 의사 이야기를 썼다는 것도 연관성이 있다고 여긴다. 더러는 겉으로 명확하게 드러나기도 하면서 시종일관 암묵적으로 깔려 있는 주장들, 즉 영국이나 독일이나 거의 차이가 없다는 것, 정치적 박해는 이곳에서 벌어지는 것이든 다른 곳에서 벌어지는 것이든 똑같이 나쁘다는 것, 나치에 반대해 싸운 사람들 자신이 늘 나치처럼 된다는 주장들이 독일인의 입을 빌려 나온다면 훨씬 설득력 있게 들릴 것이다. 우리나라에는 독일 피난민이 거의 6만 명 정도에 이르며 우리가 비열하게 그들을 내쫓지 않았다면 아마 수십만 명이 넘었을 것이다. 두 나라의 사회 분위기가 사실상 차이가 없다면 그들은 왜 우리나라에 온 것일까? 또한 그들 중 얼마나 많은 이들이 돌아가기를 요청할까? 레닌의 말을 빌리면 그들은 "퇴장함으로써 반대의견을 낸" 것이다. 내가 앞서 말했듯이 영어권 문명이 상대적으로 온화한 것은 돈과 안전 덕분이지만 그렇다고 아무 차이가 없는 것은 아니다. 하지만 일정한 차이가 있다고, 즉 어느 쪽이 이기는가가 매우 중요하다고 일단 인정해보자. 그러면 평화주의를 지지하는 흔한 단기적 주장은 무너진다. 당신은 평화주의자라고 주장하지 않고 분명하게 친나치임을 드러낼 수도 있다. 비록 우리나라에는 용기 있게 입 밖에 내어 말할 사람이 많지 않지만 나치를 지지하는 강력한 주장이 있다. 하지만 나치즘과 자본주의적 민주주의가 단지 오십 보 백 보로 별반 다를 바 없는 것처럼 주장하려면 피의 숙청* 이후에 벌어진 온갖 참상을 영국에서 일어난 비슷한 참상으로 모두 상쇄시킬 수 있다고 주장해야 한다. 이런 주장을 하려면 사실상 편집과 과장에 의존해야 한다. 컴퍼트는 사실상 '난치병 환자'를 놓고 일반적인 사례라고 주장하는 셈이다. 컴퍼트는 그 독일 의사가 겪는 고통이 너무도 끔찍해서 파시즘 반대 투쟁이 갖는 도덕적

---

* 1934년 6월 30일 히틀러의 명령으로 돌격대 참모장 에른스트 룀과 간부들이 학살된 사건.

정당성을 모두 지워버릴 정도라고 암시하고 있다. 하지만 모름지기 균형 감각을 유지해야 한다. 억류되었던 2,000명이 겨우 18개 변기통으로 살았다고 해서 비명을 지르기 전에 지난 몇 년 동안 폴란드, 스페인, 체코슬로바키아 등지에서 벌어진 일을 상기해야 할 것이다. "파시즘에 반대 투쟁을 벌이는 사람들 자신이 파시스트가 된다"는 정형화된 문구에 너무 집착한다면 사실을 곡해하는 결과로 이어질 뿐이다. 컴퍼트는 첩자 노이로제가 널리 퍼져 있고 전쟁에 가속도가 붙으면서 외국인에 대한 편견이 심해졌다고 작품에서 암시하고 있지만 이는 사실이 아니다. 외국인에 대한 감정이 피난민을 억류시킨 원인이 되긴 했지만 그런 감정은 많이 사라졌고, 이제 독일인과 이탈리아인은 평화 시기라면 발 붙이지 못했을 일자리에도 받아들여지고 있다. 컴퍼트는 영국의 정치적 박해와 독일의 정치적 박해에 차이가 있다면 단지 영국에서는 정치적 박해에 대한 이야기를 아무도 듣지 못한 것뿐이라고 분명하게 밝혔지만 이 역시 사실이 아니다. 우리 삶에서 일어나는 모든 죄악의 원인을 거슬러 올라가면 전쟁이나 전쟁 준비에서 찾을 수 있다는 것 역시 사실이 아니다. 컴퍼트는 이렇게 말한다. "독일인과 마찬가지로 영국인도 재무장을 지지한 이후로 결코 행복한 적이 없다고 생각했다." 영국인이 이전에는 대단히 행복했었나? 오히려 재무장 덕분에 실업이 줄어들어 어쨌든 영국인이 조금이나마 더 행복해진 것 아닌가? 내가 직접 목격한 바로는 대체로 영국인이 전쟁 덕분에 이전보다 행복해졌다. 물론 이것이 전쟁을 지지하기 위한 논거는 될 수 없지만, 그래도 이른바 평화의 본질과 관련해 뭔가 말해주는 바는 있다.

평화주의를 지지하는 일반적인 단기적 주장, 즉 나치에 저항하지 않을 때 나치를 가장 잘 꺾을 수 있다는 주장은 인정될 수 없다. 나치에 저항하지 않는다면 나치를 돕는 것이며 나치를 인정해야 한다. 왜냐하면 그럴 경우 나치를 지지하는 장기적인 주장이 나오기 때문이다. 당신은 이렇게 말할지도 모른다. "네, 내가 히틀러를 돕고 있다는 거 알아요. 그리고 히틀러를 도우려 해요. 히틀러가 영국, 소련, 미국을 점령하게 놔둬요. 나치가 세계를 지배하게 놔둬요. 결국에 가서는 뭔가 다른 것으로 변할 거예요." 어쨌든 그럴듯한 견해다. 우리가 사는 삶의 관점을 넘어서서 멀리 인류의 역사를 내다보고 있다. 하지만 여기에는 옹호할 수 없는 내용이 들어 있다. 우리가 사악한 전쟁을 멈추기만 한다면 지금 정원의 모든 것이 사랑스러울 것이며, 나치에 반증하는 것이야말로 나치가 진정으로 우리에게 원하는 것이라는 견해다. 히틀러가 PPU*와 영국 공군 중 어느 쪽을 더 두려워할까? 히틀러는 어느 쪽을 방해하려고 더 많은 노력을 기울였을까? 지금 히틀러는 미국을 전쟁에 끌어들이려고 애쓸까 아니면 미국이 전쟁에 끼어들지 않도록 하려고 애쓸까? 내일 당장 러시아가 전투를 멈춘다면 히틀러가 무척 괴로워할까? 결론적으로 지난 10년의 역사로 보건대 히틀러는 무엇이 자신에게 이익인지 아주 정확하게 알고 있다.

폭력에 굴복함으로써 폭력을 무너뜨릴 수 있다는 견해는 그저 현실도피일 뿐이다. 이미 지적했듯이 이런 입장은 돈과 총의 보호를 받는 사람들이나 가질 수 있는 생각이다. 하지만 왜 이러한 현실도피를 하

---

* 평화서약연합(Peace Pledge Union). 영국의 평화주의 비정부단체로 "나는 전쟁을 포기한다. 따라서 어떤 종류의 전쟁도 지원하지 않기로 결단한다. 또한 모든 전쟁의 명분을 없애기 위해 노력하겠다고 결단한다"는 서약에 서명하면 누구든 가입할 수 있었다.

는 것일까? 철저하게 폭력을 증오하는 이들은 현대 사회에 폭력이 필수불가결하다는 것, 그들 자신이 지닌 훌륭한 감정과 고결한 태도가 모두 무력에 의해 뒷받침되는 부당성의 산물이라는 것을 인정하고 싶지 않기 때문이다. 그들의 수입이 어디서 생기는지 알고 싶지 않은 것이다. 그 밑바닥에는 차마 마주보기 힘든 엄연한 사실이 있다. 개별적인 구제는 불가능하다는 사실, 인류 앞에 놓인 선택은 선과 악 중에서 선택하는 것이 아니라 대체로 두 가지 악 가운데 하나를 선택하는 문제라는 사실이다. 나치가 세계를 지배하도록 놔둘 수도 있다. 이것은 악이다. 아니면 전쟁을 통해 나치를 무너뜨릴 수도 있다. 이 역시 악이다. 당신 앞에 다른 선택은 없으며 두 가지 중 어느 쪽을 선택하든 장차 떳떳한 몸이 되지는 못한다. 우리 시대에 필요한 문구는 "실족하게 하는 그 사람에게 화가 있도다"가 아니라 내가 이 글의 제목을 따온 문구이기도 한 "기록된 의인은 없나니. 하나도 없으며"[1]이다. 우리 모두 떳떳지 못한 일에 관여했으며 우리는 모두 칼로 멸망할 것이다. 지금과 같은 때 "내일이면 우리 모두 착한 사람이 되어 시작할 수 있다"라고 말할 수 있는 가능성이 우리에게는 없다. 그것은 헛소리다. 우리에게는 그나마 나은 악을 선택할 기회가 있을 뿐이며 공동의 품위가 다시 가능할 수 있는 새로운 사회의 수립을 위해 일할 수 있는 기회가 있을 뿐이다. 이번 전쟁에 중립 같은 것은 없다. 에스키모 사람에서 안다만 제도 사람들까지 세계 모든 사람이 이번 전쟁에 휘말려 있다. 또한 이쪽아니면 저쪽을 도와야 하는 상황이기 때문에 이쪽이 무엇을 하는지 알

---

[1] 마태복음 18장 7절과 로마서 3장 10절.

 모든 예술은 프로파간다다—조지 오웰 평론집

고 그에 따른 대가를 인정해야 한다. 달랑과 라발* 같은 사람들은 어쨌든 한쪽을 선택하고 이를 공개적으로 밝히는 용기가 있었다. 그들은 어떠한 대가를 치르더라도 신질서를 수립해야 하며 "반드시 영국을 무찔러야 한다"고 말했다. 머리도 어쨌든 가끔은 같은 생각을 하는 것처럼 보인다. 머리에 따르면 나치는 "주님의 더러운 일을 하고 있으므로"(분명 나치는 러시아를 공격했을 때 유난히 더러운 일을 했다) 우리는 "히틀러에 맞서 싸우는 과정에서 하느님에게 맞서 싸우는 일이 없도록" 신중한 주의를 기울여야 한다는 것이다. 이것은 평화주의 정서가 아니다. 이런 주장들을 논리적 귀결점까지 끌고 가면 히틀러에 대한 굴복과 관련이 있고 나아가 장차 히틀러가 일으킬 전쟁에서 그를 돕는 것과도 관련이 있다. 하지만 적어도 이런 주장은 솔직하고 용기 있다. 나 자신은 히틀러를 인류의 구세주로 여기지 않으며 무의식적인 구세주로도 보지 않지만 히틀러를 그렇게 바라보는 강력한 주장이 있으며 이 주장은 대다수 영국인이 상상하는 것보다 훨씬 강력하다. 히틀러를 비난하면서도 다른 한편으로 우리가 히틀러의 손아귀에 들어가지 않도록 실제로 보호해주는 사람들을 경멸하는 태도는 옹호할 가치가 없다. 이것은 영국의 위선을 보여주는 변종 지식인이며 부패한 자본주의의 산물이다. 아울러 적어도 정치인과 배당금의 본질을 이해하는 유럽인이 너무도 정당하게 우리를 경멸하는 이유이기도 하다.

---

* 달랑(Jean Louis Xavier François Darlan, 1881~1942)은 프랑스 해군장교이자 정치가로 제2차 세계대전 중 비시 정권에서 중요 역할을 감당했다. 라발(Pierre Laval, 1883~1945)은 프랑스의 법률가이자 정치가로 비시 정부의 수상을 역임했고 반역죄로 처형되었다.

러디어드 키플링[*1]

《호라이즌》, 1942년 2월

엘리엇이 키플링의 시 선집에 긴 에세이의 서문을 부치면서 매우 방어적인 태도를 보인 점은 안타깝지만, 그도 어쩔 수 없었을 것이다. 키플링에 대해 이야기하려면 그전에 그의 작품을 읽지 않은 두 부류의 사람들이 만들어놓은 전설부터 말끔히 걷어내야 하기 때문이다. 키플링은 지난 50년을 대표하는 대명사로서 특이한 위치에 놓여 있다. 문학

[*1] T. S. 엘리엇이 엮고 서문을 쓴 『엄선한 키플링 시 선집A Choice of Kipling's Verse』의 출간을 계기로 이 에세이를 쓰게 되었다(1941년 12월). 다른 글에서도 마찬가지지만 이 글에서 오웰은 언제나 정확하게 문장을 인용하지는 않는다. 자신이 인용하는 문구를 잘 아는 상태에서 틀림없이 기억에 의존했을 것이다. 실수는 두 가지 방식으로 처리했다. 오웰이 단어에서 받았을 인상이나 오웰의 주장에 별로 중요하지 않은 잘못은 아무리 사소하더라도 오웰의 원고를 바로잡았다. 따라서 'Hosts'는 키플링이 쓴 그대로 첫 글자를 대문자로 적었다. 오웰이 쓴 형태가 그에게 중요한 의미를 지니는 경우에는 인용문을 바로잡지 않은 채 그냥 두고 주에서 원래 문구를 밝혀놓았다. 오웰이 인용한 키플링 시의 출처와 쪽수는 『러디어드 키플링의 시 결정판Rudyard Kipling's Verse: Definitive Edition』(1940년. *RKV*라 약칭)을 바탕으로 했다. 시의 창작 시기는 *RKV*에 명시된 경우 밝혔다. 또한 키플링의 사후에 출판된 자서전 『나 자신에 관한 것Something of Myself』(1937. *SoM*이라 약칭)과 캐링턴(Charles Carrington)의 『러디어드 키플링: 그의 삶과 작품Rudyard Kipling: His Life and Work』(1955. Penguin Books, 1970. 이하 '캐링턴'이라 약칭)을 참조했다.

세대가 다섯 차례 바뀌는 동안 모든 식자층이 키플링을 경멸했지만 그 시기가 끝날 무렵 이들 식자층의 10분의 9는 잊힌 반면 키플링은 어떤 의미에서 여전히 그 자리에 있었다. 엘리엇은 이 사실을 결코 흡족할 만큼 설명하지 못했다. 키플링이 '파시스트'라는 낯익은 피상적 공격에 대답하느라 그를 옹호할 수 없는 지점에서 옹호하는 반대의 실수에 빠져버렸기 때문이다. 대체로 키플링의 세계관이 교양 있는 사람들에게 받아들여질 만하다거나 용납될 것처럼 꾸며봐야 소용없다. 예를 들어 영국인 병사가 "깜둥이"에게 돈을 뜯기 위해 총포에 화약을 재는 꽂을대로 때리는 모습을 묘사할 때 키플링은 단지 보고자의 역할만 할 뿐이며 자신이 묘사하는 내용을 꼭 인정하는 것은 아니라고 변론해봐야 별 소용이 없다. 키플링의 작품 어디를 봐도 그런 종류의 행위를 용인하지 않는다는 표시를 전혀 찾아볼 수 없다. 오히려 키플링에게는 명확한 사디즘의 특성이 보이는데, 그런 유형의 작가가 보일 법한 잔인성을 훌쩍 넘어선 수준이다. 키플링은 강경한 주전론의 제국주의자가 맞으며, 도덕적으로 둔감하고 미학적으로 혐오스러운 것이 사실이다. 이를 인정하는 데서부터 시작하는 것이 나을 것이다. 그다음 키플링을 비웃었던 세련된 자들이 그다지 오래가지 못하는 동안 어떻게 키플링이 살아남을 수 있었는지 그 이유를 찾아보아야 할 것이다.

그러나 키플링이 '파시스트'라는 비난 공격에 대해서는 반박해야 한다. 키플링이 파시스트가 아니라는 사실이야말로 도덕적으로나 정치적으로 그를 이해하기 위한 첫 번째 단서이기 때문이다. 요즘 시기에 가장 인간적인 또는 가장 '진보적인' 사람은 결코 파시스트가 될 수 없는데 그런 점에서는 키플링이 훨씬 더하다. 문맥을 알아보거나 의미를 찾아보려는 시도조차 하지 않은 채 여기저기서 시구를 인용하는 흥미로운 사례가 바로 「퇴장 성가」[*1]의 "무법상태의 하등한 종자들"이라는 구절이다. 이 시구는 사이비 좌파 집단에서 비웃기 딱 좋았다. '하등한 종자'는 '원주민'일 것이라고 당연하게 가정했으며 피스 헬멧[*]을 쓴 퍼카사입이 막노동꾼을 발로 차는 모습이 머릿속에 떠오른다. 그러나 이 시의 문맥에서 이 구절은 정반대 의미를 지닌다. '하등한 종자'는 독일 사람들, 그중에서 특히 범게르만주의 작가를 지칭하는 것이 거의 틀림없다. 그들은 힘없는 존재라는 의미가 아니라 법을 무시한다는 의미에서 '무법상태'였다. 한바탕 허세를 부리는 시라고 관습적으로 평가 받아온 이 시는 전체적으로 볼 때 독일뿐만 아니라 영국까지 포함하는 강대국에 대한 비난이었다. 시의 두 연 정도를 인용할 필요가 있다(시가 아니라 정치로서 이 시구를 인용하는 것이다).

> 권력의 모습에 취해
>
> 당신에 대한 경외심을 모르는 거친 혀가 풀려버린다면,
>
> 비(非)유대인들이 이용하는 것과 같은 과시
>
> 혹은 무법상태의 하등한 종자들
>
> 만군의 여호와여, 그럼에도 우리와 함께하시기를
>
> 우리가 잊지 않도록—우리가 잊지 않도록!

---

*1　「퇴장 성가Recessional」(*RKV*, pp.328-329)는 빅토리아 여왕 즉위 60년 기념제(1897년 6월) 이후에 썼으며, 1897년 7월 17일 《타임스》에 발표되었다.

*　더운 나라에서 머리 보호용으로 쓰는 가볍고 단단한 소재의 흰색 모자.

 모든 예술은 프로파간다다—조지 오웰 평론집

야만인의 심장을 위해,

악취 나는 관과 철 조각과

먼지 위에 쌓이는 모든 용감무쌍한 먼지와

당신에게 보호를 청하지 않는 수비대를 신뢰하는,

그리고 광적인 자랑과 어리석은 말을 위해

주여, 당신의 백성에게 자비를 베푸소서!

키플링은 표현 중 많은 부분을 성경에서 가져왔으며 두 번째 연에서는 틀림없이 시편 127장 "여호와께서 집을 세우지 아니하시면 세우는 자의 수고가 헛되며 여호와께서 성을 지키지 아니하시면 파수꾼의 깨어 있음이 헛되도다"를 염두에 두고 있다. 이는 히틀러 등장 이후의 사람들에게 그리 강한 인상을 남기는 구절이 아니다. 우리 시대에는 그 누구도 군사력보다 더 강한 제재가 있다고 믿지 않는다. 더 막강한 무력을 쓰지 않고 무력을 이길 수 있다고 믿는 사람은 아무도 없다. '법'이 없으며 오로지 힘만이 존재한다. 나는 이것이 참된 믿음이라고 말하는 것이 아니라 그저 현대인이 모두 이런 믿음을 갖고 있다고 말하는 것일 뿐이다. 그렇지 않은 척하는 사람은 지적인 겁쟁이이거나 아니면 얇은 가면을 쓴 무력 숭배자이거나 그것도 아니면 자신이 사는 시대를 따라가지 못하는 사람이다. 키플링의 견해는 파시즘 이전의 것이다. 키플링은 몰락보다 자존심이 먼저이며 신이 자만심을 처벌할 것이라고 믿는다. 키플링은 탱크, 폭격기, 라디오, 비밀경찰, 그리고 이것들이 가져올 심리적 결과를 예상하지 못하고 있다.

이렇게 말한다면 내가 앞서 키플링의 호전적 애국주의와 잔인성에 대해 말한 내용을 철회하는 것이 아닐까? 그렇지 않다. 19세기 제국주의적 견해와 현대 깡패 무리의 견해는 별개라고 말하는 것뿐이다. 키플링은 명백히 1885~1902년 시기의 인물이다. 제1차 세계대전과 그 여파로 비통한 마음에 젖지만 보어 전쟁* 이후에 일어난 어떠한 사건에서도 뭔가를 깨우친 흔적이 보이지 않는다. 키플링은 영국 제국주의의 확장 국면(그의 시보다는 그의 유일한 장편소설 『꺼진 빛The Light that Failed』[*1]에서 당대 분위기가 잘 전해진다)에 이를 내다본 예언가였고, 과거 용병부대였던 영국군에 대해 쓴 비공식적 역사가였다. 이 용병부대는 1914년에 형태가 달라지기 시작했다. 키플링의 신뢰, 활기 넘치는 통속적인 생동성은 모두 일정한 규제에서 나오는데, 파시스트나 그 비슷한 부류에게는 결코 이런 규제가 없다.

키플링은 후반기에 가면 불평을 달고 사는데 이는 분명 문학적 허영심이 아니라 정치적 실망 때문일 것이다. 어떻게 된 일인지 역사는 계획대로 흘러가지 않았다. 영국은 이제껏 알던 가장 크나큰 승리를 거두었는데도 세계 강국으로서의 힘이 예전만 못하며 키플링은 날카롭게 이를 간파했다. 키플링이 이상화했던 계급들은 더 이상 미덕이 보이지 않고 젊은이들은 쾌락을 좇거나 불만에 젖어 있으며 세계 지도를 붉게 칠하고자 하는** 바람은 모두 사라져버렸다. 키플링은 어떻게 된 일

---

* 남아프리카의 네덜란드계 백인인 보어인의 트란스발 공화국과 오렌지 자유국에서 생산되는 금과 다이아몬드를 차지하기 위해 영국군이 벌인 전쟁. 1899년에서 1902년까지 이어졌으며 영국군의 승리로 끝났다.

*1 1891년 런던과 필라델피아에서 출간되었는데, 미국 판은 해피엔딩으로 끝난다. 키플링은 서문에서 영국 판이 "애초 구상하고 쓴 대로"라고 밝혔다.

** 영국 영토를 확장한다는 뜻으로, 지도에서 보통 영국 영토를 붉게 나타내는 데서 비롯되었다.

 모든 예술은 프로파간다다―조지 오웰 평론집

인지 이해하지 못했다. 제국주의적 확장의 밑바탕에 경제적 힘이 깔려 있다는 것을 조금도 파악하지 못했기 때문이다. 키플링은 제국이 기본적으로 돈을 버는 데 관심이 있다는 사실을 일반 병사나 식민지 관리보다 조금도 나을 바 없이 깨닫지 못한 것 같으며, 이 점을 눈여겨볼 필요가 있다. 키플링이 아는 제국주의는 일종의 강제적인 전도 활동이다. 개틀링 기관총을 비무장 '원주민'에게 겨눈 채 '법'을 세우는 것으로 이 법에는 도로, 철도, 법원 등이 포함된다. 따라서 키플링은 제국을 존재하게 만든 동기가 결국 제국을 무너뜨리는 결말로 이어질 것이라는 사실을 예상하지 못했다. 예컨대 이것은 고무농장을 세우기 위해 말레이시아 정글을 벌채했던 바로 그 동기이며 지금 그 농장을 고스란히 일본인의 손에 넘겨주게 된 바로 그 동기다.[*1] 현대의 전체주의자들은 자신이 무엇을 하고 있는지 알지만 19세기 영국인들은 자신이 무엇을 하고 있는지 알지 못했다. 두 가지 태도는 제각기 이점이 있지만 키플링은 이쪽에서 저쪽으로 태도를 바꾸지 못했다. 키플링이 결국 예술가였다는 사실을 감안하면 그의 견해는 '상인'[*2]의 손에 의해 방침이 정해진다는 것을 평생토록 깨닫지 못한 채 '상인'을 얕잡아 보며 살아가는 월급쟁이 관료의 태도인 것이다.

하지만 키플링은 자신을 관료계층과 동일시하기 때문에 '식자층'이 대체로 또는 전혀 갖지 못한 한 가지를 갖고 있다. 바로 책임의식이다.

[*1] 1942년 2월 15일 무렵 싱가포르는 항복하지 않았지만 말레이 반도는 거의 대부분 일본군에게 점령되었다.

[*2] 엄밀하게 말하면 행상인이라는 뜻이지만, 이 문맥에서는 인도에서 상업에 종사하는 사람들을 경멸적으로 지칭한다.

중산층 좌파는 키플링의 잔인성이나 통속성 못지않게 이 책임의식 때문에도 그를 혐오한다. 산업화된 국가의 모든 좌파 세력은 사실은 엉터리다. 진심으로 무너지기를 바라지 않으면서도 그에 맞서 싸우는 것을 자기 일로 삼고 있기 때문이다. 그들은 국제주의적인 목적을 가지고 있으면서도 이러한 목적과 양립할 수 없는 생활수준을 유지하려고 애쓴다. 우리 모두는 아시아 노동자를 강탈하면서 살아가지만 '식자층'은 그들이 해방되어야 한다고 주장한다. 하지만 우리의 생활수준, 그리고 우리의 '지식'을 유지하려면 그러한 강탈이 계속되어야 한다. 인도주의자는 언제나 위선자다. 키플링은 이 사실을 이해하고 있으며, 어쩌면 강력한 표현을 창조하는 힘의 핵심 비밀이 바로 여기 있을 것이다. "당신이 잠든 동안 당신을 지켜주는 제복 차림의 사람들을 조롱하면서"[*1]라는, 불과 몇 개 단어 되지도 않는 시구로 좁은 시야를 지닌 영국 평화주의를 표현해내기는 쉽지 않다. 사실 키플링은 지식층과 나이 많은 보수주의자층의 관계가 지닌 경제적 측면을 이해하지 못한다. 지도를 붉게 칠하려는 주된 목적이 아시아 노동자를 착취하는 데 있음을 알지 못한다. 키플링의 눈에는 아시아 노동자가 아니라 인도 공무원이 보인다. 하지만 이런 의식을 지녔음에도 그는 역할에 대한 인식, 즉 누가 누구를 보호하고 있는가에 대한 인식에서 매우 건전성을 보인다. 키플링은 사람들이 고도로 문명화되기 위해서는 다른 한편에서 문명화된 사람들을 보호하고 먹여 살리는 사람들이 있어야 하며 그들은 필연적으로 덜 문명화된 사람들일 수밖에 없다는 사실을 명확하게 이해하고 있다.

---

*1 「토미Tommy」, *RKV*, pp.398-399.

키플링이 시에서 칭송하는 행정관리, 병사, 기술자 등과 자신을 실제로 얼마만큼 동일시하고 있을까? 키플링이 그들과 자신을 철저하게 동일시한다고 가정하는 경우가 더러 있지만 실제로 그 정도로 동일시하지는 않는다. 젊었던 시절에 키플링은 아주 많은 곳을 여행했고 속물적인 환경에서 탁월한 정신을 지닌 채 성장했다. 또한 부분적으로는 신경증적인 증상 같은 어떤 기질 때문에 감성적인 사람보다 활동적인 사람을 선호했다. 키플링의 우상 가운데 가장 공감할 수 없는 대상이 19세기 인도 거주 영국인인데, 어쨌든 그들도 뭔가를 행하는 사람이었다. 그들이 행한 일이 모두 악행일지는 몰라도 그들은 지구의 양상을 바꿔놓았다(아시아 지도에서 인도와 주변 국가의 철도 체계를 비교해보라). 반면 일반적인 인도 거주 영국인이 E. M. 포스터 같은 견해를 지녔다면 그들은 아무것도 이룩하지 못하고 단 일주일도 권력을 유지하지 못했을 것이다. 키플링의 문학적 묘사가 비록 저속하고 얄팍하기는 해도 우리가 가진 문학적 묘사 중 유일하게 19세기 인도 거주 영국인을 그리고 있다. 또한 키플링은 클럽과 군대 휴게실에서도 가만히 입 다물고 있을 만큼 투박한 사람이었기에 이런 묘사를 해낼 수 있었다. 하지만 키플링은 자신이 칭송하는 사람들과 별로 닮지 않았다. 몇몇 개인적 자료로 미루어보건대 키플링과 동시대 사람이었던 인도 거주 영국인은 그를 좋아하지도 인정하지도 않았던 것 같다. 그들은 키플링이 인도에 대해 아무것도 알지 못한다고 분명 진심 어린 말로 이야기했으며 다른 한편으로 그들의 관점에서 키플링은 지나치게 교양인이었다. 인도에 있는 동안 키플링은 '불량한' 사람들과 어울리려고 했으며 얼굴색이 검은 탓에 아시아인의 피가 섞인 것으로 오해받았다. 키플링의 발전

과정에서 보이는 많은 부분은 그가 인도에서 태어나 일찍 학교를 그만
두었다는 사실에 기인할 것이다. 조금만 다른 배경에서 자랐더라도 키
플링은 어쩌면 훌륭한 소설가가 되거나 아니면 최고의 보드빌 작가가
되었을 것이다. 그런데 키플링이 천박한 선동가라는 것, 다시 말해 세실
로즈*의 홍보요원 같은 존재라는 주장은 어느 정도 사실일까? 이 주
장은 맞는 말이다. 하지만 키플링이 윗사람에게 맹종하거나 시류를 쫓
는 사람은 아니었다. 키플링은 초기 이후 한 번도 대중 여론에 영합한
적이 없었다. 엘리엇은 사람들이 키플링을 나쁘게 보는 이유가 별 인기
없는 견해를 인기 있는 방식으로 표현하기 때문이라고 했다. 이 주장에
서는 '별 인기 없는 견해'를 지식인에게 인기 없다는 의미인 것처럼 가정
함으로써 문제의 범위를 협소하게 만들고 있다. 하지만 키플링의 '메시
지'는 많은 대중이 원하지 않은 메시지고 실제로도 결코 받아들지 않았
던 메시지다. 지금과 마찬가지로 1890년대의 대중은 반군국주의적이
었으며 제국에 염증을 느꼈고 무의식적인 애국심밖에 없었다. 공인된
키플링 숭배자는 예나 지금이나 '군인' 중산계층, 즉《블랙우즈 매거진
Blackwood's Magazine》**을 읽는 사람들이다. 어리석었던 20세기 초반
의 늙은 보수주의자들은 시인이라고 불릴 만하면서도 자기들 편인 사
람을 마침내 찾아냈고 키플링을 열렬히 받들어 모시면서 그의 작품 중
「만일」같이 훈계조가 좀 더 강한 몇몇 시에 거의 성경과도 같은 지위를

---

* 로즈(Cecil Rhodes, 1853~1902)는 영국 태생의 기업가이자 정치인으로, 케이프 식민
지의 수상을 지냈으며 영국 정부의 아프리카 종단정책에 가담한 제국주의자로 유
명하다.

** 영국에서 발행되던 문예잡지로 보수적·호전적 성향을 보였다.

 모든 예술은 프로파간다다—조지 오웰 평론집

부여했다. 하지만 늙은 보수주의자들이 성경보다 조금이라도 더 주의 깊게 키플링의 시를 읽었는가는 다분히 의심스럽다. 그들은 키플링이 하는 이야기의 많은 부분을 인정하지 못할 것이다. 내부에서 영국을 비판한 사람 중에 이 밑바닥 애국자만큼 영국에 대해 통렬하게 말한 사람은 없었다. 대체로 키플링은 영국 노동계급을 공격하고 있지만 항상 그런 것은 아니다. "크리켓 위켓 앞에 플란넬 옷을 입고 있는 바보들 또는 각 골문들 앞을 지키는 진흙투성이의 미련퉁이들"[*1] 같은 구절은 오늘날까지도 마치 화살처럼 깊이 박혀 있으며 이튼 학교 대 해로 학교의 시합뿐만 아니라 컵 쟁탈 결승전을 겨냥한 구절이다. 키플링이 보어 전쟁에 대해 쓴 몇몇 구절은 주제 면에서 묘하게 현대적인 울림을 지닌다. 분명 1902년에 썼을 「스텔렌보스Stellenbosch」[*2]는 그 문제에 관해 모든 지적인 보병장교가 1918년에 했던 말들 또는 지금도 하고 있는 말들을 요약해놓았다.

키플링이 잉글랜드와 대영제국에 대한 낭만적 관념을 지니면서도 이와 함께 붙어 다니던 계급적 편견을 지니지 않았다면 이런 낭만적 관념 자체는 별 의미가 없을지도 모른다. 키플링의 가장 대표적인 최고 작품이라 할 군인 시들, 그중에서도 특히 『병영의 노래Barrack-

---

*1 「섬사람들The Islanders」(1902), *RKV*, pp.301-304. 오웰은 '또는(or)'이 아니라 '과(and)'라고 썼고, '골문들'이 아니라 '골문'이라고 썼다.

*2 *RKV*, pp.477-478. 다음과 같은 주가 붙어 있다. "무능한 지휘관으로 악명 높았던 지휘관들을 스텔렌보스 시로 보냈으며, 이 도시 이름이 지금은 동사처럼 쓰이게 되었다"(남아프리카 케이프 주의 도시 이름인 Stellenbosch는 '좌천시키다'라는 의미의 동사로도 쓰인다). 키플링은 이 시에서 이렇게 썼다. 장군은 "훈장을 두둑하게 받고" "참모는 수훈장을 받으며 마침내 우리는 병든다./ 그리고 병사들은 또다시 해야 할 일이 있다!"

Room Ballads』[*]를 보면 그 밑바탕에 깔린 지지하는 분위기가 무엇보다도 이 시들을 망치고 있는 것을 알아차릴 수 있다. 키플링은 군 장교, 특히 하급 장교를 이상화하며 그것도 바보스러울 정도로 이상화한다. 하지만 졸병은 비록 사랑스럽고 낭만적인 존재이긴 해도 분명 희극적 인물이다. 졸병은 언제나 양식화된 런던내기 말투로 말하는데, 그런 말투가 작품에 널리 쓰이지는 않지만 어김없이 h와 g's는 빠져 있다. 그 결과 교회 친목회에서 우스꽝스러운 낭송을 하는 것처럼 당혹스런 느낌을 안겨준다. 또한 이 때문에 사람들은 키플링의 시를 그대로 암송하면서도 런던내기 말투를 표준어로 바꿈으로써 그나마 덜 경박스럽고 야단스럽지 않게 바꿔서 암송하는 경우가 많다. 특히 키플링의 후렴구가 그러하며 그의 후렴구들은 정말로 노래 가사 같은 특징을 보이는 일이 많다. 사례를 두 개 정도만 들어도 알 수 있을 것이다 (하나는 장례식에 관한 것이고, 다른 하나는 결혼식에 관한 것이다).

> 그러니 파이프를 내팽개치고 나를 따르라!
> 맥주잔을 비우고 나를 따르라!
> 아, 커다란 북소리의 외침을 들으라,
> 나를 따르라. 나를 따라 집으로 가자!^{*1}

> 병장의 결혼식에 환호를 질러라.

---

[*] 키플링의 『병영의 노래, 그리고 여러 시들Barrack-Room Ballads, and Other Verses』은 두 부분으로 나뉘어 1892년과 1896년에 출판되었다.

^{*1} 「나를 따라 집으로 가자Follow Me 'Ome」, *RKV*, pp.446-447.

다시 한 번 더 환호를 질러라!
사륜마차에 실린 회색빛 사격 말들
사기꾼이 매춘부와 결혼하네!*1

여기에서는 h와 그 밖의 것들을 모두 살려놓았다. 키플링은 좀 더 현명했어야 했다. 사례로 든 첫 번째 시의 마지막 두 행은 매우 아름다운 구절이며, 노동자의 말투를 비웃고 싶은 충동을 억눌러야 했다는 것을 키플링은 깨달았어야 했다. 옛 발라드 시에서는 영주와 농부가 같은 언어를 쓴다. 뒤틀린 계급적 관점을 얕보는 키플링으로서는 이렇게 두 계층에게 같은 언어를 쓸 수 없었고, 시적인 판단기준으로 볼 때 키플링의 좋은 구절은 훼손되었다. "follow me 'ome"(나를 따라 집으로 가자)는 "follow me home"보다 꼴사납다. 운율 면에서 별반 차이가 없는 곳에서도 키플링의 연극적인 런던내기 사투리가 풍기는 경박함은 짜증을 안겨준다. 그런데 키플링의 시는 인쇄된 상태로 읽히기보다는 큰 소리로 암송되는 경우가 더 많은데, 사람들은 본능적으로 그의 시에서 필요한 부분을 적절하게 바꿔서 인용한다.

1890년대든 오늘날이든 『병영의 노래』를 읽은 사병이 이 작가야말로 나를 대변해주는 사람이구나 하고 느낄 거라고 상상되는가? 그러기는 힘들 것이다. 시집을 읽을 줄 아는 사병이라면 키플링이 다른 곳과 마찬가지로 군대에서도 여전히 벌어지는 계급 전쟁을 거의 모른다는 사실을 한눈에 알아볼 것이다. 키플링이 사병을 익살스런 존재로 생

---

*1 「병장의 결혼식The Sergeant's Weddin'」, *RKV*, pp.447–449.

각하기 때문이기도 하지만 사병이 애국적이고 봉건적인 존재이며 기꺼운 마음으로 장교를 우러러보고 여왕의 군인인 것을 자랑스러워한다고 생각하기 때문이기도 하다. 물론 이런 견해가 부분적으로는 사실일 것이며 그렇지 않다면 전투를 수행하지 못했을 것이다. 하지만 "그대, 잉글랜드, 나의 잉글랜드를 위해 나는 무엇을 했던가"[*1]라는 물음은 본질적으로 중산계급의 물음이다. 노동자라면 이 물음에 즉각 "잉글랜드는 내게 무엇을 해주었는가"라고 반문할 것이다. 키플링은 이런 반문을 그저 "하층 계급의 강한 이기심"(키플링 자신의 표현)[*2]이라고 요약할 것이다. 키플링이 영국인이 아니라 '충성스런' 인도인에 대해 쓸 때에는 '살람 사입'[*]의 모티브를 더러 혐오스러울 정도로 상세하게 끌고 간다. 그럼에도 키플링 시대나 오늘날의 대다수 '자유주의자'에 비해 키

[*1] 헨리(William Ernest Henley, 1849~1903)의 「잉글랜드를 위하여For England's Sake」에서 인용. 오웰은 "thee"라고 썼지만 헨리는 "you"라고 썼다. 키플링은 "헨리의 시와 산문에 대해 더할 나위 없는 찬사를 보냈다"(*SoM*, p.82). 또한 1890년 2월 22일 "대니 디버"로 시작되는 키플링의 시를 《스콧츠 옵저버The Scots Observer》 신문에 실어줌으로써 키플링에게 힘을 북돋아준 이는 헨리였다.

[*2] 『위 윌리 윙키Wee Willie Winkie』(100주년판, 1969, p.331)에 실린 「배의 이물과 고물의 북Drums of the Fore and Aft」(〈위 윌리 윙키〉는 스코틀랜드 자장가이며, 잠을 의인화한 인물이 주인공이다). 「그날That Day」이라는 시와 유사한 이야기 속에 이 문구가 등장하는데, 이 문구에서는 일반의 믿음과는 달리 영국 병사들이 공포에 떨며 도망쳤던 상황을 염려하고 있다. 키플링은 병사들이 왜 "장교를 따라 싸우러" 가지 않았는지, 왜 병사들이 "명령을 내릴 권한이 없는 사람들의"(p.330) 명령에 따르려 하지 않았는지 이유를 끌어내고 있다. 이 문구의 문맥은 다음과 같으며 중요한 의미가 담겨 있는 것으로 보인다. "불완전한 지식을 지녔고, 초보적인 상상력의 저주에 사로잡혔으며, 하층 계급의 강한 이기심 때문에 발목이 잡혔고, 군대 체제의 유대관계가 뒷받침되지 못했다……" 주변에는 온통 고만고만하게 미숙한 병사들뿐인 데다 불확실하고 서툰 지휘하에 있었다면 그런 병사들이 원주민의 공격 앞에서 흔들리는 것은 전혀 놀랄 일이 아니라고 키플링은 주장했다.

[*] '살람'은 일부 아시아 국가에서 오른손을 이마에 대고 허리를 굽혀 하는 인사를 뜻하며 '사입'은 각하 또는 나리라는 뜻으로, 특히 과거 인도에서 사회적 신분이 어느 정도 있는 유럽 남자에게 쓰던 호칭이다.

플링은 일반 병사에게 많은 관심을 보였고 이들 병사가 정당한 대우를 받지 못할 것이라는 우려를 보인 것 또한 사실이다. 키플링은 병사들이 월급을 제대로 받지 못하는 비열한 상황에 놓이거나 또는 그가 지켜주는 사람들에게 위선적인 경멸을 받으면서 무시되고 있다고 여겼다. 키플링은 사후 발간된 회고록에서 "사병들의 삶이 지닌 날것의 공포, 그들이 견뎌낸 불필요한 고통을 깨닫게 되었다"[*1]고 썼다. 키플링은 전쟁을 찬양했다고 비난 받는다. 하지만 일반적인 방식과는 달리 전쟁이 축구 시합인 양 가장하는 방식으로 전쟁을 찬양했다. 전쟁 시를 쓸 수 있는 대다수 사람들과 마찬가지로 키플링 역시 한 번도 전투에 참여한 적은 없었지만[*2] 전쟁에 대한 그의 견해는 현실주의적이었다. 키플링은 총알이 상처를 입히며 포화 속에서는 누구나 공포에 사로잡힌다고 믿었으며, 일반 병사는 전쟁이 무엇 때문에 일어났는지 그리고 자신이 속한 한쪽 구석의 전쟁터 말고 다른 곳에서 무슨 일이 벌어지는지 전혀 알지 못한다는 것, 다른 군대와 마찬가지로 영국 군대드 자주 도망갔다는 것을 알고 있었다.

> 나는 내 뒤에서 칼 소리가 들리는 것을 들었지만 내 부하 쪽으로 얼굴을 돌리지 않았고,
> 내가 어디로 갈지도 몰랐다. 멈춰 서서 보지 않았기 때문이다.

[*1] *SoM*, p.56. 이어서 키플링은 사병이 "죄의 삯은 사망"이라고 단언하는 그리스도교 교리 덕분에 견뎠다고 썼다.

[*2] 하지만 키플링은 세심한 관찰자였다. *SoM*, 제6장 「남아프리카」와 키플링이 '카리 사이딩의 전투'(약간 비꼬는 방식으로 제목을 붙인 것이 아닐까)에 대해 밝힌 설명(pp.157-161)을 참조하라.

마침내 녀석이 막사를 향해 비명을 지르며 달려가는 소리가 들렸다.

그리고 내가 아는 목소리라고 생각했다―그것은 바로 나였다![1]

이 시의 문체를 현대식으로 옮기면 19세기 전쟁 폭로 서적에서 인용한 내용이 되었을 것이다. 그런가 하면 다음과 같은 구절도 있다.

이제 흉악한 총알들이 먼지를 가르며 쪼아대면서 오고 있다.

아무도 총알과 마주하기를 원치 않지만 모든 녀석이 그래야만 한다.

그리하여 나아가는 것이 달갑지 않은, 움직이지 못하는 사람처럼,

그들은 몸이 뻣뻣하게 굳고 느린 동료들 옆을 떠난다.[2]

이 시를 다음 시와 비교해보라.

경기병대 앞으로!

당황한 사람이 있었던가?

한 명도 없다! 비록 병사는 알고 있었지만

누군가 실수했다는 것을.[3]

---

[1] 「그날」, *RKV*, pp.437-438.

[2] 「이든The 'Eathen」, *RKV*, pp.451-453. "그들은" 하사관이었다.―"군대의 중추는 권한이 없는 부하였다."

[3] 테니슨의 시 「경기병대의 돌격The Charge of the Light Brigade」.

키플링은 공포를 과장하고 있다. 키플링의 젊은 시절에 일어난 전쟁들은 우리 기준으로 볼 때 사실 전쟁도 아니었기 때문이다. 이는 그에게서 보이는 신경질적인 기질, 즉 잔인성에 대한 허기에서 기인했을 것이다. 하지만 적어도 키플링은 불가능한 목표를 공격하라고 명령 받은 사람들이 당황했으며 하루에 4펜스는 결코 후한 봉급이 아니라고 생각했다.

키플링은 19세기 후반의 장기 복무 용병대에 대해 아주 완벽한 또는 진실한 묘사를 우리에게 남겨주었다. 키플링이 19세기 인도 거주 영국인에 대해 쓴 글과 마찬가지로 이 묘사는 최고의 것일 뿐만 아니라 우리가 지닌 유일한 것이라고 말해야 할 것이다. 키플링이 기록해주지 않았다면 구전으로만 또는 읽기 힘든 군대 역사를 통해서만 수집할 수 있었을 방대한 양의 재료를 기록으로 남겼다. 아마도 군대 생활에 대한 키플링의 묘사는 실제보다 훨씬 완전하고 정확하게 느껴질 것이다. 영국 중산계층 사람이라면 누구나 행간을 채울 수 있을 만큼 많은 것을 알기 때문이다. 어쨌든 에드먼드 윌슨이 얼마 전 내놓은 키플링 평론이나 곧 발표할 키플링 평론을 읽으면서 나는 우리에게 지겨울 정도로 익숙하지만 미국인에게는 좀처럼 이해되지 않을 것 같은 일들이 얼마나 많은지 그 수에 놀랐다. 하지만 키플링의 초기 작품은 기관총 이전 시대의 구식 군대에 대해 심각한 착각을 불러일으키지 않는 생생한 묘사가 들어 있다. 지브롤터*나 러크나우**에 위치한 찜통 같은 막사, 붉은색

---

* 스페인의 이베리아 반도 남단에서 지브롤터 해협을 향해 남북으로 뻗어 있는 반도로 영국의 직할식민지다.

** 인도 북부 우타르프라데시의 주도로 1857~1858년 세포이 반란의 중심지였다.

코트, 파이프 점토로 하얗게 표백한 벨트와 필박스 해트,* 맥주, 싸움, 태형, 교수형과 십자가형, 집합 나팔소리, 귀리와 말 오줌 냄새, 콧수염을 길게 기르고 고래고래 소리치는 하사관, 피비린내 나는 접전, 변함없이 늘 부당한 대우, 사람들이 빽빽하게 들어찬 군대 수송선, 콜레라가 만연한 야영지, '원주민' 내연의 처, 그리고 최종적으로 구빈원에서 맞이하는 죽음. 이는 애국적인 보드빌 한 편이 졸라의 좀 더 피비린내 나는 문단과 차츰 뒤섞여가는 것처럼 보이는 거칠고 통속적인 묘사다. 하지만 이 묘사를 통해 미래 세대는 장기 복무하는 지원병 군대가 어떤 모습이었을지 어느 정도 정보를 얻을 수 있을 것이다. 또한 자동차와 냉장고에 대해 들어보지도 못하던 시절 영국령 인도에 대한 사항들도 이와 거의 같은 차원에서 알게 될 것이다. 가령 조지 무어나 기실, 또는 토머스 하디가 키플링과 같은 기회를 가졌다면 이런 주제에 관해 더 훌륭한 책을 썼을 것이라고 가정하는 것은 잘못이다. 그런 일은 불가능하다. 19세기 영국에서『전쟁과 평화』또는 군대 생활에 대한 톨스토이의 소품, 가령『세바스토폴 이야기』나『카자흐 사람들』같은 작품이 나온다는 것은 불가능하다. 재능이 부족하기 때문이라기보다는 그런 작품을 쓸 만한 감수성을 지닌 사람이 그에 합당한 접촉을 한 적이 없었기 때문이다. 톨스토이는 가족의 거의 모든 젊은이가 군대에서 몇 년씩 보내는 일이 자연스럽게 여겨지는 거대한 군사 제국에서 살아온 반면 대영제국은 예나 지금이나 대륙에서 지켜보는 이들이 믿지 못할 세력으로 여길 만큼 비무장상태로 살아왔다. 문명화된 사람들은 문명의 중심 지

---

* 모자 테 없이 윗부분이 납작한 작은 모자.

역으로부터 멀리 떨어진 지역으로 가는 것을 달가워하지 않으며, 대부분의 언어권에서 이른바 식민지 문학이라고 부를 만한 것이 매우 부족했다. 사병 오더리스와 혹스비 부인*이 야자나무를 배경으로 서서 사원의 종소리에 귀 기울이는 장면 등 키플링이 묘사한 것과 같은 통속적인 장면을 만들어내려면 여러 상황들이 도저히 있을 법하지 않게 한데 결합되어야 하는데, 그 가운데 반드시 포함되어야 하는 상황이 있다. 바로 키플링 자신이 절반만 문명화된 사람이었다는 상황이다.

키플링은 영어에 몇 가지 표현들을 늘려준 우리 시대의 유일한 영국 작가이다. 우리가 기원조차 기억하지 못한 채 물려받아 사용하는 표현과 신조어들이 반드시 우리가 추앙하는 작가들에 의해 만들어진 것은 아니다. 가령 나치 방송 아나운서들이 러시아 병사들을 가리켜 '로봇'이라고 일컬으면서 결과적으로 한 체코 민주주의자에게서 이 단어를 빌려온 점은 정말로 이상하다.*1 만일 이 아나운서들의 손이 닿을 수 있었다면 그 체코 민주주의자를 죽여버렸을 것이기 때문이다. 키플링이 남긴 표현 여섯 가지를 소개한다. 아마도 저질 신문의 짧은 사설에 이런 표현이 인용된 것을 보거나 키플링의 이름조차 들어보지 못했을 사

---

* 사병 오더리스와 혹스비 부인은 키플링의 여러 단편소설에 되풀이해서 등장하는 인물이다.

*1 아마도 오웰은 차페크(Karel Čapek, 1890~1938)를 가리키는 것으로 보인다. 소설가이자 극작가인 차페크는 희곡 『R.U.R』(1920. R.U.R는 Rossum's Universal Robots의 약자)에서 로섬의 만능 로봇을 그리고 있으며 '로봇'이라는 단어를 맨 처음 도입해 일반적으로 쓰이게 한 것으로 여겨지고 있다. 하지만 하킨스(William Harkins)가 쓴 『카렐 차페크Karel Čapek』(1962)에 따르면 카렐의 형 요세프 차페크(1887~1945)가 1917년에 출간된 단편소설에서 맨 처음 사용했다고 한다. 옥스퍼드 영어 사전에는 체코어 robota는 부역, robotnik는 농노를 뜻한다고 나와 있다 강요된 노동이 적절하게 의미를 전달해준다.

람들이 술집에서 이런 표현을 쓰는 것을 들어보았을 것이다. 이 표현들에는 일정한 공통된 특징이 있다는 것을 알 수 있다.

> 동양은 동양이고 서양은 서양이다.
>
> 백인의 짐.
>
> 오로지 영국인만 아는 영국인에 대해 그들이 무엇을 알고 있는가?
>
> 종의 암컷은 수컷보다 치명적이다.
>
> 수에즈의 동쪽 어딘가.
>
> 데인겔드* 세금을 내다.[*1]

이 밖에도 문맥에서 분리된 채 오랫동안 생명력을 지녔던 몇몇 구절을 비롯해 여러 표현들이 있다. 가령 "당신의 입으로 크루거**를 죽

---

* Dane-geld. 영국의 국방세로 991년 에셀레드 2세가 데인인 침략자를 매수해 철수시킬 때 처음으로 신설·징수하였다.

[*1] '동양은 동양이고 서양은 서양이다'는 「동양과 서양의 발라드The Ballad of East and West」(1899), *RKV*, pp.234-238에서, '백인의 짐(The white man's burden)'은 동명 시(1899), *RKV*, pp.323-324에서 인용. 이 시에는 의미심장하게도 '미국과 필리핀제도'라는 부제가 붙어 있다. 이 시는 맨 처음 미국의 《맥클루어스 매거진McClure's Magazine》에 발표되었다. 처음에는 미국인에게 불운한 사람들을 책임지라고, 식민지의 짐을 떠안으라고 호소하기 위한 것이었다. '오로지 영국인만 아는 영국인에 대해 그들이 무엇을 알고 있는가'는 「영국 국기The English Flag」(1891), *RKV*, pp.221-224에서 '종의 암컷은 수컷보다 치명적이다(The female of the species is more deadly than the male)'는 동명의 시(1911), *RKV*, pp.367-369에서, '수에즈의 동쪽 어딘가'는 「만달레이Mandalay」, *RKV*, pp.418-420에서(키플링은 'Somewhere'가 아니라 'Somewheres'라고 썼다), '데인겔드 세금을 내다'는 「데인겔드Dane-geld」, *RKV*, pp.712-713에서 인용했다.

** 크루거(Stephanus Johannes Paulus Kruger, 1825~1904). 1883년에서 1900년까지 남아프리카 트란스발 공화국의 대통령을 지낸 정치인.

이고"[1] 같은 구절은 아주 최근까지도 사용되고 있다. 독일인을 가리켜 '훈족'이라고 마음대로 쓸 수 있게 한 최초의 사람도 키플링일 가능성이 있다. 어쨌든 1914년 첫 총성이 울리자마자 키플링은 바로 이 표현을 쓰기 시작했다. 하지만 내가 위에 열거한 표현들은 모두 반쯤 조롱 섞인 뜻으로 쓰이다가("나는 오월의 여왕이 될 것이기 때문이에요. 어머니, 나는 5월의 여왕이 될 거예요."[2]가 그랬던 것처럼) 머지않아 모두들 사용하게 되었다는 공통점을 지닌다. 가령 주간지 《뉴 스테이츠맨The New Statesman》* 만큼 키플링에게 강한 경멸감을 보인 세력이 없었지만 뮌헨 협정 시기 동안 데인겔드 세금을 내는 문제와 관련해서 이 문구를 얼마나 여러 차례 걸쳐 인용했던가? 키플링이 보여주는 간이식당용 지혜, 천박한 장면을 몇 안 되는 단어 속에 생생하게 농축시켜 표현하는 재능(「야자나무와 소나무Palm and Pine」, 「수에즈의 동쪽East of Suez」, 「만달레이로 가는 길The Road to Mandalay」 등)은 별개로 하더라도 그는 긴급한 관심사에 대해 이야기하고 있다. 이런 관점에서 볼 때 점잖고 사색적인 사람들이 대체로 키플링의 반대편에 서 있다고 생각하더라도 이는 별로 문제가 되지 않는다. 설령 사람들이 '백인의 짐'이라는 문구를 보고 이를 '흑인의 짐'이라고 바꿔야 한다고 느낄지라도 이 '백인의 짐'이 즉각적으로 현실의 문제를 상기시키는 것은 사실이다. 사람들은 「섬사

---

[1]　「정신이 딴 데 가 있는 녀석The Absent-Minded Beggar」, *RKV*, pp.459-460. 1899년 10월 31일 《데일리 메일》에 발표되었다. 이 시는 아서 설리번 경이 작곡한 곡과 함께 군인과 그들의 부양가족을 위한 기금 25만 파운드를 거둬들였다. 키플링은 이 시를 자신의 전집에 수록하는 데 오랫동안 반대했다. *SaM*, p.150 참조. 캐링턴, pp.363-364.

[2]　테니슨, 「오월의 여왕The May-Queen」.

*　1913년에 창간된 영국 좌파 계열의 정치 문화 주간지.

람들The Islanders」에 함축된 정치적 태도에 대해 뼛속으로부터 반대의
견을 보이더라도[*1] 그의 정치적 태도가 변덕스러운 태도라고 말하지는
못한다. 키플링은 통속적이면서도 영원한 입장을 다루고 있다. 이 점
때문에 시인 혹은 운문 작가로서 키플링이 지니는 특별한 위상 문제가
제기된다.

엘리엇은 운율이 있는 키플링의 글을 '운문'이라고 칭할 뿐 '시'라
고 말하지 않는다. 하지만 작가의 작품에 '시인지 운문인지 말할 수 없
는 작품'이 들어 있다면 이 작가에 대해서는 오로지 '훌륭한 운문 작가'
라고만 말할 수 있다고 단서를 붙이면서 키플링의 글을 '훌륭한 운문'
이라고 평했다. 분명 키플링은 가끔 시를 쓰기도 했던 운문 작가였지
만 엘리엇이 이런 시의 제목을 구체적으로 명시하지 않은 것은 유감이
다. 문제는 키플링의 작품에 대해 미학적 판단이 요구될 때마다 엘리
엇은 너무도 방어적인 태도를 취하면서 분명한 의견을 밝히지 못한다
는 점이다. 엘리엇이 말하지 않은 사실, 그리고 내 생각에 키플링에 대
한 어떤 식의 논의에서도 반드시 서두에 꺼내야 하는 사실이 있다. 키
플링의 운문 대부분이 너무도 통속적이라서 삼류 보드빌 연기자가 얼
굴에 자주색 각광 불빛을 받으면서 「워 팡 푸의 땋은 머리The Pigtail of
Wu Fang Fu」를 암송하는 모습을 지켜볼 때와 같은 느낌이 들지만 그럼
에도 시가 무엇을 의미하는지 아는 사람들에게 아주 많은 것을 전해줄

[*1]　이 시는 이탤릭체로 다음과 같이 끝맺는다. "당신들이 국민이라는 것은 의심 없는
　　　사실이지요.……/당신의 머리 위에, 당신의 손에 죄와 구원이 있지요!"(*RKV*, p.304)
　　　키플링이 밝힌 바에 따르면 "며칠간 신문 투고가 이어진 뒤" 이 시들은 "폭력적이고
　　　시기에 맞지 않으며 사실이 아니라며 묵살되었다"(*SoM*, p.222)고 한다.

수 있다는 점이다. 키플링은 「건가 딘Gunga Din」이나 「대니 디버Danny Deever」[*1] 같은 시에서 최악이면서도 아주 생명력 넘치는 모습으로 부끄러운 쾌락을 안겨준다. 이는 중산층 생활 속에 몰래 들여오는 싸구려 사탕에 대한 취향 같은 것이다. 하지만 그가 쓴 최고의 구절에서도 사람들은 뭔가 겉만 그럴싸한 것에 유혹당한 것 같은 느낌을 받으며 그러면서도 번번이 유혹 당한다. 시를 좋아하는 사람으로서 다음 구절을 읽고 어떤 기쁨도 느끼지 못한다고 말하는 사람이라면 한낱 속물에 불과하거나 거짓말쟁이일 것이다.

> 바람이 야자나무에 머물고 사원 종소리가 말하기 때문입니다,
> "돌아오라, 그대 영국 병사여, 그대 돌아오라
> 만달레이로!"라고.[*2]

그럼에도 이들 구절은 「펠릭스 랜달Felix Randal」이나 「벽에 고드름이 걸릴 때When icicles hang by the wall」를 시라고 할 때와 같은 의미에서 시가 아니다. '운문'과 '시'라는 단어로 장난치기보다는 키플링을 그저 훌륭한 대중 시인이라고 한다면 보다 정확하게 키플링을 파악할 수 있을 것이다. 해리엇 비처 스토[*3]가 소설가로서 지니는 위상과 동일한 차

---

*1 *RKV*, pp.406-408과 pp.397-398.

*2 「만달레이」, *RKV*, pp.418-420.

*3 스토(Harriet Elizabeth Beecher Stowe, 1811~1896)는 열렬한 노예해방론자로 『엉클 톰스 캐빈Uncle Tom's Cabin』(1852)을 쓴 미국의 작가이다. 이 작품은 그녀에게 명성을 안겨주었으며 노예제도 반대 명분에 힘을 실어주었다. 이후 스토는 「레이디 바이런의 삶에 대한 사실적인 이야기The True Story of Lady Byron's Life」라는 논문으로 미국과 영국에서 또 한 차례 거센 바람을 일으켰다.

원에서 키플링은 시인이다. 그리고 여러 세대에 걸쳐 통속적이라고 인식되면서도 사람들에게 계속 읽히는 이 같은 종류의 작품이 존재한다는 사실만으로도 우리가 사는 시대에 관해 뭔가 시사하는 점이 있다.

영어로 된 훌륭한 대중 시는 매우 많으며 그것들은 모두 1790년 이후에 나온 것이라고 할 수 있다. 나는 의도적으로 다양한 사례를 선택하고자 한다. 훌륭한 대중 시의 사례로 「탄식의 다리The Bridge of Sighs」, 「세상 모두가 젊을 때, 청년이여When all the World is Young, Lad」, 「경기병대의 돌격The Charge of the Light Brigade」, 브렛 하트의 「막사에 있는 디킨스Dickens in Camp」, 「존 무어 경의 매장The Burial of Sir John Moore」, 「제니가 내게 키스했네Jenny Kissed Me」, 「래블스톤의 키스Keith of Ravelston」, 「카사블랑카Casablanca」[*1]를 들 수 있다. 감상성의 냄새가 물씬 풍기는 시들, 다시 말해서 위에 인용한 개별 시가 아니라 이런 특성을 보이는 종류의 시들은 그 시의 문제가 무엇인지 분명하게 볼 줄 아는 사람에게도 진정한 기쁨을 줄 수 있다. 훌륭한 대중 시는 대체로 아주 널리 알려져 있어서 굳이 다시 발간할 필요가 없다는 의미심장한 사실만 아니라면 이런 시를 모아 제법 두툼한 시집을 꾸밀 수 있을 것이다. 지금 우리가 사는 것과 같은 시대에 '양질의' 시가 진정한 대중성을 얻을 수 있는 척 가장해봐야 소용이 없다. 이런 시는 몇 안 되는 사람들, 즉 예술에 대해 가장 엄격한 사람들의 숭배 대상이며 또한

[*1] 「탄식의 다리」는 후드(Thomas Hood), 「세상 모두가 젊을 때, 청년이여」는 킹슬리(Charles Kingsley), 「경기병대의 돌격」은 테니슨(Alfred, Lord Tennyson), 「존 무어 경의 매장」은 울프(Charles Wolfe), 「제니가 내게 키스했네」는 헌트(Leigh Hunt), 「래블스톤의 키스」는 도벨(Sidney Dobell), 「카사블랑카」는 헤먼스(Felicia Hemans)가 썼다.

그래야 한다. 아마 이 진술에는 일정한 단서를 달아야 할 것이다. 진정한 시가 뭔가 다른 것으로 위장할 때 가끔 대중에게 받아들여질 수 있다는 단서다. 지금도 영국에 내려오는 민속시, 몇몇 자장가, 암기를 돕기 위한 운율, 또는 집합 나팔소리에 맞춘 단어들을 넣어 병사들이 지은 노래 등에서 예를 찾을 수 있다. 하지만 일반적으로 볼 때 우리 문명은 '시'라는 단어 그 자체가 적대적인 비웃음을 불러일으키거나 기껏해야 대다수 사람들이 '신'이라는 단어를 들을 때 느끼는 것처럼 차갑게 얼어붙은 넌더리를 불러일으키는 문명이다. 혹시 당신이 콘서티나*를 연주할 줄 안다면 가장 가까운 술집에 들어가 5분 안에 감상 능력을 지닌 청중을 확보할 수 있을 것이다. 하지만 당신이 그들에게 가령 셰익스피어의 소네트를 읽어주겠다고 한다면 같은 청중인데 어떤 반응을 보일까? 훌륭한 대중 시는 적당한 분위기만 이미 형성되어 있다면 가장 가망성 없는 청중에게도 다가갈 수 있다. 몇 개월 전 처칠은 한 방송 연설 도중 클러프의 「분투Endeavour」*1를 인용함으로써 큰 효과를 일으킨 일이 있다. 그때 나는 사람들 사이에 섞여 이 연설을 들었다. 그들이 시를 좋아하는 사람들이었기 때문에 그랬다고 반박할 수 없을 것 같은 그런 사람들이었다. 잠시 딴 길로 빠져 시를 읊음으로써 그들

---

* 작은 아코디언같이 생긴 악기.

*1 클러프(Arthur Hugh Clough, 1819~1861)는 '분투'라는 제목의 시를 쓰지 않았다. 처칠은 1941년 5월 3일 방송 연설에서 클러프의 서정시 「싸워봐야 소용없다고 말하지 마라Say not the struggle naught availeth」 가운데 마지막 두 연을 인용했다. 인용한 마지막 행 "하지만 서쪽을 보라, 대지가 환하다"는 분명 미국을 겨냥한 것으로, 당시에 미국은 많은 도움을 제공하는 정도였지만 7개월 후에는 전쟁에 참여했다 (Churchill, *The Second World War*, III, pp.209-210; US, *The Grand Alliance*, p.237). '분투'라는 제목은 시 선집에 재수록하는 과정에서 붙였을 가능성이 있다.

에게 깊은 인상을 남겼으며 결코 당혹스러움을 안겨주지 않았다고 확신한다. 하지만 아무리 처칠이라도 그 시 말고 조금이라도 나은 시를 인용했다면 그렇게 잘 해내지 못했을 것이다.

　운문 작가가 인기를 끌 수 있는 한 키플링은 분명 인기를 끌었고 지금도 여전히 인기를 끌고 있다. 키플링 살아생전에 그의 시 중 몇몇은 독서 대중의 범위를 넘어서서, 그리고 학교 우등생 표창일, 보이스카우트 노래, 부드러운 가죽 장정 판, 낙화와 달력 등을 넘어서서 저 멀리 보드빌의 훨씬 넓은 세계로까지 뻗어 나갔다. 그럼에도 엘리엇은 키플링의 글을 편집할 필요가 있다고 생각하는데, 이를 통해 일정한 취향을 털어놓은 셈이다. 그 취향은 다른 이들도 갖고 있는 취향이지만 늘 정직하게 털어놓는 취향은 아니다. 훌륭한 대중 시가 존재할 수 있다는 사실 자체가 지식인과 일반인 사이의 정서적 공존 구역이 있다는 것을 보여주는 표시다. 지식인은 일반인과 다르지만 단지 특정 개성 영역에서만 다를 뿐이며 그 경우에도 항상 다른 것은 아니다. 그런데 훌륭한 대중 시만의 독특한 특징은 무엇일까? 훌륭한 대중 시란 당연한 것에 바치는 우아한 기념물 같은 것이다. 그런 시는 기억하기 쉬운 형식—운문이라는 것 자체가 무엇보다도 기억을 돕는 장치다—으로 거의 모든 인간이 공유할 만한 감정을 기록한다. 「세상 모두가 젊을 때, 청년이여」 같은 시의 장점은 이 시가 아무리 감상적일지라도 머지않아 당신도 이 시에 담긴 생각을 스스로 하게 된다는 의미에서 이 시의 정서가 '진실한' 정서라는 사실이다. 또한 이 시를 우연히 알게 될 경우 장차 이 시가 다시 당신의 마음속으로 찾아와 예전보다 훨씬 좋은 시처럼 여겨지게 된다. 이런 시는 운율이 있는 격언 같은 것이며, 사실 매우 인기 있는 시들

은 대개 격언이나 경구 같은 느낌이 난다. 키플링의 시에서 한 가지 예
만 들어보아도 충분히 알 수 있다.

> 흰 손이 팽팽한 고삐를 움켜쥐고,
>
> 장화를 신은 발뒤꿈치에서 박차를 살며시 밀어내면서
>
> 가장 부드러운 목소리가 외친다, '다시 돌아서요'
>
> 붉은 입술이 칼집에 든 강철을 부옇게 흐리고
>
> 드높은 희망은 따스한 벽난로 바닥 돌 위에 쓰러진다―
>
> 홀로 다니는 자가 가장 빠르게 움직인다.

통속적인 생각이 매우 생동감 있게 표현되어 있다. 이런 생각이 사
실이 아닐지도 모르지만 어쨌든 모든 사람이 이런 생각을 한다. 머지않
아 당신은 홀로 다니는 자가 가장 빠르게 움직인다고 느낄 만한 상황
에 놓일 것이다. 그 상황에서 이런 생각이 완성된 형태로, 말하자면 당
신을 기다리고 있는 것이다. 그러므로 이 시구를 한번 듣고 나면 다시
기억에 떠올리게 된다.

키플링이 훌륭한 대중 시인으로서 지니는 힘의 원천은 내가 앞서
말했듯이 그가 보여주는 책임의식이다. 그는 책임의식이 있었기에 비록
그릇된 것이나마 하나의 세계관을 가질 수 있었다. 키플링이 어떤 정당
과 직접적 관련을 맺은 적은 없지만 그는 보수주의자였다. 오늘날 결
코 존재하지 않는 그런 보수주의자였다. 요즘 스스로를 보수주의자라
고 칭하는 이들은 자유주의자이거나 파시스트이거나 아니면 파시스트
와 한통속인 자들이다. 키플링은 스스로를 지배계급과 동일시하며 결

코 반대 세력과 자신을 동일시하지 않는다. 재능 있는 작가가 이런 모습을 보이는 점이 우리에게는 낯설고 심지어는 혐오스럽기도 하지만 이는 키플링이 현실에 대해 일정한 이해 능력을 갖는 이점이 되었다. 지배 권한은 늘 "이러이러한 상황에서 당신은 무엇을 할 것인가"라는 물음에 직면하는 반면 반대 세력은 반드시 책임감을 갖지도 않고 어떤 현실적인 결정을 내리지도 않는다. 영국에서 그렇듯이 그들은 연금으로 생활하는 영원한 반대 세력이지만 그들의 사고는 그에 따라 점점 수준이 낮아지고 있다. 더욱이 비관주의적이고 역행적인 그들은 실제로 벌어지는 일 덕분에 정당화되기 쉽다. 왜냐하면 유토피아는 결코 오지 않고 키플링이 말했듯이 "모범적인 제목의 신들"*1은 언제나 돌아오기 때문이다. 키플링은 영국 지배계급에게 자신을 팔았으며 이는 경제적 차원의 문제가 아니라 정서적 차원의 문제였다. 이 때문에 키플링의 정치적 판단이 뒤틀렸다. 왜냐하면 영국 지배계급은 결코 키플링이 상상한 그런 사람들이 아니었고 그 결과 키플링은 어리석음과 속물의 깊은 심연 속으로 빨려 들어가고 말았기 때문이다. 하지만 키플링은 행동과 책임의식이 무엇인지 적어도 상상해보려고 애씀으로써 그에 따른 이점을 얻었다. 키플링의 가장 훌륭한 이점으로 꼽을 수 있는 것은 그가 재기 넘치지 않고, '대담하지' 않으며, 보수적 부르주아를 깜짝 놀라게 하려는 마음이 없었다는 점이다. 키플링은 대체로 평범한 것을 다루며 우리는 평범한 세계에 살기 때문에 그가 말한 많은 내용을 받아들일 수 있

---

*1 「모범적인 제목의 신The God of the Copybook Headings」(1919), *RKV*, pp.793-795. 마지막 행에서 키플링은 이 제목들이 "공포와 학살을 동반하면서 다시 돌아온다"고 했다.

　모든 예술은 프로파간다다—조지 오웰 평론집

다. 심지어 그가 보여주는 최악의 어리석음조차도 와일드의 짧은 풍자시나 『인간과 초인Man and Superman』* 마지막 부분에 나오는 멋진 경구 모음집 같은 동시대의 '교양 있는' 발언보다 덜 천박하고 덜 짜증나게 들린다.

---

* 영국의 극작가 버나드 쇼의 4막 희극.

T. S. 엘리엇[1]

《포이트리Poetry》(런던), 1942년 10~11월호

엘리엇의 후기 작품에서 내가 깊은 인상을 받은 것은 거의 없다. 이는 내 안에 특별한 뭔가가 들어 있지 않다는 것을 고백하는 것이지만, 얼핏 드는 생각과는 달리 그냥 입을 다물고 아무 말도 하지 않을 이유는 되지 않는다. 내 자신이 느낀 반응의 변화가 한번 탐구해볼 만한 외적 변화를 가리키고 있기 때문이다.

나는 엘리엇의 초기 작품을 상당수 외우고 있다. 이 작품들은 책상 앞에 앉아 배운 게 아니었다. 시의 어떤 구절이 정말 큰 성공을 거두었을 때 그렇듯이 시가 그저 내 마음속에 들어와 박혔다. 어떤 때에는 시를 한 번 읽고 난 뒤 20행이나 30행쯤 되는 시 전체가 기억나는 일도 있었다. 이 경우 기억 작용은 부분적으로 재구성되기도 했다. 하지만 나는 최근에 나온 이 세 시를 발표 후 각각 두세 번씩 읽었다고 생각되는

---

[1] 이 평론은 따로따로 간행된 엘리엇(Thomas Stearns Eliot, 1888~1965)의 「번트 노튼Burnt Norton」, 「이스트 코커East Coker」, 「드라이 설베지스The Dry Salvages」를 논하고 있다.

데 그중 기억나는 구절은 대체 얼마나 될까? "시간과 종이 하루를 묻었었다", "돌아가는 세상이 멈추는 정지 지점에서", "슴새와 알락돌고래의 광활한 바다", "오, 어둡고 어둡고 어둡다. 그들 모두 어둠 속으로 가고 있다"로 시작되는 구절 정도가 생각난다("나의 끝에 나의 시작이 있다"는 인용구여서 포함시키지 않았다). 이 구절들은 모두 자연스레 내 머릿속에 자리 잡은 것들이다. 이런 사실이 마치 「번트 노튼」을 비롯한 나머지 시들이 좀 더 기억하기 쉬운 초기 시보다 뒤떨어진다는 것을 입증하는 근거라고 받아들이는 사람은 없을 것이며 심지어는 그 반대를 입증하는 것이라고 받아들일지도 모른다. 아주 쉽게 머릿속에 들어온다면 그것은 당연한 내용을 다룬 것이고 심지어는 통속적인 것이라고 주장할 수 있기 때문이다. 하지만 분명 뭔가가 빠져버렸고 어떤 흐름이 끊겨버렸다. 후기 시가 초기 시보다 향상된 것이라고 주장하더라도 분명히 그 속에는 초기의 시들이 들어 있지 않다. 이는 엘리엇이 주제 면에서 퇴보했기 때문이라고 설명하는 것이 합당하다. 논의를 더 진전시키기 전에 우선 두 부분을 인용한다. 의미 면에서 서로 비교해보기에 알맞을 것이다. 첫 번째는 「드라이 설베지스」의 끝부분이다.

그리고 올바른 행위는

과거로부터, 미래로부터 자유롭다.

우리 모두에게, 이는 목표다

이곳에서는 결코 실현되지 못하는 목표.

한 번도 패배하지 않은 자가 있겠는가

우리는 계속 시도해왔는데.

최후의 순간 우리는 만족한다.

우리의 일시적인 회귀가

(주목나무에서 그리 멀리 떨어지지 않은 곳에서)

의미 있는 흙의 생명에 자양분을 공급한다면.

이보다 훨씬 앞서 나온 시에서 한 부분을 인용한다.

눈구멍 안에서

눈알 대신 수선화 둥근 뿌리가 쏘아보았다.

죽은 팔다리 여기저기엔

생각이 그 욕망과 사치를 단단히 조이면서 달라붙어 있다고 그

는 믿었다.

……

골수의 고통,

해골의 오한을 그는 알았다.

살에 닿을 수 있는 어떤 접촉도

뼈의 열을 가라앉히지 못했다.[*1]

두 시의 인용 부분은 모두 동일한 주제, 즉 죽음을 다루기 때문에 나란히 비교할 만하다. 첫 번째 시의 구절 앞에는 이보다 훨씬 긴 구절

[*1] 앞의 「드라이 설베지스」를 인용한 부분 중 《포이트리》에는 3행 'us' 다음에 쉼표가 빠져 있다. 뒤의 「불멸의 속삭임」(1918)의 두 번째 연과 네 번째 연에서는 'the eyes' 대신 'his eyes', 'that thought' 대신 'how thought'로 되어 있고 '사치' 다음에 마침표 대신 세미콜론이 찍혀 있으며, 'skeleton' 다음에 세미콜론 대신 콜론이 찍혀 있다.

이 이어져 있다. 그 앞 구절에서는 과학 연구가 모두 헛소리고 예언과 동일한 수준에서 유치한 미신이라는 점, 그리고 우주에 대한 이해에 도달할 수 있는 사람은 오로지 성인뿐이며 나머지 우리 같은 사람들은 그저 '암시와 추측'에 그칠 뿐이라는 점이 설명되어 있다. 이 시 끝 구절의 핵심어는 '체념'이다. 삶에는 어떤 '의미'가 있으며 죽음에도 어떤 의미가 있다. 하지만 안타깝게도 우리는 그 의미가 무엇인지 알지 못한다. 다만 크로커스든 묘지 주목 아래 핀 꽃이든 그 꽃이 묘지에 묻힌 우리 위에서 자라고 있을 때 그래도 어떤 의미가 있다는 사실이 우리에게 위안이 될 것이다. 하지만 이제 내가 두 번째로 인용한 다른 시의 두 연을 보자. 이 두 연은 엘리엇이 그 당시 죽음에 대해 느낀 점을 적어도 분위기로는 표현하고 있다. 여기에서는 체념을 말하지 않는다. 오히려 반대로 죽음에 대한 이교도적인 태도를 보인다. 즉, 살아 있는 것을 질투하면서 비명을 지르는 가냘픈 유령들로 가득 찬 그늘진 지역 같은 다음 세상이 있을 것이라는 믿음, 삶이 아무리 형편없을지라도 죽음은 이보다 더 나쁘다는 믿음을 표현하고 있다. 죽음에 대한 이러한 개념은 고대에 널리 퍼져 있었으며 어떤 의미에서는 지금도 일반적으로 퍼져 있다. "골수의 고통, 해골의 오한"이나, 호라티우스의 유명한 시「아, 덧없도다eheu fugaces」나, 패디 디그넘의 장례식이 진행되는 동안 블룸[*] 이 입 밖에 꺼내 말하지 못한 생각들은 모두 비슷비슷한 내용이다. 인간은 자신을 한 개인으로 바라볼 때 분명 죽음에 대해서 단순한 분노 같은 것을 느낄 것이다. 또한 이런 태도가 아무리 만족스럽지 못하더

---

[*] 조이스의 『율리시스』에 등장하는 레오폴드 블룸을 가리킨다.

라도 이를 아주 강렬하게 느낀다면, 종교적 신념을 낳기보다는 훌륭한 문학을 낳을 가능성이 더 크다. 종교적 신념이란 실제로 느끼는 것이 아니라 감정의 결을 거슬러서 그냥 받아들이는 것이기 때문이다. 앞에서 인용한 두 연을 비교해보면 이 말이 사실이라고 느껴진다. 두 번째 연이 시로서 더 우수하며 풍자시의 색채가 있음에도 불구하고 분명 느낌이 더 강렬하다고 여겨진다.

「번트 노튼」을 비롯한 세 편의 시는 무엇에 대한 것인가? 이 시들이 무엇에 대한 것인지 말하기는 쉽지 않지만 표면상 나타난 바로는 엘리엇이 혈연관계를 지닌 영국과 미국의 어느 지역에 대해 말하고 있는 것으로 보인다. 아울러 삶의 본질과 목적에 대한 다소 우울한 사색이 내가 앞서 언급했듯이 다소 불명료한 결론으로 끝맺으면서 한데 섞여 있다. 삶에는 어떤 '의미'가 있지만 사람들이 서정적으로 느끼고 싶은 그런 의미가 아니다. 따라서 믿음이 있지만 희망은 많지 않으며 열정은 전혀 없다. 엘리엇의 초기 시들에 담긴 주제들은 이와 전혀 다르다. 주제들이 희망에 차 있지는 않지만 그렇다고 우울하거나 우울한 느낌을 주지도 않는다. 대구법으로 옮겨보면 후기 시들은 우울한 믿음을 표현한 반면 초기 시들은 빛을 발하는 절망을 그리고 있다고 할 수 있다. 초기 시들은 삶에 대해 절망하면서도 죽고 싶지 않은 현대인의 딜레마를 바탕으로 한다. 아울러 기계 시대의 추함과 영적 공허함에 직면한, 과도하게 문명화된 지식인의 공포를 표현한다. "주목나무에서 아주 멀리 떨어지지 않은 채"는 핵심어의 위치에 있지 않으며 그 대신 '눈물 흘리며 우는 대중' 혹은 '더러운 손의 깨진 손톱'이 핵심어의 위치에 자리한다. 당연한 일이지만 이 시들은 처음 발표되었을 때 '데카당트하다'는 이유로 비난 받았는데, 엘리엇의 정치적·사회적 성향이 반동적이라는 사실을 인식할 때에만 비로소 이런 비판을 취소할 수 있다 하지만 어떤 의미에서는 '데카당스'에 대한 비판이 정당화될 수 있다. 분명 이 시들은 최종 산물과 같은 것으로, 문화적 전통이 내뿜는 최후의 숨이며, 투자 수당으로 살아가는 교양 있는 3세대, 즉 느끼고 비판할 수는 있지만 더 이상 행동하지 못하는 사람들만 대변하는 시다. E. M. 포스터는 「프루프록」*이 처음 나왔을 때 "이 시는 원하는 것을 얻지 못한 약한 사람들에 대해 노래했으며" 아울러 "공공심에 전혀 물들지 않았다"고 높게 평가했다(이 평가는 공공심이 지금보다 훨씬 미쳐 날뛰던 다른 전쟁 시기에 나온 것이다). 한 세대 이상 지속되어야 하는 사회라면 어느 곳에서든 반드시 근본으로 삼아야 할 품성들—근면, 용기, 애국심, 검소, 다산—이 엘리엇의 초기 시에는 비집고 들어갈 자리가 없다. 오로지 투자 수당으로 살아가는 사람들, 다시 말해 너무나 문명화되어서 일하지도, 싸우지도, 심지어는 자손을 낳지도 못하는 사람들의 가치만을 위한 자리가 있을 뿐이다. 하지만 적어도 그 당시에 읽을 만한 시를 쓰기 위해서는 반드시 그런 대가를 치러야 했을 것이다. 감수성이 예민한 사람이 느꼈던 분위기는 실제로 무기력, 반어법, 불신, 혐오의 정서였으며 스콰이어[*1]나 허버트[*2]부류의 사람들이 요구하는 듬직한 열정은 결코 아니었다.

---

* 엘리엇의 『J. 알프레드 프루프록의 사랑 노래The Love Song of J. Alfred Prufrock』(1915)를 말한다. 프루프록은 자기 인생이 무의미하고 허무하다그 막연히 느끼는 매우 평범한 남자이며, 이를 극복하려고 하지만 진정으로 대결하지는 않는다.

[*1] 스콰이어(J. C. Squire, 1884~1958)는 저널리스트이자 평론가 겸 시인이다.

[*2] 허버트(Alan Patrick Herbert, 1890~1971)는 유머 작가이자 소설가, 극작가로 가벼운 시를 많이 썼다.

시에서는 오로지 단어만이 중요하며 '의미'는 아무 상관없다는 말이 유행처럼 돌았지만 사실 모든 시에는 산문적 의미가 들어 있으며 시가 조금이라도 좋다면 그것은 시가 절박하게 표현하고자 하는 의미 때문이다. 모든 예술은 일정 정도 프로파간다다.「프루프록」은 공허함을 표현한 시이지만 아울러 놀라운 생동력과 힘이 담긴 시이며 마지막 연에서 로켓 같은 폭발력을 보이며 절정으로 치닫는다.

> 나는 보고 있었다. 그들이 파도를 타면서 바다로 향해 가는 것을,
> 바람이 바닷물 위로 불어 희고 검은 빛을 만들 때
> 바람결에 나부끼는 파도의 흰 머리를 빗겨주는 것을.

> 우리는 바다의 공간들 속에서 머뭇대며 남아 있었다.
> 붉은색 갈색 해초로 화환을 쓴 바다 소녀들 옆에서
> 인간의 목소리가 우리를 깨울 때까지 우리는 물속으로 가라앉았다.

이 시구들의 밑바탕에 깔려 있는, 투자 수당으로 먹고사는 사람의 절망이 의식적으로 약해지기는 했지만 후기 시들에서는 이러한 것을 찾아볼 수 없다.

하지만 문제는 의식적인 공허함이 오로지 젊은이에게만 해당되는 것이라는 점이다. 원숙해지는 늙은 나이까지 '삶의 절망'을 계속 품고 살 수는 없다. 데카당스는 추락을 의미하고, 머지않아 바닥에 닿는 경우에만 추락한다고 말할 수 있으므로 언제까지나 계속 '데카당트'할

 모든 예술은 프로파간다다―조지 오웰 평론집

수는 없다. 머지않아 삶과 사회에 대해 긍정적인 태도를 가질 수밖에 없다. 우리 시대의 모든 시인이 젊은 나이에 죽거나 가톨릭교에 입문하거나 공산당에 가입해야 한다고 말한다면 너무 심한 말이 되겠지만 사실 공허감의 의식으로부터 벗어나려면 대체로 이러한 경향을 따라가게 된다. 육체적 죽음이 아닌 다른 죽음도 있으며, 가톨릭교와 공산당이 아닌 다른 분파나 강령도 있다. 그러나 일정 나이가 지난 뒤 더 이상 글을 쓰지 않을 것이며, 오로지 미학만을 추구하지 않는 다른 목적에 투신해야 할 것이다. 이러한 투신은 필연적으로 과거와의 단절을 의미한다.

　　　……매번의 시도가

완전히 새로운 출발이며 또 다른 종류의 실패이다.

더 나은 단어를 얻는 법만 배워왔기 때문이다.

더 이상 말할 필요가 없는 것을 위한 단어, 또는

더 이상 말하지 않으려는 방식을 위한 단어에 다하여. 그리하여

그런 각각의 모험은

새로운 시작이며, 불분명한 것을 향한 습격이다.

초라한 장비는 늘 퇴화하기만 한 채

느낌의 부정확성,

버르장머리 없는 감정의 무리들이 난무하는 전체적인 아수라장

속에서.

엘리엇이 개인주의에서 벗어나 향한 곳은 교회, 공교롭게도 영국

국교회였다. 엘리엇은 이제 우울한 페탱주의*로 넘어간 것처럼 비치는데 이 점이 그의 개종에 따른 필연적인 결과라고 가정해서는 안 된다. 영국 가톨릭교 운동은 추종세력에게 어떤 정치 노선도 강요하지 않았으며, 그의 작품 특히 산문에서 반동적 혹은 오스트리아 파시스트적 경향이 언제나 뚜렷하게 나타났기 때문이다. 이론상으로 볼 때 지적 불구가 되지 않고도 정통적인 종교 신자가 될 수 있다. 하지만 결코 쉬운 일은 아니며 실제로 정통 신자들의 책은 정통 스탈린주의자나 정신적으로 자유롭지 못한 이들의 저서처럼 답답하고 편협한 견해를 드러낸다. 그리스도교에서는 아무도 심각하게 믿지 않는 교의를 인정하라고 여전히 요구하기 때문이다. 영혼의 불멸성을 가장 뚜렷한 사례로 들 수 있다. 개인의 불멸성과 관련해 그리스도교 옹호론자들이 제시할 만한 여러 가지 '증거'는 심리적으로 별로 중요하지 않다. 심리적으로 볼 때 중요한 것은 오늘날 아무도 자신을 불멸의 존재라고 느끼지 못한다는 점이다. 어떤 의미에서 다음 세상을 '믿을지' 몰라도 몇 세기 전과 똑같은 실재성이 사람들의 마음속에 들어 있지 않다. 가령 이 세 시의 음울한 읊조림을 찬송가 〈예루살렘 복된 집〉과 비교해보라. 이러한 비교가 전혀 무의미하지는 않을 것이다. 두 번째 사례로는 다음 세상이 이 세상처럼 실재한다고 믿는 사람을 들 수 있다. 그런 사람의 견해는 어느 보석상에서 행하는 찬송 합창 연습처럼 아주 통속적이지만 그래도 그는 자신이 말하는 것을 믿으며 그 믿음이 그의 말에 생기를 불어넣는다. 또 다른 사례로는 자신의 믿음을 정말로 가슴으로 느끼지는 않지

---

* 제2차 세계대전 당시 프랑스의 비시 정부를 이끌었던 페탱은 프랑스 패전의 원인으로 프랑스 사회 전체가 도덕적 붕괴 상태에 있었던 것을 강조했다.

　모든 예술은 프로파간다다―조지 오웰 평론집

만 여러 가지 복잡한 이유로 이를 인정하는 사람을 들 수 있다. 그 자체로는 어떤 신선한 문학적 충동도 일지 않는다. 일정한 단계에 가면 그는 '목적'에 대한 욕구를 느끼며 반동적이고 진보적이지 않은 '목적'을 원하게 된다. 그럴 경우 즉각 찾을 만한 도피처는 교회이며 교회는 성원에게 지적 어리석음을 요구한다. 따라서 그의 작품은 이러한 어리석음에 대해 조금씩 관심을 보이게 되는데, 이는 그러한 어리석음을 자기 자신에게 받아들여질 만한 것으로 만들기 위한 시도다. 이제 교회는 어떤 살아 있는 이미지도 갖지 않으며 어떤 새로운 단어도 제공하지 않는다.

남는 것은
기도, 의식, 규율, 생각, 행동이다.

우리에게 필요한 것은 기도와 의식일 것이다. 하지만 이러한 단어들을 하나로 엮는다고 해서 시 한 구절이 되는 것은 아니다. 엘리엇 역시 다음과 같은 것에 대해 말하고 있다.

견딜 수 없는 몸부림
단어와 의미를 붙들고 싸우는. 시는 중요하지 않다.

나는 모르겠다. 하지만 시작부터 믿을 수 없는 것을 믿도록 강요하지 않는 교리로 나아갈 길을 찾는다면 이처럼 의미를 붙들고 싸우는 투쟁은 점점 잦아들 것이고 시는 점점 중요하게 다가올 것이라고 생각

된다.

엘리엇의 발전과정이 이제까지와는 완전히 다른 양상을 띨 수 있을지 어떨지는 말할 수 없다. 조금이라도 훌륭한 점이 있는 작가들은 평생에 걸쳐 변화·발전하며, 그들의 발전과정이 보여주는 전반적인 방향은 정해져 있다. 몇몇 좌파 평론가들이 비판하는 것처럼 엘리엇을 '반동적 작가'라고 비판하거나, 그가 민주주의와 사회주의의 대의명분을 위해 재능을 쓸 수 있을 것이라고 상상하는 것은 어리석다. 민주주의에 대한 회의론과 '진보'에 대한 불신은 그의 일부분으로 통합되어 있기 때문이다. 이것이 없다면 그는 한 줄의 글도 쓰지 못할 것이다. 하지만 엘리엇은 자신이 쓴 유명한 '영국 가톨릭 및 왕정주의' 선언에 함축된 방향으로 나아가는 것이 더 좋을 것이다. 엘리엇이 사회주의자로 발전할 수는 없지만 귀족주의의 마지막 옹호론자로는 발전할 수 있을 것이다.

봉건주의나 파시즘이 산문 작가에게는 치명적이지만 시인에게는 꼭 그렇지도 않다. 시인이나 산문 작가 모두에게 정말 치명적인 것은 어정쩡하게 현대적인 보수주의다.

엘리엇이 자기 안에 들어 있는 반민주주의적·반완전론적 성향을 진심으로 추구한다면 그의 초기 경향에 비견될 만한 새로운 경향을 내놓을 수 있을 것이다. 하지만 과거에 눈을 돌리는 부정적 페탱주의는 패배를 받아들이고 지상의 행복을 불가능한 것으로 몰아붙이며, 기도와 참회에 대해 웅얼거리고 "캔터베리 여자의 뱃속에 들어 있는 살아 있는 벌레 형태"를 삶이라고 여기는 것이 영적인 발전이라고 생각한다. 분명 이것이야말로 시인이 택할 수 있는 가장 희망 없는 길이다.

    모든 예술은 프로파간다다—조지 오웰 평론집

사회주의자는
행복할 수 있을까[*1]

《트리뷴》, 1943년 12월 24일

크리스마스를 생각하면 디킨스가 자연스레 떠오르는데 여기에는 두 가지 아주 합당한 이유가 있다. 우선 디킨스는 실제로 크리스마스에 대한 이야기를 쓴 몇 안 되는 영국 작가 중 하나다. 크리스마스는 영국인 사이에 가장 널리 알려진 축제지만 놀랍게도 크리스마스를 다룬 문학작품은 별로 없다. 대개는 중세에 기원을 둔 캐럴이며, 로버트 브리지스, T. S. 엘리엇, 그 밖의 작가들이 쓴 한 줌밖에 되지 않는 시 몇 편이 있고, 그리고 디킨스가 있다. 이것 말고는 거의 없다. 둘째, 디킨스는 행복을 설득력 있는 모습으로 그려낼 줄 아는 현대 작가 중에서도 단연 돋보이고 사실상 거의 독보적이라고 할 수 있다.

디킨스는 두 차례에 걸쳐 크리스마스라는 소재를 성공적으로 다루었다. 하나는 『픽윅 보고서』의 유명한 장이고, 다른 하나는 『크리스마스 캐럴』이다. 레닌이 죽음을 목전에 두고 있을 때 그에게 『크리스마스 캐

[*1]　오웰은 '존 프리먼(John Freeman)'이라는 가명으로 이 평론을 썼다.

럴』를 읽어주었는데 레닌의 아내에 따르면 그는 이 작품에 담긴 '부르주아적 감상성'을 도저히 못 봐주겠다고 여긴 모양이다. 어떤 의미에서는 레닌의 생각이 맞다. 하지만 레닌이 좀 더 건강한 상태였다면 이 이야기 속에 함축된 흥미로운 사회학적 의미에 눈길이 미쳤을 것이다. 우선 디킨스가 아무리 두껍게 색깔을 덧입혀놓았을지라도, 그리고 타이니 팀*의 '페이소스'가 아무리 역겨울지라도 크래칫 가족은 분명 즐겁게 살아가고 있다는 인상을 준다. 가령 윌리엄 모리스의『유토피아에서 온 소식 News from Nowhere』**에 그려진 시민은 행복하게 보이지 않지만 이들 가족은 행복하게 보인다. 더욱이—그리고 이 점을 이해하고 있다는 데 디킨스가 지닌 힘의 비밀이 있다—크래칫 가족의 행복은 대개 대비에서 비롯된다. 먹을 것이 풍족한 날은 오직 그날뿐이기 때문에 그들은 기분이 좋다. 늑대가 문 앞에 와 있지만*** 꼬리를 살랑거리고 있는 것이다. 저편에 전당포와 땀 흘리는 노동을 배경으로 크리스마스 푸딩에서 피어오르는 연기가 떠다니고 있는 것이다. 또한 스크루지 유령은 이중의 의미를 지니면서 저녁 식탁 옆에 서 있다. 밥 크래칫은 심지어 스크루지의 건강을 위해 건배하자고까지 한다. 하지만 당연히 크래칫 부인은 그럴 수 없다며 거절한다. 크래칫 가족이 크리스마스를 즐길 수 있는 것은 다름 아니라 크리스마스가 일 년에 딱 한 번뿐이기 때문이다. 그들의 행복은 불완전한 것으로 묘사되어 있기 때문에 설득력을 지닌다.

---

* 『크리스마스 캐럴』에 등장하는 밥 크래칫의 아픈 아들. 스크루지가 마음을 돌리는 계기를 제공한다.

** 영국의 공예가이자 사회개혁가인 모리스(William Morris, 1834~1896)가 1890년에 발표한 소설.

*** '늑대가 문 앞에 와 있다'는 영어 속담으로 가난의 위협에 처해 있다는 뜻이다.

다른 한편 영원한 행복을 그리려는 시도는 유사 이래로 줄곧 실패로 끝났다. 유토피아(한 가지 덧붙이면 유토피아라는 조어는 '좋은 곳'이 아니라 단지 '존재하지 않는 곳'이라는 의미를 지닌다)는 지난 삼사백 년의 문학에서 흔히 다루어왔지만 유토피아를 '호의적으로 다룬' 작품들은 언제나 흥미와 매력이 없었고 대개는 생동감도 부족했다.

단연 유명한 현대의 유토피아로는 H. G. 웰스가 생각하는 우토피아를 들 수 있다. 웰스가 바라본 미래 모습은 웰스의 초기 작품 전반에 함축적으로 그려져 있고 『예상Anticipations』과 『어느 현대 유토피아A Modern Utopia』에도 부분적으로 제시되어 있지만 가장 완벽하게 표현된 것은 1920년대 초반에 쓴 『꿈The Dream』과 『신과 같은 사람들Men Like Gods』이다. 이 책들에서 우리는 웰스가 바라는—혹은 바란다고 생각하는—세상의 모습을 볼 수 있다. 그 세계의 기조는 계몽적 쾌락주의와 과학적 호기심이다. 우리가 현재 힘들게 겪고 있는 모든 악과 불행이 사라진 세계이며, 무지, 전쟁, 빈곤, 더러움, 질병, 좌절, 기아, 두려움, 과로, 미신이 없는 세계다. 이렇게 묘사해놓으니 그런 세계가 우리 모두가 바라는 세상이라는 점을 부정할 수 없다. 웰스가 없애버리고 싶은 것들은 우리도 모두 없애고 싶은 것들이다. 하지만 정말로 웰스식의 유토피아에서 살고 싶은 사람이 있을까? 오히려 반대로 이와 같은 세상에서 살지 않는 것, 그리고 노골적인 선생들로 가득한 깔끔한 전원주택지에서 아침을 맞지 않는 것, 이런 것들이 의식적인 정치적 동기가 되었다. 『멋진 신세계』 같은 책은 현대인이 얼마든지 만들어낼 수 있는 합리적인 쾌락주의적 사회에 대해 두려움을 표현하고 있다. 어느 가톨릭교 작가가 최근에 이런 이야기를 한 적이 있다. 유토피아는 이제 기술적으로 얼마든지 실현할 수 있으며 그 결과 유토피아가 오지 않도록 피하는 방법이 심각한 문제로 떠오르게 되었다는 것이다. 파시스트 운동이 눈앞에서 벌어지는 현실에서 우리는 이 작가의 말을 그저 어리석은 것으로 일축해버릴 수는 없다. 파시스트 운동이 나오게 된 원천 중 하나가 바로 지나치게 합리적이고 지나치게 안락한 세계를 피하고자 하는 욕망에서 비롯되었기 때문이다.

'호의적으로 다룬' 유토피아는 한결같이 완벽함을 가정하지만 행복은 제시하지 못하는 것 같다.『유토피아에서 온 소식』은 말하자면 웰스식 유토피아에 장단을 맞춘 책이라고 할 수 있다. 모든 사람은 친절하고 합리적이며 실내장식은 모두 자유의 분위기를 띤다. 하지만 이 모든 것 뒤에는 희미한 우울이 하나의 인상으로 드리워 있다. 최근 사무엘이 이런 방향으로 시도한『미지의 지방An Unknown Country』은 이보다 훨씬 음울하다. 벤살렘(이 단어는 프란시스 베이컨에게서 빌려온 것*이다)의 주민은 삶이 가능한 한 야단법석을 떨지 않으면서 거쳐가야 할 악에 지나지 않는다고 바라보는 것 같다. 그들의 지혜가 가져다준 것은 오로지 영원한 무기력밖에 없다. 하지만 지금까지 그 누구보다도 대단한 상상력을 보여주었던 작가 조나단 스위프트조차 다른 이들과 다를 바 없이 '호의적으로 다룬' 유토피아를 건설하는 데 실패한 점은 실로 인상적이라고 할 만하다.

『걸리버 여행기』의 초반부는 아마도 지금까지 나온 작품 가운데 가장 통렬하게 인간 사회를 비판하고 있다. 단어 하나하나가 오늘날과

---

* 　베이컨의『뉴아틀란티스New Atlantis』에 나오는 지명.

연관성을 지니며 곳곳에 우리 시대의 정치적 공포에 대한 매우 상세한 예언이 등장한다. 하지만 스위프트는 자신이 실제로 칭송하는 종족을 묘사한 대목에서 실패를 드러냈다. 마지막 부분에 가면 혐오스러운 야후족과 대조를 이루는 고귀한 휴이넘족이 등장하는데, 휴이넘족은 인간의 결점을 갖지 않은 지성적인 말 종족이다. 그 말들은 고귀한 품성과 한결같은 상식을 지녔지만 매우 음울한 동물로 비친다. 다른 여러 유토피아에 사는 존재들과 마찬가지로 그 말들의 주된 관심사는 법석대는 소동을 멀리하는 데 있다. 말들은 차분하고 '합리적인' 별 탈 없는 삶 속에서 싸움, 무질서나 위험 요소 없이 나아가 육체적 사랑을 비롯한 '열정'도 없이 살아간다. 말들은 우생학 원리에 따라 짝을 선택하며 과도한 애정을 멀리하고, 때가 되면 얼마간 기꺼운 마음으로 죽음을 맞이한다. 책 초반부에서 스위프트는 어리석음과 나쁜 행동이 인간을 어디로 끌고 가는지 보여주었다. 하지만 어리석음과 나쁜 행동을 없애고 나니, 그다지 살 만한 가치가 없는 뜨뜻미지근한 존재만이 남았다.

다른 세상의 행복을 그리려 한 시도가 성공을 거둔 적은 없었다. 유토피아만큼이나 천국도 큰 실패를 보였다. 반면에 지옥은 문학에서 꽤 괜찮은 위치를 차지하며, 매우 세세하고 설득력 있게 묘사된 경우가 종종 있다.

흔히 묘사되는 모습의 그리스도교 천국이 사람들의 마음을 사로잡는 일은 없다. 천국을 다루는 거의 모든 그리스도교 작가들 스스로 천국은 묘사할 수 없다고 말하거나 혹은 금과 보석, 끊임없이 흐르는 찬송가로 이루어진 어렴풋한 모습만 추측할 뿐이라고 솔직하게 말하고 있다. 사실 이런 모습은 세계 최고의 몇몇 시에 영감을 불어넣기는 했다.

그대의 벽은 옥수로 되어 있고
그대의 방어벽은 다이아몬드
그대의 문은 제 모양을 갖춘 동양의 진주
넘치는 부와 희귀한 것들!

또한 이러한 시도 있다.

신성하도다, 신성하도다, 신성하도다, 모든 성인이 그대를 사모
하면서
유리 같은 바다 여기저기에 금 왕관을 던지네.
케루빔과 세라핌*이 그대 앞에 쓰러지네.
과거에도 그랬고, 현재에도 그러하며, 앞으로도 늘 그럴지니.

하지만 보통의 인간이 적극적으로 원하는 곳이나 조건은 묘사하지
못했다. 많은 종교부흥운동가 목사들, 많은 예수회 사제들(가령 제임스
조이스의『젊은 예술가의 초상Portrait of the Artist』에 등장하는 엄청난 설교를 보
라)은 지옥을 마치 그림처럼 생생하게 묘사해 신도에게 오싹한 두려움
을 안겨주었다. 하지만 천국 이야기로 들어오면 곧바로 '황홀'이나 '더

---

* 케루빔(cherubim)은 천상에 속하는 아홉 천사 중 두 번째 지위에 있는 천사로, 종종
  날개가 달린 어린아이나 머리에 날개를 단 어린아이로 표현된다. 세라핌(seraphim)
  은 천사와 유사한 천상의 존재로 그리스도교 미술에 등장한다.

없는 행복' 같은 단어에만 의지한 채 그 안에 어떤 것들이 들어 있는지 설명하려는 시도조차 거의 하지 않는다. 이 주제에 관해 가장 중요한 글을 꼽는다면 아마도 터툴리안*이 설명한 유명한 구절일 텐데, 터툴리안은 천국의 주된 기쁨의 하나가 저주 받은 자들이 고문받는 광경을 지켜보는 일이라고 설명했다.

여러 이교도적인 천국의 모습은 그나마 조금 나은 편이다. 사람들은 천당이 늘 황혼이라는 느낌을 갖고 있다. 신들이 사는 올림포스 산에는 신들이 먹는 과즙과 암브로시아가 가득하며 정령들이 있고, D. H. 로렌스가 "죽지 않는 매춘부들"이라고 일컬은 여신들이 있다. 올림포스 산은 그나마 그리스도교 천국보다는 편안한 분위기를 풍기지만 그렇더라도 그곳에서 오랜 시간을 보내고 싶지는 않을 것이다. 무슬림의 천국은 남자 한 명이 77명의 아름다운 여자를 거느리며, 아마 이 여자들은 관심을 끌기 위해 저마다 시끄럽게 외쳐대고 있을 것이다. 이는 그저 악몽일 뿐이다. 강신론자 역시 "모든 것이 찬란하고 아름답다"고 끊임없이 단언하지만, 지적인 사람이 매력적으로 여기기는커녕 그런대로 견딜 만하다고 여길 만한 다음 세상의 활동을 하나도 묘사하지 못한다.

유토피아도 아니고 다른 세상도 아닌, 그저 감각적인 행복의 완벽한 모습을 묘사하는 경우도 마찬가지다. 이런 묘사들은 늘 통속적이거나 아니면 아무것도 없다는 느낌을 주는데 더러는 두 가지 느낌 모두 주기도 한다. 볼테르는 「성처녀La Pucelle」**의 시작 부분에서 샤를 7세가 정

---

*   고대 로마의 신학자 테르툴리아누스(Tertullianus, 160~220)의 영어식 표기.

**   볼테르가 1899년경에 쓴 시 「오를레앙의 성처녀La Pucelle d'Orléans」.

브뢰헬, 〈나태한 사람들의 땅〉(1567)

부 아네스 소렐과 함께 지내는 삶을 묘사해놓았다. 볼테르에 따르면 그들은 "늘 행복했다." 그렇다면 그들의 행복은 어떤 것이었을까? 분명 맘껏 먹고, 마시고, 사냥하고, 사랑을 나누면서 행복을 누렸을 것이다. 그런 생활로 몇 주를 보내고 난 뒤에도 지겹지 않을 사람이 있을까? 라블레는 복 받은 사람들에 대해 묘사하면서, 이들이 다음 세상에서는 좋은 시간을 보내면서 이 세상에서 힘든 시간을 보낸 데 대해 위로한다고 했다. 그들이 부르는 노래를 대략적인 내용만 옮겨 보면 다음과 같다. "뛰고, 춤추고, 장난하고, 백포도주와 적포도주를 마시고, 황금 왕관을 세는 것 말고는 하루 종일 아무것도 하지 않는다." 이 역시 어쨌든 지루한 삶 아닌가! 브뢰헬의 그림 〈나태한 사람들의 땅Schlaraffenland〉을 보면 영원히 지속되는 '좋은 시간'이라는 개념이 전반적으로 공허하다는 사실이 드러난다. 이 그림에서는 뚱뚱한 사람의 거대한 몸뚱이 세 개가 머리를 맞댄 채 잠들어 누워 있으며, 차려놓은 삶은 계란과 구운 돼지다리가 그들이 먹어주기를 기다리고 있다.

인간은 대비의 관점에서 바라보지 않는 한 행복을 묘사하지 못하고, 어쩌면 상상도 하지 못하는 것 같다. 이런 연유로 천국과 유토피아의 개념이 시대마다 다르다. 산업화 이전 사회에서 천국은 끝없는 휴식의 장소로, 그리고 온통 금으로 뒤덮여 있는 것으로 그려진다. 과로와 가난이 그 당시 보통 사람들의 경험이기 때문이다. 무슬림 천당에 있는 미인들은 대다수 여성이 부자의 하렘 속으로 사라져버리는 일부다처제 사회를 반영하고 있다. 그러나 '영원한 행복'을 보여주는 이런 모습은 언제나 실패했다. 행복이 영원해지는 순간(영원이란 끝없는 시간이라고 여겨진다) 대비는 더 이상 효력을 발휘하지 않는다. 우리 문학 속에 깊숙이 자리 잡은 몇몇 관습을 보면 지금은 더 이상 존재하지 않는 물질적 조건에서 처음 생겨났다. 봄에 대한 찬양이 하나의 예다. 중세에 봄은 본래 제비와 들꽃을 뜻하는 게 아니었다. 그보다는 몇 달 동안 연기가 많이 나는 창문 없는 오두막에서 소금에 절인 돼지고기를 먹고 살다가 이제 초록색 야채와 우유, 싱싱한 고기를 맛보게 되었음을 의미한다. 봄 노래는 흥겨웠다.

> 잔치를 벌이고 먹는 것 말고는 아무것도 하지 마라
> 그리고 즐거운 한 해를 선사하는 하늘에 감사하라
> 고기는 값싸고 여자들은 사랑스러운 한 해
> 건장한 사내들이 여기저기 돌아다니는 한 해
> 매우 즐겁게
> 언제까지나 함께 어울려 매우 즐겁게 돌아다니는 한 해!

이는 흥겨워할 일이 있었기 때문이다. 겨울이 지나간 것이다. 이는 대단한 것이었다. 크리스마스가 그리스도교 이전의 축제로 시작되었던 것도 견디기 힘든 북부 겨울 동안 잠시 쉬기 위해 한바탕 먹고 마시는 날이 있어야 했기 때문이다.

노고에서 벗어나든가 고통에서 벗어나든가, 무엇으로부터 벗어나는 형태 말고는 행복을 상상하지 못하기 때문에 사회주의자에게는 심각한 문제가 제기된다. 디킨스는 가난에 찌든 가족이 구운 거위 고기를 입 안에 집어넣는 장면을 묘사하면서 그들이 행복하게 보이도록 만들 수 있지만 완벽한 세상에 사는 사람들은 자연스레 생겨나는 기쁨이 없는 것처럼 보이며 게다가 대개는 다소 역겨운 모습을 하고 있다. 하지만 우리가 나아가고자 하는 세계는 분명 디킨스가 묘사한 그런 세계가 아니며, 그가 상상해낼 수 있는 세상을 목표로 하지도 않는다. 친절한 늙은 신사가 칠면조 고기를 내줌으로써 모든 일이 마침내 올바르게 바로잡히는 그런 사회가 사회주의자의 목표는 아니다. 우리는 '자선'이 필요 없어지는 사회 말고 어떤 사회를 향해 가고자 하는가? 우리는 배당금이 있는 스크루지도, 다리에 결핵이 걸린 타이니 팀도 상상이 되지 않는 세상을 원한다. 그렇다면 고통 없고 힘들지 않은 유토피아를 향해 나아가고자 한다는 의미일까?

《트리뷴》 편집자들로서는 내 주장을 인정하지 못할 수도 있겠지만 그런 위험을 무릅쓰고라도 나는 사회주의의 진짜 목표가 행복에 있는 것은 아니라고 주장한다. 이제껏 행복은 하나의 부산물이었고 우리 모두 알다시피 언제까지나 그럴지도 모른다. 사회주의의 진짜 목표는 인류애다. 많은 사람이 그렇게 느끼고 있지만 대개 이런 말을 거의 하지 않고 설령 하더라도 소리 높여 말하지 않는다. 사람들이 지리멸렬한 정치 투쟁으로 삶을 소모하고, 내전에서 죽임을 당하고, 게슈타포의 비밀 감옥에서 고문을 당하는 것은 중앙난방과 냉방시설과 긴 형광등 조명을 갖춘 천국을 세우기 위해서가 아니다. 그들은 인류가 서로 속이거나 죽이지 않고 서로 사랑하는 세상을 원하기 때문에 그렇게 하는 것이다. 또한 그들은 첫 단계로서 그런 세상을 원한다. 그다음에 어디로 나아갈지는 그리 확실하지 않으며 이를 세세하게 예상하려다 보면 문제만 혼란스러워질 뿐이다.

사회주의 사상에서는 예측을 하지만 이는 어디까지나 넓은 관점에서 본 예측일 뿐이다. 간신히 아주 희미한 정도만 보이는 목표를 겨냥해야 하는 일도 있다. 가령 지금 이 순간 세계는 전쟁 중이고 평화를 원한다. 그렇지만 세계는 평화를 누린 경험이 없으며 한때 고결한 야만인이 존재하지 않는 이상 이제껏 한 번도 그런 경험을 가진 적이 없다. 아마도 존재하겠거니 하고 어렴풋이 의식하기는 하지만 정확하게 규정하지 못하는 뭔가를 세계는 원하고 있다. 이번 크리스마스 날 수천 명의 사람들이 러시아 눈밭에서 피를 흘리며 죽어갈 것이고 얼음같이 차디찬 물에 빠져 죽을 것이며, 태평양의 습지대 섬에서 서로에게 수류탄을 터뜨리며 산산조각 낼 것이며, 집 없는 아이들은 먹을 것을 찾기 위해 독일 도시의 폐허를 뒤지고 다닐 것이다. 이런 일이 일어나지 못하도록 하는 것은 훌륭한 목표다. 하지만 평화로운 세상이 어떤 모습일지 세세하게 말한다는 것은 별개의 문제이며 그런 시도를 하다 보면 제럴드 허드[*1]

[*1] 허드(Henry Fitz Gerald Heard, 1889~1971)는 작가이자 방송인이다. 오웰은 아마도 허드의 『고통, 섹스, 시간Pain, Sex and Time』(1939)을 언급하는 것으로 보인다.

가 너무도 열정적으로 제시한 적이 있는 공포로 이어질 수 있다.

유토피아를 창조하는 자들은 거의 대부분 행복이란 치통 없는 세상이라고 생각하는 치통 환자를 닮았다. 그들은 일시적이기 때문에 소중할 수 있는 뭔가를 끝없이 영속화시킴으로써 완벽한 사회를 만들고자 한다. 하지만 이는 현명하지 못하다. 그보다는 인류에게 나아가야 할 방향이 있고 거대한 전략이 세워져 있지만 세세한 사항을 예언하는 것은 우리 일이 아니라고 말하는 것이 더 현명할 것이다. 완벽한 것을 상상하려고 애쓰는 사람은 누구든 자기 안에 아무것도 없다는 것만 드러내게 될 것이다. 스위프트 같은 위대한 작가도 마찬가지였다. 스위프트는 주교나 정치인을 멋지게 까발릴 수 있었지만, 초인적인 사람을 창조하려는 순간 그가 이룬 것이라고는 악취 나는 야후족이 깨우친 휴이넘족보다 훨씬 많은 발전 가능성을 갖고 있다는 인상을 풍기는 정도였다. 정녕 스위프트는 그럴 의도가 없었을 것이다.

성직자의 특권:
살바도르 달리에 관한 몇 가지 단상[*1]

자서전은 수치스러운 일을 들추어낼 때에만 신뢰할 수 있다. 자기 마음속에서 바라본 삶은 누구에게나 그저 패배의 연속이기 때문에 자기 모습을 좋게 설명하는 사람은 거짓말을 하는 것이다. 하지만 아무리 명백하게 부정직한 책(프랭크 해리스의 자전적 글이 한 예다)일지라도 의도하지 않게 작가의 진정한 모습을 보여줄 수 있다. 달리가 최근에 내놓은 『삶』[•]이 이런 종류에 해당된다. 한마디로 도저히 믿기지 않는 사건들이 담겨 있는가 하면, 다르게 정리하거나 낭만적으로 치장한 사건도 있다. 또한

[•] 『살바도르 달리의 감춰진 삶The Secret Life of Salvador Dali』(Dial Press, New York).

[*1] 매년 발행되는 문집 《새터데이 북Saturday Book》, 4호(1944)에 실릴 예정이었다. 오웰은 「성직자의 특권」의 원고료로 1944년 6월 1일 25파운드를 받았지만, 《새터데이 북》에는 실리지 않았다. 1946년에 출간된 『평론집』(미국에서는 『디킨스, 달리 등 Dickens, Dali & Others』으로 출간)에서 오웰은 다음과 같이 밝혔다. 「성직자의 특권」은 1944년도 《새터데이 북》에 유령 같은 존재로 등장했다. 이 문집을 발행하는 허치슨 사가 외설성을 이유로 이 평론을 싣지 않기로 결정했을 당시 책이 인쇄 중이었다. 그리하여 이 글을 삭제하긴 했지만 기술적인 이유로 차례에서 제목을 빼지는 못했다.” 오웰이 갖고 있던 《새터데이 북》(그 밖에도 허치슨 사의 검열을 피한 다른 몇 권)에는 이 글이 실려 있는데, 여기 실린 글은 그것을 재수록한 것이다.

굴욕적인 일뿐만 아니라 끊임없이 반복되는 보통의 생활도 삭제되었다. 달리는 자신이 진단하기에도 자아도취증 환자이며 그의 자서전은 핑크색 조명 아래 펼쳐진 한 편의 스트립쇼일 뿐이다. 하지만 그의 자서전은 판타지에 대한 기록, 즉 기계 시대 덕분에 가능해진 본능의 도착에 대한 기록으로서 커다란 가치를 지닌다.

유년기 이후 달리의 삶에서 일어난 몇 가지 일을 소개해보자. 이 가운데 어느 것이 사실이고 어느 것이 상상인지는 중요하지 않다. 중요한 것은 달리가 이런 종류의 일을 하고 싶어 했을 것이라는 점이다.

달리가 여섯 살이었을 때 핼리 혜성의 등장으로 무척 흥분한 일이 있다.

아버지의 사무실 직원 한 사람이 갑자기 응접실 문으로 들어와서는 테라스에서 혜성이 보일 것이라고 알렸다.……내가 응접실을 가로질러 가는데 세 살배기 여동생이 아무도 모르게 응접실 문 쪽으로 기어가는 게 보였다. 나는 잠시 서서 망설이다가 이내 여동생의 머리를 공이라도 되는 듯이 냅다 발로 걷어차고는 이런 야만적 행동으로 유발된 '환희의 기쁨'을 가득 안고서 계속 달려갔다. 하지만 내 뒤에 있던 아버지가 나를 붙잡더니 아버지의 사무실로 끌고 내려갔다. 나는 벌로 저녁 시간까지 그곳에 계속 남아 있었다.

이 일이 있기 일 년 전 달리는 "내 생각 대부분이 그렇듯이 느닷없이" 다른 어린 소년 한 명을 현수교 아래로 던져버린 일이 있었다. 이 같은 일이 몇 가지 더 기록되어 있으며 그중에는 (29살 때 일어난 일이었다)

한 여자애를 바닥에 쓰러뜨린 뒤 "사람들이 달려와 피 흘리는 그녀를 내게서 떼어놓아야 했을 때까지" 그녀를 마구 짓밟은 일도 있었다.

달리는 다섯 살 무렵 다친 박쥐 한 마리를 잡아 양철통 속에 넣어 둔 일이 있었다. 다음 날 아침 열어보니 박쥐는 거의 죽어 있고 그것을 뜯어먹는 개미들이 시커멓게 뒤덮여 있었다. 달리는 개미가 붙어 있는 상태로 박쥐를 통째로 입 속에 넣고는 반쯤 베어 물었다.

달리의 사춘기 시절 그를 열렬히 사랑하는 한 소녀가 있었다. 달리는 소녀를 최대한 흥분시키기 위해 키스와 애무를 퍼부으면서도 그 이상 나아가려고 하지 않았다. 달리는 5년 동안 그런 상태를 유지하면서 (달리는 이를 '5개년 계획'이라고 했다) 그녀의 굴욕을 즐기고 그런 굴욕을 안겨준 자신의 힘을 의식하면서 만끽하기도 한다. 달리는 5년이 지나면 그녀를 버릴 것이라고 그녀에게 여러 번 말했고 그때가 되자 정말 그렇게 했다.

달리는 성인이 되고 나서도 한참이 지나도록 계속 자위를 했고 거울 앞에서 하는 것을 좋아했다. 일반적인 기준에서 볼 떠 그는 서른 살 무렵 성 불능이었던 것으로 보인다. 미래의 아내인 갈라를 처음 만났을 때 달리는 그녀를 벼랑 밑으로 떠밀고 싶은 유혹을 강하게 느꼈다. 달리는 그녀가 원하는 게 있다고 알아차렸고 첫 키스가 끝난 뒤 이를 털어놓았다.

나는 갈라의 머리칼을 잡아당겨 고개를 뒤로 젖힌 채 밀려드는 과잉 흥분에 몸을 떨며 명령했다.

"나한테 뭘 원하는지 말해! 하지만 천천히 내 눈을 보면서, 우리

둘 다에게 최대의 수치를 안겨줄 가장 상스럽고 가장 격렬하게 에
로틱한 말로 이야기해!"

……그러나 갈라의 표정에 어렸던 마지막 기쁨의 빛이 포악함의
단단한 빛으로 바뀌면서 갈라가 대답했다.

"네가 나를 죽여주기를 원해!"

달리는 이런 요구에 조금 실망했다. 이것은 자신이 진즉부터 바랐
던 일일 뿐이기 때문이다. 달리는 갈라를 톨레도 성당의 종탑 아래로
던져버릴까 생각하다가 그만두었다.

스페인 내전이 벌어지는 동안 달리는 영악하게도 어느 쪽 편도 들
지 않은 채 이탈리아로 떠났다. 달리는 자신이 점점 더 귀족에게 끌리는
것을 깨달았고 상류층 살롱도 자주 찾았다. 또한 스스로 부유한 후원
자라고 여겼고 살이 통통한 노아이유 자작 부인과 함께 사진도 찍었
는데 달리는 그녀를 가리켜 자신의 '마에케나스*'라고 했다. 유럽 전쟁**
이 다가오자 달리는 한 가지에만 집중했다. 맛있는 음식이 있고 위험시
에 재빨리 도망갈 수 있는 곳이 어디인가였다. 달리는 그곳을 보르도
로 정했고 프랑스 전투가 벌어지는 동안에는 적절한 때 스페인으로 도
망갔다. 달리는 반공산주의적인 잔학 행위 이야기를 몇 가지 접하게 될
정도로 꽤 오랫동안 스페인에 머물다가 미국으로 향했다. 자서전은 뭇

---

*   마에케나스(Gaius Maecenas, 기원전 70~기원전 8). 고대 로마의 정치가로, 베르길리우
    스와 호라티우스 등에게 지원을 아끼지 않은 예술의 보호자였다. 그의 이름에서 메
    세나(마에케나스의 프랑스 발음은 '메세나')라는 단어가 유래했다.
** 제1차 세계대전.

사람들의 존경을 받는 휘황찬란한 화려함 속에서 끝을 맺는다. 서른일 곱 살이 된 달리는 헌신적인 남편이 되고 비록 완전하지는 않더라도 몇 가지 일탈행위가 완치되며 가톨릭교를 완전히 받아들였다. 또한 달리 가 상당히 많은 돈을 번다는 사실도 밝혔다.

하지만 달리는 〈위대한 수음자The Great Masturbator〉, 〈그랜드피아 노와 남색을 벌이는 해골Sodomy of a Skell with a Grand Piano〉 등의 제 목이 붙은, 자신의 초현실주의 시기의 그림에 대해 결코 자부심을 버리 지 않았다. 그의 자서전 전체에 이들 그림 도판이 실려 있다. 달리의 그 림 중에는 구상주의적이고 이후에 언급될 만한 특징을 지닌 작품이 많 다. 하지만 달리의 초현실주의적 그림과 사진에서 뚜렷하게 보이는 특 징은 성 도착과 시체 애호다. 성적 대상과 상징은 반복적으로 나타나 며, 그중에는 우리의 오랜 친구인 굽 높은 실내화처럼 널리 알려진 것이 있는가 하면 목발과 따뜻한 우유 잔처럼 달리 자신의 특허품이 된 것 도 있다. 마찬가지로 상당히 뚜렷하게 드러나는 대변 모티브도 있다. 달리의 말에 따르면, 그의 〈우울한 게임Le Jeu Lugubre〉에서 "온몸에 똥 이 튀어 묻은 화가가 매우 세세하고 사실주의적으로 만족스럽게 그려 져 있었기 때문에 작은 초현실주의 집단 전체 내에서, 혹시 똥을 먹는 병에 걸린 게 아닌가 하는 물음으로 고민했다"고 한다. 달리는 똥을 먹 는 병에 걸린 것이 아니라고 단호하게 덧붙였고, 이러한 일탈행위를 '역 겹게' 느끼지만 그 지점까지 가야 더 이상 똥에 대해 관심을 갖지 않는 것 같다고 했다. 여자가 서서 오줌 누는 것을 지켜보는 경험을 설명할 때에도 달리는 그녀가 오줌을 제자리에 잘 누지 못해서 신발을 더럽히 는 세세한 장면까지 덧붙여야 했다. 이는 모든 악덕을 가지려고 몰두

하는 것이 아니다. 게다가 달리는 동성애자가 아니라고 자랑스럽게 말한다. 만일 동성애자라면 달리는 사람이 가질 만한 도착 증세 일체를 제대로 갖춘 것이 될 것이다.

하지만 달리에게서 가장 두드러지는 특징은 시체 애호다. 달리 스스로 이 사실을 터놓고 인정하며, 이 증상이 나았다고 주장한다. 죽은 사람의 얼굴, 해골, 동물의 시체가 달리의 그림에 꽤나 자주 등장하며, 개미가 죽어가는 박쥐를 뜯어먹는 장면도 수도 없이 반복해서 등장한다. 무덤에서 파낸 시체—부패가 한참 진행된 상태였다—를 찍은 사진도 있다. 또한 초현실주의 영화 〈안달루시아의 개Le Chien Andalou〉에 들어 있는 한 장면에서는 죽은 당나귀의 시체가 여러 그랜드 피아노 위에서 썩어가고 있었다. 달리는 이 당나귀 장면을 회고하면서 여전히 매우 열정적인 모습을 보였다.

나는 당나귀의 부패 과정이 일어나도록 '계획적으로 구상'해 커다란 통에 끈적거리는 풀을 부어 넣었다. 또한 당나귀의 눈구멍을 파낸 뒤 그것을 더 크게 만들기 위해 가위로 눈구멍을 잘라냈다. 똑같은 방법으로 당나귀의 입도 미친 듯이 잘라내어 이빨의 나란한 배열 구조가 훨씬 잘 드러나도록 했다. 또한 당나귀가 이미 썩어가면서도 검은 피아노의 건반이 만들어내는 또 다른 치아 배열 위에서 죽음을 더 토해내고 있는 것처럼 보이도록 당나귀 입마다 턱을 몇 개 덧붙였다.

마지막으로 〈택시 안에 썩어가는 마네킹〉 사진—분명 위조된 사진으로 보인다—이 있다. 죽은 것으로 보이는 여성은 이미 얼굴과 가슴이 얼마간 부풀어 올라 있는데 그 위로 커다란 달팽이가 기어가고 있다. 사진 밑에는 이 달팽이가 부르고뉴 달팽이, 즉 식용 달팽이라는 설명이 붙어 있다.

400쪽에 이르는 4절 판형의 두꺼운 책이니만큼 내가 지적한 것 외에도 더 많은 내용이 들어 있지만 달리 자서전의 도덕적 분위기와 심리적 풍경에 대해 내가 부당하게 설명했다고는 생각하지 않는다. 그것은 악취가 나는 책이다. 책에서 실제로 냄새가 풍길 수 있다면 이 책은 악취를 풍겼을 것이다. 달리는 미래의 아내에게 처음으로 구애하기 전에 염소 똥을 생선 아교로 끓여 만든 연고를 온몸에 바른 적이 있었다고 하니, 정말 책에서 악취가 났다면 대만족이었을 것이다. 하지만 달리가 매우 독보적인 재능을 지닌 데생 화가였다는 점도 함께 지적해야 할 것이다. 또한 그림이 자세하고 명확하다는 점으로 판단하건대 달리는 매우 열심히 작업하는 사람이다. 달리는 과시욕이 강하고 출세지향주의자지만 사기꾼은 아니다. 달리는 그의 도덕을 비난하고 그의 그림에 야유를 보내는 사람들보다 오십 배나 많은 재능을 지녔다. 이 두 가지 점을 한데 연결하면 한 가지 물음이 떠오른다. 하지만 어떠한 합의 토대도 없기 때문에 이 물음을 둘러싸고 실질적인 논의가 이루어지기는 힘들 것이다.

중요한 것은 건전한 정신과 예의를 직접적으로 분명하게 공격하고 있다는 점이다. 심지어는 삶 자체를 공격한다. 달리의 몇몇 그림이 음란한 그림엽서처럼 상상력을 오염시키는 경향이 있기 때문이다. 달리가 실제로 해놓은 작업과 그가 상상한 내용에 대해서는 논의의 여지가 있지만 달리의 견해나 품성으로 볼 때 인간의 기본적 예의가 존재하지 않는다. 달리는 벼룩만큼 반사회적이다. 분명 그런 사람은 바람직하지 않으며, 그런 사람들이 번성하는 사회는 뭔가 문제가 있다.

삽화가 그려진 이 책을 엘튼 경이나 알프레드 노이스, 혹은 '식자층의 퇴색'에 대해 환호성을 지르는 《타임스》의 주요 작가들, 사실상 예술을 싫어하는 '분별 있는' 영국인들에게 보여준다면 어떤 반응이 나올지 쉽게 상상이 간다. 그들은 달리에게서 그 어떤 장점도 보지 않으려고 매몰차게 외면할 것이다. 그들은 도덕적 타락이 미학적으로 옳을 수 있다는 것을 인정하지 못한다. 아니, 사실은 예술가가 자기네들의 등을 토닥여주면서 생각 같은 것은 하지 않아도 된다고 말해주기를 모든 예술가에게 진심으로 요구하고 싶을 것이다. 또한 지금처럼 정보부와 영국 문화협회의 권력이 그들의 손 안에 있는 시기에는 특히 그들이 위험한 존재일 수 있다. 그들은 새로운 재능이 나타난다 싶으면 이를 바로 짓밟고 나아가 과거의 재능까지도 거세해버리고 싶은 충동을 느끼기 때문이다. 지금 이 나라와 미국에서 식자층 깎아내리기가 되살아나고 있는 것을 보라. 조이스, 프루스트, 로렌스뿐만 아니라 심지어는 T. S. 엘리엇을 깎아내리기 위한 격렬한 비난의 소리가 드높다.

하지만 달리의 장점을 볼 줄 아는 사람들과 이야기를 나눠본다고 해도 대체로 더 좋은 반응이 나오지는 않을 것이다. 그들에게 달리가 탁월한 데생 화가이긴 해도 더러운 악당이라고 이야기하면 야만인 취급을 당할 것이다. 또한 썩은 시체를 좋아하지 않으며 그런 것을 좋아하는 사람은 정신병 환자라고 말한다면 미학적 감각이 부족한 사람으로 비칠 것이다. 〈택시 안에 썩어가는 마네킹〉은 구성이 훌륭하기 때문에(틀림없이 훌륭한 구성이다) 결코 혐오스럽거나 모멸적일 수 없다는 것이다. 반면에 노이스, 엘튼 등은 이 그림이 혐오스럽기 때문에 결코 훌륭한 구성이 될 수 없다고 말할 것이다. 이 두 가지 오류 사이에 중간 입장은 없다. 아니, 중간 입장이 있긴 하지만 우리는 거의 듣지 않는다. 한편에는 문화 볼셰비즘이 있고 다른 한편에는 (유행이 지난 문구이기는 하지만) '예술을 위한 예술'이 있다. 외설은 터놓고 논의하기 힘든 문제다. 사람들은 충격 받은 것처럼 보이는 것도 겁내고, 그렇다고 충격을 받지 않은 것처럼 보이는 것도 겁내기 때문에 예술과 도덕의 관계를 규정하지 못한다.

달리를 옹호하는 사람들은 말하자면 성직자의 특권을 요구하고 있다고 할 수 있다. 예술가는 보통 사람을 구속하는 도덕 법칙으로부터 자유로워야 한다는 것이다. '예술'이라는 마법의 주문을 외치기만 하면 모든 것이 괜찮다. 달팽이가 썩어가는 시체 위를 기어 다니는 것도, 소녀의 머리를 발로 차는 것도 괜찮다. 심지어는 〈황금시대L'Age d'Or〉•* 같은 영화도 괜찮다. 또한 달리가 오랫동안 프랑스에 빌붙어 살았으면서도 프랑스가 위험에 처하자 곧바로 쥐새끼처럼 허둥지둥 도망

간 것도 괜찮다. 시험대를 통과할 만큼 그림을 잘 그릴 수만 있다면 모든 것이 용서될 것이다.

---

* 〈황금시대〉(1930)는 루이스 부뉴엘이 감독한 영화로 달리는 각본 작업에 참여했다. 현대 생활의 광기, 로마 가톨릭교의 도덕 가치체계와 부르주아 사회의 성윤리 위선을 다룬 초현실주의 작품이다.

일반 범죄에까지 확대해 적용해보면 이 주장이 얼마나 잘못되었는지 알 수 있다. 예술가가 전적으로 예외적인 존재가 되고 있는 우리 시대에는 임산부처럼 예술가에게도 일정 정도의 무책임이 허용될 것이다. 하지만 임산부가 살인해도 된다고 말하는 사람이 없듯이 아무리 재능이 있더라도 예술가를 대상으로 그런 주장을 펴는 사람은 없을 것이다. 셰익스피어가 내일 지상으로 돌아왔는데 알고 보니 기차 객실에서 어린 소녀를 강간하는 것을 가장 좋아한다면 『리어 왕』 같은 작품을 또 하나 쓸지도 모른다는 이유로 그에게 계속 그 일을 해도 좋다고 말하지는 않을 것이다. 어쨌든 가장 나쁜 범죄가 늘 처벌될 수 있는 것은 아니다. 시체 애호 공상을 부추기는 일은 몇몇 인종을 상대로 주머니를 터는 일만큼 해악을 끼칠 수 있다. 우리는 달리가 훌륭한 소묘 화가이면서 혐오스러운 인간이라는 두 가지 사실을 동시에 염두에 두어야 한다. 한쪽 사실이 옳다고 해서 다른 하나가 틀린 것은 아니며 어떤 의미에서는 서로 영향을 미치지 않는다. 모름지기 벽이란 우선 똑바로 서 있어야 한다. 똑바로 서 있는 벽은 훌륭한 벽이며 그 벽이 어떤 목적에 쓰일 것인가는 별개의 문제다. 또한 세상에서 가장 좋은 벽일지라도 그 벽이 강제수용소의 담장이라면 무너뜨려야 한다. 마찬가지로 우리는 "훌륭한 책이고 훌륭한 그림이지만 그럼에도 공공의 형 집행인에 의해 불태워져야 한다"고 말할 수 있다. 적어도 머릿속으로나마 이런 말을 하지 않는다면, 예술가가 시민이며 인간이라는 사실에 함축된 의미를 회피하는 것이다.

물론 달리의 자서전이나 그림이 금지되어야 한다는 말은 아니다. 지중해 항구도시에서 판매하곤 하는 너저분한 그림엽서가 아니더라도

뭔가를 금지한다는 것 자체가 미심쩍은 정책이며 나아가 달리의 환상
은 자본주의 문명이 어떻게 타락했는지 의미 있게 보여준다. 하지만 달
리는 확실히 진단이 필요하다. 그가 어떤 사람인가 하는 점보다는 왜
그와 같은 사람이 되었는가 하는 점이 문제다. 그가 병든 지성이라는
사실에는 의심의 여지가 없으며, 그의 말로는 개종했다고 하지만 그렇
다고 이런 사실이 달라지는 것도 아니다. 제정신을 차린 사람 또는 진
정으로 회개한 사람은 그처럼 득의만면하게 자신의 과거 악행을 과시
하지 않기 때문이다. 달리는 병든 세상을 나타내는 징후다. 중요한 것
은 그를 채찍질해야 하는 악당이라고 비난하거나 결코 의심해서는 안
되는 천재로 옹호하는 것이 아니라 그가 왜 그런 식의 일탈행위를 과시
하는지 이유를 찾아내는 것이다.

　해답은 달리의 그림 속에서 발견할 수 있을 텐데, 나에게는 그의
그림을 살필 만한 능력이 없다. 하지만 어느 정도 가늠할 한 가지 단
서는 지적할 수 있다. 달리가 초현실주의자가 아닐 때에는 장식이 화
려한 구식의 에드워드 7세 시대 양식으로 회귀한다는 점이다. 달리의
그림 가운데 몇몇은 뒤러를 떠올리게 하며, 비어즐리의 영향이 보이는
것 같은 그림(113쪽)이 있는가 하면, 블레이크에게서 뭔가 차용해온
듯한 그림(269쪽)도 있다. 하지만 에드워드 7세 시대의 경향이 가장
지속적으로 나타나고 있다. 달리의 자서전을 처음 펼쳐 들고 책 여백
마다 실려 있는 많은 삽화를 보았을 때 뭐라고 딱 꼬집어 말할 수 없
는 한 가지 유사성이 계속 머릿속에 맴돌았다. 그러다 제1부 초반부
(7쪽)에 장식적인 촛대가 그려진 것을 보게 되었다. 이 삽화에서 떠오
르는 것이 뭐지? 마침내 나는 찾아냈다. 값비싸게 보이려고 꾸민 천박

하고 커다란 판형의 아나톨 프랑스[*] 책(번역본)이 내 머릿속에 떠올랐다. 아마 1913년쯤에 출간된 책일 것이다. 그 책에는 장식적인 장 제목과 추가 부분이 달려 있는데 모두 에드워드 7세 시대 양식을 본뜬 것이었다. 달리가 그린 촛대의 한쪽 끝에는 물고기처럼 생긴 꼬불꼬불한 생물(평범한 돌고래 모양을 기반으로 한 듯했다)이 그려 있는데 묘하게 친숙한 느낌이었으며 다른 한쪽에는 촛불이 타고 있었다. 반복적으로 등장하는 이 초는 매우 친숙한 친구 같았다. 가짜 튜더 왕조 양식으로 꾸며놓은 시골 호텔에 마치 밀랍이 아름답게 녹아내린 것처럼 가짜로 꾸며놓은 전깃불에서도 이런 느낌을 받을 것이다. 이 초와 그 바탕을 이루는 구도에서는 감상성의 느낌이 강렬하게 풍긴다. 달리는 이런 느낌을 상쇄시키려는 듯이 페이지 전체에 잉크를 가득 흩뿌려놓았다. 하지만 별 소용없었다. 페이지마다 이 같은 느낌이 계속 툭툭 튀어나왔다. 가령 62쪽 아래 있는 도안은 거의『피터 팬』속으로 들어가려는 것 같았고, 224쪽에 실린 형상은 비록 두개골을 끝없이 긴 소시지처럼 길게 늘려놓았음에도 불구하고 동화책에 나오는 마녀의 모습이었다. 234쪽의 말 그림과 218쪽의 일각수 그림은 제임스 브랜치 캐벌[**]의 책에 실릴 만한 삽화다. 상세한 묘사는 계속 이어진다. 해골, 개미, 바닷가재, 전화기, 그 밖의 기구들을 치워버리면 배리, 래컴, 던

---

[*] 프랑스(Anatole France, 1844~1924). 프랑스의 소설가이자 평론가로, 지적 회의주의 성향을 지니며 자신을 비롯해 인간 전체를 경멸하지만, 사물을 보는 특이한 눈, 신랄한 풍자, 아름다운 문체를 특징으로 하는 작품을 썼다.

[**] 캐벌(James Branch Cabell, 1879~1958). 미국 소설가로,『매뉴얼 일대기The Biography of Manuel』등을 썼다.

세이니,* 『무지개가 끝나는 곳Where the Rainbow Ends』**의 세계로 문득문득 돌아가 있다.

묘하게도 달리 자서전에 보이는 몇몇 외설적 분위기 역시 같은 시기와 긴밀하게 연결되어 있다. 앞서 인용했던, 여동생의 머리를 발로 차는 이야기를 읽었을 때 나는 무언가와 닮은 것 같은 어렴풋한 느낌을 받았다. 무엇이었을까? 그렇다! 해리 그레이엄의 「무정한 집안을 위한 잔인한 시Ruthless Rhymes for Heartless Homes」***였다. 1912년 무렵 이런 종류의 시가 큰 인기를 모았는데, 한 가지를 꼽아보면 다음과 같다.

> 불쌍한 꼬마 윌리가 너무 아프게 울고 있네.
> 그는 아주 슬픈 꼬마.
> 여동생의 목을 부러뜨려서
> 차와 함께 잼을 먹지 못하기 때문이지.

달리의 일화에 나올 법한 이야기다. 물론 달리는 자신이 에드워드 7세 시대의 양식으로 기울어져 있는 것을 의식하고 있었고, 어느 정도는 파스티셰****를 시도하는 느낌으로 이런 특성을 이용하기도 했다. 달리

---

* 『피터 팬』을 쓴 영국 소설가이자 극작가인 배리(James Matthew Barrie, 1860~1937), 영국의 동화책 삽화가인 래컴(Arthur Rackham, 1867~1939), 아일랜드의 극작가이자 설화작가인 던세이니(18th Baron of Dunsany, 1878~1957) 등을 가리킨다.

** 클리포드 밀스(Clifford Mills)와 존 램지(John Ramsey)가 1911년에 쓴 아동용 연극 대본.

*** 그레이엄(Harry Graham, 1874~1936)이 1902년에 발표한 시.

**** 여러 스타일을 혼합한 작품.

는 1900년에 대해 특별한 애정을 갖고 있다고 털어놓으면서 1900년의 모든 장식적 대상이 신비로움, 시적 정서, 에로티즘, 광기, 비딱한 고집 등으로 가득 차 있다고 주장한다. 하지만 파스티셰는 일반적으로 패러디 대상에 대한 애정을 담고 있다. 하나의 지적 편향성을 보일 경우 여기에는 같은 방향으로 치닫는 비합리적이고 유치하기까지 한 충동이 뒤따르는데, 이런 경향이 법칙까지는 아니더라도 어쨌든 두드러질 정도로 흔하게 나타난다. 예를 들어 조각가는 평면과 곡선에 관심을 가지지만 다른 한편으로 진흙과 돌을 만지작거리는 육체적 행위를 즐기기도 한다. 엔지니어는 도구의 촉감, 발전기의 소음, 기름 냄새를 좋아한다. 정신과 의사는 일정한 성적 일탈행위에 경도되는 성향을 보인다. 다윈이 생물학자가 된 데에는 부분적으로 그가 시골 신사로 동물을 좋아했기 때문이기도 하다. 따라서 외관상으로 달리가 에드워드 7세 시대의 것에 대해 고집스레 애착을 보이는 것(예를 들면 〈1900년 지하철 입구의 발견〉 같은 작품)은 보다 깊은 곳에서, 다소 무의식적으로 애정이 작용하고 있다는 것을 보여주는 징후에 지나지 않을지도 모른다. 달리의 책 여백마다 아름답게 그린 교과서 삽화들이 수없이 등장하고 여기에 '나이팅게일'이니 '시계'니 하면서 자못 무게를 잡으며 제목을 달아놓았는데 이 역시 어느 정도는 농담으로 그랬을 수도 있다. 103쪽에는 작은 소년이 니커 바지 차림으로 공중팽이 놀이를 하는 그림이 나오는데 이는 시대의 양식을 아주 완벽하게 보여주는 그림이다. 이런 그림들이 등장하는 것은 달리가 사실은 이 시대와 이런 그림 양식에 속해 있기 때문에 필연적으로 생긴 결과일 것이다.

그렇다면 달리의 일탈행위가 어느 정도는 설명이 된다. 이는 달리 자신이 평범하지 않다는 것을 스스로에게 확인시키는 방법이었을 것이다. 누가 봐도 달리의 확실한 특성으로 꼽히는 것은 그림의 재능과 지독한 자기중심주의다. 달리는 자서전 첫 문단에서 "나는 일곱 살 때 나폴레옹이 되고 싶었다. 그리고 나의 야망은 이후 줄곧 커져갔다"고 적고 있다. 일부러 충격적인 방식으로 표현되기는 했지만 대체로 볼 때 사실이다. 그러한 감정은 아주 일반적이다. 누군가 내게 이런 말을 한 적이 있었다. "어느 분야의 천재가 될지 알지도 못하면서 오래전부터 내가 천재라고 생각했어요." 당신이 기껏해야 팔꿈치 정도밖에 되지 않는 재주와 자기중심주의 말고는 아무것도 가진 것이 없다고 생각해보라. 또한 당신이 지닌 실제 재주는 상세하고 학문적이며 구상주의적인 그림 양식이고 실제 전문분야는 과학 교과서의 삽화가라고 하자. 그렇다면 어떻게 해야 나폴레옹이 될까?

언제나 하나의 탈출구는 있다. 바로 사악함이다. 늘 사람들에게 충격을 안겨주고 상처를 입히는 행동을 하라. 다섯 살에 어린 소년을 다리 밑으로 내던지고, 나이든 의사의 얼굴을 채찍으로 휘갈기고 안경을 부숴버려라. 아니, 실제는 아니더라도 어쨌든 그러한 행동을 하는 환상을 꿈꾸라. 이십 년 뒤에는 죽은 당나귀의 눈을 가위로 잘라라. 그러한 방향으로 계속 가면 늘 자신이 독창적이라고 느낄 수 있다. 게다가 결국에는 돈도 따라온다! 범죄보다 훨씬 덜 위험하다. 달리의 자서전에서 밝히지 않은 내용을 모두 참작할 때 그가 어린 시절에 자신의 기행 때문에 고민했더라도 이후에는 그럴 필요가 없었을 것이다. 성장한 뒤 달리는 부패한 19세기의 세계를 살게 되었기 때문이다. 이 세계는 교양이 널리 퍼져 있고 모든 유럽 자본이 스포츠와 정치를 접은 채 너도나도 앞

다투어 예술 후원에 몰두했던 시기였다. 사람들에게 죽은 당나귀를 던져주면 그들은 돈을 던져주었다. 몇 십 년 전이었다면 그저 비웃음의 대상밖에 되지 않았을 메뚜기 공포증이 이제는 흥미로운 '콤플렉스'가 되어 이를 이용해 수익을 올릴 수 있게 되었다. 또한 그런 특별한 세계가 독일군 때문에 무너진 뒤에는 미국이 기다리고 있었다. 게다가 종교적 개종으로 모든 것을 덮어버린 채 한 점의 뉘우침도 없이 단박에 훌쩍 뛰어 파리의 화려한 살롱에서 아브라함의 품 안으로 옮겨갈 수 있었다.

달리가 살아온 이력을 대략 이와 같이 정리할 수 있을 것이다. 하지만 달리의 일탈행위가 그처럼 특별한 것이 된 이유가 무엇인지, 그리고 썩은 시체와 같은 끔찍한 것을 어떻게 교양 있는 대중에게 그토록 쉽게 '팔' 수 있었는지 하는 점은 심리학과 사회학적 비판에서 담당할 문제다. 마르크스주의 비평은 이러한 현상을 간단히 초현실주의로 치부하고 있다. 이런 현상은 '부르주아 데카당스'('시체 독가루'니 '부패한 투자수당 계급'이니 하는 문구로 가볍게 떠들어댄다)이고 그게 그것인 것이다. 하지만 이 말이 사실일지라도 어떤 연관성을 불러오지는 못한다. 사람들은 왜 달리가 시체 애호 성향을 갖게 되었는지(또한 동성애 성향은 왜 갖지 않는지), 나아가 투자자 계층과 귀족들은 선대 할아버지들처럼 사냥을 하거나 사랑을 하는 대신 왜 달리의 그림을 사는지 이유를 알고 싶어 할 것이다. 단지 도덕적으로 못마땅해 하는 것으로는 이유를 설명하지 못한다. 하지만 '객관적 분리'라는 명목하에 〈택시 안에 썩어가는 마네킹〉 같은 사진이 도덕적 중립성을 띠는 것처럼 위장해서는 안 된다. 이 같은 사진은 병들어 있으며 혐오스럽다. 어떤 연구를 하든지 반드시 이런 사실에서 출발해야 한다.

래플스와 블랜디시 양

1944년 8월 28일; 《호라이즌》, 1944년 10월; 《폴리틱스Politics》, 1944년 11월

래플스*가 처음 세상에 나온 지 반세기 가까이 지났지만 '아마추어 금고털이' 래플스는 지금도 가장 유명한 영국 소설 등장인물의 하나로 꼽힌다. 그가 영국을 대표하여 크리켓 시합을 했고 올버니에 독신자 집을 갖고 있으며 손님으로 묵었던 메이페어** 주택들을 털었다는 사실을 굳이 말하지 않아도 다들 알 것이다. 바로 이런 이유 때문에 래플스와 그의 행적은 『블랜디시 양을 위한 난초는 없다No Orchids for Miss Blandish』*1와 같은 현대적인 범죄 이야기를 살펴보는 데 적절한 비교대상이 된다. 이런 선택이 자의적일 수밖에 없다. 『아르센 루팽』을 선택할 수도 있었겠지만 어쨌든 『난초는 없다』오- 래플스 이야기

---

* 호닝(Ernest William Hornung, 1866~1921)이 쓴 소설들에 등장하는 인물.

** 런던 하이드 파크 동쪽의 고급 주택지로 런던의 사교계의 중심지 중 하나.

*1 『블랜디시 양을 위한 난초는 없다』는 제임스 하들리 체이스(James Hadley Chase) 첫 작품으로 그는 책 도매상으로 일하는 동안 이 작품을 썼다. 1939년 5월에 출간되었으며 오웰이 이 평론을 쓸 무렵에는 백만 부 이상 팔렸다. 체이스의 실명은 레이먼드(René Lodge Brabazon Raymond, 1906~1985)이며 여러 가명으로 모두 8권의 작품을 썼다.

들•은 경찰보다 오히려 범죄자에게 초점을 맞춘 범죄 이야기라는 점에서 공통점이 있었다. 사회학적인 목적에서도 두 작품을 비교해볼 만하다.『난초는 없다』가 1939년식의 화려한 범죄 이야기라면 『래플스』는 1900년식이라고 할 수 있다.

• E. W. 호닝이 쓴『래플스Raffles』,『한밤의 도둑A Thief in the Night』,『저스티스 래플스 씨Mr. Justice Raffles』를 일컫는다. 이중 세 번째 작품은 완전히 실패작이었으며 첫 번째 작품만 진정한 래플스의 분위기를 갖고 있다. 호닝은 많은 범죄 이야기를 썼으며 대개는 범죄자의 편에 서는 경향을 보였다.『래플스』와 비교적 같은 성향을 지닌 성공작으로는『노랑가오리Stingaree』가 있다.

나는 두 책에 나타난 도덕적 분위기의 엄청난 격차, 아울러 이것이 의미하는 대중의 태도 변화에 대해 주목하고자 한다.

오늘날『래플스』의 매력을 살펴보면 부분적으로는 시대 분위기에서 찾을 수 있고, 다른 한편으로는 탁월한 이야기 기법에서 찾을 수 있다. 호닝은 매우 성실하며 유능한 작가였다. 순수한 효율성을 좋아하는 사람이라면 틀림없이 그의 작품을 칭찬할 것이다. 하지만 래플스의 정말 극적인 요소, 다시 말해 오늘날까지도 래플스라는 이름이 대명사(불과 몇 주 전에도 어느 절도범 재판에서 치안판사는 죄수들을 가리켜 '현실의 래플스'라고 언급했다)처럼 쓰이게 만들어준 요소는 그가 신사라는 사실이다. 래플스는 정직한 사람이 나쁜 길로 빠진 것이 아니라 사립학교 출신이 나쁜 길로 빠진 모습으로 우리 앞에 등장한다. 뿐만 아니라 대화나 지나가는 말 속에서 끊임없이 이런 사실을 확인시켜준다. 래플스가 조금이라도 회한을 느낄 때가 있다면 거의 언제나 순전히 사회적인 차원의 회한을 품는다. 즉, '유서 깊은 학교'의 명예를 실추시켰다든가 '품위 있는 집단'에 들어갈 권리를 잃었다든가 아마추어 지위를 박탈당하고 비열한 인간이 되었다든가 하는 식이다. 래플스가 지나가는 말로 "재산 분배는 어쨌든 나쁜 일"이라고 말함으로써 스스로를 정당화한 일이

   모든 예술은 프로파간다다—조지 오웰 평론집

한 번 있다. 그러나 래플스도, 버니도 절도가 그 자체로 나쁜 일이라고 깊이 느끼는 것 같지 않다. 그들은 스스로를 죄 지은 사람이라고 여기기보다는 이탈자 또는 버림받은 사람이라고 여긴다. 그럼에도 래플스 자신은 우리들 대다수와 아주 비슷한 도덕규범을 지니고 있어서 그의 상황이 매우 역설적으로 보인다. 웨스트엔드의 클럽 사람이 실제로는 절도범이라니! 이 자체만으로도 이야깃거리가 되지 않는가? 배관공이나 야채장수가 실은 절도범이었다면 어땠을까? 그 자체에 본질적으로 극적인 요소가 들어 있는가? 그렇지 않다. 범죄를 은폐하는 존경할 만한 '이중생활'의 주제가 들어 있더라도 본질적으로 극적인 요소는 없다. 진가리[*1] 재킷 상의를 입은 래플스보다 차라리 로만 칼라 옷을 입은 찰스 피스[*2]가 덜 위선적으로 보일 것이다.

물론 래플스는 모든 운동에 능하지만 그가 선택한 경기가 크리켓이라는 사실이 아주 절묘하게 들어맞는다. 이 때문에 래플스가 슬로볼러[*]로서 지니는 교활함과 절도범으로서 지니는 교활함 사이에 수많은 비유가 가능할 뿐만 아니라 그의 범죄가 지니는 정확한 본질을 규

[*1] 진가리(Zingari), 제대로 표기하면 이 진가리(I Zingari, 이탈리아어로 집시를 뜻한다)이다. 1845년에 창립된 영국 특권층 크리켓 클럽으로 홈그라운드 없이 매 시합마다 원정 경기를 벌인다.

[*2] 찰스 피스(Charles Peace, 1832~1879)는 잡범이자 살인자다. 1876년 경찰관 쿡을 살해했지만 다른 사람이 누명을 쓰고 기소되어 살인죄를 선고 받았다. 1878년 피스는 알프레드 다이슨을 살해하기도 했다. 강도 행각을 벌이다가 현행범으로 체포되어 다이슨의 살인죄 재판에서 유죄판결을 받았다. 피스는 쿡을 살해한 일을 자백했고 처음에 기소되었던 윌리엄 해브런은 특사로 풀려났다. 피스는 1379년 사형되었다. 그의 행적은 대중 사이에서 인기 있는 신화가 되었고 초창기 무성영화에서 그를 주인공으로 한 영화가 제작되었다.

[*] 크리켓 경기에서 스핀을 걸어 슬로볼을 던지는 투수.

정하는 데도 도움이 된다. 실제로 크리켓은 영국에서 그다지 인기 있는 종목이 아니며, 축구 같은 종목의 인기와 비교하면 근처에도 가지 못한다. 하지만 크리켓은 영국 인물의 뚜렷한 기질, 즉 성공보다는 '외관'이나 '스타일'을 중시하는 성향을 잘 표현한다. 진정으로 크리켓을 사랑하는 사람의 눈에는 10점을 기록한 이닝이 100점을 기록한 이닝보다 훨씬 낮게(즉, 훨씬 우아하게) 보일 수 있다. 또한 크리켓은 아마추어가 프로 선수를 능가할 수 있는 몇 안 되는 종목의 하나이기도 하다. 갑작스레 뒤바뀌는 극적인 운의 변화와 헛된 희망으로 가득한 종목이며, 크리켓의 규칙이 엉망이어서 이를 해석하는 일이 어쩌면 윤리적 차원의 일이 되기도 한다. 예를 들어 라우드*가 호주에서 타자에게 맞을 듯한 속구를 던졌을 때 그는 사실상 어떤 규칙도 어긴 것이 아니었다. 그저 '크리켓이 아닌'** 행동을 했을 뿐이다. 크리켓은 시간이 많이 들고 비용도 비싸기 때문에 주로 상류층이 즐기지만 국민 모두의 마음속에서 '멋진 모습'이나 '정정당당한 행동'의 개념과 긴밀하게 연결되어 있다. 또한 '쓰러진 사람을 때려서는 안 된다'는 전통이 약화되는 것과 정확히 궤를 같이하면서 크리켓의 인기도 줄었다. 크리켓은 20세기의 경기가 아니며 현대적 정신을 가진 사람은 거의 모두 크리켓을 싫어한다. 예를 들어 지난번 전쟁을 전후하여 독일에 크리켓의 기반이 일정 정도 생겼는데 나치는 크리켓을 막기 위해 무진 애를 썼다. 호닝은 래플스에게 절도범과 크리켓 선수라는 역할을 줌으로써 래플스에게 그럴듯한

---

*　　라우드(Harold Larwood, 1904~1995). 영국의 유명한 크리켓 선수.

**　'정정당당한 행동이 아닌'이라는 뜻.

위장 수단을 마련해주었을 뿐만 아니라 그가 상상할 수 있는 가장 극적인 도덕적 대비를 그려내고 있다.

『래플스』는 『위대한 유산』이나 『적과 흑』과 마찬가지로 속물근성을 그린 이야기이며 래플스의 위태로운 사회적 위치에서 많은 것을 끌어내고 있다. 아마 서툰 작가였다면 '신사 절도범'을 귀족으로 만들거나 적어도 준남작으로 만들었을 것이다. 하지만 래플스는 중간 상류층 계급 출신이며 귀족 사회에서 그를 받아들인 것은 오로지 그의 개인적 매력 때문이었다. 책 끝부분에 가서 래플스는 버니에게 "우리는 상류사회에 살고 있지만 그 집단에 속해 있는 것은 아니네"라고 말하며, "사람들이 나에 대해 묻는 것은 크리켓 때문이지"라고 말한다. 래플스와 버니는 '상류사회'의 가치를 의심 없이 받아들이며 '커다란 한탕거리' 없이도 살아갈 수만 있었다면 영원히 상류사회에 뿌리를 내렸을 것이다. 애매한 상태로 간신히 상류사회에 '속해 있기' 때문에 그들에게 남의 욕을 하고 다니는 사람은 항상 위협적인 파멸의 요인이다. 공작은 징역형을 살아도 여전히 공작이지만 그저 사교생활만 할 뿐인 사람은 한번 명예가 실추되면 영원토록 다시는 '사교계'에 발붙이지 못한다. 래플스의 정체가 탄로 나고 가명으로 살아가는 책 끝부분에 가면 신들의 황혼 같은 정서가 흐르며, 이는 키플링의 시 「신사 사병들」에 나오는 심리적 분위기와 다소 비슷하다.

　　부대의 한 기병—
　　내 여섯 마리 말을 지킨 나!

그때의 래플스는 '저주 받은 무리들'[1]의 일원이며 이는 돌이킬 수 없는 현실이다. 래플스가 계속 성공리에 절도를 벌일 수 있지만 그에게 천국을 뜻하는 피커딜리[*]와 MCC[2]로 다시 돌아갈 길은 없다. 사립학교 규정에 따르면 명예 회복의 길은 단 한 가지, 전쟁터에서 전사하는 것뿐이다. 래플스는 보어인에 맞서 싸우다 죽는데(노련한 독자라면 처음부터 이를 예상했을 것이다), 래플스를 창조한 사람과 버니의 눈에는 이로써 래플스의 모든 죄가 사라진다.

물론 래플스와 버니는 종교를 갖지 않았으며 진정한 윤리규범도 없이 본능적으로 일정한 행동규칙만 지킬 뿐이다. 하지만 바로 이 대목에서 『래플스』와 『난초는 없다』의 도덕적 차이가 분명하게 드러난다. 요컨대 래플스와 버니는 신사이며 자신들이 지닌 기준을 어기지 않는다. '하지 않는' 몇 가지 일이 있으며 그런 일을 할 마음이 없다. 예를 들어 래플스는 상대의 접대를 악용하지 않는다. 손님으로 묵는 집에서 절도를 저지르긴 하지만 손님들을 대상으로 할 뿐 집주인의 물건에는 손대지 않는다. 또한 살인도 저지르지 않으며[*] 가능하면 폭력을 멀리하고 무장하지 않은 상태로 절도를 벌이

* 래플스는 실제로 한 사람을 죽인 일이 있으며, 또 다른 두 사람의 죽음에 어느 정도 의도적인 책임이 있다. 하지만 세 사람 모두 외국인이며 괘씸한 행동을 했다. 또한 한 번은 협박범을 죽일까 생각한 적이 있는데, 범죄 이야기에서 협박범을 살해하는 일은 '그리 심각한 일이 아니라는' 것이 관행으로 정착되어 있다.

---

[1] 『병영의 노래』에 실린 두 행은 "그렇다, 여섯 마리 말을 내달리게 했던, 부대의 한 기병"이라고 한 줄로 표기해야 하며 느낌표도 없애야 한다. '저주 받은 무리들'은 「신사 사병들Gentleman Rankers」에서 인용했다.

[*] 런던 하이드 파크 코너와 헤이마켓 사이의 번화가.

[2] MCC는 영국 크리켓 연맹본부(Marylebone Cricket Club)의 약자다. MCC는 당시 영국 및 국제 크리켓의 관할하는 기구로서 경기 규칙을 책임졌다. '크리켓 본부'인 로드 크리켓 구장에 위치해 있으며 엄격한 회원제로 운영되었다.

 모든 예술은 프로파간다다—조지 오웰 평론집

는 것을 선호한다. 래플스는 우정을 신성한 것으로 여기며 이성관계가 도덕적이라고 할 수는 없지만 그래도 여성을 정중하게 대한다. '스포츠 정신'이라는 명분하에 추가 위험을 기꺼이 감수하며 더러는 미적인 이유에서 그렇게 행동한다. 무엇보다도 래플스는 대단한 애국자다. 여왕 즉위 60주년을 축하("버니, 우리는 지난 60년 동안 세상에서 가장 훌륭한 군주의 통치를 받아왔네.")하기 위해 영국 박물관에서 훔친 고대 황금 컵을 우편으로 여왕에게 보내기도 한다. 또한 독일 황제가 영국의 적국 중 한 곳에 보낸 진주를 약간의 정치적인 동기에서 훔치기도 하며 보어 전쟁이 좋지 않은 상황으로 돌아가자 전선으로 갈 방법을 찾는 데 온 생각을 모은다. 전선에 선 래플스는 자신의 정체가 발각되는 희생을 무릅쓰고 첩자를 밝혀내며 보어인의 총알에 영광스런 죽음을 맞는다. 범죄와 애국심이 결합된 점에서 동시대의 아르센 루팽을 닮았다. 루팽 역시 독일 황제를 꼼짝 못하게 하고 외인부대에 입대함으로써 자신의 더러운 과거를 씻는다.

현대의 기준에서 볼 때 래플스가 매우 사소한 범죄를 저질렀다는 점에 주목할 필요가 있다. 400파운드의 값어치를 지니는 보석이 그에게는 엄청난 건수로 여겨진다. 또한 세부 묘사에서 이야기들이 설득력을 지니지만 선정성은 거의 찾아볼 수 없다. 시체도 나오지 않고 피를 보지도 않으며 성범죄도 사디즘도 어떤 종류의 도착증도 찾아볼 수 없다. 지난 20년을 거치는 동안 강도 높은 수준의 범죄 이야기에서는 유혈이 낭자한 폭력성이 엄청나게 증가한 것으로 보인다. 초창기 탐정 소설 중에는 살인사건 하나 나오지 않은 작품도 있었다. 예를 들어 셜록 홈스 이야기가 모두 살인 이야기는 아니며 그중에는 기소될 만한 범죄

사건이 한 건도 일어나지 않는 이야기도 있다. 존 손다이크 이야기도 역시 그러한 반면 맥스 카라도스 이야기에서는 살인이 아주 조금 나온다. 하지만 1918년 이후로 오면 살인이 나오지 않는 탐정 이야기가 극히 드물고, 시신 절단이나 시체 발굴에 대한 역겨운 세부 묘사가 흔히 이용된다. 예를 들어 피터 윔지 이야기는 명백한 시체 애호증을 드러내고 있다. 범죄자의 관점에서 쓴 『래플스』가 탐정의 시점으로 쓴 많은 현대 작품에 비해 오히려 반사회성이 훨씬 약하다. 래플스 이야기를 읽고 나면 주로 소년 같은 인상이 남는다. 래플스의 이야기들은 사람들이 비록 우매한 기준일망정 나름대로 기준을 갖고 있던 시대를 배경으로 한다. 그 기준에서는 '하지 말라'가 핵심 어구를 이룬다. 사람들이 선과 악 사이에 그어놓은 선은 폴리네시아인의 금기만큼이나 무의미하지만 그래도 금지가 그렇듯이 모든 사람이 인정한다는 점에서 유용한 의미를 지닌다.

『래플스』에 대해서는 이쯤 해두기로 한다. 이제 너저분한 소굴 속으로 들어가는 이야기를 해보자. 제임스 하들리 체이스가 지은 『블랜디시 양을 위한 난초는 없다』는 1939년에 출간되었지만 큰 인기를 누린 것은 영국 본토 항공전과 대공습이 벌어지던 1940년이었다. 대강의 줄거리를 소개하면 다음과 같다.

백만장자의 딸인 블랜디시 양이 몇몇 갱에게 납치당하는데 이후 그들은 곧바로 보다 크고 조직적인 갱단의 습격을 받아 모두 죽는다. 갱단은 블랜디시 양을 인질로 삼고 그녀의 아버지에게서 50만 달러를 받아내려고 한다. 원래는 돈을 받자마자 블랜디시 양을 죽일 계획이었지만 뜻하지 않은 운이 그녀를 살렸다. 갱단 중에 삶의 유일한 기쁨을 오로지 다른 사람의 배를 칼로 찌르는 것으로 삼고 있는 슬림이라는 젊은이가 있었다. 그는 어린 시절 살아 있는 동물을 녹슨 가위로 자르고 난 뒤부터 서서히 그렇게 변했던 것이다. 슬림은 성 불구이지만 블랜디시 양에게 호감 비슷한 것을 느낀다. 갱단의 실질적인 브레인인 슬림의 어머니가 이를 기회로 슬림의 성 불능을 치료할 수 있을 것이라고 생각하고, 슬림이 블랜디시 양을 강간하게 될 때까지 그녀를 감금해두기로 한다. 블랜디시 양을 긴 고무호스로 때리는 등 갖가지 시도와 많은 설득을 거쳐 마침내 강간이 이루어졌다. 그사이 블랜디시 양의 아버지는 사립 탐정을 고용하고 탐정과 경찰은 뇌물과 고문을 이용해 갱단 모두를 일망타진하는 데 성공한다. 슬림은 블랜디시 양과 함께 도망쳤다가 마지막 강간을 저지른 뒤 죽임을 당한다. 탐정은 블랜디시 양을 가족에게 돌려보내기 위한 준비 작업을 한다. 하지만 그 무렵 블랜디시 양은 슬림이 해주던 애무에 너무도 길들여져• 그가 없이는 살 수 없을 것 같아 고층 건물 유리창 밖으로 뛰어내린다.

이 작품에 함축된 완전한 의미를 파악하기 전에 먼저 몇 가지 점에 주목할 필요가 있다. 첫째, 이 작품의 중심 얼개는 윌리엄 포크너의 장편소설 『성역Sanctuary』을 뻔뻔스럽게 표절한 것이다. 둘째, 예상하겠지만 이 작품은 글을 쓸 줄 모르는 글쟁이의 작품이 아니라 쓸데없는 단어나 어조가 삐걱거리는 부분 하나 없이 아주 잘 쓴 작품이다. 셋째, 대화뿐만 아니라 서술을 포함해 책 전체가 미국 영어로 쓰였다. (내가 알기로) 한 번도 미국에 가본 적 없는 영국인 작가의 머릿속에 미국의 지하세계가 완전히 옮겨온 것처럼 보인다. 넷째,

이 책을 낸 출판사에 따르면 적어도 50만 부는 팔렸다.

이 작품의 플롯에 대해서는 이미 대강 설명했지만 소재는 플롯에서 짐작할 수 있는 것보다 훨씬 비도덕적이고 잔인하다. 완벽한 살인이 여덟 차례 등장하고 우연히 저질러진 살해와 상해는 헤아릴 수 없을 만큼 많으며, 시체 발굴(독자가 악취를 떠올릴 수 있을 만큼 세세하게 묘사되어 있다), 블랜디시 양에 대한 매질, 또 다른 여성을 벌겋게 타는 담뱃불로 지지는 고문, 스트립쇼, 잔학무도한 삼류 장면 등이 많이 있다. 아울러 이 작품은 독자가 상당한 성적 지식을 갖고 있다고 가정하며(아마도 마조히스트 기질을 가졌을 한 갱단 일원이 칼로 찔리는 순간 오르가슴을 느끼는 장면이 나온다) 철저한 부패와 자기 본위의 이기주의를 인간의 행동규범으로 당연하게 여긴다. 가령 탐정도 갱들만큼 못된 악당으로 나오며 갱들과 동일한 동기에서 움직인다. 갱들과 마찬가지로 탐정 역시 '50만 달러'를 쫓고 있다. 블랜디시 씨가 딸을 되찾기 위해 노심초사하는 대목은 이야기 얼개상 반드시 들어가야 하지만 그 대목을 제외하고는 애정이나 우정, 착한 본성, 심지어는 보통의 예절 따위는 전혀 나오지 않는다. 정상적인 성도 대체로 나오지 않는다. 궁극적으로 볼 때 이야기 전반에 걸쳐 단 한 가지의 동기만 흐르고 있다. 바로 힘을 추구하는 성향이다.

이 작품이 일반적인 의미의 포르노그래피가 아니라는 점에 주목해야 한다. 성적 사디즘을 다루는 대부분의 책과 달리 이 작품에서는 쾌락이 아니라 잔인성에 중점을 둔다. 블랜디시 양을 강간한 슬림의 "입은 침이 흘러 축축하게 젖어 있다." 이는 혐오스러운 모습이며 아울러 혐오감을 불러일으키기 위한 의도로 쓴 것이다. 하지만 여성에게 잔인한 행위를 저지르는 장면은 비교적 의례적인 묘사에 그치고 있다. 이 작품에서 진짜 강조점을 두는 부분은 인간이 다른 인간에게 저지르는 잔인한 행동이다. 의자에 묶인 채 곤봉으로 허파에 매질을 당하던 에디 슐츠라는 갱이 끈을 풀고 도망가려다가 또다시 얻어맞고 팔이 부러지는 장면을 예로 들 수 있다. 체이스의 또 다른 작품 『이제 그에게는 필요 없을 것이다He Won't Need It Now』에서는 주인공이 호감 가는 인물로, 심지어는 고귀한 인물로 설정되어 있지만, 그가 묘사된 장면을 보면 다른 누군가의 얼굴을 마구 짓밟은 다음 그 사람의 입 속에 발꿈치를 넣고 이리저리 돌리며 짓뭉개는 모습이 나온다. 심지어는 이런 식의 폭력적 행동이 벌어지지 않을 때에도 여전히 똑같은 심리적 분위기가 흐른다. 힘을 얻기 위한 투쟁, 약자에 대한 강자의 승리가 작품의 전반적인 주제를 이룬다. 연못에서 강꼬치고기가 작은 물고기를 먹어치우는 것처럼 큰 갱단은 작은 갱단을 무자비하게 쓸어버린다. 경찰은 낚시꾼이 강꼬치고기를 죽이는 것처럼 잔인하게 범죄자를 죽인다. 궁극적으로 사람들이 갱단이 아닌 경찰 편에 서더라도 이는 단지 경찰이 훨씬 잘 조직되어 힘이 있기 때문인데, 이 역시 사실은 법이 범죄보다 훨씬 큰 돈벌이가 되기 때문이다. 힘 있는 자가 옳으며 패자는 무참하다.

『난초는 없다』가 이후에도 성공리에 연극으로 상연되기는 하지만, 앞에서 밝혔듯이 가장 크게 유행한 것은 1940년이다. 사실 이 작품은 사람들이 폭격에 대한 따분함을 달래는 데 도움이 되었다. 전쟁 초기 《뉴요커》에 사진 하나가 실렸다. 평범한 남자가 북부 프랑스의 탱크전, 북해의 해전, 영국 해협 상공에서 벌어진 공중전 등등의 제목이 붙은 신문이 어지러이 널려 있는 신문 가판대를 향해 "《액션 스토리즈》 주세요"라고 말하는 사진이었다. 이 평범한 남자는 정신이 멍한 수백만 명의 사람을 대표한다. 그들에게는 전쟁이나 혁명, 지진, 기근, 역병보다 갱단과 프로 권투의 세계가 훨씬 '현실적'이고 훨씬 '거칠게' 느껴진다.《액션 스토리즈》독자의 관점에서는 런던 대공습이나 유럽 지하운동 세력의 투쟁을 묘사해놓은 것은 '계집애 장난'으로 보일 것이다. 반면 대여섯 명 남짓의 죽음으로 끝나는 시카고의 작은 총싸움은 정말 '거친 싸움'으로 느껴진다. 현재 이러한 심리상태가 매우 널리 팽배해 있다. 머리 위 30~40센티미터에서 기관총 총알이 따다닥 하며 날아가는 가운데 질척질척한 도랑을 기어가는 병사가 휴식시간에 견디기 힘든 따분함을 달래기 위해 미국 갱단 이야기를 읽는 것이다. 이런 이야기가 그토록 흥미진진하게 읽히는 이유는 무엇일까? 바로 사람들이 서로를 향해 기관총을 쏘고 있다는 사실 때문이다! 병사도, 그 밖의 다른 누구도 그 안에서 별난 이야깃거리를 발견하지 못한다. 당연히 상상 속의 총알이 실제 총알보다 훨씬 스릴 있는 것이다.

현실생활에서 사람들은 대부분 수동적인 희생자인 반면 모험 이야기 속에서는 스스로 사건의 중심에 있는 것으로 느낀다는 점이 확실한 설명이 될 것이다. 하지만 그 밖에도 다른 뭔가가 있다.『난초는 없다』가 미국 영어로, 게다가 몇 가지 기법상의 실수가 있긴 하지만 분명 상당한 실력으로 서술되었다는 기이한 사실을 여기서 다시 한 번 언급할 필요가 있겠다.

미국에는『난초는 없다』와 비슷한 부류의 문학 작품이 엄청나게 많다. 책이 아니더라도 어마어마한 종류의 '싸구려 잡지'들이 있다. 이 잡지들은 다양한 색깔을 띠면서 갖가지 판타지를 만족시키지만 그럼에도 정신적 분위기는 거의 똑같다. 그중 몇몇 종류는 명백한 포르노그래

피에 속하는데 대다수는 분명 사디스트와 마조히스트를 겨냥하고 있다. 양크 매그스(Yank Mags)* 라는 이름으로 권당 3펜스에 팔리는 이런 종류의 잡지들이 영국에서 상당한 인기를 누렸지만 전쟁으로 공급이 딸리면서 만족할 만한 대체물이 마련되지 못했다. 이제는 영국에서 '싸구려 잡지'를 본떠 만든 모방품이 나와 있지만 미국 오리지널 잡지와 비교했을 때 질이 형편없는 수준이다. 게다가 영국 갱 영화는 잔인성 면에서 결코 미국 갱 영화를 쫓아가지 못한다. 그렇지만 체이스의 이력을 보면 미국의 영향이 이미 깊숙이 미치고 있음을 알 수 있다. 체이스 자신이 시카고 지하세계에 대한 공상적 삶 속에 계속 젖어 있을 뿐만 아니라 수십만 명의 독자를 의지할 수 있다. 이들 독자는 '클립* 가게'나 '전기의자'가 무슨 뜻인지 알고 '50그랜드'** 라는 말이 나와도 머릿속으로 따지며 셈하지 않아도 되며 "조니는 러미야. 한두 발짝만 더 가면 바로 넛팩토리 행이지"*** 라는 문장을 단번에 이해할 수 있다. 분명 영국인의 상당수가 언어 면에서 미국화되었으며, 아울러 도덕적 견해에서도 그러하다는 점을 지적하지 않을 수 없다. 『난초는 없다』에 반대하는 대중의 항의 소리가 들리지 않기 때문이다. 결국 이 작품은 또 다른 후속작 『캘러헌 양이 불행에 빠지다 Miss Callaghan comes to Grief』로 체이스의 작품들이 당국의 주목을 받게 되면서 위축되었지만 이 역시 그저 사후 조치였을 뿐이다. 당시 사람들의 일상적 대화로 판

---

*   영화 필름 중 일부만 따로 떼어서 보여주는 부분.

**   1,000달러를 뜻한다.

*** 러미는 술을 많이 마시는 사람, 넛팩토리는 정신병원을 뜻하는 미국 영어의 속어.

단하건대 일반 독자는 『난초는 없다』의 외설성에서 가벼운 전율을 느끼기는 했지만 전반적으로 이 책에서 바람직하지 않은 점은 보지 못했다. 한 가지 덧붙이면 많은 이들은 이 책이 미국 책이며 영국에서 재발행된 것이라는 인상을 받았다.

일반 독자라면 범죄에 대한 모호한 태도에 대해서만큼은 반드시 반대해야 하며, 몇 십 년 전이었다면 분명 이에 반대했을 것이다. 『난초는 없다』를 보면, 범죄자가 된다는 것이 오로지 별다른 보상이 따르지 않는다는 의미에서만 비난 받을 행동인 것처럼 암시되어 있다. 경찰이 되는 것은 보다 많은 보상이 따르지만, 경찰 역시 본질적으로 범죄적인 수단을 이용하기 때문에 도덕적 차이는 없다. 『이제 그에게는 필요 없을 것이다』에서는 범죄와 범죄 예방책 사이의 차이점이 사실상 사라지고 없다. 이는 영국 선정 소설의 새로운 시작을 알리는 것이다. 최근까지 영국 선정 소설에서는 옳고 그름 사이에 정확한 구별이 있었고 마지막에 가서는 선이 승리한다는 일반적 합의가 있었다. 영국 소설 가운데 범죄(해적이나 노상강도와는 다른 현대적인 범죄)를 찬양하는 작품은 매우 드물었다. 심지어 『래플스』 같은 작품은 강력한 금기가 지배하고 있으며, 래플스가 조만간 범죄에 대해 속죄해야 한다는 사실이 분명하게 인식되고 있었다. 미국은 실제 삶이든 허구이든 범죄에 대해 관대하고 심지어는 범죄자가 성공만 한다면 그를 찬양하기도 하는 성향이 매우 두드러졌다. 실제로 미국에서 범죄가 그토록 엄청난 규모로 번성할 수 있었던 것도 궁극적으로는 이러한 태도 때문이다. 알 카포네에 대해 쓴 책을 보면 헨리 포드, 스탈린, 노스클리프, '오두막집에서 백악관에 입성한' 다른 사람에 대해 쓴 책과 어조가 별반 다르지 않다. 또한 80년 전으로 되돌아가면 마크 트웨인이 28명이나 죽인 살인범이자 혐오스러운 강도인 슬레이드에 대해, 또한 서부 무법자 전반에 대해 이와 똑같은 태도를 취하는 것을 알 수 있다. 그 악당들은 성공했고 '부자가 되었다.' 그래서 마크 트웨인은 그들을 찬양한 것이다.

『난초는 없다』 같은 책을 읽는 독자는 구식 범죄 이야기와는 달리 그저 지루한 현실에서 벗어나 액션이 펼쳐지는 상상의 세계로 도망치는 것이 아니다. 그들의 도피처는 본질적으로 잔인성과 성 도착이다. 『난초는 없다』는 래플스나 셜록 홈스 이야기와는 달리 권력 본능을 겨냥한다. 반면 범죄를 대하는 영국인의 태도가 미국인보다 그리 월등한 것은 아니며 나 역시 암묵적으로 이런 주장을 내비치는 것처럼 보일 것이다. 영국인의 태도는 권력 숭배와 뒤섞여 있으며 지난 20년을 거치는 동안 이런 색채는 더욱 뚜렷해졌다. 여기서 살펴볼 만한 작가는 에드거 월리스*로, 특히 『연설가The Orator』나 J. G. 리더가 등장하는 이야기 같은 전형적인 작품을 꼽을 수 있다. 월리스는 사립 탐정을 등장시키는 오랜 전통을 끊고 런던 경찰국 경찰을 중심인물로 내세운 첫 번째 범죄 이야기 작가다. 셜록 홈스는 아마추어며 도움 없이, 심지어 초기 작품들에서는 경찰과 대립하면서 문제를 해결했으며, 게다가 뒤팽처럼 본질적으로 지식인이며 심지어는 과학자이기도 하다. 홈스는 관찰된 사실을 바탕으로 논리적으로 추리하며 그의 지적 능력은 경찰의 틀에 박힌 방법과 늘 대비된다. 월리스는 런던 경찰국이 이러한 오명을 쓰고 있다고 생각해 이에 강력하게 반박했고, 몇몇 신문 기사에서는 실명을 밝히면서

까지 온힘을 다해 홈스를 비난하기도 했다. 월리스는 경감이 지적으로 똑똑해서가 아니라 전능한 조직에 소속되어 있기 때문에 범인을 잡는다는 사실을 이상으로 삼았다. 그러므로 월리스의 특징을 가장 잘 보여주는 이야기에서 이상하게도 '단서'와 '추론'이 아무 역할을 하지 못한다. 믿기지 않는 우연한 일 때문에, 또는 도저히 납득되지 않게 경찰이 사전에 범죄 전모를 모두 알고 있는 탓에 범인은 패배한다. 작품의 어조를 보면 월리스가 경찰을 칭송하는 것이 순전히 악동 숭배라는 것을 확실히 알 수 있다. 경찰국 형사는 월리스가 상상할 수 있는 가장 힘 있는 존재인 반면 범죄자는 마치 로마 원형 경기장에 서 있는 사형수 노예들처럼 그를 막기 위해서라면 뭐든 허용될 수 있는 범법자로 그의 머릿속에 자리 잡고 있다. 월리스가 그린 경찰관은 실제 영국 경찰보다 훨씬 잔인하게 행동한다. 아무 이유 없이 사람들을 때리며 사람들을 겁주기 위해 귀 옆으로 권총을 쏘기도 한다. 또한 몇몇 이야기에서는 무서운 지적 사디즘을 드러내기도 한다(예를 들어 월리스는 여주인공의 결혼식에 맞춰 같은 날에 악당을 교수형에 처할 수 있도록 일을 처리하는 것을 즐긴다). 하지만 이는 영국 방식을 따른 사디즘이다. 즉, 무의식적이며 공공연하게 섹스가 들어가지 않으며 법의 테두리를 지킨다. 영국 대중은 가혹한 형법에 관대하며 터무니없이 불공정한 살인 재판에서 쾌감 같은 것을 느낀다. 그렇지만 범죄에 대해 관대하거나 범죄를 찬양하는 것보다는 어쨌든 이런 태도가 더 낫다. 악당을 숭배해야 한다면 그 대상이 갱이기보다는 경찰관인 편이 낫다. 월리스는 '해서는 안 된다'는 개념에 어느 정도 지배받고 있다.『난초는 없다』에서는 결과적으로 힘을 얻기만 한다면 뭐든 '한다.' 모든 장벽이 무너지고 모든 동기가 공공연하게 드러난다. 자유형 레슬링이 권투보다 나쁘고, 파시즘이 자본주의 민주주의보다 나쁘다는 의미에서 체이스는 월리스보다 나쁜 징후다.

체이스는 윌리엄 포크너의 『성역』에서 오로지 플롯만 따왔으며 두 책의 정서적 분위기는 닮은 데가 없다. 체이스는 실제로 여기저기 갖가지 출처로부터 따오는데, 『성역』에서 차용한 부분은 상징적 의미를 지닐 뿐이다. 이 부분이 상징하는 것은 관념의 통속화이다. 이런 일은 늘 일어나고 아마 인쇄 시대에는 더 급속도로 일어날 것이다. 체이스를 가리켜 '대중을 위한 포크너'라고 하기도 하는데 그보다는 대중을 위한 칼라일이라고 하는 편이 더 정확할 것이다. 체이스는 요즘의 유행인 '사실주의'라고 일컬어지는 경향을 소화해낸 대중 작가로 꼽히는데, 여기서 '사실주의'란 힘 있는 자가 옳다는 주의를 의미한다. 미국에는 그런 사람이 많이 있지만 영국에는 아직 드물다. 이런 '사실주의'의 성장은 우리 시대 지적 역사의 큰 특징을 이루어왔다. 왜 그렇게 되었는지는 복잡한 문제다. 사디즘, 마조히즘, 성공 숭배, 권력 숭버, 국가주의, 전체주의는 커다란 주제로, 이제껏 이 주제의 언저리도 건드린 적이 없으며 이를 언급하기만 해도 다소 무례한 행동으로 비친다. 가장 먼저 떠오르는 한 가지 예를 들어보면 이제껏 버나드 쇼의 작품에 들어 있는 사디스트적이고 마조히스트적인 요소를 아무도 지적한 일이 없으며 이것이 독재자에 대한 버나드 쇼의 찬양과 일정한 연관이 있다는 것은 더더욱 주장된 적이 없다.

파시즘은 막연하게 사디즘과 동일시되는 경우가 종종 있지만, 이처럼 두 가지를 동일시하는 사람들이 스탈린에 대한 맹목적인 숭배에서는 아무 잘못도 보지 못한다. 사실 스탈린의 엉덩이나 핥는 영국 지식인은 히틀러나 무솔리니에게 충성을 맹세한 소수 지식인과 별반 다르지 않으며, 19세기에 '주먹을 날리라', '밀어붙이라', '개성을 가지라', '타이거맨이 되는 법을 배우라'고 설교했던 효율성 전문가와도 다르지 않다. 그런가하면 칼라일, 크리지, 그리고 독일 군국주의 앞에 고개 숙여 절한 구시대 지식인과도 다르지 않다. 그들은 모두 힘과 성공한 잔인성을 숭배한다. 힘에 대한 예찬이 잔인성에 대한 애호, 자기 자신을 위한 사악함과 뒤섞여 있는 경향이 있다는 데 주목할 필요가 있다. 독재자가 피로 물든 사기꾼인 경우에 더욱 찬양 받는다. 또한 '목적이 수단을 정당화한다'는 주장이 실제로는 '수단이 아주 비열하면 그 자체로 정당화된다'는 의미가 되는 경우가 자주 있다. 전체주의에 동조하는 모든 이의 견해는 이런 사고로 물들어 있으며 많은 영국 지식인이 독소 불가침 조약을 기꺼이 반기며 환영한 이유도 이런 사고에 기인한다. 이것이 소련에 도움이 되는 움직임이긴 해도 그마저 확실치는 않다. 하지만 이는 비도덕적이며 그런 이유로 찬양 받을 것이다. 이에 대한 설명이 많이 있고 자기모순적인 양상을 보이지만 차후에 제대로 된 설명이 나올 수도 있다.

영어권 사람들이 읽는 특징적인 모험 이야기는 최근까지도 주인공이 모든 불리함을 무릅쓰고 투쟁하는 이야기였다. 로빈 후드에서 뽀빠이까지 늘 그래 왔다. 서구 세계의 근본 신화를 이루는 인물은 아마 거인을 죽인 잭일 것이다. 하지만 오늘날에는 난쟁이를 죽인 잭으로 이름을 바꿔야 할 것이다. 또한 약자를 억압하는 강자 편에 서야 한다고 공공연하게 또는 암묵적으로 가르치는 문학 작품이 이미 상당수 존재한다. 요즘 외교정책에 관해 나오는 글의 대부분은 그저 이런 주제를 각색한 것에 지나지 않으며 지난 수십 년 동안 '정정당당하게 행동하라', '쓰러진 사람을 때리지 마라', '정정당당한 행동이 아니다' 같은 문구는 지적 허세를 부리는 사람들로부터 어김없이 비웃음을 사곤 했다. 비교적 새로운 점을 꼽는다면 누가 이기든 옳은 것은 옳고 잘못된 것은 잘못이라는 것, 약한 존재를 존중해야 한다는 것, 이 두 가지를 기반으로 하는 일반적인 형태를 찾고 있다는 점이다. 이런 형태들은 대중문학에서도 점점 자취가 사라지고 있기 때문이다. 내가 스무 살 무렵 처음 D. H. 로렌스 소설을 읽었을 때 소설의 등장인물들이 '좋은 사람'과 '나쁜 사람'으로 나뉘지 않는 것 같아 무척 당혹스러웠다. 로렌스는 등장인물 모두에게 똑같이 공감했던 것 같고, 나로서는 이런 성향이 너무 낯설어서 나의 기본 태도가 상실되는 것 같았다. 오늘날 심각한 소설을 읽는 독자는 아무도 주인공과 악당을 구분하려고 하지 않지만 통속소설에서는 여전히 옳은 것과 잘못된 것, 합법과 불법 사이에 정확한 구분이 있을 것이라고 기대한다. 지식인들은 오래전부터 절대 선과 악이 존재하는 세계에서 벗어나 있지만 보통 사람들은 여전히 그런 세계에서 살고 있다. 하지만 『난초는 없다』를 비롯해 이와 유사한 미국 소설과 잡지들은 '사실주의'의 교리가 아주 빠르게 뿌리 내리는 현실을 잘 보여주고 있다.

『난초는 없다』를 읽은 뒤 내게 "이것은 순전한 파시즘이군"이라고 말한 사람이 몇 있었다. 이 작품이 정치와 아무 관련이 없고 사회 문제 또는 경제 문제와도 별반 관련이 없지만 그럼에도 이는 정확한 지적이다. 가령 트롤럽의 소설 작품이 19세기 자본주의와 관련이 있다고 말하는 것과 똑같은 차원에서 『난초는 없다』도 파시즘과 관련을 지닌다.

이 작품은 전체주의 시대에 어울리는 공상이다. 체이스는 상상 속 갱단 세계에서 말하자면 현대 정치의 장면들을 정제된 형태로 보여주고 있다. 현대 정치에서는 민간인에 대한 대량 폭격, 인질 이용, 자백을 얻기 위한 고문, 비밀감옥, 재판을 거치지 않은 사형, 고무곤봉을 휘두르는 구타, 더러운 구덩이에 빠뜨리기, 뇌물, 매국노 같은 것들이 정상적인 일이고 도덕적 중립성을 지닌다. 심지어 이런 일이 대대적으로 그리고 대담한 방식으로 이루어질 때에는 찬사를 받기도 한다.

일반인은 정치에 직접 관심을 두지 않으며, 책을 읽을 때 현재 세계에서 벌어지는 투쟁들이 개인에 대한 단순한 이야기로 바뀌어 표현되기를 원한다. 소련의 국가정치보위부나 게슈타포에는 관심을 갖지 않지만 슬림과 펜너에게는 관심을 가질 수 있다. 사람들은 자신이 이해할 수 있는 형태의 권력을 숭배한다. 열두 살 소년은 잭 덤프시*를 숭배하고 글래스고 빈민가의 사춘기 소년은 알 카포네를 숭배한다. 실무학교를 다니며 꿈을 키우는 학생이라면 너필드 경**을 숭배하고《뉴 스테이츠맨》독자라면 스탈린을 숭배한다. 이들은 지적 성숙도에는 차이가 있지만 도덕적 입장에는 차이가 없다. 30년 전 대중소설의 주인공은 체이스의 소설에 나오는 갱단이나 탐정과 공통점이 전혀 없을 뿐만 아니라 영국 교양 지식인층의 우상도 비교적 공감이 가는 인물이었다. 한편

---

*　덤프시(Jack Dempsey, 1895~1983). 미국의 프로 권투선수로, 1919년 세계 헤비급 챔피언이 되어 100만 달러 경기의 주역으로서 세계적인 인기를 모았다.

**　윌리엄 리처드 모리스(William Richard Morris, 1877~1963)를 일컫는다. 자동차 회사인 모리스 사의 창업자이자 자선사업가다. 1937년 옥스퍼드 대학에 사회과학 연구를 주로 하는 너필드 단과대학을 창설했고 1943년에는 의학 및 교육 연구를 돕기 위한 너필드 재단을 설립했다.

으로는 홈스와 펜너, 다른 한편으로는 에이브러햄 링컨과 스탈린 사이
에 유사한 격차가 존재한다.

　체이스의 작품들이 성공을 거두었다고 해서 많은 의미를 끌어내지
는 말아야 한다. 이는 전쟁의 지루함과 잔인성이 한데 뒤섞여 불러온
독립된 현상일 수도 있다. 하지만 이런 책들이 그저 절반만 이해되는
미국의 수입품에 그치지 않고 영국에 확실히 정착하게 된다면 적잖이
당혹스러울 것이다. 『난초는 없다』에 대한 비교 대상을 고르는 과정에
서 나는 일부러 당대의 기준으로 볼 때 도덕적으로 모호한 작품을 고
르려고 『래플스』를 선택했다. 앞서도 지적했지만 래플스는 도덕규범도,
종교도, 사회의식도 가지고 있지 않다. 래플스에게는 오로지 반사신경,
말하자면 신사의 신경체계가 있을 뿐이다. 래플스의 이런저런 반사신
경을 건드려보라('스포츠'라는 이름의 반사신경일 수도 있고 떄로는 '친구'나 '여
자' 또는 '국왕과 국가'라는 이름의 반사신경일 수도 있다). 그러면 그에게서 예
측 가능한 반응이 나올 것이다. 체이스의 작품에는 신사도 금기도 없
다. 모든 것이 완전히 해방되고, 프로이트와 마키아벨리가 외곽 범위까
지 뻗어나가 있다. 학생 정서를 지닌 작품과 잔인성이나 부패가 가득한
작품을 비교할 때 위선 같은 속물근성이 이제껏 사회적 관점에서 과소
평가되어온 행동 가치에 대해 일종의 확인수단 역할을 한다고 느끼지
않을 수 없다.

좋은 대중소설

《트리뷴》, 1945년 11월 2일

얼마 전 한 출판사에서 내게 레오나드 메릭[*] 소설의 재출간에 부쳐 서문을 써달라고 의뢰했다. 이 출판사는 20세기의 소설 가운데 조금은 잊힌 이류 작품들을 시리즈로 재출간할 계획을 갖고 있는 것으로 보였다. 요즘처럼 책이 잘 나오지 않는 시기에는 매우 가치 있는 일이었다. 3펜스짜리 소설로 가득한 상자를 뒤지며 소년 시절에 좋아했던 작품들을 찾고 있을 담당자가 부러웠다.

요즘에는 잘 나오지 않는 것처럼 보이지만 한때 19세기 말과 20세기 초반에는 엄청나게 쏟아졌던 작품 유형을 가리켜 체스터튼은 '좋은 대중소설'이라고 했다. 이 소설들은 문학 작품임을 내세우지 않지만 좀 더 심각한 소설들이 죽어버렸을 때에도 여전히 읽을 만한 가치를 지녔다. 이 계열에 속하는 것 가운데 두드러진 작품으로는 래플스와 셜록 홈스 이야기가 있다. 수많은 이런저런 '문제 소설', '인간 삶의 기록',

---

[*]   Leonard Merrick(1864~1939). 영국의 소설가.

'끔찍한 고발장' 같은 작품이 응당 그렇듯이 망각 속으로 사라져갔을 때에도 이런 작품들은 여전히 자기 자리를 지키고 있다(코난 도일과 메레디스 중 누가 더 오래갈까). 같은 급의 작품으로 나는 R. 으스틴 프리맨의 초기 작품인 『노래하는 뼈The Singing Bone』와 『오시리스의 눈The Eye of Osiris』, 어니스트 브래머의 『맥스 카라도스Max Carrados』를 꼽는다. 이보다 수준이 조금 떨어지는 것으로 가이 부스비의 티벳 스릴러 『니콜라 박사Dr. Nikola』가 있다. 이 작품은 에바리스트 레지 윅이 쓴 『타타르 여행기』의 청소년판이라 할 만한데, 실제로 중앙아시아를 다녀온 것으로 보이지만 실망스런 결말로 끝나는 시시한 작품이다.

스릴러 이외에도 이 시기에 활동한 이류 희극 작가들도 있다. 예를 들어 이제 더 이상 그의 무삭제판 작품들이 읽을 만하지 않다고 여겨지는 펫 리지, E. 네스빗(『보물 사냥꾼The Treasure Seekers』), 정치와 거리를 두는 한에서는 괜찮은 조지 버밍엄, 포르노그래피 소설을 쓰는 빈스테드(《핑크 언Pink 'Un》의 피처Pitcher), 이 밖에 미국 작품도 포함시킬 수 있다면 부스 타킹턴의 펜로드 이야기들이 포함된다. 이보다 상급에 속하는 작가로는 배리 페인이 있는데, 그의 작품 중에는 여전히 판매되는 것들도 있다. 하지만 혹시 읽을 사람이 있다면 지금은 필시 구하기 힘들 『클라우디우스의 8일The Octave of Claudius』을 추천한다. 이 작품은 섬뜩한 분위기를 띤 탁월한 작품이다. 다음 시기로 내려오면 피터 블런델이 있다. 그는 극동의 항구도시를 배경으로 W. W. 제이콥 같은 성향의 작품을 썼는데 H. G. 웰스가 지면상에서 높은 평가를 했음에도 불구하고 이상하게 영문을 알 수 없는 이유로 사람들의 머릿속에서 잊힌 것 같다.

하지만 지금까지 내가 언급한 작품들은 솔직히 말해 '도피' 문학이다. 이 작품들은 사람들의 기억 속에 군데군데 기분 좋은 자리—이따금씩 찾아가 쉬는 조용한 구석 자리 같은 곳—를 만들어놓지만 실제 삶과 관계가 있는 경우는 좀처럼 없다. 또 다른 유형의 좋은 대중소설로, 보다 심각한 의도를 가진 것들이 있다. 이들 작품은 소설의 본질에 대해, 요즘의 데카당스가 생겨난 이유에 대해 뭔가 말해주고 있다. 지난 50년을 돌아볼 때 엄격하게 문학적인 기준에서 '좋다'고 할 수는 없지만, 타고난 소설가이며 부분적으로는 고상한 취향으로 억제되지 않은 탓에 진실성을 확보한 일군의 작가들이 있다. 레너드 메릭, W. L. 조지, J. D. 베레스포드, 어니스트 레이먼드, 메이 싱클레어, 그리고 조금 수준이 낮긴 해도 본질적으로 유사한 A. S. M. 허치슨 등이다.

이들은 다작하는 작가로 그 결과물들은 당연히 질적으로 차이를 보인다. 그러므로 나는 작가별로 뛰어난 한두 작품만을 염두에 두고 있다. 예를 들어 메릭의 『신시아Cynthia』, J. D. 베레스포드의 『진실일 가능성이 있는 것A Candidate for Truth』, W. L. 조지의 『칼리반Caliban』, 메이 싱클레어의 『연결된 미로The Combined Maze』, 어니스트 레이먼드의 『우리, 피의자들We, the Accused』이다. 각 작품에서 작가들은 좀 더 똑똑한 작가들이라면 도저히 도달하지 못할 정도로 상상 속의 인물과 완전히 동화되어 푹 빠진 채 그들과 함께 느끼며 그들을 대신해 공감을 불러일으킨다. 이들을 보고 있으면 지적으로 세련된 사람이 보드빌 희극 배우로는 불리하듯이 이야기 작가로도 불리할 수 있다는 사실이 떠오른다.

어니스트 레이먼드의 『우리, 피의자들』을 예로 들어보자. 이 작품은 크리폰 사건*을 바탕으로 특색 있는 추악한 분위기를 자아내며 설득력 있게 풀어낸 살인 이야기다. 작가는 자신이 다루는 인물들의 한심한 천박함을 일부밖에 파악하지 못한 덕분에 그들에게 경멸감을 갖지 않음으로써 많은 이점을 누린 것으로 보인다. 심지어는 시어도어 드라이저의 『아메리카의 비극An American Tragedy』처럼 장황하고 투박한 문체에서도 뭔가 이점을 얻고 있는 것 같다. 세부 사항들을 선별할 시도조차 거의 하지 않은 채 하염없이 늘어놓으며, 그 과정에서 무시무시하고 한도 끝도 없는 잔인한 효과가 서서히 증폭되어간다. 『진실일 가능성이 있는 것』 역시 마찬가지다. 이 작품에서는 앞선 작품의 투박한 문체가 보이지 않지만 평범한 사람들의 문제를 심각하게 받아들일 줄 아는 능력은 동일하게 보인다. 『신시아』도 마찬가지며 『칼리반』도 어쨌든 초반부는 마찬가지라고 할 수 있다. W. L. 조지가 쓴 대다수 작품은 조잡한 쓰레기지만, 노스클리프의 경력을 토대로 한 『칼리반』은 런던 중하층 계급의 삶을 기억에 남을 만큼 사실적으로 그려냈다. 이 작품의 여러 대목은 자전적 요소를 띠는데 좋은 대중소설 작가가 갖는 이점의 하나는 자전적 글을 쓰는 데 아무런 부끄러움이 없다는 점이다. 자기 자신을 드러내 보이고 자기 연민을 보이는 것은 소설가에게 골칫거리지만 그럼에도 이를 너무 겁내면 창작능력이 주눅들 수도 있다.

좋은 대중문학이 존재한다는 것, 즉 머리로는 결코 심각하게 받아들이지 않는 책인데도 재미있게 읽고 흥분과 심지어는 감동까지 느끼

---

* 영국에 거주하던 미국인 의사였던 크리폰(Hawley Harvey Crippen, 1862~1910)이 아내를 살해·암매장한 뒤 젊은 연인과 함께 배를 타고 캐나다로 도망가다가 그를 알아본 선장이 당시로서는 신기술인 무전으로 신고하는 바람에 붙잡혔다. 크리폰 사건은 무선 전신을 이용해 범죄자를 체포한 최초의 사건이다.

는 책이 있다는 사실은 예술이 대뇌작용과는 다른 것이라는 사실을 일깨운다. 어떤 테스트든 고안해서 실시해보면 내 생각에 아마 칼라일이 트롤럽보다는 훨씬 똑똑한 것으로 나오지 않을까 싶다. 하지만 트롤럽은 여전히 사람들에게 많이 읽히지만 칼라일은 그렇지 않다. 칼라일은 기발한 재치를 지니고 있음에도 심지어는 평이한 영어를 구사하는 기지조차 발휘하지 못했다. 시인도 그렇지만 소설가에게서 지성과 창작능력 사이에 연관성을 찾기는 어렵다. 훌륭한 소설가가 플로베르처럼 자기 절제의 천재일 수도 있고 디킨스처럼 지적 능력이 불균형하게 뻗어 있을 수도 있다. 윈덤 루이스가 쓴 소설 『타르』나 『오만한 준남작Snooty Baronet』에는 평범한 작가 12명을 탄생시킬 만한 재능이 들어 있지만 이 책을 끝까지 읽는 일은 매우 힘든 중노동이다. 이들 작품에는 『겨울이 오면If Winter Comes』* 같은 책에도 들어 있는 특성, 즉 일종의 문학적 비타민이라고 할 수 있지만 딱히 정확하게 정의하기는 힘든 어떤 특성이 들어 있지 않다.

'좋은 대중'소설의 가장 훌륭한 예는 『엉클 톰스 캐빈Uncle Tom's Cabin』이라 할 수 있다. 이 작품은 터무니없는 멜로드라마식 사건이 가득하여 의도와 달리 우스꽝스런 작품이 되었지만 그럼에도 깊은 감동을 담고 있고 본질적으로 진실하다. 이 같은 장단점 중 어느 쪽이 강하다고 확실하게 단정 짓기 힘들지만, 『엉클 톰스 캐빈』은 결론적으로 볼때 현실 세계를 진지하게 다루려고 애쓰고 있다. 스릴러와 '가벼운' 코

---

* 허치슨(Arthur Stuart-Menteth Hutchinson, 1880~1971)의 베스트셀러로, 불행한 결혼과 그에 따른 이혼, 미혼모의 자살 등을 다루었으며 미국에서도 큰 인기를 끌어 1923년 폭스 사에서 영화화했다.

믹 작품들을 시장에 내놓는, 노골적으로 도피 문학을 쓰는 작가들은 어떤가?『셜록 홈스』,『바이스 버사Vice Versa』,『드라큘라』,『헬렌의 아이들』,『솔로몬 왕의 광산King Solomon's Mines』 같은 작품은 또 어떤가? 이 작품들은 분명히 터무니없는 이야기로, 이 작품을 읽으면서 웃음을 짓기보다는 비웃음을 날릴 가능성이 더 많으며 이를 쓴 작가들조차 작품을 심각하게 여기지 않는다. 그럼에도 이 작품들은 살아남았고, 앞으로도 계속 살아남을 것이다. 이와 관련해 우리가 말할 수 있는 것은, 이따금씩 기분전환 거리가 필요한 문명이 계속되는 한 '가벼운' 문학이 들어설 고정 자리는 언제까지나 있을 것이라는 점, 또한 순전한 기술 혹은 타고난 은총 같은 것이 있어서 이런 능력이 박학한 지식이나 지적 능력보다 훨씬 강한 생존 가치를 지닌다는 점이다. 선집에 수록된 시 작품 4분의 3보다 보드빌 노래가 훨씬 나은 경우가 있다.

> 술값이 더 싼 곳으로 와요
> 그릇에 음식이 더 푸짐한 곳으로 와요
> 주인이 조금은 친구 같은 곳으로 와요
> 옆에 있는 펍으로 와요!

또는 이런 노래도 있다.

> 사랑스런 검은 두 눈—
> 아, 얼마나 놀라운가!
> 다른 사람을 부르는 것만 같은

사랑스런 검은 두 눈!

    나라면 「축복 받은 처녀」나 「골짜기에서 나눈 사랑」 같은 시보다는 위의 노래들을 쓸 것이다. 또한 어떤 점에서 우수한지 엄격한 문학적 잣대는 알지 못하지만 같은 이유에서 『엉클 톰스 캐빈』이 버지니아 울프나 조지 무어의 전집보다 오래 살아남을 것이라고 장담할 수 있다.

문학을 지키는 예방책

《폴레믹Polemic》, 2호, 1946년 1월

일 년 전쯤 나는 밀턴의 『아레오파지티카』* 300주년을 맞이해 열린 펜클럽 회의에 참석한 일이 있었다. 『아레오파지티카』는 언론·출판의 자유를 주장하는 소책자로 모두에게 기억되고 있을 것이다. 펜클럽 회의 전에 배포된 인쇄물에는 책을 '죽이는' 죄와 관련된 밀턴의 유명한 문구가 적혀 있었다.

연단에는 모두 네 명의 연사가 올랐다. 그중 한 사람이 언론의 자유를 주제로 연설을 했지만 인도에 한정해서 다루었다. 또 다른 이는 우유부단한 태도를 보이면서 지극히 일반적인 용어로 자유란 좋은 것이라고 말했다. 세 번째 연사는 문학의 외설성에 관련된 법을 비판했다. 네 번째 연사는 러시아에서 벌어진 숙청을 옹호하는 데 연설의 대부분을 할애했다. 참석자들의 연설을 살펴보면 외설과 이에 관련된 법 문

---

* 원래 제목은 『아레오파지티카: 허가 받지 않고 인쇄할 자유를 위해 영국 의회에 보내는 존 밀턴의 글Areopagitica: A speech of Mr. John Milton for the Liberty of Unlicensed Printing to the Parliament of England』(1644)이다.

제를 다시 거론하는 이가 있는가 하면 그저 소비에트 러시아를 찬양하기만 하는 이도 있었다. 도덕적 자유, 즉 지면을 통해 성 문제를 솔직하게 말할 자유에 대해서는 전반적으로 인정하는 것처럼 보였지만 정치적 자유는 전혀 거론되지 않았다. 그 자리에 모인 수백 명 가운데 아마 절반가량은 글 쓰는 일에 직접 관련이 있는 사람일 텐데, 언론의 자유에 조금이라도 의미가 담겨 있다면 이는 비판과 반대의 자유를 의미한다는 사실을 어느 누구도 지적하지 않았다. 명목상으로는 밀턴의 소책자를 기념하기 위한 자리였음에도 그 내용을 인용하는 사람이 한 명도 없었다는 점은 의미심장하다고 할 수 있다. 게다가 제2차 세계대전 동안 영국과 미국에서 '죽임'을 당한 여러 책에 대해서도 한마디 언급이 없었다. 결론적으로 그날 회의는 검열을 지지하는 시위가 되었다. •

그런 상황이 딱히 놀랄 일은 아니다. 우리 시대에 지적 자유의 개념은 양쪽으로부터 공격받고 있다. 한편에는 전체주의의 옹호자들로 이루어진 이론상의 적들이 있고 다른 한편에는 독점과 관료주의라는 직접적이고 실질적 적이 버티고 있다. 진실성을 고수하고자 하는 작가나 저널리스트라면 누구나 적극적인 박해보다는 사회의 전반적인 분위기에 좌절한다. 그에게 좌절감을 안겨주는 것은 다음과 같다. 몇몇 부유한 이들의 손에 집중된 언론, 독점화되어 있는 라디오와 영화, 책을 사는 데 돈을 쓰려고 하지 않는 대중, 거의 모든 작가가 어쩔 수 없이 생계를 해결하기 위해 몇 푼에 잡문을 써야 하는 현실, 작가가 생계를

• 공평하게 말해서 일주일 정도 열렸던 펜클럽 기념행사가 줄곧 이 같은 수준으로 이어진 것은 아니었다. 내가 간 날이 공교롭게도 형편없는 날이었다. 하지만 연설문들(『표현의 자유』라는 제목으로 인쇄되어 나왔다)을 살펴보면 우리 시대 어느 누구도 300년 전 밀턴만큼 강력하게 지적 자유를 옹호하지 못하는 것을 알 수 있다. 더군다나 밀턴은 내전 시기에 그 글을 썼음에도 사정이 이러하다.

모든 예술은 프로파간다다 — 조지 오웰 평론집

유지하도록 도와주긴 하지만 다른 한편으로는 시간을 허비하게 만들고 작가의 견해에 영향력을 행사하는 영국 문화원 등 정부 기구의 간섭, 지난 십 년간 전쟁 분위기가 지속되면서 어느 누구도 전쟁의 왜곡된 영향을 피할 수 없었던 현실 등이다. 우리 시대의 모든 것이 공모해 작가를 비롯한 모든 예술가를 일종의 하급 관리로 전락시켜 상부로부터 하달된 주제나 다루고 자신에게 진실의 전모로 비치는 것에 대해서는 한마디도 하지 못하도록 만들었다. 게다가 이러한 운경에 맞서 싸우는 과정에서 작가들은 자기편의 도움을 받지 못했다. 그가 옳다고 확신시켜줄 대규모 의견 집단이 존재하지 않는다. 과거에는, 아니 적어도 프로테스탄트 시대에는 반항의 개념과 지적 진실성의 개념이 한데 섞여 있었다. 이단자—정치적이든, 도덕적이든, 종교적이든, 미학적이든, 모든 차원의 이단자—는 자기 양심을 거스르지 않았다. 이단자의 입장이 종교부흥운동 찬송가 가사에 잘 요약되어 있다.

　　담대히 다니엘 같은 자가 되라
　　담대히 홀로 서라
　　담대히 목적을 확고히 하라
　　담대히 이를 널리 알리라

　이 찬송가를 우리 시대에 맞게 고친다면 각 행의 끝에 '～지 마라'는 문구를 덧붙여야 할 것이다. 우리 시대의 특이한 점은 기존 질서에 맞서는 반대 세력, 아니, 적어도 그들 중 특징적인 다수가 개인의 진실성 개념을 거역하고 있다는 점이다. '담대히 홀로 서는 것'은 이념적 죄악일 뿐만 아니라 실질적으로도 위험하다. 실체가 흐릿한 경제 세력이 작가와 예술가의 독립성을 갉아먹고 있으며 다른 한편으로 그 독립성을 옹호해야 할 사람들조차 이를 훼손시키고 있다. 이 글에서 내가 다루고자 하는 것이 바로 이 두 번째 과정이다.

언론·출판의 자유를 공격하는 주장들은 대개 신경 쓸 가치조차 없는 것들이다. 강연이나 토론을 해본 경험이 있는 사람이라면 이런 주장들을 잘 알고 있다. 나는 이 글에서 자유가 환상이라는 익숙한 주장을 다룰 생각이 없으며 민주주의 국가보다 전체주의 국가에 자유가 더 많다는 주장도 다루지 않을 것이다. 내가 이 글에서 다루고자 하는 것은, 자유가 바람직하지 않으며 지적 정직성은 반사회적 이기심의 한 형태라는 훨씬 뿌리 깊고 위험한 명제다. 언론·출판의 자유를 둘러싼 논쟁과 관련해 여러 양상들이 전면에 부각되긴 하지만 이 논쟁은 기본적으로 거짓말이 바람직한지 아닌지에 대한 것이다. 실제로 문제가 되는 것은 당대의 사건들을 사실대로 보도할 권리, 엄밀히 말하면 모든 관찰자가 필연적으로 갖고 있는 무지, 편견, 자기기만, 일관성 등을 가지고 사실대로 보도할 권리다. 이렇게 말하면 문학 형태 중에서 오로지 직설적인 '보도 기사'만 문제가 되는 것처럼 들릴지도 모른다. 하지만 나는 뒷부분에 가서 모든 문학 수준, 나아가 모든 예술 수준에서 다소 미묘한 형태로 동일한 문제가 발생한다는 것을 보여줄 것이다. 그전에 우선 이 논쟁에 덧칠해져 있는 관련 없는 내용부터 걷어내야 할 것이다.

지적 자유를 억압하는 적들은 언제나 규율 대 개인주의의 문제를 호소하는 방식으로 자신의 주장을 제시하려고 하며, 진실 대 허위라는 문제는 가능한 한 뒷전으로 밀어놓는다. 강조점이 다르긴 하지만, 돈

 모든 예술은 프로파간다다—조지 오웰 평론집

을 받고 자기 의견을 팔지 않으려는 작가에게는 언제나 이기주의자일 뿐이라는 낙인이 찍힌다. 즉, 상아탑 안에 몸을 숨기고 입을 다물려고 한다거나 개성을 과시적으로 자랑하고 싶어 한다거나, 또는 부당한 특권을 고수하려는 시도의 일환으로 역사의 필연적 흐름을 거스르려 한다는 비난을 받는다. 가톨릭교도나 공산주의자는 자신과 의견을 달리하는 반대자들이 정직하지 않고 지적이지도 않다고 가정하는 점에서 똑같은 행태를 보인다. 가톨릭교도나 공산주의자의 주장에는, '진실'이 이미 밝혀졌고 이단자는 바보가 아닌 한 '진실'을 알면서도 단지 이기적인 동기에서 이에 맞선다는 주장이 암묵적으로 깔려 있다. 공산주의 문헌에서는 지적 자유에 대한 공격이 대개 '쁘띠부르주아적 개인주의'니 '19세기 자유주의의 망상'이니 하는 문구의 가면을 쓰고 나타나며 '낭만적'이니 '감상적'이니 하는 폭언의 힘을 빌려오는데 이런 폭언은 일정하게 합의된 의미가 없기 때문에 이에 대답하기가 어렵다. 그들은 이런 방식으로 논쟁의 방향이 실제 논점으로부터 벗어나도록 만든다. 완전한 자유는 오로지 계급 없는 사회에서만 존재하며 그런 사회를 만들기 위해 노력할 때에만 거의 완전하게 자유로은 상태가 된다는 공산주의 명제에 대해서는 인정할 수 있고 또한 깨우친 사람이라면 이 명제를 인정할 것이다. 하지만 이러한 명제와 함께 슬그머니 전혀 근거 없는 주장이 끼어든다. 공산당은 그 자체로 계급 없는 사회의 수립을 목적으로 하고 있으며 소련에서는 실제로 이러한 목표가 실현되고 있다는 주장이 바로 그것이다. 첫 번째 주장을 바탕으로 두 번째 주장을 이어가도록 허용할 경우 일반적인 인간의 품위와 상식을 공격하는 주장까지도 모두 정당화될 것이다. 하지만 그사이 진짜 논점은 빗겨가 버린다. 지적 자유란 보고 듣고 느낀 것을 알리며 허구의 사실과 감정을 꾸며내도록 강요받지 않을 자유를 뜻한다. '현실 도피', '개인주의', '낭만주의' 등의 익숙한 문구는 그저 수사법상의 도구일 뿐이며 역사 왜곡이 뭔가 훌륭한 것처럼 보이도록 만드는 데 그 목적이 있다.

15년 전에는 지적 자유를 옹호할 때 보수주의자나 가톨릭교도에 맞섰으며 어느 정도는—영국에서는 그리 중요하지 않았지만—파시스트와도 맞서야 했다. 그러나 오늘날에는 공산주의자와 '동조자'에 맞서 지적 자유를 옹호해야 한다. 소규모 영국 공산당의 직접적인 영향을 과장해서는 안 되지만 러시아의 미소스[*]가 영국의 지적 생활에 폐해를 미치는 것은 분명하다. 이로 인해 사실에 대한 출판이 금지되거나 왜곡됨으로써 우리 시대의 진정한 역사를 쓸 수 있을까 하는 의구심이 널리 확산되어 있다. 이런 사례를 수백 가지는 들 수 있지만 그중 딱 한 가지만 보자. 독일이 패했을 당시 소련인의 상당수가 탈당—틀림없이 대개는 비정치적인 동기에서—하여 독일인들 편에서 싸웠다. 또한 소련인 포로와 피난민 중 많지는 않지만 결코 무시할 수 없는 수의 사람들이 소련으로 돌아가기를 거부했으며 적어도 그들 중 일부는 본인의 의사에 반해 본국으로 송환되었다. 현장에 있던 많은 저널리스트가 이 사실을 알고 있었지만 영국 언론에서는 거의 언급되지 않았다. 반면 영국의 친러 선전원들은 소련에 '부역자가 없다'고 주장하면서 1936~1938년의 숙청과 국외추방을 계속 정당화했다. 우크라이나 대기근, 스페인 내전, 소련의 폴란드 정책 등의 주제를 둘러싸고 난무하는 거짓말과 오보의 안

---

* mythos. 특정 집단이나 문화만이 지니는 특유의 가치관.

개가 전적으로 의식적인 부정직함 때문은 아니었다. 하지만 소련에 전폭적인 지지를 보내는 작가나 저널리스트, 정확히 말하면 러시아인이 원하는 방식으로 지지를 보내는 작가나 저널리스트라면 중요 문제에 대한 고의적인 곡해를 묵인해야 했다. 지금 내 앞에는 매우 보기 드물다고 할 만한 소책자가 놓여 있다. 이 소책자는 1918년 막심 리트비노프가 당시 러시아 혁명의 사건 개요를 정리한 것이다. 이 소책자에서는 스탈린을 전혀 언급하지 않으며 트로츠키, 지노비예프, 카메네프, 그 밖의 몇몇 사람을 높이 칭찬했다. 이런 소책자에 대해 지적으로 가장 양심적인 공산주의자는 어떤 태도를 취할까? 고작해야 이 소책자가 바람직하지 않은 문건이므로 금지시키는 것이 좋겠다는 반계몽주의적 태도를 취할 것이다. 나아가 어떤 이유에선가 트로츠키를 폄하하고 스탈린에 대한 언급을 집어넣음으로써 이 소책자를 이해하기 힘든 내용으로 바꾸어 발간하기로 결정될 경우 당에 여전히 충성하는 공산주의자는 이에 항의하지 못할 것이다. 이와 같은 엄청난 날조 행위가 최근 몇 년간 자행되었다. 하지만 중요한 것은 그런 행위가 있었다는 사실이 아니라 그런 일이 알려졌을 때조차 좌파 지식인계급 사이에서 대체로 아무 반응도 일어나지 않는다는 사실이다. 진실을 말하는 것이 '시기적으로 적절하지 않다'거나 이런저런 사람의 '손에 놀아날 것'이라는 주장에 이의를 제기하기 어렵다고 생각한다. 또한 자신들이 용납한 거짓말이 신문 지면을 넘어서서 역사책에까지 실릴 것이라고 예상하면서 괴로워하는 이는 거의 없다.

전체주의 국가에서 자행하는 조직적인 거짓말은 군사적 속임수와 같은 임시방편이라고 주장하는 경우가 더러 있는데 결코 그렇지 않다.

이는 전체주의에 필수불가결한 요소이며, 강제수용소와 비밀경찰 병력이 더 이상 필요하지 않을 경우에도 조직적인 거짓말은 여전히 지속될 것이다. 공산주의자 지식인 사이에 떠도는 비밀의 전설 한 가지가 있다. 비록 지금은 러시아 정부가 거짓 선전, 재판 조작 등을 저지를 수밖에 없지만 이 모든 사실을 은밀히 기록하고 있으며 언젠가 이를 발표할 것이라는 취지의 내용이다. 결코 그렇지 않다는 것을 확신할 수 있다. 그러한 전설을 믿는 행동 속에는 자유주의 역사가의 정신이 들어 있다. 과거가 결코 바뀔 수 없으며 역사에 대한 올바른 지식은 당연히 소중하다는 정신이다. 전체주의적 관점에서 볼 때 역사는 배우는 것이 아니라 창조하는 것이다. 전체주의 국가란 사실상 신정국가이며, 그런 국가의 지배계급은 지위를 유지하려면 결코 실수하지 않는 존재로 보여야 한다. 하지만 사실상 실수 없는 사람은 없기 때문에 이런저런 실수를 저지르지 않은 것처럼 보이거나 허구의 승리가 실제로 일어난 것처럼 보이게 하기 위해 과거 사건들을 재구성해야 하는 일이 종종 있다. 또한 그러고 나면 정책상 주요한 변화가 생길 때마다 그에 따른 신조의 변화가 요구되고 유명한 역사적 인물에 대해 재평가해야 한다. 이런 일은 모든 곳에서 일어난다. 하지만 주어진 시점에 단 하나의 견해만 허용될 수 있는 사회에서는 노골적인 사실 위조가 일어날 가능성이 더 높다. 실제로 전체주의에서는 지속적으로 과거를 바꿔야 할 필요성이 요구되며 결국에는 객관적 사실의 존재 자체를 믿지 말도록 요구한다. 영국에서 전체주의에 우호적 태도를 보이는 사람들의 주장을 살펴보면, 어차피 절대적 진리 자체에 도달할 수 없으므로 큰 거짓말이 작은 거짓말보다 더 나쁘다고 볼 수 없다는 식의 주장을 펴는 경향을 띠며 모든 역사 기록이 편견에 젖어 정확하지 않다고 지적한다. 그런가 하면 현대 물리학이 우리에게 실제 세계처럼 보이는 것이 허상이라는 사실을 입증했으므로 사람의 감각을 통해 알게 된 증거를 믿는 것은 천박한 몰상식에 지나지 않는다고 지적한다. 영구적으로 체제를 지속시키는 데 성공한 전체주의 사회는 정신분열적 사고체계를 수립하며, 그런 사고체계에서는 일상생활과 정밀과학에서 옳다고 여기는 상식의 법칙이 정치인·역사가·사회학자 등에게 완전히 무시될 수도 있다. 과학 교과서를 왜곡하는 것은 수치스러운 일이라고 여기면서도 역사 사실을 왜곡하는 것에서는 아무 잘못도 보지 못하는 사람이 이미 많이 있다. 전체주의는 바로 문학과 정치가 만나는 지점에서 지식인에게 가장 큰 압력을 가하고 있다. 지금 시점에서 정밀과학은 그 정도의 위협을 받고 있지 않다. 모든 국가에서 과학자보다는 작가가 정부를 지지하고 그 뒤에 줄을 대는 것이 훨씬 쉬운 것은 부분적으로 이런 이유 때문일 것이다.

문제의 관점을 계속 유지하기 위해 이 글 도입부에서 언급한 내용을 다시 한 번 옮겨놓는다. 영국에서 진실, 즉, 사상의 자유를 억압하는 직접적인 적은 언론 영주들, 영화계 거물들, 관료들이지만 장기적 관점에서 볼 때 지식인 사이에 자유를 향한 욕망이 약해지고 있는 점이 무엇보다도 가장 심각한 징후라는 내용이다. 어쩌면 이제껏 문학 전반보다는 정치 저널리즘의 한 부분에 미치는 검열의 영향만을 줄곧 논하는 것처럼 비쳤을지도 모른다. 소련이 영국 언론에서 성역으로 되고, 소련의 폴란드 침공, 스페인 내전, 독소 불가침조약 등과 같은 쟁점이 진지한 논의 대상에서 제외된다고 치자. 또한 지배적인 정설과 충돌되는 정보를 입수했을 때 이를 왜곡하거나 침묵해야 한다고 치자. 이 모든 것을 인정하더라도 넓은 의미의 문학이 어째서 영향을 받아야 하는 걸까? 작가가 모두 정치인인가? 모든 책이 반드시 직설적인 '보도' 글인가? 가장 혹독한 독재 치하라 하더라도 개별 작가는 자신의 정신 속에서 여전히 자유로운 상태를 유지할 수는 없을까? 정설에서 벗어난 작가의 생각을 어리석은 당국이 제대로 알아보지 못하도록 위장하거나 정수만 뽑아낼 수는 없을까? 작가 스스로 지배적인 정설에 동의한다면 이 정설이 어떻게 작가에게 방해하는 영향을 미칠까? 예술가와 독자 혹은 관객 사이에 커다란 의견 충돌이나 첨예한 차이점이 존재하지 않는 사회에서는 문학, 아니 어떤 예술이든 꽃피울 가능성이 전혀 없는 걸까? 모든 작가를 저항세력으로 봐야 할까? 아니, 작가를 그토록 예외적인 사람이라고 봐야 할까?

전체주의의 요구에 맞서 지적 자유를 옹호하고자 할 때면 어김없이 어떤 식으로든 이런 주장과 부딪히게 된다. 이런 주장은 문학이 무엇인지, 어떻게 생겨났는지—어쩌면 왜 생겨났는지라고 해야 할지도 모르겠다—에 대한 철저한 오해를 바탕으로 한다. 이런 주장은 작가를 한낱 엔터테이너에 지나지 않는 존재나, 손풍금 연주자가 곡목을 바꾸는 것처럼 손쉽게 선전의 한 경향에서 다른 경향으로 바꿀 수 있는 부패한 글쟁이로 치부한다. 하지만 결국 책이란 어떻게 쓰는가? 아주 낮은 수준을 넘어서게 되면 문학이란 기록하는 경험을 통해 동시대 사람들의 견해에 영향력을 미치고자 하는 시도다. 표현의 자유에 관한 한 단순한 저널리스트나 상상력을 펼치는 가장 '비정치적인' 작가나 그리 큰 차이가 없다. 저널리스트는 중요한 뉴스라고 생각되는 내용을 거짓말로 쓰거나 지면에 발표하지 못하도록 강요받을 때 자유롭지 못하며 본인도 부자유를 의식한다. 상상력을 펼치는 작가는 주관적 느낌을 왜곡해야 할 때 자유롭지 않다. 작가의 관점에서 볼 때 그 주관적 느낌이 사실이기 때문이다. 작가는 의미를 보다 명확하게 드러내기 위해 현실을 왜곡하거나 희화화시키는 경우가 있지만 자기 마음속의 풍경을 거짓되게 표현할 수는 없다. 작가는 싫어하는 것을 좋아한다고, 믿지 않는 것을 믿는다고 자신 있게 말하지 못한다. 작가에게 그런 일을 강요한다면 창작능력이 고갈되는 결과만 낳을 뿐이다. 또한 상상력이 풍부한 작가가 논쟁적인 주제와 거리를 둠으로써 문제를 해결할 수도 없다. 순수하게 비정치적인 문학 같은 것은 존재하지 않으며 지금처럼 두려움과 미움, 직접적으로 정치성을 띠는 충성심 등이 모든 이의 의식 표면에 가까이 올라와 있는 시대에는 더더욱 그런 것이 존재하지 않는다. 자유롭게 떠오른 생각이 금지된 사상이 될 수도 있기 때문에 단 하나의 금기라도 정신을 마비시키는 전면적인 영향력을 미칠 수 있다. 따라서 전체주의적인 사회분위기에서 시인, 적어도 서정 시인은 그나마 숨 쉴 수 있을지 몰라도 산문 작가는 치명적인 영향을 받는다. 두 세대 이상 유지된 전체주의 사회에서는 지난 400년 동안 존재했던 것과 같은 산문 문학이 사실상 끝나버릴 것이다.

독재체제 아래에서 문학이 더러 번성한 일도 있었지만 종종 지적되듯이 과거의 독재 정치는 전체주의가 아니었다. 그 당시의 억압기구는 늘 비효율적이었고, 지배계급은 대개 부패하거나 무관심하거나 관점면에서 어느 정도 자유주의적이었으며, 지배적인 종교 교리는 결점이 없는 인간 개념이나 완벽주의에 반대하는 입장이었다. 그렇더라도 산문 문학은 민주주의와 자유로운 사색의 시대에 가장 높은 수준에 이르렀다. 전체주의에서 새로운 점을 꼽는다면 신조에 대해 이의를 제기할 수 없을 뿐만 아니라 신조 자체가 불안정하다는 점이다. 지옥살이를 각오하면서 전체주의의 신조를 받아들여야 하며 언제나 통지 하나만 내려오면 바로 신조가 바뀐다. 예를 들어 영국 공산주의자나 '동조자'가 영국과 독일 전쟁에 대해 도저히 양립할 수 없는 몇 가지 태도를 채택해야 했던 일을 생각해보라. 1939년 9월 이전 몇 년 동안 영국 공산주의자는 '나치즘의 공포'에 대해 계속 노심초사하면서 자신이 쓰는 모든 글이 히틀러를 비난하는 방향으로 이어지도록 비틀곤 했다. 그러다 1939년 9월 이후 20개월 동안 영국 공산주의자는 독일이 저지른 죄보다 오히려 독일을 상대로 저지른 죄가 더 크다고 믿어야 했으며 적어도 지면에서는 '나치'라는 단어를 자신의 어휘 목록에서 빼야 했다. 그러다 1941년 6월 22일 아침 8시 뉴스를 들은 직후부터 또다시 나치즘이 이제껏 보았던 어느 것보다 가장 추악한 죄악이라고 믿기 시작해야 했다. 정치인이 그렇게 입장을 바꾸기는 쉽다. 하지만 작가는 다르다. 작가가 제때 딱딱 맞추어 동맹세력을 바꾸려면 주관적 느낌에 대해 거짓말을 하거나 아니면 철저하게 억눌러야 한다. 그 어느 쪽이든 작가의 발전 동력은 파괴돼버린다. 생각이 떠오르지 않을 뿐만 아니라 작가가 쓰는 단어까지도 그의 손길 아래서 경직되는 것처럼 느껴질 것이다. 우리 시대의 정치적 글은 아동용 조립식 장난감 메카노 세트 조각처럼 미리 만들어진 문구들을 한데 짜 맞추어 완성시키는 식이다. 이는 자기 검열이 불러온 필연적인 결과다. 명확하고 힘 있는 글을 쓰기 위해서는 두려움 없이 사고해야 하는데, 이렇게 두려움 없이 사고한다면 정치적 정설을 따를 수 없다. 지배적인 정설이 오래전에 확립되어 그다지 심각하게 받아들이지 않던 '신앙의 시대'에는 상황이 달랐을지도 모른다. 그런 시대에는 자신이 공식적으로 믿는 견해가 정신의 긇은 영역에 영향을 미치지 않는 상태로 있었을 것이다. 그렇더라도 유럽에 단 한 차례 있었던 신앙의 시대 동안 산문 문학이 거의 자취를 감추었다는 사실에 주목할 필요가 있다. 중세 전체를 통틀어 상상력이 풍부한 산문 문학은 거의 없었고 역사 서술방식의 산문 문학도 별로 없었다. 사회의 지적 지도층은 천 년 동안이나 거의 변함없이 죽은 언어로 자신의 가장 심각한 사상을 표현했다.

하지만 전체주의는 신앙의 시대보다는 정신분열의 시대를 가져온다. 한 사회의 구조가 노골적으로 인위적인 성향을 띨 때, 다시 말해 지배계급이 제 기능을 잃은 채 무력이나 속임수로 권력을 지킬 때 그 사회는 전체주의가 된다. 그런 사회는 아무리 오래 지속되더라도 관용을 보이거나 지적 안정성을 보일 능력이 없다. 사실에 대한 충실한 기록을 허용하지 않으며, 문학 창작에서 요구되는 감정적 진실성도 허용하지 않는다. 하지만 전체주의가 해당 국가에 사는 사람만 타락시키는 것은 아니다. 특정 이념이 지배적인 우세를 보이기만 해도 독 기운이 퍼져서 여러 주제들이 잇달아 문학적 목적에 쓰이지 못하게 된다. 하나의 정설이 강요되는 곳—더러 두 가지 정설이 강요되기도 한다—에서는 훌륭한 글이 더 이상 나오지 못한다. 이는 스페인 내전에서 여실히 입증되었다. 많은 영국 지식인들에게 스페인 내전은 매우 감동적인 경험이었지만 그들은 이를 주제로 진실하게 글을 쓸 수는 없었다. 두 가지 사실만 말할 수 있었는데, 이 두 가지 모두 뻔한 거짓말이었다. 그 결과 스페인 내전을 다루는 많은 글이 발표되었지만 읽을 만한 글은 거의 없었다.

　전체주의가 시에 대해 산문만큼 치명적인 영향을 미치는지는 단언할 수 없다. 산문 작가에 비해 시인이 좀 더 수월하게 전체주의 사회를 편안하게 느낄 수 있는 몇 가지 이유가 있다. 우선 관료를 비롯한 '실천적인' 사람들은 대체로 시인을 몹시 경멸하는 탓에 시인의 말에 그다지 관심을 기울이지 않는다. 둘째, 시인이 말하는 것, 즉 시를 산문으로 옮겼을 때 시가 지닌 '의미'는 시인 자신에게도 상대적으로 중요하지 않다. 시에 들어 있는 사고는 언제나 단순하며, 그림에 담긴 일화가 그 그림의 기본 목적이 아닌 것처럼 시에 담긴 사고도 시의 기본 목적이 아니다. 붓 자국이 배열되어 그림이 되듯이 시는 소리와 연상의 배열로 이루어진다. 사실 시는 단속적인 효과를 위해 노래의 후렴구처럼 아무 의미 없이도 흘러갈 수 있다. 따라서 시인은 위험한 주제를 멀리하면서 이단적 내용을 피해가기가 훨씬 쉽다. 또한 이단적 내용을 말할 때에도 눈에 잘 띄지 않게 할 수 있다. 하지만 무엇보다도 훌륭한 시는 훌륭한 산문과 달리 반드시 개인이 혼자서 만들 필요가 없다. 발라드 같은 특정 종류의 시 또는 반대로 매우 인위적인 운문 형태도 집단의 공동 창작으로 만들 수 있다. 고대 영국과 스코틀랜드 발라드가 원래 개인의 창작물인지 아니면 여러 사람의 창작물인지에 대해서는 논란이 있다. 하지만 적어도 입에서 입으로 전해지면서 끊임없이 변해왔다는 점에서는 어쨌든 개인의 창작물이 아니다. 심지어는 인쇄된 형태에서도 한 발라드가 판본마다 완전히 똑같지 않다. 원시 부족은 다 함께 시를 지었다. 누군가 악기를 들고 즉흥적으로 시를 짓기 시작하다가 끊기면 다른 누군가 시구나 리듬을 이어가는 식으로 진행되다가 마침내 작자 미상의 노래나 발라드 한 편이 완성되곤 했다.

산문은 이런 방식의 친밀한 공동 작업이 불가능하다. 몇몇 시 창작 작업에서는 집단의 일원이 된다는 흥분되는 기분이 실제로 도움이 되기도 하지만 어쨌든 심각한 산문은 혼자 써야 한다. 시—최고의 작품은 아닐지라도 어쨌든 훌륭한 시—는 가장 혹독한 심문 체제 아래서도 살아남을 가능성이 있다. 자유와 개성이 사라져버린 사회에서조차 애국적인 노래나 영웅을 주제로 승리를 찬양하는 발라드, 또는 제법 솜씨를 부린 아첨에 대한 필요성은 여전히 존재할 것이다. 이런 종류의 시는 예술적 가치를 잃지 않고서도 주문에 맞춰 쓰거나 공동 창작 작업으로 쓸 수 있다. 그러나 산문은 다르다. 산문 작가는 사고의 범위를 좁히는 순간 창의성이 죽어버리기 때문이다. 전체주의적 사회 또는 전체주의적 입장을 채택한 집단의 역사를 살펴보면 자유를 잃을 때 모든 형태의 문학이 폐해를 입었다는 것을 알 수 있다. 독일 문학은 히틀러 체제를 거치는 동안 거의 자취를 감추었고 이탈리아라고 사정이 별반 나은 것이 없다. 러시아 문학의 경우 번역물로 판단해보건대 산문보다 나은 시가 몇몇 보이기는 하지만 혁명 초기 이후 현격하게 질이 저하되었다. 지난 15년 동안 심각하게 다룰 만한 러시아 소설이 거의 번역된 적이 없다. 서유럽과 미국에서는 많은 문학 지식인 세력들이 공산당을 거치거나 공산당에 우호적인 지지를 보냈지만 이런 좌파운동 전체를 통틀어 읽을 만한 책은 거의 나오지 않았다. 게다가 정통 가톨릭교는 몇몇 문학 형태, 특히 소설에 참혹한 영향을 미친 것으로 보인다. 지난 300년 동안 훌륭한 가톨릭교도로서 훌륭한 소설가가 된 이가 얼마나 되는가? 사실 언어로 찬양할 수 없는 주제가 있는데, 압제가 그중 하나다. 어느 누구도 종교재판을 찬양하는 훌륭한 책을 쓴 적이 없다. 시는 전체주의 시대에 살아남을지도 모른다. 또한 몇몇 예술, 나아가 건축 등과 같이 부분적으로 예술적 성격을 띠는 활동은 심지어 압제가 유리하다고 생각할 수도 있다. 하지만 산문 작가는 침묵 아니면 죽음을 선택할 수밖에 없다. 우리가 알고 있는 산문 문학은 합리주의의 산물이자 프로테스탄트 시대, 자율적인 개인의 산물이다. 지적 자유가 말살되면 저널리스트, 사회 문제 저술가, 역사가, 소설가, 비평가, 시인의 순서대로 차례차례 무력해진다. 장래에는 개인의 감정이나 사실적인 관찰과 관계없는 새로운 문학이 생길지 몰라도 현재로서는 그러한 문학을 상상할 수 없다. 르네상스 시대 이후 우리가 누리는 교양 문화가 사실상 종말을 고한다면 그와 함께 문학예술이 소멸될 가능성이 매우 높다.

당연히 인쇄물은 계속 나올 텐데 엄격한 전체주의 사회에서 어떤 읽을거리가 살아남을지 추측해보는 것도 흥미로울 것이다. 텔레비전 기술이 더 높은 수준으로 올라서기 전까지 아마도 신문은 계속 나올 테지만 신문과는 별도로 산업 국가의 대중이 문학에 대한 필요성을 느낄지는 의심스럽다. 그들은 다른 여가활동에 비해 책에는 기꺼이 돈을 쓰려고 하지 않는다. 아마도 영화와 라디오가 장편소설과 단편소설을 대신할 것이다. 혹시 수준 낮은 선정적인 소설은 살아남아, 인간의 자주성을 최소한으로 한정시키는 컨베이어벨트 과정을 통해 생산될 수도 있을 것이다.

기계화 과정을 통해 책을 쓰는 것이 인간의 창의성을 뛰어넘지는 못할 것이다. 하지만 영화와 라디오, 광고와 홍보, 하류 저널리즘에서 기계화 과정이 이미 나타나고 있다. 예를 들어 디즈니 영화는 기본적으로 공장 시스템으로 생산되며 일부는 기계적으로 일부는 각 개인의 스타일을 집단에 종속시켜야 하는 예술가 집단에 의해 작업이 이루어진다. 라디오 방송은 주로 피곤한 글쟁이들이 쓰는데, 주제나 이를 다루는 방식 등이 사전에 그들에게 지시된다. 게다가 그들이 쓴 글은 단지 재료일 뿐이며 이후 프로듀서나 검열관이 잘라내고 다듬어 최종 글을 만든다. 정부 부서에서 의뢰하는 많은 책과 소책자 역시 마찬가지 상황이다. 싸구려 잡지에 실리는 단편소설, 연재소설, 시는 이보다 훨씬 기계적인 과정을 통해 제작된다. 《라이터Writer》 같은 신문에는 문학학교 광고가 잔뜩 실려 있으며 이들 문학학교에서는 이미 짜놓은 플롯을 한 번에 몇 실링 가격으로 제공한다. 플롯 이외에도 각 장의 도입부와 끝맺는 문장을 제공하는 학교가 있는가 하면 스스로 플롯을 구축할 수 있도록 수학 공식 같은 것을 제공하는 곳도 있다. 그런가 하면 인물과 상황이 표시된 카드를 제공하기도 하는데, 이 카드를 뒤섞기만 하면 기발한 이야기가 자동적으로 만들어진다. 전체주의 사회에서 문학이 여전히 필요하다고 느껴진다면 아마도 이러한 방식으로 제작될 것이다. 상상력, 그리고 가능하다면 의식까지도 글쓰기 과정에서 제거될 것이다. 관료들의 결제 라인에서 기획되고 이후 여러 손을 거쳐 완성된 책은 마치 조립 라인 끝에 도달한 완성된 포드 자동차가 개인의 생산품이 아닌 것처럼 개인의 창작품이 아니게 될 것이다. 그렇게 생산된 것은 모두 쓰레기일 테지만 그래도 쓰레기가 아닌 것이 있다면 국가 구조를 위태롭게 할 것이다. 여전히 살아남은 과거의 문학 작품들은 금지되거나 혹은 공들여 개작해야 할 것이다.

한편 전체주의가 완전한 승리를 거둔 곳은 어디에도 없다. 우리 사회만 해도 대체로 아직은 자유주의적이다. 언론의 자유를 행사하기 위해서는 경제적 압력과 강력한 여론에 맞서 싸워야 하지만 그래도 아직 비밀경찰에 맞서 싸워야 하는 것은 아니다. 비밀리에 할 생각이라면 뭐든 말할 수 있고 출판할 수 있다. 하지만 이 글 도입부에서 말했듯이 자유를 가장 소중하게 여겨야 할 사람들이 의식적으로 자유를 억압하는 적이 되고 있는 점은 매우 불길하다. 대중은 이 문제에 별로 관심이 없다. 대중은 이단을 박해하는 데 찬성하지 않지만 그렇다고 이단을 옹호하기 위해 애쓰지도 않는다. 대중은 매우 건전한 정신을 갖고 있으면서 동시에 매우 우매하기 때문에 전체주의적인 견해를 지닐 수 없다. 직접적으로 그리고 의식적으로 지식인의 품위를 공격하는 세력은 지식인 자체 내에서 생긴다.

친러 지식인은 설령 특정 신화에 굴복하지 않았더라도 같은 종류의 또 다른 신화에 굴복했을 가능성이 있다. 하지만 어쨌든 러시아 신화는 존재하며 악취를 풍기는 부패도 존재한다. 높은 교육을 받은 사람이 억압과 박해에 대해 수수방관하며 무관심한 태도를 보일 때 그들의 냉소주의와 근시안 중 어느 쪽이 경멸의 대상인지 의구심이 든다. 예를 들어 많은 과학자가 소련을 무비판적으로 찬양하고 있다. 그들은 자신의 연구 작업이 한동안 영향을 받지 않는 한 자유의 말살은 중요하지 않다고 생각하는 것 같다. 소련은 고속 성장을 보이는 대국으로 과학 연구자들에 대한 수요가 급격히 높아졌기 때문에 그들을 후하게 대우한다. 심리학과 같은 위험한 학문을 가까이 하지 않는 한 과학자에게는 특권이 주어진다. 반면 작가는 극심한 박해를 당한다. 일리야 예렌부르크[*]나 알렉세이 톨스토이 같은 문학 매춘부들은 막대한 돈을 받고 있지만 그와 같은 작가들에게 유일하게 가치 있는 것, 즉 표현의 자유를 빼앗기고 있다. 러시아에서 과학자가 누리는 기회에 대해 열변을 토하는 영국 과학자 중 적어도 몇몇은 이런 사실을 알고 있을 것이다. 하지만 그들은 "작가들이 러시아에서 박해당하고 있군. 그래서 어쨌다고? 나는 작가가 아니야"라는 식의 반응을 보인다. 그들은 지적 자유와 객관적 진리라는 개념이 공격당하는 것을 전혀 보지 못하며, 궁극적으로 모든 사상이 위협당하는 것도 알지 못한다.

당분간 전체주의 국가는 과학자가 필요하기 때문에 그들에게 관용적인 태도를 보일 것이다. 심지어 나치 독일에서도 유대인이 아닌 과학자들은 상대적으로 좋은 대우를 받았으며 독일 과학사회는 대체로 히틀러에 저항하지 않았다. 지금의 역사 단계에서는 가장 독재적인 지배자도 물리적 현실을 고려하지 않을 수 없다. 한편으로는 자유주의적인 사고 습관이 남아 있기 때문이고, 다른 한편으로는 전쟁을 준비해야 하는 필요성 때문이다. 물리적 현실을 전적으로 무시할 수 없는 한, 그리고 가령 비행기 설계도를 그릴 때 2더하기 2가 4가 되어야 하는 한 과학자는 제몫의 할일이 있고 심지어는 어느 정도 자유도 허용될 수 있다. 과학자는 이후 전체주의 국가가 확고하게 자리 잡을 때쯤에야 각성할 것이다. 그사이 과학자가 과학의 진실성을 수호하고자 한다면 문학 동료들과 모종의 연대를 이루어야 하며, 작가들이 침묵하거나 자살로 내몰릴 때 그리고 신문이 조직적으로 왜곡될 때 이를 무관심하게 바

---

[*] 예렌부르크(Il'ya Grigor'evich Erenburg, 1891~1967). 우크라이나의 소설가이자 시인, 평론가.

라보지 않아야 한다.

자연과학 또는 음악이나 그림, 건축의 상황이 어떠하든 사상의 자유가 사라지면 분명 문학은 파멸을 맞는다. 나는 이제껏 이를 설명하고자 애썼다. 전체주의 구조를 유지하는 국가에서 문학은 불행한 결말을 맞을 수밖에 없으며 나아가 전체주의적 입장을 지닌 채 박해와 현실 왜곡에 대해 변명거리를 찾는 작가는 누구든 작가로서의 자기 존재를 파괴하게 된다. 여기서 벗어날 방법은 없다. '개인주의'나 '상아탑'에 반대하는 장황한 논리도, '진정한 개성은 공동체와의 동일시를 통해서만 얻을 수 있다'느니 하면서 무게 잡고 늘어놓는 진부한 주장도, 돈에 매수된 정신은 망가진 정신이라는 사실을 이길 수 없다. 어느 순간 자발성을 띠지 않는 한 문학 창작은 불가능하며 언어 자체가 굳어버린다. 언젠가 인간 정신이 지금과 완전히 다른 것이 된다면 혹시 문학 창작을 지적 정직성으로부터 분리할 수 있을지도 모른다. 그러나 현재 우리의 상상력은 야생동물과 같아서 갇힌 상태에서는 결코 자라지 못한다. 이런 사실을 부정하는 작가 혹은 저널리스트―현재 소련을 찬양하는 거의 모든 글에는 이러한 부정이 들어 있거나 암묵적으로 함축되어 있다―는 사실상 자기 파멸로 향하고 있는 것이다.

  모든 예술은 프로파간다다―조지 오웰 평론집

정치 대 문학:
『걸리버 여행기』에 대한 검토

《폴레믹》, 5호, 1946년 9월~10월

『걸리버 여행기』에서 인간은 적어도 세 가지 각도에서 공격당하거나 비판받으며, 그 과정에서 걸리버에게 함축되어 있던 성격 자체가 변화를 보인다. 제1부에서 걸리버는 전형적인 18세기 여행가의 모습으로 대담하고 현실적이며 낭만적 성향이 없다. 또한 도입부에 나오는 세세한 전기적 사실과 나이(걸리버는 모험을 떠날 당시 마흔 살로 두 자녀를 두었다), 그리고 주머니에 든 물건 목록, 그중에서도 특히 몇 차례 등장하는 안경 등을 통해 걸리버가 평범한 가치관을 지녔다는 인상을 솜씨 있게 독자에게 전달한다. 제2부에서 걸리버는 대체로 성격의 변화가 없지만 이야기상 필요한 몇몇 순간에는 천치 같은 성향을 드러내기도 한다. 예를 들어 "고귀한 우리 조국, 예술과 군사의 대국, 프랑스의 재앙"이라는 말을 자랑스럽게 떠벌리는가 하면 다른 한편으로 자신이 사랑한다고 고백했던 나라의 갖가지 추악한 사실을 폭로한다. 제3부어 서 걸리버는 비록 궁정 신하나 학식 있는 사람들과 어울릴 때에는 사회적 지위가 상승한 것 같은 인상을 풍기기는 해도 제1부와 상당히 비슷한 모습이다. 제

4부에서 걸리버는 인류에 대해 혐오감을 보이기 시작하는데 이런 혐오감이 작품 초반부에서는 드러나지 않거나 가끔씩만 드러난다. 그러면서 걸리버는 휴이넘족의 미덕에 대해 깊이 사색할 수 있도록 인적 드문 곳에 살고 싶다는 단 한 가지 소망만 지닌, 종교적이지 않은 은자로 변해간다. 하지만 걸리버가 휴이넘에 간 것은 대비를 보여주기 위함이기 때문에 스위프트는 부득이 이런 불일치를 감수할 수밖에 없다. 예를 들어 제1부에서 걸리버가 분별 있게 보이고 제2부에서는 가끔씩만 어리석게 보이는 이유는 제1부와 제2부의 기본적인 의도가 인간을 15센티미터짜리 존재라고 상상하게 함으로써 우스꽝스럽게 보이도록 하는 데 있기 때문이다. 걸리버가 놀림감 역으로 나오지 않을 때에는 언제나 성격의 일관성을 보이는데, 특히 걸리버가 뛰어난 지략을 보이거나 물리적 세부 사항들을 관찰할 때 일관성이 잘 드러난다. 걸리버가 블레퍼스큐의 전함을 끌고 올 때, 괴물 쥐의 배를 칼로 가를 때, 야후족의 가죽으로 만든 약한 배를 타고 바다로 나갈 때 걸리버는 같은 산문 투를 구사하는 똑같은 특성의 인간으로 등장한다. 또한 재빠른 상황 판단을 보이는 순간 걸리버가 바로 스위프트 자신의 모습이라는 느낌을 갖지 않을 수 없으며, 스위프트가 동시대 사회를 향해 개인적인 불만을 터뜨리는 것처럼 여겨지는 사건이 적어도 한 번은 있다. 사람들의 기억에 남을 장면으로, 릴리퍼트 황제의 궁전에 불이 나자 걸리버가 오줌을 누어 불을 끄는 장면이 있다. 걸리버는 침착하게 대처했다고 칭찬 받지 못하고 오히려 궁전 경내에서 오줌을 눈 중죄를 저질렀다고 비난 받는다.

내가 저지른 일이 이루 말할 수 없이 혐오스런 짓이라고 여긴 황

 모든 예술은 프로파간다다─조지 오웰 평론집

후는 궁전 안에서 가장 먼 곳으로 거처를 옮겼고 궁전 건물을 다시 손보아 그녀가 쓰는 일은 결코 없을 것이라고 단단히 결심했으며 가까운 측근들 앞에서 복수의 맹세를 억누르지 못했다는 것을 개인적으로 확신했다.

G. M. 트리벨리언(『앤 여왕 치하의 영국』)*에 따르면 스위프트가 승진하지 못한 이유는 부분적으로 여왕이 『통 이야기Tale of a Tub』에 분노했기 때문이라고 한다. 스위프트는 소책자인 『통 이야기』에서 비국교도를 깎아내리고 더욱이 가톨릭교에 대해서는 더 심하게 혹평한 반면 국교도만 건드리지 않았기 때문에 영국 왕실에 큰 드움이 되는 일을 했다고 생각했을 것이다. 어쨌든 『걸리버 여행기』가 악의에 차 있고 비관주의적인 작품이라는 점, 특히 제1부와 제3부에서는 종종 좁은 의미의 정치적 당파성으로 빠지곤 한다는 점은 아무도 부인하지 않을 것이다. 이 작품 속에는 옹졸함과 관대함, 공화주의와 권위주의, 이성에 대한 사랑과 호기심 부족이 모두 뒤섞여 있다. 스위프트와 특별한 연관성이 있는 인체에 대한 증오가 두드러지게 나타나는 것은 제4부뿐이지만 이런 새로운 집착이 어느 정도는 놀라운 일로 다가오지 않는다. 이런 모험, 이런 기분 변화가 한 사람에게 일어날 수 있다고 생각되며 스위프트의 정치적 충성심과 근원적인 절망의 상호 연관성은 이 책이 지닌 가장 흥미로운 특징의 하나다.

정치적으로 볼 때 스위프트는 당시의 진보 정당이 보이는 어리석

---

* 영국의 역사가인 트리벨리언(George Macaulay Trevelyan, 1876~1962)은 3부작으로 된 『앤 여왕 치하의 영국England Under Queen Anne』(1930~1934)을 썼다.

은 행태 때문에 삐딱한 왕당주의로 기운 사람 중 한 명이었다. 표면상으로는 인간의 위대함에 대한 풍자라 할 수 있는 『걸리버 여행기』 제1부를 조금 깊이 살펴보면 영국에 대한 공격, 지배 정당인 자유당에 대한 공격, 프랑스와의 전쟁에 대한 공격으로 읽힐 수 있다. 프랑스와의 전쟁은 비록 동맹국들의 동기가 나쁘긴 해도 유럽이 단일 반동 권력의 압제하에 들어가지 않도록 구해준 전쟁이었다. 스위프트는 제임스 2세 지지파가 아니며 엄밀히 말해 왕당주의자도 아니었고, 프랑스와의 전쟁에서 오로지 온건한 평화동맹을 바랄 뿐 영국의 완전한 패배를 바라지 않는다고 밝혔다. 그럼에도 스위프트의 태도에서는 반역자의 냄새가 풍기며 제1부 결말부에서 이런 특성이 보이는데 이 때문에 풍자가 다소 삐걱거린다. 걸리버가 릴리퍼트(영국)를 떠나 블레퍼스큐(프랑스)로 갔을 때 15센티미터 인간을 선천적으로 경멸스런 존재로 보는 가정이 철회된 것처럼 보인다. 릴리퍼트 사람들이 걸리버에게 지독한 기만과 비열함을 보인 반면 블레퍼스큐 사람들은 관대하고 솔직하게 대했다. 사실 이 대목은 초반부의 전면적인 환멸과는 다른 분위기로 끝맺는다. 분명 스위프트의 적의는 일차적으로 영국을 향한 것이다. 거인국 브롭딩내그의 왕이 "이제껏 지구 표면을 기어 다닌 작고 혐오스러운 해충 가운데 자연이 겪은 가장 치명적인 종족"이라고 여긴 것이 바로 "당신네 나라 사람들"(즉, 걸리버의 동포)이었다. 또한 식민지 건설과 해외 정복을 비난하는 결말부의 긴 문단은 비록 반대 입장도 공들여 표현하긴 했지만 명백히 영국을 겨냥한 것이다. 영국의 동맹국이자 스위프트의 가장 유명한 소책자에서 공격 목표가 되었던 네덜란드도 제3부에서 다소 얼토당토않게 공격당한다. 걸리버는 자신이 발견한 여러 국가가 영국 왕실의 식민지가 될 리 없다는 만족감을 기록하고 있는데, 이런 내용이 담긴 문단에 다소 사적인 메모처럼 읽히는 부분까지 들어 있다.

사실 휴이넘은 그들에게 완전히 낯선 과학이라고 할 전쟁에 대해, 특히 쏘는 무기에 맞설 준비가 제대로 되어 있지 않은 것처럼 보인다. 하지만 내가 국무성 장관이라면 그들 나라를 침공하라는 조언을 결코 할 수 없을 것이다.……휴이넘족 2만 명이 유럽 군대 속으로 돌진해 들어와 대열을 무너뜨리고 마차를 전복시키며 뒷발굽의 무시무시한 힘으로 전사들의 얼굴을 내리쳐서 미라로 만들어버릴 것이라고 상상해보라.

스위프트가 쓸데없는 단어를 쓰지 않는 사람이라는 사실을 고려할 때 "전사들의 얼굴을 내리쳐서 미라로 만들어버릴 것"이라는 문구는 아마도 말버러 공*의 무적 군대가 그런 꼴을 당하는 걸 보고 싶다는 은밀한 바람을 나타낸다고 할 수 있다. 다른 부분에서도 비슷한 기미를 느낄 수 있다. "국민 대다수가 어떤 의미에서는 자기 밑에 종속된 비굴한 앞잡이를 두고서 국무성 장관의 깃발과 행동 아래 그에게서 월급을 받으면서 살아가는 발견자, 목격자, 밀고자, 고소인, 기소자, 증인, 선서자로 이루어진" 나라를 제3부에서 언급하고 있는데, 이 나라 이름이 랭던 Langdon이다. 이 이름은 한 글자만 제외하면 영국England이라는 단어

---

* 말버러 공(John Churchill, 1st Duke of Marlborough, 1650~1722). 영국의 군인이자 정치인. 영국과 네덜란드 연합군의 총사령관으로 프랑스와의 전쟁을 승리로 이끌었다. 영국의 전 수상 윈스턴 처칠이 그의 후손이다.

의 철자 순서를 바꾼 말이 된다(이 책의 초기 판본에는 오자가 있기 때문에 어쩌면 원래는 완벽하게 철자 순서를 바꾼 말이었는지도 모른다). 스위프트가 인간에게 느끼는 극심한 반발감은 분명 실제로 존재한다. 그러나 걸리버가 인간에 대해 위엄 있는 존재가 아니라고 까발리고 귀족과 정치가와 궁정 총신들에 대해 비난하는 내용은 지역에 국한되는 타당성을 지니며 걸리버가 실패한 정당 소속이라는 사실에서 비롯된다는 느낌을 받는다. 스위프트는 부정과 억압을 비난하지만 그렇다고 민주주의를 좋아한다는 증거도 내놓지 않는다. 스위프트는 훨씬 대단한 능력을 지녔음에도 불구하고 암시적으로 드러난 그의 입장을 보면 어리석으면서도 영악한 수많은 우리 시대 보수주의자의 입장과 매우 유사하다. 앨런 허버트, G. M. 영, 엘튼 경,[1] 토리당 개혁위원회, W. H. 맬럭[2]부터 긴 계보를 이루며 이어져 내려오는 가톨릭 옹호론자들을 예로 들 수 있다. 그들은 '현대적인 것'과 '진보적인 것'은 무조건 희화화시키면서 세련된 농담이나 던지는 것을 업으로 삼고 있는데, 자신들이 현실의 실제적 흐름에 영향을 미치지 못한다는 것을 잘 알기에 더욱 극단적인 견해로 흐르기도 한다. 요컨대『그것이 바로 그리스도교의 폐지라는 것을 입증하기 위한 논고An Argument to prove that the Abolishing of Christianity』등과 같은 소책자는 〈브레인 트러스트The Brains Trust〉가 지닌 일말의 산

---

[1] 허버트(Alan Patrick Herbert, 1890~1971)는 유머작가이자 소설가이며, 1935~1950년간 무소속 의원으로 옥스퍼드 대학을 대표했다. 영(George Malcolm Young, 1882~1959)은 제1차 세계대전 이후 오랫동안 공직생활을 했으며, 그 후 저자, 역사가, 편집자로 지냈다. 엘튼(Godfrey Elton, 1st Baron Elton, 1892~1977)은 저자이자 방송 진행자였다.

[2] 맬럭(William Hurrell Mallock, 1849~1923)은 『새로운 공화국The New Republic』(1877)과 『새로운 폴과 버지니아The New Paul and Virginia』(1878)를 썼다.

뜻한 재미를 보여주는 점에서 '티모시 샤이'와 매우 유사하고,[*1] 버트 런드 러셀의 오류를 드러내는 로널드 녹스 신부와도 아주 비슷하다.[*2] 또한 스위프트가 『통 이야기』에서 신성모독을 범하고도 쉽게 용서받았던 점—때로는 독실한 신자에게도 용서 받았다—으로 미루어볼 때 종교적 정서는 정치적 정서에 비해 약하다는 사실이 여실히 입증된다.

하지만 스위프트가 어느 정치세력에 속해 있는가 하는 사실에서 그의 반동적인 정서가 주로 드러나는 것은 아니다. 중요한 것은 그가 과학, 보다 넓게는 지적 호기심에 대해 보이는 태도다. 『걸리버 여행기』 제3부에는 유명한 라가도 학회가 등장하는데 이는 분명 스위프트가 살던 시대의 과학자 대다수에 대한 타당한 풍자로 읽힌다. 그곳에서 일하는 사람들을 '기획자', 즉 사심 없는 연구에는 참여하지 않고 단지 노동을 절약하고 돈을 벌어들이는 장치를 찾는 데만 열중하는 사람들로 묘사하고 있다. 그렇다고 '순수' 과학이 스위프트에게 매우 가치 있는 활동으로 비쳤을 것이라고 볼 만한 징후는 없으며, 오히려 이와 반대되는 징후가 작품 전체에 많이 보인다. 거인국 왕의 후원을 받는 '학자들'이 걸리버의 키가 작은 이유를 설명하려고 애쓰는 제2부에서 이미 진지한 유형의 과학자들에 대해 노골적인 비난을 가하고 있다.

많은 논의를 거친 뒤 그들은 내가 렐플룸 스칼카스Relplum

[*1] 〈브레인 트러스트〉는 인기 있는 BBC 프로그램으로, 전문가가 출연해 청취자들의 질문에 답변했다. 티모시 샤이(Timothy Shy)는 윈덤 루이스(Dominic Bevan Wyndham Lewis, 1891~1969)의 필명이다.

[*2] 녹스(Ronald Knox, 1888~1957)는 로마 가톨릭교 신부로 많은 사람이 그를 로마 가톨릭교의 비공식 대변인으로 여겼다.

Scalcath일 뿐이라고 만장일치로 결론을 내렸다. 이것을 말 그대로 해석하면 기형이며, 이는 유럽의 현대 철학도 받아들일 만한 결정이다. 오래전 아리스토텔레스 추종자들이 무지를 은폐하려고 초자연적인 원인을 이용했지만 결국 헛된 수고로 끝나버린 일이 있다. 유럽의 교수들은 이와 같이 초자연적인 원인을 둘러대면서 회피하는 묵은 입장을 경멸했고, 모든 난제를 풀 수 있는 기형이라는 이런 놀라운 해결책을 고안해내어 인간 지식의 엄청난 발전에 기여했다.

이 인용문만 본다면 스위프트가 엉터리 과학에 반대하는 사람으로만 보일 것이다. 하지만 스위프트는 실질적인 목적으로 이어지지 않는 모든 학문과 사고가 쓸모없다는 의견을 작품 곳곳에서 피력하려고 무진 애를 쓰고 있다.

(거인국 사람들의) 학문은 그들이 틀림없이 잘할 수 있는 몇몇 학문, 즉 도덕, 역사, 시, 수학에만 한정되어 있어서 매우 결함이 많다. 하지만 이 가운데 수학만 농업 향상과 모든 기계 기술 등 실생활에 도움이 될 만한 것에 응용되고 있다. 그러므로 우리들 사이에서 수학은 그다지 높게 평가 받지 못했을 것이다. 또한 사상, 실체, 추상, 선험론에 대해서 말해보면 나로서는 결코 이들의 머릿속에 최소한의 개념조차도 집어넣지 못했다.

스위프트가 이상적 존재로 삼은 휴이넘족은 기계와 관련해 뒤떨어진 모습을 보인다. 휴이넘족에게는 금속이 생소한 물질이며 그들은 배에 대해 한 번도 들어본 적이 없고, 정확히 말해 농업을 해본 적도 없으며(휴이넘족이 주식으로 삼는 귀리는 '자연적으로 자란' 것이라는 언급이 나온다), 바퀴도 발명하지 못한 것처럼 보인다.[*] 휴이넘족에게는 알파벳이 없고, 자연 세계에 대한 호기심도 그리 많지 않았다. 그들은 자기 나라 옆에 사람이 사는 나라가 존재하다는 것을 믿지 않으며, 태양과 달의 운동, 일식의 특성을 이해하긴 해도 "그들의 천문학이 도달할 수 있는 최고의 수준은 여기까지다." 이와 대조적으로 날아다니는 섬 라퓨타의 철학자들은 수학적 사고에만 너무 몰두해 있어서 그들에게 말이라도 걸려면 그전에 주머니로 그들의 귀를 찰싹 때려서 주의를 끌어야 한다. 그들은 1만 개의 항성 목록을 정리했고 93개 혜성의 주기를 계산해냈으며 화성에 위성 두 개가 있다는 사실을 유럽 천문학자보다 먼저 발견했다. 하지만 스위프트는 이 모든 지식이 우스꽝스럽고 쓸모없으며 별로 흥미롭지 못하다고 보았다. 예상할 수 있듯이 스위프트는 행여 과학자가 있을 만한 곳이 있다면 그곳은 실험실이며 과학 지식은 정치 문제와 아무 관련이 없다고 믿었다.

나로서는 도저히 이해되지 않는 점은 과학자들이 사회 문제에 대해 계속 묻고 국가 일에 자기들 판단을 내놓으며 정당 견해에 대해 사사건건 뜨거운 논쟁을 벌이는 등 뉴스와 정치에 강한 관심을 보이는 기질이 관찰된다는 점이다. 사실 내가 유럽에서 알던 수학자 대다수에게서도 동일한 기질을 목격한 바 있지만 나로서는 수학과 정치 사이에 아주 작은 유사점도 발견할 수 없었다. 다만 가장 작은 원도 가장 큰 원과 각도가 같으므로 세계를 규제·관리하는 일이란 고작해야 지구본을 다루고 돌리는 정도의 능력만 있으면 된다고 가정하지 않는 한 두 학문 집단에 유사점이란 없다.

"나로서는 수학과 정치 사이에 아주 작은 유사점도 발견할 수 없었다"는 문구가 어딘가 낯익지 않은가? 신의 존재나 영혼의 불멸성에 대해 의견을 말하는 과학자를 보고 경악했다고 고백하는 가톨릭 옹호론자의 논조가 이 문구 속에 그대로 들어 있다. 과학자는 제한적인 한 분야의 전문가인데 어떻게 그의 견해가 다른 분야에서도 존중 받을 수 있단 말인가 하는 이야기를 듣곤 한다. 이 말 속에는 신학이 화학만큼이나 정밀과학이므로 신부 역시 전문가로서 특정 주제에 대해 그의 결론이 인정받아야 한다는 의미가 함축되어 있다. 스위프트는 사실상 정치가에 대해서도 같은 주장을 한 셈이지만 과학의 분야에서도 과학자—'순수' 과학자이든 아니면 임시 연구가든—를 쓸모 있는 사람으로 인정하지 않은 점에서 한 발 더 나가 있다. 스위프트가 『걸리버 여행기』의 제3부를 쓰지 않았더라도 작품의 내용을 토대로 그가 톨스토이나 블레이크와 마찬가지로 자연의 과정을 연구한다는 생각 자체를 증오한다는 것을 알 수 있다. 스위프트가 휴이넘족에게서 그토록 감탄했던 '이성'이란 기본적으로 관찰된 사실을 토대로 논리적 추론을 이끌어내는 능력을 의미하는 것이 아니다. 스위프트가 명확히 규정한 적은 없지만 대부분의 문맥에서 볼 때 이성이란 상식—당연한 것을 받아들이고 트집 잡기나 추상을 경멸하는 것—또는 열정과 미신이 없는 것을 의미한다. 대체로 스위프트는 우리가 알아야 할 것은 모두 이미 알고 있으며 다만 우리의 지식을 잘못 사용하고 있을 뿐이라고 가정한다. 예를 들어 우리가 정상적인 생활방식으로 살아간다면 질병은 생기지 않을 것이므로 약학은 필요 없는 과학이다. 하지만 스위프트는 소박한 생활을 주장하는 사람도 아니고 고결한 야만인을 높이 평가하는 사람도 아니다. 스위프트는 문명과 문명의 기술을 지지한다. 그는 훌륭한 예절과 대화, 나아가 문학과 역사 공부의 가치를 인정할 뿐만 아니라 농업·항해·건축을 연구해야 하고, 그럴 경우 그 분야들을 효과적으로 발전시킬 수 있다고 여긴다. 하지만 스위프트가 암묵적으로 겨냥하는 목표는 정적이고 호기심을 보이지 않는 문명이다. 즉, 그가 살던 당대의 세계보다 조금 더 깨끗하고 조금 더 건전한 정신을 지니며 근본적인 변화를 꾀하지 않고 알지 못하는 것을 파헤치려고 하지 않는 그런 세계를 원하는 것이다. 일반적인 오류로부터 자유로운 사람들에게서 기대할 수 있는 정도 이상으로 스위프트는 과거, 특히 고전적 고대를 추앙한다. 그는 과거 100년 동안 현대인의 상태가 급격하게 악화되었다고 보았다.• 죽은 자의 영혼을 마음대로 불러올 수 있는 마법사의 섬에서 스위프트는 이렇게 쓰고 있다.

• 스위프트는 신체적 쇠퇴가 목격된다고 주장하는데, 아마도 그 시절에는 사실이었을 것이다. 스위프트는 그 원인을 매독이라고 보았다. 매독은 유럽에 처음 퍼지기 시작한 질병으로, 아마 지금보다 훨씬 위험했을 것이다. 또한 17세기에 증류주가 만들어지기 시작하면서 초기에는 술에 취한 사람들이 급격히 늘었을 것이다.

나는 로마 원로원 의원이 큰 회의실에 모습을 나타내고 다른 회의실에는 이와 대조되는 현대의 의원이 나타나기를 바랐다. 로마 원로원은 영웅과 반(半)신의 모임이라고 여겨졌고 현대의 의회는 행상인, 소매치기, 노상강도, 깡패의 무리라고 여겨졌다.

스위프트가 제3부의 이 대목을 쓴 것은 기록 역사의 진실성을 공격하기 위한 목적이었지만 그리스와 로마를 다루기 시작하는 순간 그에게서 비판정신이 달아나고 말았다. 당연히 스위프트는 제국적 로마의 부패를 언급하지만 고대 세계의 몇몇 지도자에게는 거의 무비판적인 찬사를 보낸다.

나는 브루투스를 보는 순간 깊은 존경심에 사로잡혔다. 그를 보고 있노라면 생김새 하나하나마다 가장 완벽한 미덕과 가장 위대한 용맹과 확고한 마음, 가장 진실한 조국애, 인류를 향한 보편적인 박애정신이 쉽게 발견되었다.……나는 브루투스와 많은 대화를 나누는 영광을 누렸다. 브루투스가 그의 조상인 유니우스, 소크라테스, 에파미논다스, 소 카토, 토머스 모어 경과 영원히 함께 있다는 이야기도 들었다. 이들은 일종의 6두 정치를 이끄는데, 이 세계의 모든 시대를 통틀어도 이들과 어깨를 나란히 할 만한 일곱 번째 인물을 찾을 수 없다.

거론된 여섯 인물 중 오직 한 명만 그리스도교도라는 점에 주목하자. 이는 중요한 사항이다. 스위프트가 지닌 비관주의, 과거에 대한 존경심, 호기심을 보이지 않는 무관심, 인체에 대한 혐오감을 모두 하나로 합치면 종교적 반동 세력에게 공통으로 드러나는 태도가 나온다. 즉, 이 세계는 획기적으로 나아질 수 없으며 오로지 '다음 세상'만이 중요하다고 주장함으로써 사회의 불공평한 질서를 옹호하는 자들의 태도가 보인다. 하지만 스위프트는 적어도 일반적 의미에서 말하는 종교적 믿음을 갖고 있다고 드러낸 적이 없다. 스위프트는 사후 세계를 진지하게 믿지 않는 것으로 보이며 선에 대한 그의 사상은 공화주의, 자유에 대한 사랑, 용기, '박애'(사실상 공공 정신을 의미한다), '이성', 그 밖의 이교도적인 특성과 긴밀하게 연결되어 있다. 이 사실은 스위프트에게 또 다른 성향이 있다는 점을 상기시키는데, 이 성향은 진보를 믿지 않는 그의 불신과 인간에 대한 전반적인 증오와 전혀 상통하지 않는다.

우선 스위프트가 '전설적'이고 심지어는 '진보적'이기까지 한 순간들이 있다. 유토피아 책에서 가끔 일관적이지 않은 내용이 보이는 것은 활력이 넘치는 흔적이라고 할 수 있으며 스위프트는 순전히 풍자적이어야 하는 문단에 더러 칭송하는 내용을 넣기도 한다. 따라서 아동 교육에 관한 스위프트의 사상이 릴리퍼트 사람들에게서 목격되며, 그들은 아동 교육 문제에 대해 휴이넘족과 아주 등일한 견해를 지닌다. 또한 스위프트가 고국에 정착되기를 바랄 만한 다양한 사회제도와 법제도가 릴리퍼트에서 시행(노령 연금이 있으며, 법을 어길 경우 처벌 받을 뿐만 아니라 법을 지키는 사람에게는 보상이 주어진다)되고 있다. 스위프트는 문단 중간쯤 이르러 자신이 풍자의 의도로 글을 쓰던 중임을 상기하고 이렇게 덧붙인다. "이를 위시하여 다음에 나올 법 이야기에서 내가 애초 의도하는 것은 본래의 제도만을 말하는 것이지 타락한 인간 본성 때문에 생긴 추악한 부패 현상을 말하는 것이 아니라고 이해되어야 한다." 하지만 릴리퍼트가 영국을 상징하고 스위프트가 말하는 법에 대응될 만한 유사한 법이 영국에 없기 때문에 이 대목에서는 스위프트가 건설적인 제안을 내놓고 싶은 충동이 지나쳤던 것으로 보인다. 하지만 스위프트가 좁은 의미의 정치사상에 가장 크게 기여한 것을 꼽는다면, 요즘 시기에 전체주의라고 일컬어질 만한 현상에 대해 특히 제3부에서 공격하는 대목이다. 스위프트는 첩자가 득시글거리는 '경찰국가'에 대해 매우 정확한 예측을 보여준다. 이 경찰국가에서는 이단 사냥과 반역 재판이 끝없이 이어지는데, 이 모든 것이 실은 대중의 불만을 전쟁 히스테리로 변화시켜 잠재우려는 획책이다. 또한 스위프트가 살던 시기의 허약한 정부에서는 그에게 그 어떤 사례를 제공하지 않았기 때문에 그가 지극히 작은 부분을 토대로 전체를 추론하고 있다는 점을 기억해야 한다. 예를 들어 정치기획자 학교의 교수가 등장하는데, 그는 "모략과 음모를 찾아내기 위한 커다란 지시 서류를 내게 보여주었으며" 사람들의 대변을 검사해 그들이 남몰래 무슨 생각을 하는지 알아낼 수 있다고 주장했다.

사람들이 변을 볼 때 가장 진지하고 깊게 몰두하여 생각하기 때문인데 그는 많은 실험을 통해 이런 사실을 확인했다. 왕을 살해하는 가장 좋은 방법이 무엇인지 순전히 시험 삼아 궁리해보는 상황이라면 변이 초록색을 띨 것이다. 하지만 반란을 일으키려고 하거나 도시를 불태울 생각만 할 때에는 색깔이 완전히 다르다.

스위프트는 국사범 재판에서 누군가의 화장실에서 발견된 편지 몇 통이 증거로 제출된 일(그리 놀라울 것도 없고 혐오스럽지도 않은 일이다)을 바탕으로 소설 속 교수와 그의 이론을 생각해내었다고 한다. 이후 같은 장에서 우리는 러시아 숙청 과정의 한복판에 서 있는 듯한 착각을 일으키는 대목을 만난다.

원주민들 사이에서 랭던이라 불리는 트리브니아 왕국에서는……국민 대다수가 어떤 의미에서는 발견자, 목격자, 밀고자, 고소인, 기소자, 증인, 선서자로 이루어져 있다고 할 수 있다.……어떤 용의자를 음모죄로 고소할 것인지 먼저 동의와 결정이 이루어진다. 그런 다음 효율적인 방법으로 예의주시하면서 그들의 편지와 서류를 확보하고 편지와 서류의 주인을 구속한다. 이 서류들은 기술자 집단에게 넘겨지는데, 이들은 단어, 음절, 철자의 숨겨진 의미를 찾아내는 데 뛰어난 재주를 갖고 있다. 이 방법이 실패하면 이보다 훨씬 효과적인 다른 두 가지 방법이 동원된다. 이는 학자들 사이에서 아크로스틱과 애너그램으로 일컬어진다. 첫째 방법에서 기술자들은 단어의 모든 첫 글자를 정치적 의미로 해석할 수 있다. 따라서 N은 음모를 의미하고 B는 기병연대, L은 해상 함대를 의미하게 된다. 아니면 두 번째 방법으로 의심스러운 서류의 알파벳 글자 순서를 바꿈으로써 불만분자들의 깊은 의도를 해석해낸다. 따라서 가령 내가 친구에게 보내는 편지에서 Our Brother Tom has just got the Piles(우리 형 톰이 큰 건을 잡았다)라고 쓰면 숙련된 암호해독 기술자는 문장을 이루는 동일한 글자들이 Resist—a Plot is brought Home—The Tour•*라는 말로 분석될 수

• Tower

---

*   '저항하라, 음모가 완성되었다'라는 뜻이다. 오웰의 각주를 참조하여 Tour를 Tower, 즉 '탑'이라고 옮긴다.

있다고 알아낸다. 이것이 애너그램 방법이다.

　같은 학교에 있는 다른 교수들은 단순화된 언어를 고안하고 기계로 글을 쓰며 웨이퍼에 수업 내용을 새겨 학생들이 그것을 먹게 하는 방법으로 학생들을 가르친다. 또는 사람의 뇌 한쪽을 잘라내어 다른 사람의 머리에 이식하는 방법으로 개성을 완전히 말살해야 한다고 주장하기도 한다. 이 장들은 묘하게 친숙한 분위기를 풍긴다. 그 이유는 전체주의의 목표 중 하나가 사람들에게 옳은 생각을 하도록 하는 것이 아니라 사실상 의식이 덜 깨어 있도록 하는 데 있다는 인식이 장난스런 분위기와 섞여 있기 때문이다. 그러고 나서 스위프트가 지도자에 대해 설명하는 대목이 이어진다. 그 지도자 밑에서 야후족뿐만 아니라, 처음에는 더러운 노동자 역할을 하다가 이후 희생양이 되는 '총신'이 지배를 받고 있다. 스위프트가 지도자를 설명하는 내용을 보면 우리 시대의 양상과 놀라울 만큼 딱 들어맞는다. 하지만 이런 사실이 있다고 해서 스위프트가 압제에 반대하며 자유 지성을 옹호한다고 추론할 수 있을까? 결코 그렇지 않다. 파악할 수 있는 한도 내에서 그의 견해는 뚜렷하게 자유주의적인 성향을 보이지 않는다. 분명 스위프트는 귀족과 국왕, 주교, 장교, 상류층 귀부인, 훈장, 귀족 칭호, 공치사를 싫어하지만 그렇다고 보통 사람들을 지배자보다 더 좋게 생각하는 것 같지도 않고, 사회 평등이 확대되는 것을 지지하지 않으며, 대의제도에 대해서도 열광하는 것 같지 않다. 휴이넘은 특성상 인종차별적 색채를 띠는 계급제도를 바탕으로 조직되어 있는데, 육체노동을 하는 말은 주인과 색깔이 다르고 주인과 교배하지도 않는다. 스위프트가 릴리퍼트에

　모든 예술은 프로파간다다―조지 오웰 평론집

서 감탄했던 교육제도는 세습적 계급 차별을 당연하게 여기며 가장 빈곤한 계층의 아동은 학교를 다니지 않는다. 왜냐하면 "그들은 그저 땅이나 갈고 경작하는 일만 하기 때문이다.……따라서 그들을 대상으로 하는 교육은 대중에게 별로 중요하지 않다." 또한 스위프트는 그 자신의 작품이 관용의 혜택을 누렸음에도 불구하고 언론·출판의 자유를 별로 강력하게 지지하지 않는 것 같다. 거인국의 왕은 영국에 종교적·정치적 분파가 다양하게 존재한다는 사실에 매우 놀라면서 '대중에 해로운 견해'(문맥상으로 이 말은 단순히 이단적인 견해를 의미하는 것으로 보인다)를 지닌 자들이 굳이 자기 견해를 바꿔야 할 필요는 없지만 이를 숨겨야 할 필요는 있겠다고 생각한다. "어떤 정부에서든 견해를 바꾸도록 강요하는 것이 압제라면 견해를 숨기도록 강요하지 않는 것은 허약한 정부다." 걸리버가 휴이넘 땅을 떠나는 방식에서도 스위프트 자신의 태도가 미묘하게 드러나고 있다. 적어도 이따금씩 스위프트는 무정부주의적 모습을 보이며 『걸리버 여행기』 제4부에서는 일반적인 의미의 법이 아니라 모든 사람이 자발적으로 받아들이는 '이성'의 명령에 지배되는 무정부주의 사회가 그려져 있다. 휴이넘의 총회는 걸리버의 주인에게 걸리버를 추방시키라고 '권고'하며 이웃들도 그에게 권고를 따르도록 압력을 넣는다. 이때 두 가지 이유가 제시된다. 하나의 이유는 이런 특이한 야후족의 존재가 나머지 야후족을 동요시킬 수 있다는 것이며, 또 다른 이유는 휴이넘과 야후가 친밀한 관계를 갖는 것은 "이성 또는 본성에 어긋나며 이전에 들어본 적도 없는 일"이기 때문이라는 것이다. 걸리버의 주인은 얼마간 마지못해 이를 따르는데 '권고'(휴이넘은 결코 어떤 것도 강요당하지 않으며 다만 '권고'나 '충고'를 할 뿐이다)를 결코 무시할 수 없기 때문이다. 이는 무정부주의 사회나 평화주의 사회 모습에 암묵적으로 들어 있는 전체주의적 성향을 아주 잘 보여준다. 법이 존재하지 않고 이론상으로 어떠한 강요도 없는 사회에서 유일하게 행동을 결정짓는 것은 여론이다. 하지만 집단생활을 하는 동물은 순응하려는 충동이 매우 강하기 때문에 여론이 법 제도보다 관용적이지는 않다. 인간이 '하지 말지어다'라는 규율에 지배받을 때에는 각 개인에게 어느 정도 별난 행동이 허용된다. 하지만 '사랑'이나 '이성'에 지배받을 때에는 다른 사람과 똑같이 행동하고 생각해야 한다는 끊임없는 압박에 시달린다. 휴이넘은 모든 문제에 관해 만장일치를 보인다. 그들이 유일하게 논의하는 문제는 야후족을 어떻게 다룰 것인가 하는 점이다. 그것 말고는 휴이넘족 사이에서 의견불일치가 일어날 여지가 없다. 왜냐하면 진리는 언제나 자명하며, 그렇지 않은 경우에는 진리가 없거나 중요하지 않기 때문이다. 휴이넘족의 언어에는 '견해'에 해당하는 단어가 없으며 그들의 대화에서 '정서의 차이'는 없다. 휴이넘족은 사실상 가장 높은 수준의 전체주의 체제에 이르렀으며, 순응이 너무도 일반화되어 있어서 경찰 병력이 필요하지 않은 단계에 있다. 스위프트가 이런 체제를 인정하는 이유는 그가 많은 재능을 지니긴 해도 호기심이나 착한 본성을 지니지 않았기 때문이다. 스위프트에게 의견불일치란 순전히 삐딱함으로 비쳤다. 휴이넘족에게 "이성이란 우리처럼 한 가지 물음의 양 측면을 놓고 그럴듯한 말로 논쟁을 벌일 수 있는 그런 불확실한 지점이 아니다. 이성은 즉각적인 확신으로 다가오며, 확신이란 것이 어리석게도 그렇듯이 열정과 이해관계 때문에 복잡하게 뒤섞이거나 흐려지거나 변색되는 일도 없다." 달리 말해서 우리는 이미 모든 것을 아는데 왜 반체제적 의견을 용인해야 한단 말인가? 자유도 발전도 있을 리 없는 휴이넘의 전체주의적 사회는 이러한 사고에서 자연스레 비롯된 것이다.

스위프트를 저항 세력이나 우상 파괴자로 보는 것은 옳지만 여성도 남성과 똑같이 교육 받아야 한다는 주장 등의 몇 가지 부차적인 문제를 제외하고는 그를 '좌파'로 규정할 수 없다. 스위프트는 토리 무정부주의자로 권위를 경멸하면서도 자유를 믿지 않고 귀족적 견해를 견지하면서도 기존 귀족주의가 타락하고 경멸스럽다고 명확하게 이해하고 있다. 스위프트가 부자와 힘 있는 세력에 반대해 특유의 비판을 밝힐 때에는 내가 앞서 말했듯이 그 자신이 성공하지 못한 정당 소속이고 개인적으로 낙담한 상황이었다는 사실을 고려해야 한다. '밀려난 사람들'은 '잘 나가는 사람들'에 비해 언제나 더 과격하며, 이에는 분명한 이유도 있다.• 하지만 스위프트에게서 가장 본질적인 것을 꼽는다면 삶—합리적이고 보기 좋게 꾸민 삶이 아니라 단단한 땅 위에서 이루어지는 삶—을 살 만한 것으로 바꿀 수 있다고 믿지 않는 점이다. 물론 정직한 사람이라면 현재 성인 인간의 일반적인 상황이 행복하다고 주장하지 않는다. 하지만 행복이 일반적인 상태가 될 가능성이 있으며, 모든 진지한 정치적 논쟁은 실제로 이 문제에 천착하고 있다. 스위프트는 행복의 가능성을 믿지 않는 또 다른 한 사람 톨스토이와 많은 공통점을 지녔으며, 내 견해

• 책 끝부분에서 스위프트는 인간의 어리석음과 사악함을 보여주는 전형적인 표본으로 다음과 같은 사람을 열거하고 있다. "법률가, 소매치기, 대령, 광대, 귀족, 도박꾼, 정치가, 포주, 의사, 증인, 매수하는 사람, 검사, 반역자 등등." 이 대목에서 권력을 갖지 않은 자의 무책임한 폭력이 보인다. 이 목록에는 관습적 규범을 어긴 자들과 지키는 자들이 한데 묶여 있다. 예를 들어 대령을 기계적으로 비난한다면 대체 무슨 근거로 반역자를 비난할 수 있는가? 또한 소매치기를 억제하고자 한다면 법이 있어야 하고 이는 법률가가 있어야 한다는 의미다. 하지만 마지막 문단에는 증오가 너무도 명확하게 담겨 있고 그에 대한 이유는 너무 부적절해서 전반적으로 설득력이 다소 떨어진다. 개인적인 원한이 깔려 있다는 느낌을 받는다.

로는 이제껏 언급되었던 것보다 훨씬 공통점이 많다. 두 사람에게는 똑같이 무정부주의적 견해가 보이는데, 이것이 권위주의적인 기질을 은폐시켜주고 있다. 두 사람 모두 과학에 대해 비슷하게 적대적이며, 반대편에 대해 똑같이 참을성을 갖지 못하고 자기 자신에게 별 흥미 없는 문제에 대해서는 똑같이 중요성을 보지 못한다. 또한 톨스토이는 말년에 다른 방식으로 삶의 과정과 이어지긴 했지만, 둘 다 삶의 실제 과정에 혐오감을 보였다. 두 사람의 성적 불행이 동일한 성격의 것은 아니지만, 두 사람의 깊은 혐오감은 병적인 집착과 뒤섞여 있는 공통점을 지녔다. 톨스토이는 고령의 나이에도 계속 난봉질을 하다가 결국 완전한 금욕 생활을 설교하게 된 개심한 난봉꾼이었다. 반면 스위프트는 추정컨대 성불구였던 것으로 보이며 인간의 똥에 과장된 혐오감을 보였다. 작품 전반에 잘 드러나듯이 스위프트의 머릿속에서는 똥 생각이 떠나지 않았다. 그런 사람은 대다수 인간에게 주어지는 작은 행복조차 즐기지 못하며 지상의 삶이 획기적으로 개선될 수 있다는 것을 인정하지 못하는데, 이에는 분명한 동기도 있다. 두 사람에게 호기심이 없다는 점, 따라서 관용을 보이지 못한다는 점은 모두 같은 뿌리에서 나온 것이다.

지금 세상이 '다음 세상'의 서곡이라는 관점에서 '다음 세상'을 기준으로 삼는다면 스위프트의 혐오감, 원한, 비관주의가 이해될 수 있다. 스위프트는 다음 세상을 진지하게 믿지 않으므로 지상에 존재하는 천국을 건설해야 할 필요가 있었을 것이다. 하지만 이 천국은 스위프트가 못마땅하게 여기는 것들, 즉 거짓말, 어리석음, 변화, 열정, 쾌락, 사랑, 더러움이 모두 제거된 것으로, 우리가 아는 것과는 전혀 다른 천국이다. 스위프트는 이상적인 존재로 똥이 역겹지 않은 동물, 즉 말을 선택한다. 휴이넘족은 삭막한 짐승이며 이는 다들 인정하는 사실이라서 굳이 힘들여 설명할 필요가 없다. 스위프트의 천재성 덕분에 휴이넘족이 있을 것 같은 설득력을 얻긴 했지만 사실 독자는 그들에게서 반감 이외에 다른 느낌을 전혀 받지 못한다. 인간보다 나은 동물이라서 자만심에 상처를 입기 때문에 그런 것은 아니다. 오히려 휴이넘과 야후 중 휴이넘이 훨씬 인간에 가깝다. 야후족이 자신과 같은 종임을 인식하는 걸리버가 그들에게 혐오감을 보이는 것은 논리적 모순이다. 걸리버는 야후족을 처음 본 순간부터 혐오감을 느끼며 다음과 같이 말한다. "나는 이제껏 여행을 다니면서 이토록 불쾌한 동물을 본 적이 없으며, 이렇게 강한 반감이 자연스레 일어나는 동물을 본 적도 없었다." 그런데 과연 무엇과 비교해서 야후족이 혐오스러웠던 걸까? 분명 휴이넘족은 아니다. 당시 걸리버는 아직 휴이넘족을 한 명도 만나지 못한 상태였다. 이는 오로지 자기 자신, 즉 인간과 비교해서 혐오스러운 것이다. 나중에 가면 야후족이 사실 인간이라는 이야기가 나온다. 그리고 걸리버에게 인간 사회는 참을 수 없는 것으로 변해가는데 이는 인간이 야후족이기 때문이다. 그렇다면 걸리버는 왜 좀 더 일찍 인간에 대한 혐오감을 느끼지 않았을까? 야후족은 인간과 기상천외하게 다르면서도 같다는 이야기가 나온다. 스위프트는 과도한 분노에 사로잡힌 상태에서 같은 인간에게 외치고 있다. "당신네들은 실제보다 더 불결해!" 하지만 야후족에게 그다지 공감을 느낄 수 없으며, 그렇다고 휴이넘족이 야후족을 억압하는 존재라서 매력적이지 않게 다가오는 것도 아니다. 휴이넘족을 지배하는 '이성'이 실은 죽음을 향한 욕망이기 때문에 그들은 매력을 지니지 못한다. 휴이넘족에게는 사랑, 우정, 호기심, 두려움,

슬픔이 없으며, 공동체 내에서 나치 독일의 유대인과 어느 정도 비슷한 위치를 차지하는 야후족에게 느끼는 감정을 제외하면 분노도 없고 미움도 없다. "휴이넘족은 자기 자식을 좋아하지 않지만 자식 교육 과정에 쏟는 관심은 전적으로 이성의 명령에서 나온다." 휴이넘족은 '우정'과 '자비심'을 매우 중히 여기지만 "특정 대상에 한정된 것이 아니라 보편적으로 종족 전체를 대상으로 한다." 또한 대화를 중시하지만 휴이넘족의 대화에서는 의견 차이가 없고 "쓸모 있는 이야기만 오가며 가장 의미 있는 최소의 단어만 사용해 표현한다." 휴이넘족은 엄격한 산아제한을 실시하여 부부는 두 자녀만 낳으며 이후에는 성관계를 삼간다. 손윗사람이 우생학적 원리에 따라 짝을 지어주며, 휴이넘족의 언어에는 성적인 의미의 '사랑'에 해당되는 낱말이 없다. 누군가 죽어도 아무런 슬픔을 느끼지 않고 예전과 똑같은 생활을 이어간다. 휴이넘족은 육체적 생활을 유지하면서도 가능한 시체처럼 살아가는 것을 목표로 한다. 휴이넘족의 특징 가운데 한두 가지는 그들이 쓰는 단어의 관용적 용법으로 볼 때 분명하게 '이성적이지' 않은 것처럼 보인다. 휴이넘족은 육체적 활력뿐만 아니라 운동 경기에 높은 가치를 두면서도 시에 깊이 빠져 있다. 하지만 이런 예외들은 겉으로 보이는 것에 비해 그리 제멋대로는 아니다. 스위프트가 휴이넘족의 육체적 힘을 강조하는 것은 그들이 증오하는 인간에게 결코 정복당하지 않을 것이라는 점을 명확히 하기 위해서다. 반면 휴이넘족의 자질 가운데 시를 좋아하는 취향이 들어 있는 것은 스위프트의 관점에서 볼 때 모든 활동 가운데 가장 쓸모없는 과학과 반대되는 것이 시라고 생각했기 때문이다. 제3부에서 스위프트는 라퓨타 섬의 수학자들이 (비록 음악을 사랑하긴 해도) 갖지 못한 바람직한 자질로 '상상력', '공상', '창의력'을 든다. 스위프트가 칭송 받는 희극 시인이긴 해도 그가 높이 평가하는 시는 아마도 설교투의 시였을 것이라는 점을 기억해야 한다. 스위프트는 휴이넘의 시에 대해 이렇게 말한다.

> (휴이넘의 시는) 필시 다른 모든 인간의 시보다 월등하다고 보아 야 한다. 그들의 시는 정당한 직유, 묘사의 정확함과 상세함 면에서 어느 누구도 따라갈 수 없다. 휴이넘의 시에는 이런 두 가지 특징이 많이 담겨 있다. 또한 대체로 우정과 선의라는 고양된 개념이 담겨 있거나 아니면 경기 우승자를 비롯한 다른 육체 운동에 대한 찬양 이 담겨 있다.

아아, 유감스럽게도 스위프트의 천재성조차 우리가 휴이넘족의 시 를 판단할 만한 견본을 만들어내는 데까지 미치지 못했다. 하지만 인 용문을 보면 그들의 시는 (아마도 2행 압운의 영웅시체로 된) 차가운 시이 며, '이성'의 원칙과도 그리 심하게 충돌되지 않았던 것으로 보인다.

행복은 지독히도 묘사하기 힘들며, 질서가 잘 확립된 공평한 사회 를 그려놓아도 도무지 매력적이지 않고 신빙성도 없다. '호감 가는' 유 토피아를 창조해낸 대다수 사람은 삶을 보다 충만하게 사는 모습을 보여주는 데 관심을 둔다. 그러나 스위프트는 그저 삶을 거부하자고 주장하며, 본능을 잠재우는 것이 '이성'이라는 주장을 통해 자신의 견 해를 정당화한다. 역사를 남기지 않는 휴이넘족은 세대를 이어가면서 계속 신중한 삶을 살며, 늘 같은 수준으로 인구를 유지하고, 모든 열정을 멀리하며, 질병을 앓지 않고, 무덤덤하게 죽음을 맞이하며, 자녀를 동일한 원칙으로 훈련시킨다. 이 모든 것은 무엇을 위함인가? 동일한 과정이 끝없이 계속되도록 하기 위한 것이다. 지금 이곳의 삶이 살 만하다거나 살 만한 삶으로 바꿀 수 있다거나 또는 좋은 미래를 위해 지금의 삶을 희생할 수 있다는 생각은 어디에도 없다. 스위프트가 '다음 세상'을 믿지 않고 일반적인 활동에서 어떤 쾌락도 얻을 수 없다고 할 때 그가 건설할 수 있는 좋은 유토피아란 바로 휴이넘족의 삭막한 세계 같은 것이다. 하지만 그런 세계가 그 자체로 바람직한 세계로 설정되어 있는 것이 아니라 인간에 대한 다른 공격을 정당화하기 위한 것으로 되어 있다. 인간이 허약하고 우스꽝스러우며 무엇보다도 고약한 악취를 풍긴다는 사실을 상기시킴으로써 인간에게 모욕감을 안겨주기 위한 데 목적이 있다. 또한 근본적인 동기는 선망이었을 것이다. 유령이 산 자에게 느끼는 선망, 자신은 행복할 수 없다고 생각하는 자가 자기보다 조금 더 행복할지도 모르는—그래서 두려운—다른 사람에게 느끼는 선망이 동기다. 그러한 견해를 정치적으로 표현하면 필시 반동적이거나 허무주의적인 입장이 될 것이다. 그런 견해를 가진 사람은 사회가 자신의 비관론을 기만하는 방향으로 발전하지 못하도록 막고 싶어 한다. 이는 모든 것을 산산조각 내거나 사회 변화를 막는 방법으로 가능하다. 결국 스위프트는 원자폭탄이 나오기 이전 시대에 유일하게 실현 가능한 방법으로 모든 것을 산산조각 냈다. 즉, 그는 미쳐버렸던 것이다. 하지만 내가 누누이 입증하려고 애썼듯이 스위프트의 정치적 목표는 전반적으로 반동적이었다.

지금까지 쓴 내용을 보면 내가 스위프트에게 반대하며, 그를 반박하고 심지어는 그를 비하하려는 목적을 가진 것처럼 비쳤을지도 모른다. 나는 내가 스위프트를 이해하는 선에서 그를 정치적·도덕적 의미에서 반대한다. 그러나 매우 이상하게 들리겠지만 스위프트는 내가 별다른 조건을 달지 않고 칭찬할 수 있는 작가 중 하나이며, 특히『걸리버 여행기』는 결코 질리지 않을 것 같은 작품에 속한다. 나는 여덟 살—정확히 말하면 여덟 살에서 하루 모자라는데, 여덟 번째 생일날 내게 주기로 한 책을 훔쳐 몰래 읽었기 때문이다—에 처음으로 이 책을 읽었으며 그 후로 적어도 여섯 번 이상은 읽었다. 이 책의 매력은 한도 끝도 없이 나올 것 같았다. 다른 책은 모두 파괴하고 오로지 여섯 권만 추려서 보존하라고 한다면 분명 나는 『걸리버 여행기』를 포함시킬 것이다. 여기서 질문이 떠오른다. 작가의 견해에 동의하는 것과 작품을 즐기는 것 사이에는 어떤 관계가 있을까?

지적 거리감을 둘 수 있다면 자신이 결코 동의하지 못하는 작가에게서도 장점을 인식할 수 있겠지만, 즐기는 것은 다른 문제다. 좋은 예술 또는 형편없는 예술이 있다고 할 때 좋은 점과 나쁜 점은 예술 작품 그 자체—보는 사람과 무관하다는 것이 아니라 보는 사람의 기분과 무관하게—에 있을 것이다. 따라서 하나의 시가 월요일에는 좋은데 화요일에는 형편없다고 한다면 그 말은 어떤 의미에서 사실일 리 없다. 하지만 시가 불러일으키는 감흥으로 시를 판단한다면 그 말은 사실일 수 있다. 감흥 또는 즐거움이란 주관적인 상태이며 명령을 내린다고 그런 상태가 될 수는 없다. 아무리 교양이 많은 사람이라도 깨어 있는 시간의 대부분 동안 아무 미학적 느낌 없이 지내며 미학적 느낌을 가질 수 있는 능력은 너무도 쉽게 파괴된다. 당신이 겁에 질리거나 배고플 때 또는 치통에 시달리거나 배 멀미를 할 때 당신의 관점에서 『리어 왕』이 『피터 팬』보다 나을 게 없다. 지적 측면에서 『리어 왕』이 더 낫다는 것을 알지라도 이는 단지 당신이 기억하고 있는 사실일 뿐이다. 다시 정상상태로 돌아오기 전까지는 『리어 왕』의 장점을 느끼지 못할 것이다. 또한 미학적 판단은 정치적 또는 도덕적 이견이 있을 때에도 무참하게—이런 이유가 있을 때에는 인정하기가 쉽지 않을 테니 훨씬 더 무참하게—뒤집힐 수 있다. 당신에게 분노를 일으키거나 상처나 충격을 주는 책이라면 그 안에 어떤 장점이 있더라도 그 책을 즐기지 못할 것이다. 당신에게 정말 해로운 책처럼 보이거나 다른 사람들에게 바람직하지 않은 방식으로 영향을 미칠 것 같은 책이라면 그 책에 어떤 장점도 들어 있지 않다는 것을 입증하기 위해 미학 이론을 세울 것이다. 요즘의 문학 비평은 대체로 이 두 가지 기준 사이에서 우왕좌왕하는 식이다. 하지만 이와 반대되는 과정도 일어날 수 있다. 뭔가 적대적인 것을 즐기고 있다는 것을 분명히 인식하면서도 즐거움이 반감을 압도하는 것이다. 스위프트는 세계관이 너무도 특이해서 받아들이기 힘들지만 그럼에도 대단한 인기를 얻는 작가이므로 바로 이 경우에 해당되는 좋은 예다. 우리가 야후족이 아니라고 확고하게 믿으면서도 야후족으로 불리는 것에 별로 신경 쓰지 않는 이유가 무엇일까?

당연히 스위프트가 틀렸고 사실 제정신도 아니긴 하지만 그럼에도 그는 '좋은 작가'라는 식의 흔한 대답으로는 충분하지 않다. 사실 한 작품의 문학적 특성은 어느 정도 주제와 떼어놓고 생각할 수 있다. 사냥에 천부적으로 '좋은 눈'을 가진 사람이 있듯이 단어 사용에 천부적 재능을 가진 사람이 있다. 대개는 타이밍의 문제며, 얼마나 강조를 사용할지 본능적으로 아는가의 문제다. 가까운 예로 내가 앞서 인용했던 문단을 다시 한 번 보자. "원주민들 사이에서 랭던이라 불리는 트리브니아 왕국에서는"이라고 시작되는 문단이다. 이 문단이 지닌 힘은 "이것이 애너그램 방법이다"라는 마지막 문장에서 비롯된다. 애너그램이 해독되는 과정을 앞에서 보았기 때문에 이 문장은 엄밀히 말해 불필요하다. 하지만 앞의 내용을 짐짓 엄숙하게 되새기는 이 문장은 스위프트 자신의 육성으로 직접 말하는 것처럼 들리면서 마치 마지막으로 못에 망치질을 하듯 앞서 설명한 과정의 어리석음을 확실하게 각인시킨다. 하지만 스위프트의 산문이 힘과 단순성을 지녔더라도, 또한 불가능한 세계를 하나도 아닌 전체로 대다수 역사책보다 훨씬 신빙성 있게 보이도록 만드는 상상력이 발휘되었더라도 스위프트의 세계관이 정말로 상처와 충격을 안겨준다면 우리가 그의 작품을 즐기지는 못할 것이다. 여러 국가에서 수백만 명의 사람들이 『걸리버 여행기』에 함축된 반(反)인간적 의미를 알면서도 이 작품을 즐겼을 것이다. 또한 제1부와 제2부를 그저 단순한 이야기로 받아들이는 아이들도 15센티미터짜리 인간을 생각한다는 것이 터무니없다는 사실을 조금은 이해한다. 스위프트의 세계관이 완전히 틀린 것은 아니라고, 보다 정확하게 말하면 항상 틀린 것은 아니라고 느꼈기 때문일 것이다. 스위프트는 병을 앓는 작가였다. 대다수 사람은 그저 어쩌다가 우울한 기분에 빠져들지만 스위프트는 항상 그런 기분으로 지냈다. 독감 후유증이나 황달을 앓는 사람이라도 책을 쓸 에너지는 남아 있을 것이다. 우리는 이런 우울한 기분에 대해 잘 알며, 이런 기분을 표현해놓은 내용에 대해 우리 안에 있는 뭔가가 반응을 보인다. 스위프트의 특징이 가장 잘 나타난 작

품으로 시「숙녀의 옷방The Lady's Dressing Room」을 들 수 있다. 더러
는 시「잠자러 가는 아름다운 어린 정령Upon a Beautiful Young Nymph
Going to Bed」을 꼽는 사람도 있다. 이 두 시에 표현된 관점과 블레이크
가 쓴 구절 "여인의 신성한 나체"에 표현된 관점 중 어느 쪽이 더 진실
할까? 분명 진실에 더 가까운 쪽은 블레이크다. 그럼에도 여성의 섬세
함이라는 가짜 사기가 스위프트의 시에서 한 번쯤 제대로 폭로되는 것
을 보면서 쾌감을 느끼지 않을 사람이 있을까? 스위프트는 인간의 삶
에서 더러움과 어리석음과 사악함 이외에 그 어떤 것도 보기를 거부함
으로써 세상의 모습을 조작했지만, 그가 전체에서 끌어낸 부분은 엄
연히 존재하며 이는 우리 모두 알고 있으면서도 움츠려들며 입에 올리
려 하지 않는 부분이다. 우리 마음의 일정 부분—정상적인 사람에게서는
이 부분이 지배적인 위치를 차지한다—에서는 인간이 고귀한 동물이며 삶은
살 만한 가치가 있다고 믿는다. 하지만 존재의 혐오스러움에 대해 적어
도 가끔씩 경악하는 내적 자아도 있다. 쾌감과 혐오감은 아주 기묘한
방식으로 한데 연결되어 있다. 인체는 아름다우면서도 역겹고 우스꽝
스럽다. 이는 수영장에만 가도 여실히 입증된다. 성기는 욕망의 대상이
면서 또한 모든 언어는 아니더라도 많은 언어에서 성기를 지칭하는 단
어가 욕으로 사용될 정도로 혐오감의 대상이 되기도 한다. 고기는 맛있
지만 정육점은 우리의 속을 메슥거리게 한다. 실제로 우리가 먹는 모든
음식은 궁극적으로 따지면 똥과 죽은 시체에서 비롯되지만 이 두 가지
는 다른 어느 것보다 우리에게 심한 혐오감을 안겨준다. 유아기를 지
났지만 아직 새로운 눈으로 세상을 바라보는 어린이는 경이로운 것에
서 깊은 인상을 받는 것만큼 혐오스러운 것에서도 자주 깊은 인상을

받는다. 예를 들면 콧물과 침, 길거리에 놓인 개똥, 구더기가 가득한 채 죽어가는 두꺼비, 어른들의 땀 냄새, 대머리에 코가 둥글넙적한 노인의 추악한 모습 등이다. 스위프트는 질병과 더러움과 기형에 대해 하염없이 이야기하지만 실제 그가 지어낸 것은 아무 것도 없으며 다만 뭔가를 생략하지 않을 뿐이다. 인간의 행동 역시 특히 정치 분야에서는 그가 말한 모습 그대로이며, 다만 스위프트가 인정하지 않으려 하는, 보다 중요한 다른 요소가 더 있을 뿐이다. 우리가 알 수 있는 한 혐오감과 고통은 지구상에서의 삶이 영속되도록 하는 데 반드시 필요하다. 따라서 스위프트 같은 비관주의자는 "혐오감과 고통이 언제나 우리 곁에 있는데 어떻게 삶이 획기적으로 개선될 수 있단 말인가"라고 말할 것이다. 스위프트의 태도는 사실상 그리스도교의 태도에서 '다음 세상'이라는 뇌물만 빠져 있다. 하지만 이 세상이 눈물의 골짜기며 무덤이 안식처라는 확신은 신자의 마음을 확실하게 사로잡는 반면 다음 세상은 신자의 마음속에서 그리 확고한 위치를 차지하지 못한다. 나는 스위프트의 태도가 잘못된 것이며 행동에 해로운 영향을 미칠 수 있다고 확신한다. 하지만 우리 안에 있는 뭔가가 마치 시골 교회에서 나는 감미로운 시체 냄새와 장례식의 우울한 말에 반응하듯이 스위프트의 태도에 반응한다.

적어도 주제의 중요성을 인정하는 사람들은 명백히 거짓된 인생관이 담긴 책이 결코 '좋은' 책일 리 없다는 주장을 종종 편다. 또한 우리 시대에 진정한 문학적 장점을 지닌 책이라면 얼마간 '진보적인' 성향을 띨 것이라는 주장도 한다. 이런 주장은 한 가지 사실을 무시하고 있다. 역사를 통틀어 진보와 반동 사이의 비슷한 투쟁이 지속적으로 맹위를 떨쳐왔고 어느 시대든 최고의 책으로 꼽히는 것들 속에는 각기 다른 관점에서 쓰인 것이 들어 있으며 그중에는 다른 것에 비해 명백한 거짓이 담긴 것도 있었다는 사실이다. 작가가 프로파간다 활동가인 한 우리가 작가에게 요구할 수 있는 최대치는 작가가 말한 내용을 스스로 진심으로 믿어야 한다는 것, 그 내용이 심하게 어리석은 것이 아니어야 한다는 것이다. 오늘날 가톨릭교도, 공산주의자, 파시스트, 평화주의자, 무정부주의자, 어쩌면 구식 자유주의자나 평범한 보수주의자가 좋은 책을 쓰는 것을 상상할 수 있다. 하지만 심령론자, 부크먼 추종자,[*] KKK단원이 좋은 책을 쓰는 것은 상상할 수 없다. 작가가 가진 견해는 의학적 의미에서 온전한 정신과 양립할 수 있어야 하며 지속성을 지닌 사상의 힘과도 양립할 수 있어야 한다. 그 밖에 우리가 작가에게 요구하는 것은 재능이며 이는 확신의 또 다른 이름이라 할 수 있다. 스위프트는 평범한 지혜는 지니지 않았지만, 하나의 숨겨진 진실을 끄집어내어 이를 확대시키고 비틀 줄 아는 매우 강력한 상상력을 지녔다. 『걸리버 여행기』는 지속적으로 살아남아서, 온전한 정신의 시험대를 간신히 통과한 세계관이라도 그 바탕에 신념의 힘이 있다면 충분히 멋진 예술 작품을 생산할 수 있다는 사실을 입증하고 있다.

---

[*] 도덕재무장 운동의 창시자인 부크먼(Frank Nathan Daniel Buchman, 1878~1961)은 젊은 세대를 영적으로 각성시켜 새로운 삶의 방식으로 이끌고자 했지만, 그를 비롯한 추종 세력이 많은 거짓 주장을 내세우기도 했다.

작가와 리바이어던

《폴리틱스 앤드 레터스Politics and Letters》, 1948년 여름호

국가 통제 시대에 작가의 위상이 어떠해야 하는가에 대해서는 비록 관련이 있을 것으로 보이는 증거를 아직 입수하기 어려운 상황이지만 이미 상당히 많은 논의가 이루어졌다. 나는 이 글에서 예술에 대한 국가 후원 활동을 놓고 찬반 의견을 표명할 생각은 없으며 다만 어떤 종류의 국가가 우리를 지배할 것인가 하는 문제는 지배적인 지적 분위기에 어느 정도 달려 있다는 사실을 지적하고자 한다. 즉, 어떤 국가가 우리를 지배할 것인가는 작가와 예술가 자신의 태도에 어느 정도 달려 있으며, 그들이 적극적으로 자유주의 정신을 유지하려 할 것인지 아닌지에 달려 있다. 십 년 후 즈다노프[*] 같은 사람 앞에서 움츠러드는 우리 자신의 모습을 보게 된다면 아마도 우리가 그런 일을 당할 만한 일을 했기 때문일 것이다. 영국 문학 지식인계급 내에도 이미 전체주의로 강

---

[*] 러시아의 정치가 즈다노프(Andrei Alexandrovich Zhdanov, 1896~1948)는 1946년 문화정책 지도자로 임명된 후 많은 예술가들의 창작 활동을 검열하면서 「즈다노프 독트린」을 통해 예술가들이 공산당의 정치 노선에 맞는 창작 활동을 하도록 강제했다.

하게 기우는 성향이 나타나고 있다. 하지만 이 글에서 나는 공산주의 같은 조직적이고 의식적인 운동에는 관심을 두지 않을 것이며, 다만 정치사상이 선의를 가진 사람들에게 미치는 영향과 정치적으로 어느 한편에 서야 하는 필요성에 대해 관심을 보일 것이다.

지금은 정치적인 시대다. 우리는 전쟁, 파시즘, 강제수용소, 고무경찰봉, 원자폭탄 등을 매일 생각하며, 이런 주제를 공공연하게 지목하며 언급하지 않을 때조차 우리가 쓰는 글의 주제가 상당 부분 이와 관련을 지닌다. 이는 어쩔 수 없는 일이다. 가라앉고 있는 배에 타고 있다면 당신의 생각은 가라앉고 있는 배로 향할 것이다. 물론 우리의 주제 범위가 좁혀졌고 나아가 문학과 관련 없는 충성심이 문학에 대한 전반적인 태도에 깊이 배어 있는 게 현실이다. 그나마 이런 충성심이 문학과 관련 없다는 것을 가끔씩 깨닫기는 한다. 널리 인정되는 기준, 즉 이 책이 '좋다' 또는 '나쁘다'는 주장에 의미를 부여해줄 어떤 외부적 참고 사항이 없는 상태에서 문학적 판단을 내릴 때에는 결국 본능적인 선호도를 합리화하기 위해 일련의 규칙을 날조하기 때문에 나는 아무리 좋은 시절이라도 문학 비평은 사기라는 느낌을 받을 때가 많다. 한 작품을 읽고 보이는 진정한 반응은 '이 책이 좋다' 또는 '이 책이 싫다'는 것이며 그 뒤에 합리화가 이루어진다. 나는 '이 책이 좋다'는 반응을 비문학적이라고 생각하지 않는다. 하지만 "이 책은 내 편이다. 그러므로 이 작품의 장점을 찾아야 한다"는 반응은 비문학적 반응이다. 물론 정치적 이유로 작품을 칭찬하는 경우에도 그 작품에 강한 동의를 느꼈다는 점에서 진실한 감정일 수 있다. 정당에 대한 결속감이 명백한 거짓을 요구하는 일이 자주 있다. 정치적인 정기간행물에 서평을 써 본 사람이라

     모든 예술은 프로파간다다—조지 오웰 평론집

면 누구나 이를 잘 알고 있다. 대체로 당신이 동의하는 간행물에 글을 쓸 때에는 사명감으로 죄를 짓고, 동의하지 않는 간행물에 글을 쓸 때에는 소홀히 하는 죄를 짓는다. 어쨌든 소련이나 유대주의, 가톨릭교에 대한 찬반을 표명하는 많은 논쟁적 책들에 대해서는 글을 읽기도 전에 판단을 내리며, 실은 글을 쓰기도 전에 이미 판단이 내려져 있다고 할 수 있다. 그런 책들이 어떤 간행물에서 어떤 대접을 받을지 진작부터 알 수 있다. 그럼에도 때로는 의식의 한 구석에서조차 깨닫지 못할 만큼 부정직한 태도로 자신이 진정한 문학적 기준을 적용하는 척 가식을 유지한다.

물론 정치가 문학에 개입하는 일은 일어날 수밖에 없다. 전체주의라는 특별한 문제가 생기지 않았더라도 그런 현상은 일어났을 것이다. 조부모 세대와 달리 우리는 일종의 죄책감을 갖게 되었고, 세상의 커다란 불의와 불행에 대해 깨달음을 얻게 되었으며, 이런 현실에 대해 뭔가 해야 한다는 죄의식에 사로잡힌 감정을 느끼게 된 탓에 순수하게 미학적 태도로 삶을 대할 수 없기 때문이다. 지금은 조이스나 헨리 제임스처럼 문학이라는 한 가지 목표에만 매진할 수 없다. 하지만 정치적 책임감을 받아들인다는 것이 곧 정설과 '당 노선'에 굴복하면서 소심함과 그에 따른 부정직함까지 지니게 된다는 것을 의미하게 되었다. 빅토리아 시대 작가들에 비교할 때 우리가 안고 있는 불리함은 선명한 정치 이념들 속에서 살아가며 어떤 사상이 이단인지 한눈에 알아볼 수 있다는 것이다. 현대의 문학 지식인은 늘 두려움 속에서 글을 쓴다. 넓은 의미의 여론이 아니라 자기가 속한 집단의 여론을 두려워한다. 다행스러운 점은 집단이 하나만 있는 것이 아니라는 점이다. 하지만 어쨌든 주어진 시점에서 지배적 정설은 하나이고 그것을 거스르려면 배짱이 두둑하거나 아니면 오랫동안 수입이 반으로 줄어드는 것을 감수해야 한다. 분명 지난 15년 동안 젊은 층에서 지배적이었던 정설은 '좌파'였다. '진보적', '민주주의적', '혁명적' 같은 것이 중심 단어였던 반면 '부르주아', '반동적', '파시스트' 같은 딱지가 붙는 일은 무슨 일이 있어도 피해야 했다. 요즘은 거의 모든 사람이, 심지어는 가톨릭교도와 보수주의자도 '진보적'이거나, 적어도 남들이 그렇게 생각해주기를 바란다. 내가 아는 한 스스로를 '부르주아'라고 말하는 사람은 없다. 유대주의라는 말을 들어보았을 정도로 글깨나 읽은 사람 치고 아무도 반유대주의의 혐의가 있다고 인정하지 않으려는 것과 마찬가지다. 우리는 다들 좋은 민주주의자이고 반파시스트이며 반제국주의자이고 계급 차별을 경멸하며 인종 편견을 지니지 않는다고 생각한다. 요즘의 '좌파'는 20년 전 《크라이테리언Criterion》과 (이보다 수준 낮은) 《런던 머큐리London Mercury》가 유력 문학 잡지로 지배력을 행사하던 시절의 다소 속물적이고 무게 잡는 보수 정설보다 훨씬 나은 것은 분명하다. 적어도 많은 사람이 정말로 원하는 실현 가능한 사회 형태가 암묵적인 목표로 정해져 있기 때문이다. 하지만 좌파 정설은 나름의 오류를 지니며 이 오류를 인정하지 못하는 탓에 몇몇 문제에 대해서는 진지한 논의가 이루어지지 못한다.

과학적인 것이든 공상적인 것이든 좌파 이념 전반을 발전시킨 이들은 곧바로 권력을 잡을 가능성이 없는 사람들이었다. 따라서 극단적 이념으로 치우치면서 국왕, 정부, 법, 감옥, 경찰, 군대, 깃발, 국경, 애국심, 종교, 관습 도덕, 다시 말해서 기존 체제 전반을 철저하게 경멸했다.

살아 있는 사람들의 기억 속에 모든 국가의 좌파 세력은 좀처럼 무너뜨릴 수 없을 것 같던 압제에 맞서 싸운 것으로 생생하게 새겨져 있으며 저 특정 압제, 즉 자본주의를 전복시킬 수만 있다면 사회주의는 뒤따라온다고 손쉽게 가정했다. 더욱이 좌파는 자유주의로부터 몇 가지 매우 미심쩍은 신념, 예를 들면 진실이 승리할 것이며 박해는 저절로 패배할 것이라든가, 사람은 선천적으로 착하며 오로지 환경 탓에 타락한다는 등의 믿음을 물려받았다. 이러한 완벽주의적인 이념이 우리 거의 모두 속에 여전히 끈덕지게 남아 있다. 그리하여 (가령) 노동당 정권이 국왕의 딸에게 막대한 소득이 돌아가는 일에 찬성표를 던지거나 철강 산업 국유화를 망설일 때 이러한 명분을 내걸고 항의하는 것이다. 하지만 계속해서 현실과 충돌을 일으킴으로써 우리 마음속에는 받아들여지지 않는 모순들이 쌓여갔다.

처음으로 부딪힌 충돌은 러시아 혁명이었다. 영국 좌파의 대부분이 러시아 체제의 정신과 실천이 원래 '사회주의'의 의미와 완전히 다르다는 사실을 내심 인정하면서도 다소 복잡한 이유로 러시아 체제를 '사회주의적'이라고 인정할 수밖에 없는 상황에 내몰렸다. 따라서 '민주주의' 같은 단어가 서로 양립할 수 없는 두 가지 의미를 지니고 강제수용소와 대대적인 국외추방을 옳은 것으로 보면서 동시에 잘못된 것으로 보는 정신분열적 사고방식이 생겨났다. 좌파 이념에 가해진 두 번째 타격은 파시즘의 부상이었다. 파시즘은 좌파의 평화주의와 국제주의를 흔들어놓았고, 좌파는 교의를 명확하게 재천명하지 못했다. 독일의 침략으로 유럽인은 식민지 국민이 이미 알고 있던 것, 즉 계급 적대가 전부가 아니며 국가의 이익도 중요하다는 사실을 깨닫게 되었다. 히틀러의 등장 이후로 '적은 당신 나라 내부에 있다'거나 국가의 독립은 중요하지 않다고 심각하게 주장하는 일이 어려워졌다. 우리 모두 이런 사실을 인식하고 필요한 경우에는 행동을 취하기도 하지만 여전히 이런 사실을 큰소리로 주장하는 것을 배신이라고 느낀다. 마지막으로 무엇보다도 어려운 점은 이제 좌파가 권력을 잡고 있기 때문에 책임감을 가지고 진실한 결정을 내려야 한다는 사실이다.

좌파 정부는 거의 언제나 지지 세력에게 실망감을 안겨준다. 좌파가 약속한 번영을 이룰 수 있더라도 어쩔 수 없이 불편한 이행기를 거쳐야 하는 필요성이 상존하는데도, 사전에 이런 사실을 아무도 말해주지 않았기 때문이다. 현재 우리는 정부가 극심한 경제적 어려움 속에서 사실상 과거에 선전했던 주장을 완전히 거스르며 이에 맞서 싸우는 모습을 보고 있다. 현재 우리가 처한 위기는 지진처럼 불시에 닥친 예기치 못한 재난이 아니며, 전쟁으로 악화되었을 뿐이지만 전쟁 때문에 초래된 것도 아니다. 이런 현실이 벌어질 것이라고 몇 십 년 전에 이미 예견할 수 있었다. 외국 투자 수익에 얼마간 의존하고 나아가 식민지의 확실한 시장과 값싼 원료에 의존하는 영국의 수입은 19세기 이후로 극히 위태로운 양상을 보였다. 머지않아 문제가 생길 것이고 어쩔 수 없이 수출입 균형을 맞추어야 한다는 사실이 명확해졌다. 또한 이런 상황이 벌어질 경우 노동계급을 포함한 영국인의 생활수준이 적어도 일시적으로는 떨어질 수밖에 없다는 것도 분명했다. 그렇지만 좌파 정당은 반제국주의를 소리 높여 외칠 때조차 한 번도 이런 사실을 명확히 밝히지 않았다. 기회가 있을 때면 좌파 정당은 아시아와 아프리카의 약탈을 통해 영국 노동자가 어느 정도 혜택을 입었다고 인정한다. 그러나 우리가 이런 약탈행위를 포기하고도 어떻게든 번영을 이어갈 방법이 있는 것처럼 보이려고 했다. 사실 노동자는 자신이 착취당하고 있다는 말에 끌려 사회주의로 넘어왔다. 하지만 세계적 관점에서 보면 영국 노동자가 착취자라는 잔인한 진실이 있다. 이제 어느 모로 보나 노동계급의 생활수준을 향상시키는 것은 물론 유지하는 것조차 불가능한 지점에 이르렀다. 기존 상태에서 부를 억지로 짜내더라도 대다수 사람은 소비를 줄이거나 생산을 늘려야 한다. 혹시 내가 우리 상태를 너무 엉망진창이라고 과장하는 걸까? 그럴지도 모른다. 내가 잘못 생각하는 것이면 좋겠다. 하지만 내가 말하고 싶은 것은 좌파 이념을 믿는 사람들 사이에서 이 문제가 심각하게 논의되지 못하고 있다는 점이다. 임금을 낮추고 노동 시간을 늘리는 것은 본질적으로 반사회주의적 조치라고 느끼므로 경제 상황이 어떻든 애초부터 그런 조치를 묵살해버린다. 그런 조치가 불가피할지도 모른다고 주장하려면 우리 도두가 무서워하는 저 낙인들을 뒤집어쓸 각오를 해야 한다. 차라리 문제를 회피하고 현재의 국가 수입을 재분배함으로써 모든 것을 바로잡을 수 있는 척 가장하는 편이 훨씬 더 안전하다.

정설을 받아들이는 것은 풀리지 않는 모순을 물려받는 것이다. 이 연속 기획에 함께 실린 윙클러의 평론에서도 한 가지 사실을 예로 들 수 있다. 예민한 사람들은 산업주의와 그 생산물에 반감을 가지면서도 가난 극복과 노동계급의 해방을 위해 산업화가 덜 요구되기는커녕 점점 더 많이 요구된다는 점을 인식한다는 점이다. 아니면 몇몇 경우 절대적으로 필요한 일이지만 강요 같은 것이 없다면 결코 그 일을 하지 않는 사실을 예로 들 수도 있다. 아니면 강력한 무력을 갖추지 않고는 적극적인 외교정책을 펼 수 없는 사실도 예로 들 수 있다. 이 밖에도 많은 예를 들 수 있다. 각 경우마다 너무도 완벽한 결론이 있지만 공식 이념을 은밀히 어기지 않고는 결코 결론을 이끌어낼 수 없다. 통상적으로 볼 때 사람들은 문제의 해답을 찾지 않은 채 문제를 마음 한구석으로 밀어버리고 모순되는 표어만 계속 반복한다. 평론이나 잡지를 굳이 샅샅이 뒤지지 않아도 이런 사고방식의 결과는 얼마든지 찾을 수 있다.

당연한 얘기지만 나는 정신적 부정직성이 사회주의자와 좌파 세력 전반의 특유한 속성이라거나 그들 사이에 가장 흔하게 퍼져 있다고 주장하는 것이 아니다. 다만 여느 정치 규율을 받아들이는 일이 문학의 진실성과 양립될 수 없을 것 같다고 주장하는 것이다. 이는 일반적인 정치 투쟁에서 벗어나 있다고 주장하는 평화주의와 개성주의 같은 운동에도 마찬가지로 적용된다. 사실 무슨 무슨 주의로 끝나는 단어를 듣기만 해도 프로파간다의 냄새가 함께 풍겨오는 것 같다. 집단에 대한 충성은 반드시 필요하지만, 문학이 개인의 산물인 한에서 문학에는 독이 된다. 집단에 대한 충성이 창조적 글쓰기에 어떤 식으로든 영향을 미치고 나아가 부정적 영향이라도 미치는 순간 창의력은 왜곡될 뿐만 아니라 사실상 고갈되어버린다.

그렇다면 어떻게 해야 하나? '정치에서 멀찌감치 떨어져 있는' 것이 모든 작가의 의무라고 결론 내려야 할까? 결코 그렇지 않다. 내가 앞서 말했듯이 지금과 같은 시대에 생각 있는 사람이라면 정말로 정치에서 멀찌감치 떨어져 있을 수 없으며 그렇게 하지도 않는다. 나는 정치적 충성과 문학적 충성 사이에 지금보다 훨씬 선명한 구별을 두어야 한다고, 또한 불쾌하지만 해야 하는 일을 한다고 해서 그에 따르는 신념까지 반드시 받아들여야 하는 것은 아니라고 주장한다. 작가는 정치에 참여할 때 한 시민으로서 한 인간으로서 참여해야 하며 결코 작가로서 참여해서는 안 된다. 작가라고 해서 예민한 감수성을 핑계로 정치의 일 반적인 지저분한 일을 태만히 할 권리는 없다고 생각한다. 다른 모든 이가 하는 것처럼 작가도 찬바람 부는 강당에서 강연을 하고, 보도에 분필로 글을 쓰고, 유권자를 상대로 유세를 하고, 전단지를 나눠주고, 필요하다고 생각되면 내전에 나가 싸울 각오가 되어 있어야 한다. 하지 만 무슨 일을 하든 결코 당을 위해 글을 써서는 안 된다. 자신의 글이 당과 별개의 것이라는 사실을 분명히 해야 한다. 마음만 먹는다면 당 의 공식 이념을 철저하게 거부하면서도 협력 행동을 할 수 있다. 일련의 사고가 어쩌면 이단으로 이어질 수 있다는 이유로 져버려서는 안 되며, 자신의 사고가 정설에서 벗어날 가능성이 있을 때 이를 염려하며 신경 써서도 안 된다. 20년 전 공산주의의 동조자 혐의를 받지 않았다면 작 가로서 나쁜 징후였듯이, 요즘은 반동적 성향이 있다는 의심을 받지 않 는다면 작가로서 나쁜 징후라고까지 할 수 있다.

하지만 그렇다고 해서 작가가 정당 고위층의 명령을 따르지 않고 나아가 정치에 대한 글을 삼가야 하는 걸까? 다시 한 번 말하지만 절 대로 그렇지 않다! 작가가 원한다면 아무리 투박한 정치성을 띠는 글 이라도 쓰지 말아야 할 이유가 없다. 다만 작가는 한 개인으로, 국외자 로, 기껏해야 정규군의 측면에서 활동하는 달갑지 않은 게릴라로서 글 을 써야 한다. 이런 태도는 일반적인 정치 효용성과도 양립할 수 있다. 예를 들어 전쟁에서 이겨야 한다는 생각으로 기꺼이 참전하면서도 전 쟁 선전 글은 쓰지 않겠다고 거절하는 것이 타당할 수 있다. 작가가 정직하다면 때로는 그의 글과 정치 활동이 실제로 모순을 일으킬 수도 있다. 분명 원치 않은 상황도 있다. 하지만 이럴 때 해결 방안은 자신의 충동을 왜곡시키는 것이 아니라 침묵을 지키는 것이다.

갈등의 시기를 살아가는 창조적인 작가에게 삶을 두 영역으로 분리시키라고 하는 것이 어쩌면 패배주의로 또는 경솔한 말로 비칠지도 모른다. 그러나 나는 작가가 달리 어떻게 할 수 있을지 그 방법을 알지 못한다. 상아탑 속에 자신을 가둬버리는 것은 불가능하기도 하지만 바람직하지도 않다. 당의 기구뿐만 아니라 집단의 이념에 개인적으로 굴종하는 것은 작가로서의 자신을 파괴시키는 일이다. 정치에 참여해야 하는 필요성을 느끼면서도 한편으로 정치가 얼마나 지저분하고 타락한 일인지 알기 때문에 이러한 딜레마는 고통스러운 것으로 다가온다. 또한 모든 선택 특히 모든 정치적 선택이 선과 악 사이의 선택이며 필요한 일이라면 옳은 일이라는 오래된 믿음이 여전히 우리 대다수에게 남아 있다. 이런 믿음은 유아원에서나 통하는 것이므로 떨쳐내야 한다. 정치에서는 두 가지 죄악 중 그나마 작은 죄악을 선택하는 정도밖에 할 수 없으며 악마처럼 또는 미치광이처럼 행동해야만 겨우 벗어날 수 있는 상황도 있다. 예를 들어 전쟁이 어쩔 수 없는 일일 경우가 있다. 하지만 전쟁은 분명 옳은 일이 아니고 분별 있는 일도 아니다. 총선거라고 해서 꼭 유쾌하고 교훈적인 광경을 연출하는 것은 아니다. 그런 일에 참여해야 한다면—내 견해로는 고령이나 우둔함, 위선으로 무장하지 않는 한 그래야 할 것이다—당신의 한 부분을 침범당하지 않도록 지켜야 한다. 대다수 사람은 이미 삶이 분리되어 있기 때문에 이와 같은 문제가 생기지 않는다. 대다수 사람은 여가시간에만 진정으로 살아 있으

　모든 예술은 프로파간다다—조지 오웰 평론집

며, 일과 정치 활동 사이에 아무런 감정적 연결성이 없다. 또한 대다수 사람은 정치적 충성이라는 이름 아래 스스로를 노동자로 비하시키도록 요구 받지도 않는다. 그러나 예술가 특히 작가는 그런 요구를 받는다. 사실 정치가들은 작가에게 오로지 그런 일만 요구한다. 작가가 이를 거절한다고 해서 아무것도 하지 않는다고 비난할 수는 없다. 작가의 반쪽은 어떤 의미에서 작가의 전부이기도 하므로 이 반쪽이 다른 어느 누구에 못지않을 만큼 결연하게 심지어는 격렬하게 활동을 펼 수도 있다. 하지만 조금이라도 가치를 지니는 작가의 글은 언제나 온전한 자아가 만들어내는 산물이어야 하며, 이 자아는 한쪽에 비켜선 채 진행되는 일을 기록하고 그 일의 필요성을 인정하면서도 그 일의 진정한 본질에 대해 결코 속지 않아야 한다.